伍连德在哈尔滨

孟久成 著

H.P.H
哈尔滨出版社
HARBIN PUBLISHING HOUSE

图书在版编目（CIP）数据

伍连德在哈尔滨／孟久成著. —哈尔滨：哈尔滨出版社，2018.6
（哈尔滨记忆）
ISBN 978-7-5484-3332-3

Ⅰ.①伍… Ⅱ.①孟… Ⅲ.①纪实文学-中国-当代 Ⅳ.①I25

中国版本图书馆CIP数据核字（2017）第070457号

书　　名：伍连德在哈尔滨

作　　者：孟久成　著
责任编辑：李金秋　马丽颖
责任审校：李　战
封面设计：孜闻书装坊
版式设计：哈尔滨今佳快印有限公司
封面绘画：母绍锋

出版发行：哈尔滨出版社（Harbin Publishing House）
社　　址：哈尔滨市松北区世坤路738号9号楼　**邮编：**150028
经　　销：全国新华书店
印　　刷：哈尔滨市石桥印务有限公司
网　　址：www.hrbcbs.com　www.mifengniao.com
E-mail：hrbcbs@yeah.net
编辑版权热线：（0451）87900271　87900272
销售热线：（0451）87900202　87900203
邮购热线：4006900345　（0451）87900256

开　　本：787mm×1092mm　1/16　**印张：**22　**字数：**279千字
版　　次：2018年6月第1版
印　　次：2018年6月第1次印刷
书　　号：ISBN 978-7-5484-3332-3
定　　价：98.00元

目　录

MULU

第一章　天降大任

第一节　突如其来的电报　003

第二节　面见施肇基　004

第三节　火车站的生死相托　012

第四节　途经天下第一关　014

第二章　哈尔滨第一次大鼠疫

第一节　急赴灾区　019

第二节　防疫计划的形成　035

第三节　梅尼事件冲击波　046

第四节　焚烧尸体　079

第五节　扑灭鼠疫　110

第三章　世界鼠疫会议

第一节　会议筹备　119

第二节　会议召开　127

第三节　伍连德在学术上的贡献　129

第四节　伍连德名扬四海　131

第四章　东三省防疫事务总处

第一节　创建东三省防疫事务总处　141
第二节　防疫事务总处的阵容　147
第三节　中俄联合考察　151
第四节　中东铁路沿线视察　153
第五节　山西大鼠疫　159

第五章　中国的三次大霍乱

第一节　1919 年哈尔滨那场大霍乱　165
第二节　1926 年主持防治东北第二次大霍乱　172
第三节　上海霍乱的防治　176

第六章　蛰伏十年后，鼠疫卷土重来

第一节　等待　185
第二节　海拉尔，无法容忍的疏忽　186
第三节　该来的还是来了　190

第七章　建立海港检疫管理处

第一节　混沌的时局　219
第二节　面见蒋介石与冯玉祥　221
第三节　出任海港检疫管理处处长　224

第四节　被日本人逮捕　229
第五节　专心海港检疫处管理工作　236
第八章　其他医学活动
第一节　为祖国医学修史　245
第二节　禁毒　256
第三节　创办医院和医学院　265
第四节　创办中华医学会　269
第九章　伍连德现象
第一节　伍连德的学历　277
第二节　伍连德的亲人　283
第三节　伍连德的贵人　302
第四节　伍连德的朋友圈　317
第五节　伍连德现象　338
尾声:武连德在哈尔滨　341

第一章　天降大任

第一节　突如其来的电报

1910年12月18日，晚，天津，陆军军医学堂。

学校的实验室里灯光明亮，灯下，伍连德独自一人，正在整理实验资料。

天津虽然靠海，但与北京气候差不多，冬季寒冷而且干燥，实验室里很静，屋外风却很大。南洋出生的伍连德帮办来到天津已经两年多了，逐渐适应了中国北方的天气。

门突然被推开了，一股寒气尾随而来。伍连德抬头一看，是学堂的总办徐华清。在这所学堂里，他们两人是领导，即校长与副校长。

伍连德放下手里的资料，抬头看着自己的上司，这么晚了，总办亲自找上门来，肯定有重要事情。

徐总办表情凝重，开口就说："星联兄，外务部急电，召你火速进京。"说罢，递过来一封电报。

"外务部？"伍连德大感意外。

外务部为六部之首，其职责是负责清政府的外交事宜，权力极大。可是陆军军医学堂属陆军部，与外务部搭不上关系，外务部召他这个陆军官员干什么？

伍连德奇怪地问："徐总办，外务部召我有什么事？"

徐华清摇摇头："不知道，外务部并未通知。电报在此，你自己看吧。”

伍连德打开电报，内容很简单，通篇为英文，署名的是 Alfred Sze。这个名字好像在哪里听说过。

“署名这位……”伍连德问。

徐华清解释说：“是外务部右丞施肇基大人，看来事情实在紧要，你马上回家准备一下，明天乘早班火车进京吧。”

第二节　面见施肇基

伍连德只得放下手头的工作，又去教师宿舍把明天的教务交代给其他教员，回到家里已经很晚了。他对妻子黄淑琼说了电报召他进京之事，然后简单地收拾了一下衣物，但他对那封电报始终琢磨不透，到底出了什么事情？为什么要找他？而且是外务部找？他是带着多重疑问进入梦乡的。

1910 年 12 月 19 日，上午 11 时，北京，前门火车站。

伍连德走出车站，天上灰蒙蒙的，太阳不甚明亮，正是阴历十一月天气，时近正午，天气不算太冷。火车站内外乱乱糟糟、吵吵嚷嚷，十分拥挤。伍连德提着简单的行李，在车站出口处举目四望。这时他看见一个车夫模样的人，正站在车站门口，举着牌子，紧盯着出站的旅客，见个差不多的人就开口打听，看来是来接站的。

伍连德走了过去，对车夫说：“我就是伍连德。”

这位车夫在大冬天里急得满头大汗，唯恐错过客人，被主人申斥，见了伍连德，总算出了一口大气，连忙跪下请安。然后把一张纸条递给伍连德。伍连德打开一看，是一张便条，英文的：“请随来人到寒舍。”署名 Alfred Sze。

车夫提起伍连德的行李，两人来到车站外面的广场，一辆车停在那里，伍连德上车急驰而去。

车子在烟尘中走了一个小时，终于在东城的一座四合院前停了下来。伍连德刚走下车，一位儒雅的中年人已经出现在门口，用英文兴奋地打招呼："伍博士，我们终于又见面了。"

伍连德一下子认了出来，这个人1905年曾到过槟榔屿，他是端方、戴鸿慈率领的清政府宪政考察团的随员。当时他还特地详细询问了自己的情况。对，他就是施肇基。

施肇基一边请伍连德进门，一边继续说："您归国两年多了，本来应该早早拜访，可是我一直在东北，今天才有机会。"

说话间已经来到二门，一位漂亮的少妇站在门口相迎。施肇基介绍，这是他的太太，施太太忙说："欢迎您，伍博士，我叔叔经常谈起您。"讲的竟是一口地道的广东话。

"您叔叔……"

施肇基在一旁插话："她叔叔是唐绍仪，唐大人。"

唐大人是伍连德的同乡，这么一介绍，心一下子拉近了，一路的劳累似乎消除不少，北京的冬天不再让人感到寒冷。几人在屋里分宾主坐下后，施肇基说，上次在槟城见面以后伍连德给他留下了良好而深刻的印象，所以当听说袁世凯打算聘用专家改革陆军军医学堂后，便极力向袁世凯推荐，推荐他回国服务。

伍连德至此才恍然大悟，心里的谜团终于解开了，原来袁世凯聘请他到陆军军医学堂做帮办，是施肇基推荐的。

年长伍连德仅两岁的施肇基是近代中国著名外交家，一生为中国贡献颇多，而举荐伍连德之事却少为人知。

如果不是施肇基的举荐，中国就不会有伍连

施肇基，康奈尔大学第一位中国留学生，也是第一位在美国获得硕士学位的中国学生。回国后，先后在邮传部、京奉铁路局、吉林兵备道和外务部任职，是中国第一任驻美国大使

德，也不会出现受伍连德影响而归国服务的许多南洋优秀人才；这些堪称国士的人才也许不会崭露头角，成为一代风云人物。

故人相见，分外亲热，施肇基与伍连德拉着家常，从他留学的康奈尔，到伍连德就读的剑桥，古今中外，聊得兴致勃勃。这种谈话很对伍连德的胃口，宾主二人你一言我一语，气氛十分融洽。

可是在谈话中，伍连德始终感到施肇基笑容可掬的背后掩藏着一种焦虑，他不会因为想和自己聊天而把自己紧急召到北京来，一定有什么大事发生。

伍连德趁一个间隙时间问："施大人，外务部召我进京，有什么事吗？"

伍连德的一句话，让屋内的气氛突然改变了，刚才还谈笑风生的施肇基沉默了，好一会儿，才缓慢地说："伍博士，哈尔滨一带发生了大规模瘟疫。"

"瘟疫？"伍连德心头发紧，这在他的业务范畴之内，他知道事情的严重性，他接连提出了几个问题，"出现多久了？情况严重不严重？现在已经流传到哪里了？"

"估计已经发生一个多月了，具体情况还不十分清楚，据报已有不少中国人和俄国人死亡。"

伍连德一下子站起身："已经一个多月了？施大人，朝廷必须马上采取措施，否则后果不堪设想。"

施肇基示意他坐下："我知道伍博士对细菌学研究颇有心得，因此特意向伍博士请教。"

伍连德向他介绍有关细菌学知识，尽量说得通俗。

施肇基身体前倾，眼睛定定地看着伍连德，听得十分专注，他接着问："那么近年来瘟疫发生情况如何？"

伍连德说："从太平天国起事开始，鼠疫流行次数又开始多了，不仅是中国，在美国旧金山也出现。1894 年，也就是 16 年前，中国南部鼠疫大流行,接着传入香港、孟买、日本、土耳其等地。据分析是因为朝廷在云南用兵而带到北方的。根据这些流行病学资料,看来鼠疫要开始第三次大流行了。”

施肇基脸色沉重,问道:“这么说,东三省的这次鼠疫不可等闲视之了。”

“确实如此。”伍连德点点头,他已经感到了问题的严重性。

施肇基问:“那么鼠疫的病因为何？具体是怎么传播的？”

伍连德道:“很久以来,人们不知道鼠疫的病源。直到16年前中国南方地区鼠疫大流行时,日本人北里柴三郎和法国人耶尔森从香港一位鼠疫病人身上分离出一种细菌,被确认是造成鼠疫的罪魁祸首,也就是鼠疫杆菌,为我们打开了认知鼠疫之门。”

施肇基略微松了一口气:“这么说,鼠疫不再是不治之症？”

伍连德摇摇头:“不,到现在还没有治疗鼠疫的有效药物。鼠疫这种传染病传播极快,死亡率极高。”

施肇基问:“那么鼠疫究竟是怎么传染的？”

伍连德回答:“现有资料表明,是通过跳蚤在鼠和鼠之间,鼠和人之间传播的。”

施肇基接着问:“伍博士果然对此研究颇深,依你所见,应该怎么控制？”

伍连德想了想,说:“这个一时还不好说,我认为应该派卫生防疫专家奔赴疫区,了解其流行的规模和发病源头,以便有针对性地加以控制。”

施肇基有些忧虑地说:“可惜事情没有那么简单,此事不仅关系千百万黎民百姓之生死,还关系东三省是否依旧属于我大清。”

“这又是为何？”伍连德有些吃惊。

施肇基没有直接回答他的问题,却开口问道:“伍博士对东三省,特别是哈尔滨的情况了解吗？”

伍连德摇摇头,他一无所知。

施肇基道:“我刚刚卸任哈尔滨道台, 对那里的情况知之甚深,试为伍博士说之。哈尔滨虽然是我大清国土,但是可以说是控制在俄国人手中。中国人在那里有一个两万四千多人的居住区, 叫傅家甸,此外,城中还有不少日本侨民。”接着施肇基向伍连德简要地介绍了东北近年来的政治格局。1905 年日俄战争中俄国失败,退出东北,借中东铁路盘踞哈尔滨一带。日本在列强干预下将辽东退还给清政府,但强占旅顺、大连一带的租借地,设关东州,借南满铁路继续蚕食东北。在供职哈尔滨期间, 自己曾与唐绍仪等有识之士一起采取以夷制夷的策略,试图用铁路共有化等办法将日俄势力赶出东北,可是没有成功。

施肇基特别强调:“就在眼下,由于瘟疫突发,朝廷在地方上没有能力控制疫情,因此俄日双方对朝廷施加压力,都要求独自主持东三省防疫,明眼人看得出来,这是项庄舞剑,意在沛公!”

看到伍连德一脸困惑, 他解释道:“俄日两国是想借防疫的机会,争夺东北主权,因此朝廷万万不能应允。可是现在疫情紧急,俄日两国已经开始陈兵相向,东三省局势十万火急。”

作为一个医学专家的伍连德没有想到,防疫竟然关系国家主权和东三省命运,这是大事。他深表赞同:“施大人,东三省不能丢,朝廷应该立即行动,绝对不能让俄日的阴谋得逞。”

施肇基继续介绍:“驻华西方使团一方面不愿意俄日任何一方独霸东三省,另一方面也惧怕瘟疫传到全球,同样给朝廷施加压力,要求尽快控制东北瘟疫,在这种情况下,朝廷不得不认真对待东三省疫情,要求外务部尽快选派医学专家前往哈尔滨一带进行调查,如有可能便加以控制。东三省局势虽然紧张,但只要我们控制得当,借助英法美等国的力量,俄日想借机吞并东三省,并不能实现。”

伍连德说:“如此甚好,不知外务部有何打算?”

施肇基道:“朝廷决定,从军中选派医官任钦差大臣,全权负责东三省防疫。外务部按资历，选中海军总医官谢天宝。”

伍连德点点头说：“谢医官是美国丹佛大学医学博士，他能担当此任。”

施肇基苦笑了一声：“可是谢医官谢绝了这项任命，除非朝廷事先拨发巨额抚恤金。”

“这是为什么？”

“因为他认为此去生死未卜，有可能死于他乡，所以要求先付抚恤金，以免家人生活无着。这个要求令朝廷很为难，所以外务部决定另选他人。”

说到这里，施肇基停顿了一下，说：“我向朝廷推荐由你出任钦差大臣。”

说完，他目不转睛地看着伍连德，伍连德听了一愣，一时反应不过来，他没有任何心理准备，不知如何作答。

施肇基缓了口气，说：“当然，伍博士，接不接受这项任命是自愿的，不要勉为其难。也不必马上做出决定，请你仔细考虑。”说完，施肇基面带微笑地看着伍连德。他知道危急时刻不能要求每个人、特别是这些海外归来的洋博士都有从容赴死的决心和勇气，尽管他们也是军人。

北京的冬天风很大，吹得树梢发出尖锐的啸声，但屋内温暖而且平静。但这表面的平静，难掩二人心中的波澜。施肇基是一位资深而且干练的政治家、外交家，即使心急如焚，但面部表情却仍然可以保持平静如初，不动声色，这是定力，也是修炼。施肇基端着茶杯，耐心地等待着伍连德的答复。

施肇基知道坐在对面的这个人有过人的学识，沉静的品质，他在南洋，特别是在陆军军医学堂的作为，自己都仔细查问过，自认为对他已经足够了解。伍连德虽然是归侨，可是爱国之心不在国内士大夫之下。如果这个人肯去哈尔滨，一定能做好瘟疫的防控工作。但是，他也知道，这个人生长在海外，学成于海外，和其他留学归来的人一样，虽然有报国之心，但同样看重高官厚禄。而且以他的背景和学识，为什么要为大清冒生命危险呢？但是，东三省现在就如同一只大火药桶，领命前去防疫者就如同坐在火药桶上，稍有不慎就会引爆火药，不但炸死自己，还会误国误民。这个瘦小的、连国语都说不好的、看上去十分年轻的人，能有如此胆量吗？他敢于、甘心承担这个危险又重大的使命吗？施肇基一点把握也没有，对面这位英国医学博士的回答会不会再一次让他失望？

身处如此重大的抉择时刻，伍连德心中当然不会平静，岂止是不平静，简直是风起云涌。他当然知道前路危险，瘟疫之凶险他比常人更清楚，传染性极强，而且染之者必死，他面对的第一个问题就是死亡；瘟疫蔓延非常凶猛，传染力强，传染速度快，控制瘟疫难度极大，是否能胜任，实在没有把握。如果防疫失败，身败名裂自不必说，搭上身家性命也不是没有可能，这是问题之二；第三，他只有 30 岁，年纪轻轻，虽然学历高，又受过西方最先进、最优良的教育，而且到过世界最先进的实验室和研究机构实习、研究，但他的从业经历却很简单，在南洋开过诊所，在陆军军医学堂做过帮办，实事求是地说，实践经历、生活阅历毕竟有限，独当一面地担当如此重大任务，他有这个能力吗？第四，他是个纯技术人员，在科学的领域内，他游刃有余，如鱼得水，但对于政治，特别是复杂的外交事务，他能处理得了吗？

伍连德是一个外表沉静、性格内向的人，他的长处是有韧性，认准的事情必然坚持到底。他学习成绩优异，在历次考试中都是名列第一，他自己认为这不属于天分，他不认为自己有特别高的天赋，他的成绩来源于勤奋加坚韧。更重要的是他富有冒险精神，期望有机会去触碰那些未知领域，胸怀抱负，志存高远，有明确的奋斗目标，对自己的追求充满激情，这是一个科学家取得丰硕成果的前提，是比学识和天分更重要的素质。

谢天宝无论从学历和资历来看，明显强于自己，他不敢领命，自有他的原因，但伍连德觉得，这种从未见过的大疫，对任何人来说都是个新课题，原来的经验、阅历、年资起的作用未必有多大，倒是他这种初生牛犊不怕虎的闯劲制胜的可能性更大。人生最难得的是机遇，沧海横流方能见英雄本色，这个险他冒定了。

伍连德终于开口了，声音和之前一样平静："施大人，我接受外务部的任命。"

施肇基几乎不相信自己的耳朵，他没有想到伍连德答应得如此痛快，没有任何附加条件，他难掩心中的兴奋说："伍博士你决定了？是不是再考虑一下？还有什么顾虑和要求？"

伍连德的声音还是很平静："施大人，不需要考虑了，也没有什么要求，为国效力是我的荣幸。"

施肇基把茶杯往茶几上一蹾，一下子站起身来，拉着伍连德就往外走，有些迫不及待，伍连德的痛快，出乎他的意料，更让他喜出望外。出了府门。一辆车早已等候在那里。两人登上车，向外务部飞奔。这一连串的举动不太符合施肇基的性格，但伍连德的答复对他来说太重要了。直到两人进了外务部，施肇基才发觉自己的失态："伍博士，抱歉了。情况紧急，必须马上向那尚书汇报。"

两人刚进外务部，马上就有人进去通报，等两人进了正房，一位50多岁、中等身材的官员已经等候在那里。

施肇基匆匆引见："这是那尚书，这是伍帮办。"

这两年，伍连德对大清官场已经熟悉多了，知道眼前这位是朝廷重要人物，因为是慈禧太后的亲戚而官运亨通，是号称旗下三才子之一的外务部尚书那桐。

伍连德刚想跪下请安，发现自己穿的是西式服装，一时不知道如何是好。那桐已经上前相扶："伍帮办免礼，请坐。"

几人落座以后，嘱人奉茶，那桐却不错眼珠地盯着伍连德，上上下下地打量，问："伍帮办贵庚？"

这两年，伍连德遇到的北方籍官员见到他总问年龄问题，因为在

叶赫那拉·那桐(1856—1925),中国近代史上的一位重要人物,晚清"旗下三才子"之一

北方人眼里,伍连德外貌太年轻,顶多二十出头。伍连德回答:"卑职三十一岁。"

那桐"嗯"了一声,心中还在进行外貌与年龄的比对。

施肇基顾不上客套,开门见山道:"那大人,伍帮办已经同意出任钦差大臣。"

那桐点点头:"太好了,哈尔滨局势紧急,不知伍钦差何时可成行?"

施肇基代为回答:"今日可办完护照、公文,明日一早伍帮办即可返回天津,准备数日后即可出关。"

伍连德接着说:"卑职明日返天津,后日一早即可启程。"

那桐长长松了一口气:"好好好,所有事宜就由施右丞负责。祝伍钦差马到成功。"

施肇基立即着手为伍连德准备护照和有关公文,并发电报给奉天总督、吉林巡抚、吉林西北路兵备道和陆军军医学堂,并通知陆军部,正式告知,朝廷任命陆军军医学堂帮办伍连德为东三省防鼠疫全权总医官,统一协调东三省防疫,望各地衙门务必配合,在此期间伍连德依旧兼任陆军军医学堂帮办。

第三节　火车站的生死相托

1910 年 12 月 20 日,北京前门火车站。

伍连德只在施府中住了一宿,第二天一大早即赶回天津。

施肇基亲自送伍连德到火车站,路上,两人商定,任何公事和需求,伍连德可以先用英文发电报给施肇基,由他译成中文后送有关衙门办理,所有涉及中央和对外的事宜都由施肇基一人承担。

“放心吧，无论有什么要求，尽管提出，我保证满足你。”在前门火车站，施肇基握住伍连德的手。

伍连德登上火车，透过窗玻璃，他看见施肇基在车下向他挥手，他也向施肇基挥手。

汽笛长鸣一声，火车即将启动，伍连德看见施肇基突然双膝跪地，跪在坚硬的月台上，然后向伍连德叩首。

施肇基的举动让伍连德大为惊诧：“施大人，这是为何？”

施肇基神色凝重，跪在地上，仰头对伍连德大声喊：“天下苍生的性命就托付给星联兄了。”

火车上的伍连德向施肇基拱手：“施大人，连德一定不负所托！”

火车缓缓驶出车站，月台远去了，施肇基的身影远去了，但那个身影却长久地镌刻在伍连德脑海中，拂之不去。作为上司、兄长的施肇基突然给他施跪拜大礼，让伍连德猝不及防，惊愕莫名，更是深受感动，乃至承受不起。在接下来的四个月竭诚合作，生死相托，共同防疫之后，伍连德终于知道了这个跪拜意味着什么！

回到天津，伍连德直奔学堂，总办徐华清已经收到电报，正在学堂等候。两人简单地交接了一下公务，又召集其他教员讨论布置了下一阶段的教学，算是把学校的事交代完毕。

伍连德召集毕业班的学生，说明了情况，也道出了危险，询问有谁愿意做他的助手，去东北参加防疫工作，坐满40名学生的教室里鸦雀无声，无人应答，这种沉寂令人尴尬，难道竟无人敢于站出来？几分钟后两个学生站了起来。伍连德一看，两个学生都是矮个子广东人，这多少有些出乎伍连德的意料。初到中国的北方，伍连德非常欣赏这里的学生，人长得舒展高大，性格也豪爽，说话高声大气，气势上远胜瘦小的南方人。但这件事让他改变了对南方学生的印象。

伍连德从中选择了英文好的林家瑞作为助手。两人马上准备随身携带的实验材料和设备。就是这个林家瑞，一生追随伍连德，成为了著名的医生，也成为了中国防疫战线上的先驱。

林家瑞，伍连德的助手兼学生，哈尔滨鼠疫流行时辅佐伍连德扑灭鼠疫。抗疫结束后，林家瑞回到天津陆军军医学堂完成学业，毕业后即回到哈尔滨，继续在伍连德的手下工作

第四节　途经天下第一关

由天津到哈尔滨的火车在路上要走两天，途经山海关、奉天和长春。当晚火车停在山海关，这是伍连德第一次来到这个地方。山海关名气如虹，是万里长城的起点，故有"天下第一关"之称。而且山海关是东北与中原的分界点，出了山海关就是东北，或称关外、关东；那么关里、关内即指中原一带。

有关山海关的掌故非常多，但最著名的还是明朝末年的山海关大战。那场清摄政王多尔衮率八旗军与明总兵吴三桂合兵，在山海关内外击败李自成大顺军的重要战役。最终清军得手，继而入主中原。"冲冠一怒为红颜""吴三桂引清兵入关"等，都与这场大战有关。更重要的是这场战争完全改变了中国历史的进程。伍连德曾粗读过中国历史，知道山海关大战，今天亲临这个地方，旷野中风雪之声一如当年的两军厮杀声，漫步在古战场，体验穿越时空的感觉。凭吊历史遗迹，令他心生多种感慨。

满族入关以后，因为关外人烟稀少，鼓励关内民众到东北垦荒种地。但事隔不久，清廷以东北为龙兴之地，担心关内汉人的大量迁入会破了满族人的龙脉，损害旗人利益，破坏满族的习俗和秩序，于是在康熙年间废止了招垦令，从部分封禁到驱逐流民，实行全部封禁。但迫于日趋沉重的生活压力和连年不断的自然灾荒，越来越多山东和直隶的农民或泛海偷渡到辽东，或私越长城走辽西，这就是所谓的闯关东。近代以来，由于沙俄的不断蚕食，朝廷改而采取鼓励的政策，1860 年开放哈尔滨以北的呼兰河平原，次年开放吉林西部平原，从此移民关外势如潮涌，以每年 30 万人的速度，一共有 1400 万人移民东北，称得上是人类历史上最大的移民潮。

1910 年，朝廷正式废除了乾隆以来汉人出关垦殖的禁令，进一步加快了移民的速度，这一年仅由山东半岛乘船到东北的就达 36 万多人。这种大规模的移民潮，使东三省的社会状况发生了巨大变化，这次瘟疫流行是不是与此有关？东北疫情到底严重到什程度？是局部流行还是大规模流行？列强虎视眈眈，应该如何处理？

他心里十分清楚，如果不能尽快将鼠疫流行情况调查清楚并且尽快加以控制的后果是什么。防疫失败，主事者唯有一死以谢天下了。翻遍中国史书，从来没有一个医生被赋予这么大的权力，肩负这么重的担子，更何况是一位生长在海外的侨民。

但就在这几日他对东三省的情况有了进一步了解。日俄两国之间，为了争夺更多的权益和控制这个辽阔而刚刚向世界开放的地区，彼此明争暗斗不断。对中国人来说，这里叫作东三省，包括奉天、吉林和黑龙江。东三省有多大？面积是德国、法国和瑞士三国面积的总和，而且有着世界上有名的大江——黑龙江，包括其最大支流松花江，这就不难理解为什么日俄会在这里恶斗不止。而且，这里盛产小麦、大豆和高粱，矿产有煤炭、铁矿和黄金，储量巨大。和平与稳定的环境能使这些资源得到开发，可以有益于本地区，而且可以惠及全世界，然而这一潜力巨大的地区却被清政府弃之不顾。任由日、俄两个国家争夺和欺凌。

山海关确实是个有地标意义的重镇，伍连德直到深夜，辗转反侧，无法入眠。

1910 年 12 月 22 日，晨，山海关。伍连德早早起来，在街上漫步。雪还在下，风还在吹，耳边传来路人的交谈声。

“听说了吗？哈尔滨暴发瘟疫了。”

“好像是瘟疫，死人无数呀，据说哈尔滨的人都跑光了。”

“我听说瘟疫都到了奉天，总督锡良大人已经下令封城了。”

“更要命的是，我听说老毛子和小日本已经开始增兵了，恐怕又要大打一场了。”

“是吗，这样的话，这东三省就不是咱大清国的了。”

听到这对话，他心头骤然发紧，一下子想起自己钦差大臣的身份，想起了扑灭大疫的使命，双肩上似乎有万钧之重。

是的，哈尔滨遭难了，东三省遭难了，国家遭难了，国家有难，匹夫有责，作为一个炎黄子孙，就要勇敢地站出来，承担自己的责任。自己青春年少，血气方刚，正是为国家出力的时候。

这时，林家瑞气喘吁吁地跑过来：“伍大人，该上车了。”

伍连德点头：“好，出关！”汽笛长鸣，车轮越转越快。

第二章　哈尔滨第一次大鼠疫

第一节　急赴灾区

一　初到哈尔滨

伍连德踏上哈尔滨这块土地是在 1910 年 12 月 24 日。前一天是阴历庚戌年冬至，俗称的数九就是从冬至那天开始数的，哈尔滨的隆冬到来了。

槟榔屿位于赤道附近，纬度不过北纬 5 度，而哈尔滨在北纬 44 度到 46 度，接近中国的最北端，可以说是火冰两个世界。两地距离遥远，相隔千山万水，这种相隔不仅是地理和气候方面的，更是人的生理、心理、习俗和文化等诸多方面的。在此之前，伍连德对哈尔滨一无所知，

1910 年，瘟疫初发时的哈尔滨

他毫无心理准备，懵懵懂懂地闯入了这个陌生的世界、冰冷的世界，而且是在一年中最寒冷的季节，他不知道等待着他的是什么。

哈尔滨人对严寒并不畏惧，但这一年的冬天非比寻常，还有比寒冷更可怕的东西，一场横祸，一场来源不明，名称不详，却沾之者必亡的可怕瘟疫从天而降……

作为一个城市，哈尔滨的历史并不长，早年的哈尔滨只不过是个只有几十户人家的小渔村，哈尔滨三个字显然不是汉语，正如齐齐哈尔、佳木斯等城市名称一样，这里是多民族杂居的地区，地名来源复杂。哈尔滨据说来源于女真语"天鹅"的音译。

哈尔滨城市的兴盛与发展与一条铁路密切相关，1896 年 6 月，中俄两国签订不平等的中俄《御敌互相援助条约》（即《中俄密约》），沙俄获得在中国东北地区筑路的权利。此后，沙俄建成由满洲里至绥芬河全长 1481 千米的中东铁路干线（又称东省铁路、东清铁路）和自哈尔滨经长春至大连、旅顺的 987 千米的中东铁路支线。日俄战争以后，长春至大连、旅顺段铁路被沙俄授让给日本，改称南满铁路。

哈尔滨处于中东铁路干线与支线的枢纽地带，沙俄在中国东北修筑中东铁路的同时，开始修建中东铁路哈尔滨附属工厂，在中东铁路开始临时营业，获得巨大利润后，中东铁路公司于 1903 年动工修建新的大厂。同时在沙俄国内各大工厂订购了机床和设备。1907 年，规模宏大的新厂竣工，称为"东清铁路机械总厂"（即哈尔滨车辆厂的前身）。可以说哈尔滨这个城市在中东铁路的建设中应运而生。1903 年随着中东铁路的全面贯通，大批的沙俄商人成为哈尔滨的第一批移民。1905 年沙俄在日俄战争中失败，沙俄独占哈尔滨的局面结束，日本人的触角开始伸向东三省。后来第一次世界大战和十月革命相继爆发，数以十几万计的外国人，其中主要是被称为"白俄"的俄国人，拥入哈尔滨，他们在这里建工厂、修码头、盖教堂，房子一排排地建起来，工厂一座接一座地建成，码头、教堂、商家、会馆、银行、车站、桥梁、学校、饭店、兵营，全都出现在这座城市，几乎在一夜之间哈尔滨成为了一个殖民者、流亡者和淘金者的天堂。哈尔滨初建时期，清政府没有任何修建权，主要由外国人操纵，包括设计和修建。因此哈尔滨的建筑具有独特的欧洲风格，这里聚集的各国侨民给这座城市带来了不同风格的建筑，有传统式、新艺术式、浪漫主义式、欧洲文艺复兴式、巴洛克式、犹太式、新古典主义、日本式近代建筑等众多类型，这也是哈尔滨被称为东方莫斯科、东方小巴黎的原因之一。

这里就是哈尔滨火车站。

建于 1904 年的哈尔滨火车站，称得上是当时哈尔滨最重要的地标，车站由俄国人设计，建筑风格优雅而且生动，有很高的观赏性和艺术价值。然而哈尔滨火车站声名远播还有另一个原因：1909 年 10 月 26 日在哈尔滨火车站前广场上，日本前首相伊藤博文被朝鲜民族志士安重根连发三枪击杀。

此时的哈尔滨极其寒冷，大约在零下 30 摄氏度，然而空气干爽而且清新。这个火车站有两个候车厅，一个供头等和二等车厢乘客候车，另一个供三等车厢乘客候车。从户外进入候车室，就像从冰窖进入火炉。候车室里温暖如春，室内矗立着几个两米多高的大火炉，里面塞满两尺多长的柈子，烧得正旺，炉壁烧得通红。

进入火车站，就好像到了俄国，火车站无论是外部造型还是内部结构，都充满了俄国风情。这座车站非常忙碌，站里都是南来北往的匆匆的人流，中间忙碌着一些搬运夫，都是高大健壮的俄国人，他们操着舌尖有颤音的俄语，身着厚厚的光板羊皮袄，足蹬坚硬笔挺长及膝盖的厚毡靴人人力大无穷，仅凭一副大铁钩子之类的简陋工具，钩住沉重的大木箱，随意地挂在双肩的皮带上，即可健步如飞。

一列火车喘着粗气，喷吐着浓浓的白色烟雾，徐徐停靠在哈尔滨车站。

这是个寒风凛凛的夜晚，匆匆忙忙的旅客很快像退潮一样，迅速散光，车站上只剩下孤零零的几个人，迎风瑟缩站立，他们是来接站的。接站人是哈尔滨道台衙门的一位官员和几名衙役，正在焦急地等待一位京城派来的大人物——钦差大臣。

一个皮肤黝黑，身高一米六几的小个子走下车来，不光身材瘦小、单薄，而且年轻，简直就像个孩子，与膀大腰圆的东北人身材反差很大。鼻梁上架着的圆圆的眼镜片显出一些沉稳与斯文之气。

这就是他们苦苦期盼的贵人，他们心目中的救世主?

不错，他就是大清国的钦差大臣伍连德。

伍连德从火车上走下来，一阵大风裹挟着砭骨的寒气将他严密包围，立时通体冰冷，他感觉到了“冰城”的名不虚传。这是在南洋、北京、天津，甚至阴冷潮湿的伦敦都不曾领略的。

伍连德打量着这个与北京、天津迥然不同的北方重镇，这里不像中国的地盘，倒像是俄国人的天下。

伍连德右手提着沉重的木箱，里面有一架英国造的袖珍显微镜以及从事细菌学工作所必需的物品，随他而来的是他的助手林家瑞，同伍连德一样的瘦削的广东人，手里提着一个藤箱，里面装满了各种染色剂、载玻片、盖玻片、盛着酒精的小瓶子、试管、白金接种环、针头、解剖钳、剪子等开展实验室检查工作所必需的工具。另一个较小的藤篮里装有三打盛有琼脂培养基的试管，这些试管都用棉花塞住管口，直立在篮子里。这些培养基为常见细菌，特别是黑死病细菌生长所必不可少的。这些在外人看来都是些稀奇古怪之物，却是这次防疫的宝物。

道台衙门的几位接站人员接过伍连德的行李，走出车站，车站正门外停着一辆由两匹蒙古小马拉着的俄式敞篷四轮马车，车轮是硬胶皮的。他们乘车经过一座跨越铁道的高桥，来到市镇里叫作埠头的商业区。

马车在一家旅馆门前停住，这家旅馆紧挨着铁道，店主是一位俄籍犹太妇女。她的店伙计是一位山东大汉，里里外外地忙活着。尽管哈尔滨的冬天如此寒冷，但哈尔滨的特殊的建筑足以抵御严寒，加厚的砖墙把寒冷彻底挡在了外面，在温暖房屋内听北风的呼啸简直是一种享受。在洗过热水澡，并享用了一顿俄式晚餐后，奔波劳顿了几天的伍连德和林家瑞躺在厚实松软的床垫上，很快进入了梦乡。

二　有这么一位道台

他们一觉醒来，已经是第二天上午 8 点多钟。

伍连德初到哈尔滨时，正是西方的圣诞节期间，但令伍连德奇怪的是，这里毫无节日的气氛，街上冷冷清清。伍连德后来才知道，同样信奉基督教（基督教的分支东正教）的俄国人不遵从西方的历法。在哈尔滨，不管是俄国人还是中国人，都不在 12 月 25 日庆祝圣诞节。俄国的历法比公历要晚整整 13 天。20 世纪一个重大的历史事件，俄国布尔什维克进攻冬宫，并夺取政权，这一天是公历 11 月 7 日，而俄历是十月二十五日，所以称为十月革命节。正如中国的农历，新年称为春节，比公历新年晚至少 20 多天，甚至迟到超过一个月。

伍连德和林家瑞来到哈尔滨的第一件事就是去拜会这里中国的最高行政长官——道台。

他们扬手招来一辆马车，直奔道台府衙门而去，路面上覆盖着一层积雪，已经被车轮碾压得十分坚硬，马车轻快地奔跑，发出清脆的马蹄声。伍连德环顾周围，到处是尖顶或洋葱头式的建筑，有别于天津与北京那些飞檐斗拱式的中国建筑，这些是典型的俄罗斯风格。街上的店铺照例全部开门营业，在街上看不到有任何节日气氛，只见大小玻璃窗，都被一层厚厚的冰霜所覆盖。

道台是什么官职？

清光绪末年，在中国东三省的日俄势力越来越大，16 个城市被迫开埠，各地方外事交涉十分棘手。为此，清廷不得不对东三省官制实施改革，增加了“道”的设置，以“道”一级的政务机关主管各地的关税、外事交涉和开埠等新的政事。光绪三十二年(1906 年)在哈尔滨设滨江关道,职责是“专办吉江两省铁路交涉,并督征关税”。道一级的长官称为道员,或道台。成立之初主要处理外事,所以归外务部管辖,是当时哈尔滨最高级别的行政长官。

伍连德二人于 9 点整到达道台府,在门房递上名片,其实外务部早有电报送达,通知伍博士即将到达。

但衙门里外空空荡荡。门房急忙进去通报,两人等了足足半个多小时,才见到一个个子瘦高,身穿道台官服的中年人走了出来。

道台向伍连德拱手施礼:“伍大人一路辛苦了,下官于驷兴有失远迎,请伍大人海涵。”伍连德事先已经听施肇基介绍过后任于驷兴的一些情况。也拱手回礼:“哪里哪里,于道台太客气了。”

于驷兴虽然得知钦差大臣昨天下午已经到了,可是没想到今天这么早就到衙门。通报的时候他还没起床。匆匆洗漱穿衣,赶到前厅。听伍连德说话并不流利,仿佛外国人在说中国话,这才想起施肇基在电报中提到的,这位钦差是海外归国的侨民,自幼讲洋文,虽然回国两年多了,官话讲得并不好。

于驷兴在哈尔滨的职务十分重要,吉林西北路分巡兵备道道台除了负责滨江道公务外,还是外务部在此的代表。当时的哈尔滨有十多万俄国人和上千的日本人,由于地理位置和贸易的关系,俄、日、英、法、美、德都在此设领事馆。于驷兴是安徽人,有南方人的儒雅,是一个典型的中国式官员,靠科举进入官场,熟读中国古代经典,却不会讲俄语和日语。就任以来与实际控制大部分哈尔滨的沙俄根本无法沟通,更无法胜任这个职务,他的特长与志趣根本不在于此,所以自上任以来简直度日如年。

更可怕的是他对现代科学,特别是医学,一无所知,知识贫乏到了极点,现在出现了规模如此之大的瘟疫,不知道如何应对。

初次见面,伍连德对这位大人的底数已看得一清二楚,不禁暗暗担心：在这个重大历史时刻，清政府在哈尔滨的最高行政长官，他的职责是本应负责在防疫中协调各国关系，却完全是个摆设，朝廷怎么如此用人？

寒暄过后，伍连德问："现在的疫情怎么样？"

于道台说："傅家甸报告了一些神秘而且可致命的病例，症状是高烧、咳嗽、咳血，然后死亡，几天之内皮肤变成紫色。"

伍连德接着又问："这病是从哪儿开始的？"

于驷兴说："傅家甸！"

伍连德问："傅家甸在哪？"

于驷兴说："在哈尔滨附近，完全在中国当局的管辖范围之内。居民24000人，人口密集，地势低洼，是很穷困的地区。"

伍连德又问道："于道台，傅家甸住的都是什么人？"

"傅家甸在铁路枢纽附近，是华人聚居区，都是从山东来闯关东的。山东灾害频繁，几乎是无年不灾、无处不灾。加上人口增长极快，只好离乡谋生。咸丰十年东北开禁放垦，到此时东北1400万人中有700万到800万人是由山东来的。"

伍连德追问："最早的病例是出现在傅家甸吗？"

于驷兴回答："不是，是在满洲里毗邻的俄国境内，早有孤立的病例发生。患者多为捕捉一种大型旱獭的猎户。"

"旱獭应和老鼠一样，都属于啮齿类动物。"伍连德沉思地说，"他们为什么捕捉这种动物？"

于驷兴说："旱獭的毛皮厚密，特别畅销，经过适当染色就可仿制成西方女士穿着的黑貂皮。许多猎户是来自山

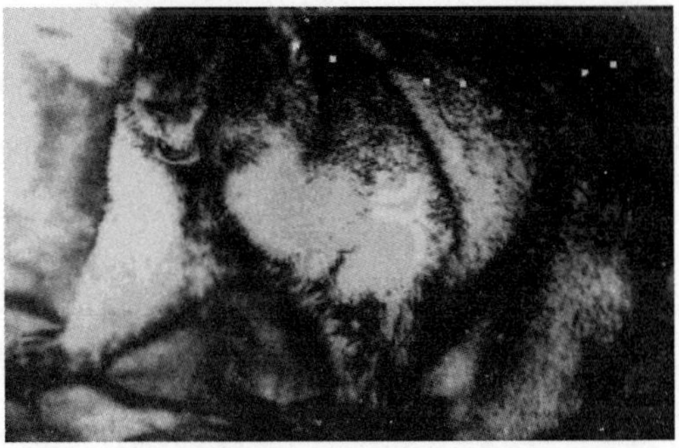

旱獭

东省的移民，他们身强力壮，吃苦耐劳，不怕冬天的严寒，能在茫茫的大草原上逗留数日。他们仅以冰冻的熟肉包子维持生活，需要时加热后伴以酽茶即能果腹。猎人们出外猎获20多张毛皮，即可打道回府，回到满洲里。他们投宿在拥挤不堪的地窨子小客栈里，有一些商贩定期前来收货。”

伍连德点点头，沉思地说：“这应该是传染病的源头了。如果瘟疫暴发，特别是以肺部感染的形式出现，在湿热的室内空气中，感染极易迅速传播给小客栈里所有的人。”

于道台点头称是。

伍连德继续问：“干这个生意的人多吗？”

“多，很多。满洲里有个大交易市场，三年前成交70万张，今年成交250万张，而且价格涨了六倍多。前一段时间，从关里经过哈尔滨去满洲里的人成群结队，都是去捉旱獭的。满洲里周围的旱獭早就被捉光了，他们往往北上沙俄境内，越走越远。早先捕捉旱獭是有行规的，取皮以后将其尸体好好掩埋。行规肯定有它的道理。可现在，山东直隶两省来的都是新手，无业游民，不知道行规，知道也不愿意遵守，剥皮后，尸体随意丢弃，草原上到处是腐尸血迹，狼藉不堪。更有甚者，不光取其皮，还要食其肉。”

伍连德听得汗毛直竖，感觉问题比想象的更严重，这种做法，无疑是雪上加霜。

“满洲里是什么时候开始出现病人的？”伍连德问。

于驷兴道：“大概是西历10月下旬吧，11月初，应该是11月8日哈尔滨出现病例，我估计是沿着满洲里到哈尔滨的铁路传来的，之后疫情发展迅速。奉天总督锡良大人闻讯后，特意派遣两名北洋医学堂毕业的医师前来处理。”

伍连德一听已经有医师来了，自然高兴，接着问：“他们做了哪些防疫工作？”

于驷兴道："据下官所知，他们发现病人以后，送往医院。"

"医院？本地有专门防疫的医院？"

"没有，是利用当地商会临时改建的。对了，那里由官府出钱，为死者提供棺材。愿意就地安葬的，官府还可以征集民夫，挖墓掩埋。愿意回乡安葬的，就得自己承担路费了。"

伍连德吃了一惊，忙问："回乡安葬？很多人返回家乡吗？"

于驷兴道："是呀，很多人扶灵回乡。还有一个多月就是春节了，绝大部分山东人是一定回家乡过年的。现在还是陆陆续续的，过几天就集中大批回乡了，再过半个月傅家甸就要走光了。"

听了这个消息，伍连德心头仿佛遭到了重击，传染病，特别是肺部传染病最怕什么？人员大规模无序流动，人员流动到哪里，瘟疫就会被带到哪里。

他还从于驷兴那里得知，今年9月间咳嗽与咳血的病例开始增加后，满洲里的居民乱成一片，争相购买火车票，沿着俄国人经营的中东铁路逃回东部或南部。哈尔滨和满洲里相距大约800千米，途经山地和平原，病倒的和发烧的病人在沿途车站就下了火车，于是瘟疫便在未被感染的人群中传播。1910年11月的第一周哈尔滨最初报告病例时，瘟疫已经至少猖獗了6周，疫情发展趋缓，却依旧在发展。在傅家甸，有一条由俄国城区穿过铁路干线直通到此的大路。不少中国劳工出现高烧、咳血，于是他们被转移到镇中心一座宽大的两层楼房里，过去这个楼房是个公共浴室。两位西医——姚医师和孙医师，他们是天津北洋医学堂的毕业生，受奉天总督锡良派遣，由奉天来此专司防疫工作。他们除了将病人送进医院，还负责报销丧葬费用。但防疫机构却仍未按部就班地有效运转。每日报告的病例和死亡的人数在缓慢但持续地上升，从11月1日的2个病例增加到12月中旬的8至10个。一直找不到令人满意的治疗方法，尽管有些游方郎中或中医声称能够治疗，却没有真正的瘟疫病人能够幸免于死。

传染病从初起到大规模流行，之间有一段流行迟缓的时间，正是控制其流行的关键时刻。如果这次流行的真是鼠疫的话，从最初发现到现在已经两个月了，这段宝贵的时间已经失去了。现在，估计疫情开始进入临界点，就要暴发并全面流行了。但是，哈尔滨这个十几万人口的大城市没有采取任何预防控制措施，而且一旦大规模的春节返乡潮开始，几日之内，这些回乡的人可能会把鼠疫从哈尔滨带到关内，甚至全国。此时的中国已经不是交通闭塞的中国，疫病传染播度和范围都与过去无法相比。伍连德怀疑，现在中东铁路沿线，甚至关内已经有病例出现了。

按当时的理论，鼠疫是通过老鼠和跳蚤传播的，跳蚤滋生需要温暖潮湿的气候，可是哈尔滨地处寒冷地区，现在又是一年中最冷的冬季，鼠疫究竟是怎么传播的？从过去两个月愈演愈烈的情形看，这是一场大的瘟疫。从于驷兴的介绍来看，很可能是野生旱獭传染给人的。那么老鼠在这里面扮演什么角色？也就是说，从旱獭到人，有没有老鼠这一环节？或者说，控制其流行的重点何在？是不是可以和印度孟买鼠疫大流行时一样以灭鼠为主？

这些思绪正如纷乱绞结的麻团，无从理出头绪，但这时于道台已经开始向伍连德发号施令了，于道台的指示如下：

1.正式拜访中东铁路当局的最高长官霍尔瓦特将军以及当地的外国领事。

2.巡视中国辖区以及其众多医院。会见傅家甸的地方长官和当地警官以便获得更多信息。

3.访问俄国医院，看望那里的俄国同事。

4.向本道台和北京中央政府提供建议。

以上四条是于道台布置给钦差伍连德的工作，而他本人将要承担的任务是为防疫活动尽量提供充足的经费，以促使严重的传染病尽快治愈。

显然，于道台是一位乐观自信的人，但其乐观来得实在无厘头。伍连德心头像压上了一块巨石，道台越乐观，这块石头越重。是的，对付烈性传染病要靠政府和社会各方面的共同努力、积极配合，可是哈尔滨市最高行政长官以及他领导下的地方政府一点实际行动都没有，却让他一个外来人单枪匹马做一些不痛不痒的事情。值得注意的是，哈尔滨是个国际化城市，官府和俄国人、日本人之间在防疫的事情上没有任何交流、沟通，何谈联合防疫？他本来是作为医学卫生专家来指导防疫的，现在首先要干的是外交官的活。在这种情况下说立即控制瘟疫，纯粹是不着边际的空话与大话。

三　恐怖的傅家甸

(一)初识傅家甸

与于驷兴会面，伍连德没有得到任何实质性的帮助，甚至没有得到准确清晰的信息，他对鼠疫的防控更加担忧，在仔细分析了总体形势后，决定先召集全城的中国同事，期待得到他们的帮助。

他和他的助手登上了一辆由山东大汉驾驶的俄式四轮马车。这位车夫身披羊皮长大衣，头戴旱獭皮帽子，活像他的俄罗斯同行。他们的马车跨过了铁道干线，这里是哈尔滨的大豆集散中心。

几百节车厢里满载着一袋又一袋刚从附近农村征购来的大豆。第一次来到哈尔滨的伍连德不由得为此发出惊叹，他觉得哈尔滨周边的大平原也许要比美国或加拿大的那些大平原更加广阔，更加充满生机，也更加富饶。美洲的平原只产小麦，而这里出产的大豆则营养更丰富而且籽粒更饱满。成千上万麻袋粮食堆放在空地上，有的用帆布盖上，有的则不加任何遮盖。这是因为在这个季节会下雪，却绝不下雨。

这里既有砖石砌成的永久性货栈，也有临时的木板棚。显然都盛满了大地的馈赠：毛皮、肉类、谷物、木材，还有大豆。这里的土地如此丰饶。可惜这些富饶的出产都要运往南边的长春、奉天，以及日本人控制下的关东州，或是沿着俄国人的铁道向东运往他们的国家。这里忙碌的劳工都是俄国人或是中国北方人。四轮马车穿过这个繁忙的货场，就转向了傅家甸的主要街道。

傅家甸地名因傅宝善一家而得名。傅家甸原称马场甸子，傅宝善来到这里，靠医术而发家，盖起了三间草房做诊室和药库。他的家人也随后迁来，在这里开起了大车店和黄酒馆，于是这里便被称为傅家店。

1898 年中东铁路修建时，中国劳工与民众大量拥进哈尔滨，傅家店的范围就扩展起来，尤其中国商人和手工业者都在此开店设坊，于是这里就逐步形成市场与镇埠了。光绪三十四年(1908 年)1 月，滨江厅江防同知何厚祺认为“店”字之义狭小，故将“店”字改为“甸”字，从此，“傅家店”改名为“傅家甸”。傅家甸即现在哈尔滨的道外区。

现在哈尔滨市下辖的几个城区中，人们普遍认为，南岗区、道里区为政治、经济、文化中心，而道外区仍然是比较落后的一个区，从市政建设，房屋的优劣就可见个大概。伍连德时代的傅家甸也是贫困的地区，与俄国人控制的区域无法相提并论。

旧时傅家甸街景

作家迟子建在小说《白雪乌鸦》中对当时的傅家甸有过生动的描绘：

“霜降在节气中，无疑是唱悲角的。它一出场，傅家甸的街市，有如一条活蹦乱跳的鱼离了水，有点放挺儿的意思，不那么活色生香了。那些夏日可以露天经营的生意，如理发，修脚，洗衣服，代拟书信，抽签算命，点痦子，画像，兑换钱，卖针头线脑，擦皮鞋，不得不收场，移到屋内。不过锔缸锔碗，崩苞米花，照旧在榆树下忙碌着——他们的活计中有炭火嘛。”

伍连德从未见过如此贫穷、破败的居民区，在家乡槟榔屿、英国的伦敦以及欧洲的一些城市，伍连德曾经见到过贫民窟，见到过贫困的人居住的地方，但那些地方和眼前的傅家甸相比，就是天堂。眼前的镇子里全部是土路，连一条鹅卵石的路都没有，马车行走在白雪覆盖、坑坑洼洼的土路上，路边盖满矮小破烂的屋子，大多为木板房，房顶上覆盖着白铁皮或木板。在哈尔滨城里的俄国城区，有不少极为气派的高楼大厦，以及各种俄罗斯风格的巨型建筑。这些都与傅家甸的房子形成巨大的反差。

一进小城，伍连德马上感受到一种异样的气息，一种死亡的气息，一种惶恐不安、大祸临头的气息。到处都有人交头接耳地议论，谈论着高烧、咳血和突然死亡，谈论着路旁和旷野被人遗弃的尸体，偶尔看见几位穿白大褂的人在人们敌视的目光中检查尸体。当时的傅家甸充斥着死亡的气息。

（二）两位中国医师

马车最后停在一幢大平房前，房顶上竖着一块长方形的白色标牌，写着两个黑色大字：“商会”。下车后，迎接他们的是两位年轻的医师，姚医师和孙医师。姚医师比伍连德大 3 岁，来自广东新会，是伍连德的同乡；孙医师则更年轻，来自福建福州。他们两位毕业于天津的北洋医学堂。这个学堂和陆军军医学堂相反，是一个英式医学院，从香港、广东、福建以及天津招收会讲英文的学生，用英语授课。相传，英国医生肯尼斯·麦克肯泽治好了李鸿章女儿的重病，为了表示感谢，李鸿章为他办了这个医学堂。不过此时北洋医学堂掌握在法国政府派来的一组医生手里。姚医师蓄着浓浓的胡须，这在他那个年龄段的中国人中是很少见。他为人友好，颇善言辞。孙医师是他的助手，白皙无须，身材很高，他说的官话有着浓重的福州口音。姚医师是广东人，他的助手孙医师是福建人，因此他们和伍连德交流起来不仅可以用英文，还可以用他熟悉的广东话和闽南话，谈话掺杂着中文和英文，为了表达准确，专业术语都特意使用英语。伍连德从他们口中了解了在道台衙门得不到的信息。

伍连德更想从专业的角度了解瘟疫的现状。

他问："傅家甸疫情如何？"

姚医师说："瘟疫从上个月起就开始在当地居民中传播。开始每天发现一两个病例，然后病例缓慢增加，偶尔间歇。但是到了今天，却报告了 10 人死亡。也许还更多，因为这个小小的机构，当时只有 2 位医师和 5 位由这 2 位医师临时培训的看护，无力逐一检查每个病例，于是只有请未经医学训练的警察来帮忙。一旦有人来报告，他们就将病人迁移到瘟疫病房。

伍连德问："你们的瘟疫病房建在哪里？"

姚医师回答："这个病房其实就是临时征用的公共浴室，并未采取任何隔离措施。"

伍连德接着问："病人的尸体是怎么处置的？"

"在大街上，不时可见死尸。显然是在夜间丢弃的，为的是避免警察来家里调查和对房舍强行消毒。凡是在大街上收集的尸体，都用未经刨光的薄木板钉成的廉价棺材装殓，运到公共墓地埋葬。政府承担棺材、运费和丧葬开销。要是一个家庭成员死去，允许家属独自安排死者的葬礼。"

伍连德担心地问："在与死者和病人接触时，有什么防护措施？"

姚医师介绍说："所有医务人员，包括医师、助手，还有杂役、消毒工和掘墓人都要求戴口罩，口罩或是用现成的线织布片包以黑纱布制成，刚好遮住口鼻；或是用一块外科手术用的纱布衬上棉花盖住脸的下部。”

伍连德没有说话，他觉得这种戴防护罩的方法不正确，没有遮住呼吸道入口，而只是挂在颈上，因而这些戴口罩的人依旧完全暴露在可能被感染的危险之中。

伍连德从那时开始就在心中酝酿一种新型简易的防护措施，这也催生了名噪一时的伍连德口罩。

姚医师提供的情况，使伍连德对傅家甸的情况有了比较清晰的了解。伍连德核实了几个细节后问：“姚医师，你觉得现在流行的是什么疾病？”

姚医师回答：“从症状和流行情况看，是肺部的疾病。”

伍连德颇感意外：“肺部的疾病？为什么得出这样的结论？”

姚医师解释道：“通过这些天对病人的观察，我发现病人多是通过呼吸传染的，加上病人出现咳嗽咳血等症状，应该和肺部有关。”

伍连德又问：“那么病的起因是什么？到底是不是鼠疫？”

姚医生思忖片刻，回答说：“这个真不太好说，我们来以前瘟疫就存在了，但是不是鼠疫我不能下结论。”

（三）如此父母官

伍连德决定拜会一下这里的父母官。便问：“朝廷在本地可有官衙？”

姚医师道：“傅家甸设有县衙，就在附近，知县姓章，名绍洙。”

伍连德立即请姚医师带他去面见知县。

章大人的官职为滨江厅分防同知。衙门就在附近，医务人员们步行即可到达。但是为了体面，他们还是坐着敞篷四轮马车前往，并递上名帖。

伍连德一行人被领进一间昏暗、杂乱的接待室里，他从没有见过这样的官衙，屋子破败、肮脏，墙壁已多年没有粉刷过，结满了蜘蛛网，屋里散发着一股发霉的味道；椅子虽然时髦并配上了咔叽布彩色椅垫，但显然长时间没人打扫，上面落满了灰尘。

章大人终于出现了，他身穿一件肥大的脏兮兮的长衫，邋遢的外表给伍连德的第一印象就是"效率不高"且"不足为信"。几句话的往来，更加深了伍连德的印象，即使一些简单问题，比如什么时候出现病例，死亡人数这些，章同知的回答都吞吞吐吐，含糊其辞。凭多年从医的经验，伍连德一眼就看出他是个大烟鬼，这是章同知给伍连德的第二印象，伍连德一生最痛恨鸦片，如此人被检举，立刻就会被罢官。事实上，在派人去请在几步路外的警务长的几分钟内，章同知已经开始局促不安、哈欠连天、涕泪皆下，显然是烟瘾发作了。

不过被请来的这位警务长回答问题倒是出乎意料的痛快，张口即来，比章同知专业得多，详细得多，看来他不光亲临过防疫第一线，而且是个有心人，给医师们提供了不少有关瘟疫流行的确切信息。

最后章大人和警务长都一再声称，为了扑灭瘟疫，他们该做的已经全都做了，如果医师们还有什么要求，他们也愿意尽力配合。

伍连德向他们说明了他前来调查的使命，并特别恳请警务长能带他去找个合适的病人，以便仔细检查一番。

傅家甸之行使伍连德的心情非常沉重而且沮丧，显然，起码是目前，他们想从这些官员那里得到帮助，根本没有可能。这些人对瘟疫的危险，知之甚少，甚至一无所知。而他们的无知将会带来严重的后果，将会导致瘟疫进一步向南部蔓延。更可怕的是这些官员的平庸、懒散、拖沓的习气，他们对本职工作毫无热情，没有责任心，不知工作的轻重缓急，如果是在平时，只是办事效率低下，但现在是非常时期，就是误国误民了。防疫到了关键时刻，时间稍纵即逝，如此下去，他们将成为千古罪人。

（四）可靠的助手

林家瑞是广东人，他随伍连德来到冰城哈尔滨的时候还没有毕业，伍连德向全体学生征求助手的时候，经历了一段令人尴尬的冷场，是林家瑞主动站了出来，那一刻，让伍连德十分感动，觉得这是个勇敢的、可以信赖的年轻人。接下来的很长时间，他是伍连德工作与生活中的唯一助手，伍连德称之为称职的同伴，又是一位相处愉快的旅伴。因为他能用中文随时记下谈话要点，特别是许多人物、地方的名称。每当遇到技术事务要向不懂英文的官员解释时，他做得比他的上司还要好，因为伍连德是位华侨，汉语，尤其是口语不大熟练。而且，伍博士使用政府专线，发电报或是报告给他的直属上司施肇基，使用的全是英文。有时候有紧急电报或报告要发给其他官员，就必须翻译成中文。此时，由伍连德用英文起草电报稿，然后由林家瑞迅速准确地译成通顺的中文，并即时发出。在每个衙门里虽然都有许多办事员和秘书，但是因为他们不懂英文，伍连德与他们无法交流，更不用说让一个外行来迅速而准确地处理医学术语了。林家瑞是无可替代的。

后来伍连德辗转到多地任职，林家瑞一直紧随在他的身边，直到伍连德回南洋时师生才分开。

第二节　防疫计划的形成

一　中国第一例尸体解剖

这天，伍连德透过饭店的窗户看见一辆马车直奔饭店而来，马车在饭店门口停下，孙医师跳下马车，冲进饭店。

伍连德赶紧走出房间，敲着林家瑞的房门："家瑞，看来傅家甸有消息了，准备出发。"

孙医师气喘吁吁地跑上楼，报告说发现一位刚刚去世的病人。伍连德问："病人所在的现场是否封闭了？"

孙医师回答："按大人的吩咐，衙门派人将病人住的房子严格保护，不许闲人出入，姚医师正在那里看守。"

伍连德吩咐:“马上出发。”

12 月 27 日清晨,有电话通知当局,傅家甸有一位病人刚刚去世。此人为已经嫁给中国人的日本女人,是一家客栈的老板。近两天出现咳嗽、咳血等症状后,当夜死去。伍连德暗想,看来,他和两位中国医师去傅家甸起了作用。如此说来,章同知和警务长还是很尽职的,起码在这件事情上。

伍连德和林家瑞随着孙医师火速乘马车来到病人的住处。只见一具身着廉价棉质和服的女尸被平放在污秽的榻榻米上,室内阴暗,很是脏乱,但屋内还有清水勉强可供尸体解剖之用。伍连德检查了病人的尸体,从体征来看确实像是死于鼠疫。他吩咐所有人员都退出去,命令警察封锁现场,不许任何人靠近。对小屋进行了简单的消毒后,戴上口罩,携带手术器械,和林家瑞就要进屋。

姚医师连忙问:“伍大人,您这是要……”

“解剖尸体。”伍连德回答。

“可是,这样合适吗?”姚医师的疑问有多重含义,伍连德如果解剖尸体要冒着双重风险:尸体解剖在当时的中国还不被允许,直到三年后,1913 年 11 月 22 日,内务部颁布了《解剖条例》,才正式准许解剖。在这种情况下,擅自解剖尸体可以说是大逆不道,如果被发现,要承担很大的罪名;而且解剖死者的尸体很可能染上瘟疫,解剖现场的准备工作肯定不足,而且现场的消毒、所用器械、各种防护措施十分简陋,这种瘟疫被姚医师称为“染上者必死”,解剖这种尸体的危险不言而喻。

姚医师直言道:“伍大人,请三思后行。”

伍连德平静地说:“我知道自己在做什么,我已经想好了,一切后果由我承担。”说罢,率先走进屋子,林家瑞紧跟其后。

伍连德知道,如果是鼠疫的话,病人体内一定会有大量活细菌,进行解剖的危险极大。但是,为了解病因,还有更稳妥的办法吗?没有,他只能这样做!来到病人尸体边,一切安排停当,伍连德看着林家瑞轻声问："准备好了吗？"

林家瑞点点头。

伍连德又叮咛一句："多加小心。"

伍连德小心翼翼，一刀划开病人的皮肤，切除胸软骨部分后，将粗大的注射器针头插进了右心房，吸出足够的血液，放在两个琼脂试管里培养细菌，解剖条件虽然简陋，但操作十分规范……

伍连德在实施中国医生第一例人体解剖

1910年12月27日，请记住这一天吧，在傅家甸的一间贫民窟里，进行了中国医生的第一例人体解剖。死者的血液、肺、脾、肝被分别取出，放入培养液中或者浸泡在福尔马林液体中，随后死者的皮肤被重新缝合，穿戴整齐，并用政府提供的棺木装殓，以便下葬。这一步是非常必要的，一切要做得仔细周到，即使此时再危险，这一点也不能潦草，否则会引发意想不到的后果。后来，在山西进行鼠疫尸体解剖时，就是因为最后这一步不到位，酿成了大祸。

解剖完成后，伍连德吩咐对这间房间进行彻底消毒，然后请姚医师马上在商馆内找一间房间做实验室。

一间空空荡荡的屋子准备好了，消毒以后，林家瑞把显微镜和其他实验仪器设备安放就位，算是临时的微生物学实验室。

等病人的器官被福尔马林固定好后，伍连德马上进行切片，然后在显微镜下观察，很快从器官切片中辨认出鼠疫杆菌。所有取自心、肺、肝和脾的器官切片里都显现出成群的鼠疫杆菌，它们呈现出特有的两头着色的卵圆形。

“家瑞，姚医师，你们来看看，”伍连德指着显微镜说，“的确是鼠疫杆菌。”

两个人看完后非常兴奋，林家瑞问：“大人，是不是马上向北京施大人禀报？”

伍连德摇摇头说：“血液样品的培养结果还没出来，我们必须拿到活的细菌样品才能下最后结论。咱们没有 37 摄氏度的恒温箱，只能放在室内，恐怕要两天以后培养基上才能出现鼠疫杆菌团。为了结论绝对准确，先不忙向北京汇报，这几天把实验做得更充分一点。”

接下来的两天内，伍连德和林家瑞在等待血液样品培养结果的同时，对病人的各个器官都进行了详细研究，充分证明了鼠疫杆菌的存在。

12 月 30 日，细菌培养基出现了状如针头的半透明菌落。挑取其中一个菌落涂片观察，再度显示了鼠疫杆菌的特征。从心脏、血液和脾脏取出的培养物十分纯净，表明未受其他杂菌污染，但是肺部取出的培养物显示轻度污染。这些都准确无误地证明，病人血液中存在活的鼠疫杆菌。

伍连德马上致电施肇基：“经证实，哈尔滨流行的是鼠疫。”

这是他到哈尔滨的第六天。

提起鼠疫，人人都会想到黑死病。其实，鼠疫很早就在地球上存在了，历史上一共有两次大流行。公元 6 世纪拜占庭帝国出现第一次大流行，一年之内导致帝国内三分之一人口死亡。14 世纪，在欧洲出现第二次大流行，从亚洲传入欧洲的鼠疫造成欧洲大陆起码 2500 万人死亡，因为尸体上会出现黑斑，所以得名黑死病。因为此病先在家鼠中流行，然后在人群中流行，所以又叫作鼠疫。中国历来也有鼠疫记载，有“东死鼠西死鼠，人见死鼠如见虎”的民谣。

于驷兴和章知县等地方官员被邀请到这间临时实验室里，平生第一次坐在显微镜前观察。伍连德发现，让这几位官员弄明白，从那两个圆筒里看见的就是这场瘟疫的真凶并非易事，虽然鼠疫杆菌已经被发现 16

年了，荷兰人列文虎克用自己研制的显微镜第一次观察到原生动物是在1675年，距离当时已经200多年，可是这几位接受中国传统教育的官员，从未受过现代自然科学知识的培养，对微生物学更是一无所知。

但有一点是肯定的，这些地方官对钦差大臣的学识有一种发自心底的钦佩，用句俗话说就是被镇了，原来这个毛头小伙的眼镜不是白戴的！这种钦佩的直接结果就是他们对伍博士言听计从，伍连德的防疫计划得到最顺畅的贯彻执行。

二　初步提出防疫计划

事不宜迟，在确定了此次瘟疫为鼠疫之后，伍连德发了一份长电给施肇基，向朝廷提出汇报和建议：

1.鼠疫已经在傅家甸流行。

2.鼠疫主要在人与人之间传播，鼠到人的传播可以排除，因此应该集中控制人到人的传播。

3.与沙俄政府合作，对沙俄管辖的西伯利亚到哈尔滨的铁路严格控制。

4.在路口和冰河通道处加强巡逻予以监控。

5.在傅家甸建立更多的医院以便留置病人，并建立隔离区隔离病人接触者。

6.派遣大批医护人员来哈尔滨。

7.道台衙门提供足够的资金。

8.严密观察中方管辖的北京到奉天的铁路，一旦出现病例，马上严格控制，包括建立鼠疫医院和隔离区。

9.和日本政府合作，监控日方管辖的南满铁路。

如果把伍连德提出的9条建议与于驷兴提出的指示做对比，可以看出专家的权威，专家的作用。于驷兴的指示含混、笼统、不着边际、近于空话，而伍连德的建议全部说到当务之急，关键之处，可谓字字珠玑，一针见血。

伍连德只带领一名医学院的学生，在病源不明、资料不足、沟通不畅、没有外援的情况下，凭借简单的器械，冒着生命危险，在傅家甸进行中国有史以来的第一例人体解剖，并在同样简陋的实验室里进行细菌培养，得出了结论，确定了此次瘟疫为鼠疫，并做出鼠疫在人与人之间传播的正确判断，从而在到达现场的第六天便提出了切中要害、切实可行的措施，实在难能可贵。

（一）消毒

为了尽快投入防疫工作，并让民众感受到防疫人员防疫组织的存在，给民众吃定心丸，伍连德做的第一件事就是对疫区进行消毒。

在伍连德到来之前，姚医师和孙医师已经在傅家甸北部租了一座骡马大车店作为消毒站。在那里储备了大量的硫黄、数百瓶苯酚。姚医师和他的助手在治疗室内感染，例如麻疹和猩红热时，积累了很多经验。比如将硫黄放在罐子里燃烧，产生的烟雾可以杀灭空气中飘浮的病菌；将苯酚配成 1:40 的稀释溶液，装在简便的日本制喷雾器中喷洒。苯酚又称为石炭酸，民间用它制作消毒水，有很好的效果，使用后有一种特殊的气味但不刺鼻，甚至有一种清爽的气味。不过伍连德觉得，苯酚或者其他措施消毒对消灭鼠疫究竟有多大作用，目前很难确定。但有一点是肯定的，百姓认为医师已经开始做防疫工作了，消灭鼠疫有可能了，生活有了一线希望，此举对增加民众的信心，稳定疫区民众的情绪有莫大好处。

人们对生有着强烈渴望，并心甘情愿地服从医师的指挥，而这一点对疫区的管理有时是至关重要的。这种心理安抚作用甚至在先进的欧美国家都得到认可，所以不难理解，疾病流行时，缺少教育的亚洲人民为何对此十分信赖，尽管这种信赖并无多少依据。

(二)收效甚微的外交斡旋

当伍连德确定这次瘟疫的某些重要情况已经上达北京高层时，便在12月31日正式前去拜会中东铁路管理局局长霍尔瓦特将军。

霍尔瓦特将军的办公室很是宽敞豪华，将军本人身材高大，身居高位，却谦恭有礼，胡须皆白，双目慈祥。年纪应在50岁以上，一派军人气质。伴随在其身边的，是位温文尔雅的中国人，名叫朱玉清，是将军的翻译，约35岁，苏州人，精通俄语、汉语、英语和法语。

交谈主要用英语和俄语，朱先生口译。略事寒暄以后，伍连德说明了北京外务部赋予的使命：首先调查疫情，然后提出控制和扑灭日渐猖獗的瘟疫的措施。当谈及他在傅家甸所完成的第一例尸体解剖，并从细菌学上证实此次瘟疫为鼠疫时，这些俄国人表现出了异乎寻常的兴趣。在座的俄方医学专家雅显斯基博士则要求观看标本和培养物。

霍尔瓦特将军强调了事情的紧迫性，并表示十分高兴看到城中来了像伍博士这样训练有素的专家。但令他忧虑的是，抗击如此严重的疫情，需要更多中国医师和庞大的卫生防疫队伍。

将军还说，为应对紧急情况，要准备设立更多的医院和隔离营，要使中国官员认识到采用现代防治方法的重要性。

当伍连德不失时机地提出自己的要求，希望向铁路管理局借一些货车车厢，以收容数百个曾经与家庭内鼠疫患

参与防疫工作的俄国医生

者密切接触而需隔离的人员，并希望能有所遮蔽时，将军却犹豫不决。不过他答应将与有关方面商议，并答应在他的权限之内给予实质性帮助。

将军主动提供了铁路区域内中俄居民中出现的鼠疫病例信息，并声明如疫情进一步恶化，将采取更严格措施。

最后他表示欢迎伍博士访问俄国医院。这引起伍连德的兴趣，他确实需要与当时掌握哈尔滨实权的沙俄同行进行交流，并了解更多情况。

当天下午，伍连德又对沙俄、日本、英国、美国和法国的领事馆进行了礼节性拜访，但对方的态度冷淡，只在一处受到礼遇，承诺协助和合作。

日本和沙俄的总领事对防疫的态度是政治高于防疫，声称需对中国的防疫团队加以了解。并未对防疫工作本身做出任何承诺。

伍连德本来对英国领事抱有很大希望，即使回到中国，他仍然是英国公民，同时读的是英国著名大学，本想会得到支持。然而恰恰相反，英国领事斯莱大人对这位肩负重大使命的钦差大人毫不理会，既不友好，也不信任，绝不通融，对中国官吏的办事能力极尽嘲讽之能事。

法国副领事本是当地一个商人，只是一个荣誉虚衔。他对伍连德的拜访毫无兴趣，能够让他提起谈兴的，仅仅是伍博士曾在著名科学家埃米尔·鲁和伊利亚·梅奇尼科夫领导的巴黎巴斯德研究所做过研究生，除此之外，再不多谈。

唯一对他友好的是美国领事格林，这是一位哈佛毕业生，在哈尔滨管理美国侨民事务已有两年。他又高又瘦，前额突出，两眼深陷，上唇蓄短髭，待人彬彬有礼。他深知中国面临的危险和困难，对中方的组织能力与决心，没有怀疑，并祝愿中方能够成功。在送别的时候，他还邀请伍博士方便时再次来访。虽然没有得到什么实质性的帮助，但对面临重重压力，又频遭冷遇的伍连德来说，确实感到温暖与鼓舞，他对美国领事深表谢意。

不久，格林领事擢升为驻汉口总领事，亲眼目睹了 1911 年底辛亥革命的爆发。后来，他辞去了美国外交官职务，接受洛克菲勒基金会的任命，做中华医学基金会驻华代表，监督北京协和医学院及其附属医院的建设，直到 1920 年。伍连德后来的工作与其多有交集。

回到旅馆，已经很晚了。伍连德还要整理当天的工作报告，尽管施肇基没有要求，他坚持每天给施肇基发去情况进展报告。报告写好，命人发往北京。

经过一天奔波的伍连德，一头倒在床上，他太累了。躺在床上，他慢慢梳理着白天所经历的一切，这一天，他马不停蹄，逐一拜访，但这一天有什么实质性的进展呢？没有，不仅没有，更多的还是冷遇与屈辱，中国虽然地域庞大，却积贫积弱，在列强眼中没有任何地位，是一个十足的弱国。

不过，他更大的悲哀还是来自中国官场，眼下政府就像一驾破车，驾车的又是一匹羸弱的老牛，不紧不慢，没有一点紧迫感。民众对鼠疫毫无认识，很难自觉防护。哈尔滨是国际城市，朝廷所派来的重臣对外交一窍不通，更可怕的是不作为，毫无进取心，所有外交事宜都要靠他一人来协调。各国领事根本不把中国人放在眼里，对中国政府能控制鼠疫根本不抱希望，也不准备伸出援手。俄、日更关心的是自己的政治利益会不会受到损失。更为严峻的是，他几乎是单枪匹马，本地除了那两位奉天来的医师以外，没有任何现代医学人员，也不存在现代化医疗设施，北京安排的后援迟迟没有消息。

鼠疫已经从每天死几个人上升到死几十个人了，这还只是哈尔滨，整个东三省就更难说了。鼠疫到底流传到了什么地方？他不得而知，能

1911 年，伍连德在他的第一个鼠疫实验室内观察显微镜下的微生物样本

不能控制住？他一点把握都没有。

窗外响起钟声，1911 年来临了。

（三）日本医生的傲慢与偏见

伍连德有一张珍贵的照片，那是 1911 年 1 月拍摄的，他正在哈尔滨傅家甸第一个鼠疫实验室工作。称之为实验室有些抬举了，其实只是一间泥草房，双层玻璃窗，以一个烧木块的大火炉取暖。没有恒温箱，鼠疫菌培养物只能在室温下生长。没有自来水，稍稍奢侈的是有电灯为显微镜提供照明。条件实在太简陋了，伍连德却对其感情很深，因为这里是 1910 年鼠疫防疫的重大突破、重要节点，中国第一例人体解剖标本就是在这里观察的。从那时开始，伍连德可以有底气地说，1910 年哈尔滨流行的那场瘟疫是鼠疫，这不仅是一个医学家严谨、良心、职业道德的所在，更重要的是今后的防疫工作找到了大方向。试想，连疾病名称都没弄清的情况下如何制订防疫措施？

姚医师已经在傅家甸租用了商会的房屋。有一天走到楼上，伍连德发现有一间屋子关着门，就问道："这里是做什么用的？"

"这是实验室。"姚医师回答。

"实验室？"伍连德非常奇怪，没想到这里居然有间实验室。前几天分离鼠疫杆菌时，匆忙之间随意找了一间空屋，消毒了一下便开始使用了。早知道这里有实验室就好了，也许还有些可用的仪器设备。

伍连德问："谁建立的实验室？"

"是这样，日本派遣了一名医生来哈尔滨进行瘟疫流行调查，他借用了这间屋子做实验。"

终于有了一位同行，伍连德非常高兴，敲门进去。里面坐着一个年轻的日本人，屋里放置了一些动物学和微生物学的简单仪器设备。

姚医师给彼此做了介绍。听说是北京来的钦差，日本人一脸不屑，直到伍连德自我介绍毕业于剑桥大学，并在德国哈勒大学和法国巴斯德研究所专门研修过微生物学，日本医生才放下了架子，自我介绍受教于发现鼠疫杆菌的著名学者北里柴三郎教授，受其派遣，专程来哈尔滨调查此次瘟疫流行情况。

伍连德问起他到哈尔滨后调查研究的情况。日本医生说，来到傅家甸后，建立了这间实验室，然后请人捕捉老鼠，他进行解剖和分析。迄今已经检查了几百只老鼠，在老鼠身上没有发现鼠疫杆菌，看来此地流行的瘟疫不是鼠疫。

伍连德介绍了自己的调查结果，因为从病人身上分离出了鼠疫杆菌，加上临床症状以及旱獭的因素，足以证明流行的是鼠疫。

对此，日本人强烈反对，强调根据现有的科学成果和理论，鼠疫是由老鼠经跳蚤的叮咬传给人。几乎在以往任何一次鼠疫流行中，老鼠都起到核心的作用，因此要从本地老鼠中分离出鼠疫杆菌，才能证明是鼠疫流行。

伍连德解释，这类型鼠疫一开始也许有老鼠传给人的可能，现在则完全是从人传给人，没有老鼠或者跳蚤这个中间过程。从目前的情况看，鼠疫应该是从旱獭传给人的。现在从病人身上分离出来的鼠疫杆菌，足以说明问题了。可是日本人一点也听不进去。要不是看在对方是剑桥大学医学博士的分上，他早就冷嘲热讽了。至于中国的防疫大臣的身份，他根本不放在眼里，不要说接受指挥，协助工作都不可能。伍连德唯一争取到的，就是能够共用这间实验室。

于是，两个人在那间实验室里各忙各的，按照自己的方向努力。一个是号称东方巴斯德的北里柴三郎的学生，一个是曾经在巴斯德研究所进修的剑桥大学医学博士，在傅家甸的这间实验室开始了较量。

实际上伍连德还有另外一种假设。经过对非常有限的资料进行分析，伍连德提出一个新的名词：肺鼠疫。

当时人们认为鼠疫传播的途径是从家鼠到人，这是后来所说的腺鼠疫。伍连德认为这次是另一种鼠疫，应该称为肺鼠疫，是从人到人，通过呼吸传播的，没有家鼠这个中间环节。这是在医学史上第一次提出鼠疫的分类。这个判断，并没有十分详细的大量临床资料可以佐证，而当时迫在眉睫的局势也不容许他从容求证。在哈尔滨，也没有其他医学家可以一起讨论，唯一称得上科学探讨的就是和这位日本医生的这次辩论。伍连德的做法可以用胆大妄为来形容，他不过是一个年轻医生，居然凭着几天的调查，竟异想天开，提出与大师相悖的理论，难怪那位日本医生不相信。

临危受命的伍连德来到哈尔滨，马上表现出他异于常人的品质，出奇的敏感、自信、冷静和果断。这种品质平时看不出来，只有到了关键时刻才有所显露。

按常理，此事事关重大，主事者一定要慎之又慎，千万不能出错误，甚至不求有功，但求无过。因为一旦出现失误，后果不堪设想。

但此时是非常时期，传染病流行的控制在于时间，越早越有效，分秒必争。耽误的每 1 分钟，都是无数条人命。主事者必须当机立断，容不得半点的犹豫。

第三节　梅尼事件冲击波

一　拜访俄国医院

鼠疫导致铁路沿线的死亡人数不断增加，伍连德和中国医师们越来越担忧。当时哈尔滨最大的医院还是俄国人管辖之下的医院，由于在哈尔滨的中东铁路雇员及家属超过十万人，因此中东铁路医院的规模最大，医疗条件最优，医生的能力最强，掌握的信息也应该最多。而且霍尔瓦特将军曾表示欢迎伍连德去访问俄国医院。

于是伍博士前去拜访俄国医院，医院的负责人为哈夫金博士。

哈夫金很年轻，毕业于基辅大学，时年 28 岁，犹太人，皮肤白皙，没有像其他俄国人那样蓄有浓密的胡须。

哈夫金,伍连德对这个姓氏并不陌生,他在剑桥读书时曾在教科书中见过这个姓氏,那位哈夫金医师是位著名的人物,尤其是在鼠疫研究领域。

1894 年爆发了一次大鼠疫,鼠疫从云南传到内地和香港,两年后传到了孟买。由于印度的老鼠很多,很快在孟买造成鼠疫大流行。那次大流行和历次的大规模流行一样,是从老鼠通过跳蚤叮咬传染到人的,经过大力灭鼠,鼠疫最后得以控制。哈夫金医师在印度,特别是孟买研究过腺鼠疫,并研制出应对鼠疫的疫苗,时下仍然在普遍使用。

那位哈夫金医师是犹太人,眼前这位哈夫金博士也是犹太人。伍连德不由得产生了一个大胆的想法。于是试探着问:“请问教科书中提到的研制鼠疫疫苗的哈夫金医师是不是与您有关?”

哈夫金博士眼睛一亮,说:“是我的叔父。”声音中有掩饰不住的骄傲。

出于对医学前辈的崇敬,一下子拉近了两位年轻医师的距离。

他们顺畅地对本地的疫情交换了意见,伍连德认为,孟买、香港的气候适合跳蚤生存,可是哈尔滨地处北方,现在又是冬季,天气严寒。傅家甸卫生条件差,窝棚里气温不低,给跳蚤滋生创造了条件,在傅家甸区域内传播还说得通。可是怎么能够离开傅家甸,迅速地在整个哈尔滨传播开来?这个做何解释?在哈尔滨的俄国人居住和卫生条件都很好,与中国人居住地点相距较远,并不混居,基本处于隔离状态,但俄国人的居住区也出现了鼠疫,如果用跳蚤传染解释实在有些牵强。那个实验室里的日本医师解剖了大量老鼠,没有发现鼠疫杆菌。因此伍连德认为这是与以往鼠疫不同的新型鼠疫,新的传染途径,不是通过跳蚤叮咬,而通过呼吸传播的新型鼠疫,肺鼠疫。

哈夫金对流行的瘟疫是鼠疫没有异议,只是对于肺鼠疫这个新概念并不认同,严谨的犹太人认为提出一个新概念需要更多的理论、案例支持，也需要时间去验证。而伍连德现在最缺的就是时间，时不我待，十万火急。现在最重要的是要面对现实，拿出切合实际的防疫措施，去应对来势汹汹的大疫，伍连德相信自己的判断。如果再继续漫无边际地讨论这个理论问题，就会造成更大规模的鼠疫扩散和更多人的死亡。

不过伍连德非常清楚，自己这个钦差大臣只能管中国人的居住的傅家甸，俄国人的居住区是不会让他管的。

伍连德看到俄国医院的设备先进，医务人员素质很高，主持人又是著名鼠疫专家的侄子，心里踏实多了。

讨论以后，哈夫金告诉伍连德，医院里专门准备了几间病房用来收治鼠疫病人，请他进去参观。两人穿上白大褂，拿好听诊器，离开办公区，来到相邻的一排病房，哈夫金说，这里就是鼠疫病房。

伍连德十分惊讶，传染病房居然没有和其他病房隔离，要知道这种设置是非常危险的！他刚想开口询问，哈夫金已经走进了病房。

之前，伍连德在接触病人时都要戴上口罩，这一点是万万不可疏忽的。但这位哈夫金博士，却是如此漫不经心，放心大胆地走进病房，没有采取任何防护措施，包括戴上口罩。如果伍连德此时提出这个要求，肯定会被同行视为胆怯，缺乏医生的职业勇气。伍连德进退维谷，场面确实令人尴尬，岂止如此，简直是生死攸关。然而此时已不容犹豫，他必须做出选择，这道门，他进还是不进。进，危险是不容置疑的；不进，或者提出戴口罩，就会被哈夫金耻笑，更会失去他的信任，他在哈尔滨的名声也会受损。

伍连德最终跟着走进了病房。

收容鼠疫患者的病房大门洞开，与外界没有任何缓冲地带，病房内的布局一览无余。伍连德数了里面的病人，共 8 人，每人有一张单独的铁床。8 个病人中，6 个中国人，2 个俄国人。所有病历上都记录着高烧和心动过速。所有病人无一例外都显得病情严重，有的在轻咳，有的明显呼吸困难、痉挛，咳出粉红色的血痰，都是明显的鼠疫症状。

哈夫金医师用听诊器检查了两个病人的胸部和背部，他的神情放松，像对普通病人一样，没有任何回避和自我保护。

轮到伍连德检查时，他心里非常紧张，小心翼翼，把手臂伸直，尽量抻长双耳听诊器的胶管，尽可能地离病人远一些，而且只从背部听诊肺部，并扭过头去以避开病人，避免与病人面对面，在病房里的 10 分钟，他紧张万分，甚至不敢大口呼吸，分分秒秒都是数着挨过来的。

令人窒息的考验终于结束了，伍连德离开了空气污浊、危险四伏的房间，大口呼吸着室外的新鲜空气。

伍连德的紧张当然没有逃过哈夫金医师的眼睛，看着心有余悸的伍连德，哈夫金脸上泛起微笑，和蔼、可亲、很有教养、很有风度、很有节制，但意味深长，明显含有某种揶揄的成分。

哈夫金语调平静地说："伍博士太小心了，其实大可不必，我对叔父所研制的疫苗的神奇功效有绝对的把握，因此无须其他保护措施。"

伍连德本想说些什么，但面对自信满满的犹太人，他无从开口，只是没有想到作为医生的哈夫金和那个外行于道台一样乐观。但他知道，戴不戴口罩只是表象，深层次的问题还是对这种鼠疫的传染途径的判断。伍连德，一个刚过 30 岁的年轻医师，一个在医学界微不足道的小人物，实在无法与大师级的哈夫金、北里柴三郎抗衡，他的话不会有人相信，除非有血的事实，而真到那个时候可能已经太晚了。

和哈夫金告别，伍连德默默地回到住处，焦虑万分，同时也感到深深的恐惧。鼠疫通过呼吸传播，已经不容置疑。刚才在俄国医院的病房里，尽管自己尽量避免和病人面对面接触，可是并不能保证绝对安全，因为病房中飘浮着令人致命的鼠疫病菌和飞沫，应该说被感染上的可能性不小。至于老哈夫金的疫苗治疗这种鼠疫的效果，他是持否认态度的。从目前的案例来看，得了这种鼠疫必死无疑，没有任何治疗方法，包括各种疫苗。

但眼前的事还是要办，还要有条不紊地办，竭尽全力地办，耐心细致地办，小心翼翼地办，同时还要处理好各方面的关系。至于结果，他不得而知，那是以后的事。而今，自己该做的事都已做了，以本地的条件是无法控制鼠疫流行的。他感到人微言轻，身单力薄的孤独，唯一的希望寄托在北京能尽快派来援军，增加助手，使他能按自己的计划开展工作。

当天晚上给施肇基的电报中，伍连德再次强调："增援，哈尔滨急需增援。"

伍连德详细分析哈尔滨当前防疫的局面，尽管俄国人居住的区域人口比傅家甸更多，有 10 万多人（傅家甸只有 2.4 万人），但各方面条件显然优越多了，绝大多数俄国人是政府雇员，办公室与家庭住房相当舒适，宽敞，不利于鼠疫的传播。搭乘中东铁路到来的感染者，绝大多数立刻进入哈尔滨的中国人的聚居处，通常都住在中国人开的小客栈里。在那里，若干人躺在同一个炕上，这种炕是矩形的砖砌结构，其宽度同整个房间的宽度相同，从室外添加木柴烧火取暖。那里没有单独的床铺，坐卧、梳洗和用餐都在炕上。不难理解，他们共用一个大炕，在鼠疫流行的时候，从染病者的肺里直接咳出带有危险细菌的飞沫是主要的传播方式，一个病人想不传染给与他同处于一个炕上的其他人都难。因此，环境越是拥挤，感染的危险就越大，特别是寒冬腊月，门窗紧闭，室内空气湿热而且不流通。上述情形可以说从满洲里到北京到山东，无不如此。所以，1910 年到 1911 年的那个冬天，只要鼠疫病人与朋友或亲属逗留或住宿在一起，就会有被感染的病例。传染的规模取决于原发的病人数量和他们家庭的规模。

俄国人在对抗鼠疫方面有不少优势，比如他们有高大的建筑、开阔的木材货场、榨油作坊等，还有许多平时用来储藏大豆和面粉的空旷的仓库，以及敞篷或封闭的货运列车车厢。他们也拥有设备精良、技术力量雄厚的医院。相对而言，这些优势中国当局实际上一点都不具

隔离车厢

备。在拥挤而低洼的傅家甸,只有肮脏的小客栈、备有大车停放场所的大车店、学校、几座兵营和两个戏园。这些有限的资源,后来都被征用作为防疫局的下属机构、消毒站和临时隔离营。直到铁路局终于答应出借 120 节货车车厢,用于隔离大量接触者,包括鼠疫病例家属,以及曾与病人同住或共餐的人,中国医务人员的困境才稍有缓解。随后,官员们和公众的态度又令他们举步维艰。官员对疫情熟视无睹,对其严重重性更是估计不足,干脆不做为,而平民百姓的态度是得过且过,听天由命。这是东方人的典型特点,令那些前来真心帮助他们的人感到灰心丧气。这就需要有振聋发聩的悲剧事件来使他们惊醒。

这次的鼠疫与过去的黑死病,即欧洲中世纪爆发的那次鼠疫非常相似,当时欧洲共有数百万人丧生,令人闻风丧胆。现在的鼠疫正逐渐向北京进逼,每天从东三省来的日趋严重的疫情报告令京城惶恐不安。

驻华西方使团是多个国家代表组成的团体,各为自己的国家争利,此时便开始向清政府施压。迫于压力,清政府向各级医院和医疗机构紧急告谕，征调医师和训练有素的护理人员作为志愿者，前去哈尔滨协助伍连德扑灭危险的传染病。社会各界十分积极的响应，纷纷许诺鼎力相助，包括天津的陆军军医学堂、天津的北洋医学堂和由传教士创建于1906年的北京协和医学堂。还有许多来自济南府、芝罘（今属烟台市）、保定府、吉林、长春、奉天府、阿什河（今属阿城县）以及其他许多城镇的传教士医师，皆志愿前往。

远在北疆，形单影只的伍连德对志愿前来的医师翘首以盼。

二　暴怒的梅尼

北京派往哈尔滨的第一名医师终于到来了，他就是法国医师梅尼。

伍连德认识这位医师，他以前是一位军医，后来任北洋医学堂的首席教授，1908年曾在天津附近的煤矿城市唐山参与腺鼠疫流行的防治。

伍连德在傅家甸疫区得到梅尼来到的消息后，马上赶往他下榻的火车站对面的格兰德旅馆。

见到这位医学前辈，伍连德非常高兴：“欢迎梅尼教授到来！”

但梅尼并没有热情地回应，态度非常冷淡，岂止冷淡，脸色非常难看，充满着愠怒。这令伍连德非常意外。梅尼与伍连德就职的医学堂同在天津，虽然彼此只是一般的相识，并无深交但毕竟是同行，两人之间并无什么过节，况且伍连德对这位经验丰富的前辈向来是非常敬重的。

两位在防疫第一线见面，本应有许多问题需要讨论、交流，但梅尼为什么如此失理呢？后来伍连德才得知，梅尼前往哈尔滨，途经奉天时，谒见了奉天总督锡良，要求总督大人任命他统管东三省防疫事务，取代中国医师伍连德。但是总督直接而干脆地拒绝了他的要求，建议他先去疫区考察，然后再提出自己的要求。

这令梅尼非常愤怒，他在北洋医学堂身居教授领导之高位，对“土著”中国人从没放在眼里，习惯于高高在上，颐指气使。再加上当年他带领一队中国学生和助手在唐山防治腺鼠疫积累了一些经验，自视甚高,他被锡良的答复深深地激怒了。

但伍连德对这些茫然不知,他期待着和梅尼教授交换意见,密切合作,共同抵御当前的这场大瘟疫。

虽然梅尼一脸不悦,伍连德还是详细地向他介绍了自己到哈尔滨以来看到的状况,以及自己采取的措施,最后指出,这次暴发的并非传统的鼠疫,而是一种新型的鼠疫,所以主要应该集中精力严格隔离鼠疫患者,将他们与不咳嗽的疑似病人分开,制订适当限制接触者的规划;医务人员除按细菌学的常规操作外,应戴上由软棉和纱布制成的口罩,给人群接种哈夫金疫苗并注射耶尔森血清。

但是梅尼医师对伍连德的意见根本听不进去,他仍然想要按照当年在唐山防疫取得的经验来做。那次鼠疫,老鼠确实对疫情的蔓延流行起了主要作用,如同在印度、越南和香港一样。

他粗暴地打断了伍连德的议论:“你参加过几次对抗鼠疫,怎么敢妄下结论,一个在多地防疫的老手怎么也比新手的意见更可靠,中国政府必须接受我的建议。”梅尼非常激动,确实,当时梅尼当时已经 43 岁,而伍连德只有 31 岁。

伍博士坐在带垫子的大扶手椅上,他实在无法理解梅尼教授的愤怒与失态,学术分歧不是靠谁的声音高,谁的脾气大来解决。但毕竟坐在身边的是自己的前辈,他努力控制着自己的情绪,一直保持着微笑,希望以此化解对方的对立情绪,消解彼此的分歧。

但是这位法国人却突然激动起来,在燥热的房间里不停踱步。他再也忍不住了,一下子冲到伍连德面前举起双臂,双眼圆瞪地怒吼:“你,你这个中国佬,胆敢嘲笑我,顶撞你的前辈!”

梅尼的反应令伍连德惊诧莫名,只因学术见解不同,对一位医学同人如此粗暴无礼,犯得上吗?

为了不使局面僵持下去,伍连德说道:“对不起,梅尼医师,我的本意是友好地谈话,不料竟使您如此不愉快。我别无选择,只得向北京的施大人禀报。”

离开暴怒的梅尼，伍连德回到自己下榻的饭店。在房间里，他心情难以平复，真是奇耻大辱。他的性格与梅尼相反，即使不快，也不会激烈发泄，而是忍让，窝在心里。因为无法排遣，因而更加郁闷。此刻，人生中的种种不快和委屈一齐涌上心头，特别是这次防疫中去几个领事馆斡旋时遭到的冷遇。他深知中国在列强面前的地位低下，亲身感受到中国人被洋人的蔑视与羞辱。眼下，东北人民正在遭遇着前所未有的灾难，正需要有担当的人救他们脱离苦海，而自己空有一腔热情，一身本事无法施展。

伍连德仰天长叹："我苦难深重的中国、中华民族！"

他知道，自己无法与梅尼这种性格的人共事，梅尼自负，但自己就不自负吗？只是表现出来的方式不同而已，伍连德对自己的见解深信不疑，他不可能为了表面的和气也放弃自己的见解。但他与梅尼的见解可谓水火不相容，那么提出的防疫措施也会完全不同，如果双方各执己见，防疫工作肯定会乱套，让下级无所适从。为了大局，只有让出东三省防疫指挥权，这种人事安排，他是无法左右的。平静下来以后，他草拟了一份发给施肇基的长电，详细说明了这次谈话的情况，并请求辞去东三省防疫总医官的职务。梅尼也向北京有关方面，包括驻华西方使团要求接管东三省防疫指挥权。

三　38 小时有多长

接到伍连德的电报已经八九个时辰了，施肇基心绪十分烦乱。在自己的房间里，他踱来踱去，脑子在飞速地旋转。伍连德与梅尼的条件明摆着，一个是具有几次对抗鼠疫经验的著名医师，一个是刚刚走上工作岗位，初出茅庐的新手；一个是 43 岁的首席教授，一个是只有 31 岁的年轻小伙儿。思前想后，于情于理，都应该接受伍连德的辞呈。几次他都想动手开始起草电文，但手中的笔最终还是放下了。

施肇基是个难得的外交人才，在自己的专业领域可以说是如鱼得水，但对医学，对鼠疫防疫的科学原理他丝毫不懂，他无法对医学本身的是非做出评判。可是他心里就是有一种对伍连德的信任，从他们第一次见面就有这种感觉了，这是一种直觉，是心心相印，英雄相惜。从他不提任何条件地接受使命，从他慷慨出关，火车站相别，特别是到哈尔滨十来天，已经积累了如此之多的信息，做了尸体解剖，确定了病因，并提出了一整套防疫计划，他这个医学外行都觉得措施非常缜密，切实可行。更加难能可贵的是敢于挑战医学界的权威，跳出书本的框框，提出了全新的概念。这些行为已经超出了伍连德的实际年龄，更给现行的官场带来一种新鲜的风气。伍连德的所作所为已得到中外人士的交口称赞，伍连德是堪此重任的。

施肇基重用伍连德还有更深一层的考虑，他更希望这次防疫的主导权掌握在中国人手中，而不是落入洋人之手，这是一种民族情感，政治取向，更是鉴于东三省复杂政治形势做出的选择。

但接下来，问题就来了，如果起用梅尼，似乎胜算更大，即使后果不佳，也只能说是天意难违，疫情实难控制，施肇基本人的责任就会减轻许多；但如果重用伍连德，胜了好说，一旦出了乱子，他施肇基就会百口莫辩，就会担当用人失察的罪名，成为历史的罪人。罢官也许是最轻的，弄不好就要搭上身家性命。但为了防疫，为了国家利益，这些都不足惜。

如果不接受伍连德的辞呈，眼下最难缠的还是梅尼，他岂能善罢甘休？接到梅尼电报的驻华使团，又岂能坐视不管？

东方微明时分，施肇基终于下定决心，支持伍连德。但是，他知道，如果自己就这样贸然发报，肯定在京城引起一场风波，哈尔滨的防疫工作一定会受到波及，他必须提前在北京做好各方面的工作。可是，从何开始呢？

施肇基猛然想起，听说最近重建的海军部的副大臣谭学衡与伍连德是故交,何不先从他那里着手。

朝廷刚刚重新设立海军部,谭学衡被任命为副大臣,一时公务繁忙。这天刚刚睡下不久,便被叫醒。听说施肇基清早来访,觉得很奇怪,连忙梳洗穿衣,来到客厅。施肇基先表示歉意,随后开门见山地说:"听说谭大人和陆军军医学堂伍帮办是旧识?"

谭学衡点头:"伍帮办乃故交林国祥将军之甥,与我在英国相识,以兄弟相称。林将军一直希望伍贤弟能回国报效。听说是施大人向袁大人推荐的伍帮办,他方能回国效力。此番又去东三省主持防疫,全凭施大人慧眼识英雄。"

施肇基心中暗喜:"植之此次正是为伍帮办的事,请谭大人帮忙。"接着,把事情原委说了一遍,最后表示自己对伍连德有信心,拟解除梅尼的职务,但事情棘手,希望北洋医学堂所隶属的海军部能出面协调。

谭学衡听到此,拍了一下桌子:"施大人如此看重我伍兄弟,谭某岂有不从命之理。海军部可下发命令,命梅尼返校。"

军人出身的谭学衡确实爽快。

办妥了海军部的事儿,施肇基回到外务部,外务部尚书那桐正等得着急,一见到他,马上道:"施右丞,法国使馆刚刚送来照会,要求让梅尼代替伍连德出任东三省防疫总医官,你看怎么办?"

施肇基将事情原委再与那桐解释一遍,并通报刚刚和海军部达成一致,调回梅尼。那桐道:"既然如此,法国那边就由你解释吧。"说完,拂袖而去。

看来问题棘手,那桐把球踢给自己了,施肇基只好硬着头皮出面协调了。出了外务部,登车去法国使馆。走到中途,突然说:"改道,去英国使馆。"

来到英国使馆,求见英国公使朱尔典。不巧朱尔典去天津了,要到晚上才回来。施肇基只好返回外务部,耐心等待。再次到英国使馆已经天黑了,门房传出口信,公使大人已经休息了,请施大人明天再来。

施肇基只得再次返回，第二天早上不到九点，施肇基第三次来到英国使馆。使馆办公时间从十点开始，但是没等多久，朱尔典笑着出来了：“施先生三次来访，不知有什么要紧事？”

施肇基道：“十分抱歉，公使先生，屡次打扰了。只是我有一事不明，特来向公使先生请教。”

朱尔典有些诧异：“施先生是博学之士，有什么事需要我来帮助？”

施肇基一笑，道：“是有关医学方面的。”

“医学方面的？”朱尔典不明来意。

“请问公使先生，当今世界各国，以医学论，哪个国家最为先进？”

“医学先进国家有英、法、美、德等国，我以为敝国更为出色。”

“那么贵国又以哪所大学最为出色？”

朱尔典想了一想：“以我之见，应该是剑桥大学为优。”

施肇基点点头，又问：“那么法兰西如何？”

朱尔典哼了一声：“法兰西人浪漫有余，严谨不足，虽然也有巴斯德等大师，但其医学重观察而不讲试验，近50年已经落伍了，其整体水平比我大英帝国差得很远。施先生难道有亲友要出国学医吗？”

施肇基摇摇头说：“是这样，朝廷派往哈尔滨防治鼠疫的两名专家，因为对鼠疫流行的科学理论有分歧，闹到外务部，因医学过于高深，我无法定夺，这才特意向公使先生请教。”

朱尔典问：“是什么人争论？如何争论？”

施肇基道：“是就职陆军军医学堂的毕业于贵国剑桥大学的医学博士伍连德和就职北洋医学堂的法国军医梅尼，伍博士认为哈尔滨的鼠疫是通过呼吸传播，梅尼以为是通过老鼠传播，两人各持己见，我也不知谁对谁错。现在法国使馆递交了照会，要求用梅尼取代伍连德出任东三省防疫总医官。”

“岂有此理。”朱尔典非常恼火，“法兰西的军医不过上三四年大学，而剑桥大学医学博士除了上学，还要到医院实习、去各地进修，往往要九年时间,其水平岂是军医所能比的?据我所知,伍博士是当年剑桥医学毕业生第一名,也是同届第一位获得医学博士学位的,他的同学很多已经是大英帝国各地的医学支柱。难道这些在医学方面成就颇多的人还不如一名军医?法国人也太自不量力了。”

施肇基道:“以公使先生所见,朝廷应该支持伍博士的见解?”

朱尔典道:“当然了,贵国政府选派大英帝国培养的伍博士任钦差大臣的举措十分正确,伍博士到哈尔滨后,很快确定了病因,说明他是主持防疫的最佳人选。此事绝对不能为法国人所更改,我是驻华使团团长,法国的照会不必介意,由我去交涉。还有,我马上以大英帝同的名义,不,以驻华使团的名义照会贵国政府,支持伍博士继续主持东三省防疫。”

出了英国使馆,施肇基驱车飞奔,赶回外务部,拿出早已写好的电报,有些颤抖地签了名,吩咐:“快,快,给哈尔滨回电。”

傅家甸实验室的门被使劲地推开,正在观察显微镜的伍连德被吓了一跳,发现是林家瑞激动地跑了进来,手里拿着一张纸:“伍大人,北京回电了!”

伍连德轻轻地叹了一口气,从显微镜边站了起来,神情黯然地从林家瑞手里接过电报,他觉得即使不看,结果也能够知道了。扫了一眼,脸色大变。摘下眼镜,往镜片上哈了一口气,擦去上面的雾气,戴上,又读了好几遍。

电文写道:“免去梅尼参与鼠疫防疫的任务,伍连德不必介意此次的不快,继续主持东三省鼠疫防疫工作。”

放下电报,精神一振的伍连德走出实验室,高举双臂,长长地舒了一口气,此时天空湛蓝,阳光明媚。

四　梅尼之死

伍连德当时并不知道这 38 个小时在北京发生了什么事，他唯一能肯定的是施肇基为他做出了“担当”,成为他最坚强的后盾。这需要极大的勇气。

施肇基一生没有加入过任何党派,他将毕生贡献给中国外交事业,忍辱负重地为中国争取权益。他亲自参加了巴黎和会,在国内五四运动的鼓舞下,和顾维钧等人毅然辞职,拒签丧权辱国的《巴黎和约》。后来参与国际联盟成立,一生建树颇多。而其中最不为人知,也是功劳最大的,就是在东三省鼠疫流行期间起用伍连德,并成为他的坚强后盾。

伍连德在回忆东三省防疫时,把最大的功劳给了施肇基,正像施肇基在回忆录里热情赞扬伍连德,只字不提自己一样。伍连德认为,如果没有施肇基这位不推卸责任,勇于担当的上司在北京做后盾,做协调,甚至忍辱负重,他是不可能完成这个使命的。

仅此一举,施肇基和伍连德一样,称得上是真正的民族英雄。

可是就在这 38 个小时内,哈尔滨的局势急转直下。过去 24 小时内死亡人数达到 50。也就在这 38 个小时里,鼠疫已经从局部流行变成全面暴发。可是在没有更多增援的情况下,伍连德对此除了小范围的防疫以外,根本就无能为力。

38 个小时后,再走出实验室,伍连德还得继续等待。

少得可怜的增援陆续来到了。1 月 4 日,梅尼的两名下属赶到。梅尼被解除任务后,他们归伍连德指挥。

1 月 6 日协和医学院的吉布医生和由方擎率领的 10 名陆军军医学堂学生也赶到了。伍连德总算有了一支可以调动的防疫队伍。

伍连德希望尽快按他的预定计划建立医院和隔离区，可是北京、奉天和本地官府的经费迟迟不落实,也找不到合适的地点。俄国方面和日本方面还是根本不配合,唯一能管辖的中国人居住区,地方官依旧不把防疫当回事,他的命令被拖延,迟迟不执行。这几天伍连德四处奔走,到处呼吁,可是他的话没有人相信,没有人听得进去,死亡人数一天比一天多,伍连德心急如焚。没有别的办法,还得再找于驷兴。没想到，于驷兴自己找上门来了。

眼下正是数九隆冬，于驷兴满头大汗进了商会大门，见到他就喊：“伍博士，伍钦差，不好了，梅尼，那个法国佬中了鼠疫了。”

“什么？”伍连德大吃一惊，“怎么感染的？他现在在哪里？”

“不知道怎么中的，他住的俄国大饭店已经被俄国人封锁了，正在全面消毒，我派人打听了，据说人在俄国人的医院。”

“走，去医院。”伍连德往外就走，于驷兴也跟了上来。

两人赶到医院，哈夫金很快迎了出来，他向两人介绍情况。在得知自己的任务被解除以后，盛怒的梅尼根本不理会外务部和海军部的指令，决定单枪匹马抗鼠疫。1911 年 1 月 5 日，梅尼来到哈尔滨的俄国医院，哈夫金接待了他，在介绍了情况后，梅尼主动要求检查病人。哈夫金并不知道他已经被解除了任务，照常配合他的工作，让他进了传染病房。和伍连德进病房的情况一模一样。梅尼在进入传染病房之前，穿上了白工作服，戴上了白帽子和一双橡皮手套，没有戴口罩。在病房里，他和哈夫金医师一样，接连检查了 4 个病人，面对病人前胸和后背叩诊与听诊。进一步问诊后，梅尼医师便离开医院回到了旅馆。

以后几天中，他走访过几位欧洲朋友和熟人，并前往几家著名大商场购物。1 月 8 日，即访问医院后 3 天，梅尼医师开始感觉不适，轻微寒战、剧烈头痛和发烧，整夜坐立不安。次日清晨，开始咳嗽并伴有痰液。

因为他住在俄国大饭店，饭店知道他患病后，当即通知了医院。哈夫金得到消息，马上将他接到医院，此时梅尼已经高烧不退，咳中带紫血，细菌检查发现鼠疫杆菌。哈夫金正在用他叔叔研制的疫苗和抗鼠疫血清进行治疗。

伍连德问：“梅尼医生的情况怎么样？”

哈夫金摇摇头：“我们尽力而为吧。”

伍连德叹了口气：“我进病房看看。”看着越躲越远的于驷兴，伍连德说:“于道台,请你给施肇基大人发电报,向他报告这件事。”

于驷兴如蒙大赦,一边点头,一边往外走:“好,好,下官火速去办。”

伍连德和哈夫金来到鼠疫病房,哈夫金赶紧拿出口罩,严严实实地罩在口鼻之上,伍连德也戴好口罩,两个人刚来到病房门口,就听到梅尼的咳嗽声。

伍连德来到梅尼的床前,想说什么可是不知怎么开口。梅尼看到伍连德,努力止住了咳嗽,吃力地说:“伍博士,你是对的。”

伍连德在哈尔滨治疗鼠疫时穿的衣装

伍连德看着梅尼,这位过去几年在天津和自己相处得不错,几天前和自己争吵的法国前辈,心中很是伤感,安慰道:“不要担心,你会痊愈的。”

梅尼摇摇头,咳嗽几声又说:“这里不安全,外面还有许多事等着你去干,快走,快走吧。”直到看着伍连德走到门口,他提高了声音:“伍博士,愿万能的主保佑你!”

走出鼠疫病房,伍连德和哈夫金交换了意见。哈夫金对他的措施无不赞同,主动提出由他向俄国方面建议,俄国区完全按照伍连德的方案进行防疫,今后俄国医院在鼠疫防疫上无条件听从他的指挥。

从医院出来,伍连德便召集哈尔滨的那支小得可怜的防疫队伍,向他们通报了梅尼的情况,并详细讲解了流行病学情况和应该采取的预防措施,稳定军心,然后紧急布置防疫措施。

1 月 11 日,梅尼去世,距他访问鼠疫病房仅六天。鼠疫的传染力和凶险可见一斑。

伍连德在那间病房里的担忧和后来的伤感是有道理的,谢天宝的担心也是有理由的,此次防疫确实是出生入死。

事实要靠鲜血和生命来证明,伍连德的话终于令人相信了。

梅尼虽然私自行事、蛮横无理、妄自尊大，虽然藐视中国人，但他是为控制中国东三省鼠疫流行而殉职的，他的职业操守和献身精神是令人尊敬的。

梅尼医师的死讯产生了广泛的影响。首先是俄国防疫局的卫生队封闭了整个俄国大饭店，从梅尼医师的卧室里搬出了他的衣物和文件，将其全部焚毁，他用过的所有物品均用硫黄和石炭酸消毒，并在48小时内禁止任何人进入。与此同时，在哈尔滨的总领事和各国领事将这个不幸的消息用电报通报本国政府，而当地俄文和中文报纸详细地报道了这位著名病人的患病始末。

恐慌遍及各处，两个月以来，公众终于第一次认识到，在他们中肆虐的瘟疫究竟有多么恐怖。连位居天津北洋医学堂资深教授的医学界头面人物都难逃鼠疫之魔掌，其他人更无安全可言了。他们终于明白，如要确保自身无恙，合家平安，便应该听从那些负责防疫者的警告。正是公众态度的转变，使防疫工作有了重大转机，并为其后抗击鼠疫的成功奠定了基础。

梅尼去世的负面后果是某些行动难以开展。伍连德领导的中国医务人员，以及许多来自南方的助手，均被逐出离格兰德旅馆一个街区的大都会旅馆。旅馆管理者决心不再允许任何"遭瘟的人"住。在俄国人中，任何参与防鼠疫工作的医务人士都被冠以这个"尊号"。"遭瘟的人"成了不受欢迎的人，成了不可接触的人，要敬而远之！

但法国医师逝世产生的结果不全是负面的，俄国医院的管理和组织中出现了某些值得肯定的改变。

为梅尼送葬回来，伍连德召集全城官员开会，以前这种会议很难召集，迟到、缺席者并不少见，但这次会议，伍连德发现，几乎所有官员都聚集在傅家甸临时防疫总部门前等待，等待伍连德的到来，目光中充满着期待。见到伍连德，大家围了上来，七嘴八舌地提问，伍连德不知道先回答哪个好。

“大家静一静，”于驷兴大声说，“听伍大人的。”

伍连德看着那些惶恐万分，无助无奈的眼神，心里非常清楚，此时，也许正是在最危难的时刻，他们觉得天要塌下来了，希望能有一柱擎天，希望能有一位救世主出现。而他，这位只有31岁的年轻人正在扮演这个角色，他第一次感到自己身上担负着这么沉重的担子，那么眼下最重要的就是稳定人心，稳定人心就需要自己镇定。

“诸位大人，鼠疫虽然可怕，但只要我们认真地落实防疫措施，就一定会很快地消灭它。当务之急，是尽快落实各项防疫措施，请大家相信我。”

一阵寂静后，于驷兴道：“伍大人说得对，伍大人明察秋毫，所言无不中。我相信伍大人，听伍大人的指挥。”

在场官员纷纷点头称是：“我们唯伍大人马首是瞻。”

“请伍大人下令。”

于驷兴又说：“静一静，请伍大人下令。”

伍连德道：“谢谢各位大人，现在请各位大人协同于大人，尽快落实隔离所需的经费、地点和用具。”

各位官员纷纷点头，伍连德随即将有关事宜交代给于驷兴，让他率领众人火速办理。

刚刚送走诸位官员，有人通报，驻哈尔滨各国领事来访。之前对他不予理睬的各国领事结伴而来，围住伍连德用英文、法文、德文一齐发问，伍连德也用英文、法文、德文一一回答。几位领事不仅仅有他们本人的焦虑，也带来欧美各国在得知梅尼的死讯后，对东三省鼠疫流行的担忧：会不会又是一场黑死病？

耐心地解答完问题，送走了几位领事后，俄国铁路方面的官员已经等了很久了，是来请教防疫措施的。送走了俄国铁路方面的人，又得接待日本侨民代表和外国记者，然后是本城的知名人士和商会代表。伍连德成为各方面的唯一支柱，人们从他这里得到和鼠疫抗争的勇气和信心。

梅尼的突然出现是出乎意料的，梅尼的去世更是猝不及防的，这短短几天发生的事情令伍连德措手不及。梅尼的去世令人伤感，令人嘘唏，连续发生的偶然事件像一场悬疑戏剧，情节曲折，出人预料，却也在情理之中，看似偶然的事件，其实有其必然因素，这就是对科学的尊重，如果把防疫看成一场大剧，剧情还远未结束，结尾还无法预料。

无可争议的事实是，梅尼的死让伍连德的威望陡升，他不再是那个小个子年轻人，而是顶天立地的大英雄，他的话无人不听，他的计无人不从，成了防疫的一面旗帜。从哈尔滨的中方官员、外国使团、俄国铁路官员，到一般民众，都聚集在伍连德这面防疫大旗之下，非常时期，步调一致，服从命令是非常重要的。

此时，伍连德更加感激施肇基，感激他的为人，他在关键时刻的担当。换一种思路，假定没有施大人的坚持，假定梅尼顺理成章地担任了总指挥，假定梅尼没有被鼠疫感染，非常健康、精神抖擞、信心十足地领导这次防疫，他的思路，他的措施将必然把防疫引向歧途，会延误，甚至会断送防疫大计，那么后果不仅是防疫走一大段弯路，更会牺牲掉千百万人的生命。当然历史没有这么多假定。

这天，已经连续几天几夜没有好好休息的伍连德正在办公室里靠着桌子休息，恍惚中感觉有人进来，睁眼一看，是满脸愧色的林家瑞。看到他醒了，林家瑞道："对不起伍大人，吵醒您了，全大人到了。"

伍连德喜出望外："快请快请。"

一个中年人走了进来，行了一个军礼，道："伍大人，卑职北洋医学堂全绍清奉命赶到，请伍大人吩咐。"

看见这位自己在天津结交的第一个好友，伍连德难得地露出笑脸，上前紧紧握住全绍清的手："全兄，你来了，我就踏实多了。"

全绍清道："不仅我来了，还有协和医学院的阿斯普兰德医生、斯坦豪斯医生和 3 名学生，陆军军医学堂的侯医生和 10 名学生，还有其他各处派来的 14 名医生，北洋医学堂的人员明日就到。"

伍连德屈指一算，朝廷在北方所能调动的现代医学人才已经悉数派来了。虽然只有几十人，可是这已经是中国政府所能调动征集的极限了。今后的防疫工作再也不能指望增援了，只得靠这点有限的人手。

全绍清又说："没想到梅尼来到哈尔滨，闹出这么大动静，真是始料不及呀。"

伍连德叹了一口气："可惜的是他染上鼠疫殉职了。"

全绍清道："是呀，这个老洋鬼子虽然目中无人，但还算是个好人。"叹息了一阵，道："疫情紧急，请伍大人即刻分派任务，把最紧要的事交给我吧。"

伍连德心里一块石头终于落地："太好了，我正为此事发愁。控制哈尔滨的鼠疫固然非常重要，不让鼠疫从北向南扩散同样重要，这件事就交给全兄了。"

"好，遵命。应该怎么做，请伍大人明示。"

"从哈尔滨经铁路南下，第一站就是长春，那里是控制鼠疫扩散的关键。长春已经有不少鼠疫病例了，我想请全兄负责长春的鼠疫控制。"

"没问题。"全绍清回答得干净利索。

伍连德接着说："从今天来的这批人员中挑出一部分，随全兄去长春吧。"

全绍清摇摇头："哈尔滨至关重要，这些人都加起来还不够用，我一个人去长春吧，北洋医学堂后援还有十几人，应该够用了。"

伍连德道："长春也是大城市，十几个人哪里够用？"

全绍清道："非常时期，只能行非常之事。长春的防疫还可以征召中医嘛。"

伍连德眼睛一亮："好主意啊，对中医进行简单培训，这样就可以解决人手不够的问题了。"

全绍清看看表，道："我现在就走，还能赶上去长春的火车。"

伍连德连忙道："还是吃罢饭再走。"

1911年，抗击鼠疫时，在傅家甸成立的滨江防疫疑似病院

全绍清已经吩咐林家瑞去备马，回答道："算了，疫情紧急，时间不等人，去长春吃吧。"

在备马的间隙，两个人迅速交流了意见，统一了看法，随即，全绍清上马，和伍连德挥手告别，扬鞭而去。

形势紧急，地方官员再也不敢漠然行事，都迅速行动起来，对伍钦差的所有要求一一满足，各地的防疫组织也极其迅速地成立起来。1910年11月15日由滨江厅邀请各界代表20余人在哈尔滨组成了防疫会，由伍连德指挥。

奉天第一个响应，奉天防疫事务所于1911年1月12日成立，是独立的防疫机关，下设稽查部、医务部、埋葬部、检诊部、隔离部、消毒部、药料部和微生物检验部等部门。1月14日奉天防疫总局成立，附属于奉天行省公署，下设医务科、文牍科、报告科、调查科、会计科和庶务科，是奉天全省统一的防疫行政机构。

1911年1月17日长春防疫局成立。1911年1月26日吉林全省防疫总局成立，为吉林省全省防疫主管部门，下设诊疫所、检疫所、隔离所、庇寒所和掩埋所等14个所。

1911年1月20日黑龙江省成立全省防疫会，统辖各防疫机关。下设防疫卫生队、调查团、诊治处、检疫所、传染病院、疑似病院、隔离所，驻扎山海关，阻止入关客货火车。1月16日，在山海关沟帮子查到病人就地截留。1月20日，邮传部电令停止由奉天至山海关的头等车。1月21日，京津火车一律停止。至此，关内外的铁路运输完全停止。

1月14日，日本控制的南满铁路停驶。1月19日，俄国控制的中东铁路，二三等车停止售票，头等车采取检疫后登车的办法。至此东三省的铁路交通彻底阻断。清政府在山海关设立检验所，将陆路南下的旅客留住5日，以防鼠疫蔓延。

哈尔滨傅家甸，隔离旅客测体温

正是因为梅尼的悲剧，伍连德完全掌握了东三省防疫的指挥权，没有人再质疑他的能力，也没有人再敢要求出任总指挥。

等他终于有时间回到那间实验室时，发现那个日本医生早已不见了。也许是因为害怕，也许是因为大和民族的自尊受到了伤害，这个曾经很狂傲的日本人从此消失得无影无踪。

在这个异常繁忙的危难时刻，伍连德仍然保持着每天写日记的习惯。就在梅尼死亡的那天晚上，他写日记的时候突然想起了谢天宝，于是提笔写下："可惜谢天宝失去了一个报效国家的最佳机会。"

五 伍连德的简易口罩

因梅尼的死亡而引起的恐慌渐渐平息了。现在到了防疫措施正式开始实施的时候了。朝廷官员在看，驻华使团在看，俄国人和日本人在看，东三省的老百姓也在看，伍连德会有什么令人信服的举措推出。

以伍连德为首的中国东三省防疫委员会正式成立，那么，东三省防疫总医官伍连德要干的第一件事是什么呢？

防疫委员会召开会议，委员们看着伍连德，等着他发号施令。

伍连德看着大家说："现在，控制鼠疫的当务之急就是要求医护人员和民众戴口罩。"

大家吃惊地看着这位刚刚赢得了所有人信任和尊重的钦差大臣，他要办的第一件事竟然如此简单，似乎没有什么技术含量。

伍连德看着眼里充满疑惑的众人，又重复了一遍说："对，就是戴口罩。现在鼠疫通过呼吸传播，戴口罩可以阻断其扩散。"说着他拿出一个口罩说："我专门设计了这种简易加厚口罩，已经下令大量赶制，很快可以供应全体防疫人员使用。"

是的，一个简单有效的措施是通过血的教训才逐步为人认识的。既然该种传染病已被确诊为肺鼠疫，而且会直接通过病人咳嗽喷出的飞沫传染给健康者，那么任何与这种病人接触的人，最明智的做法就是戴上口罩。

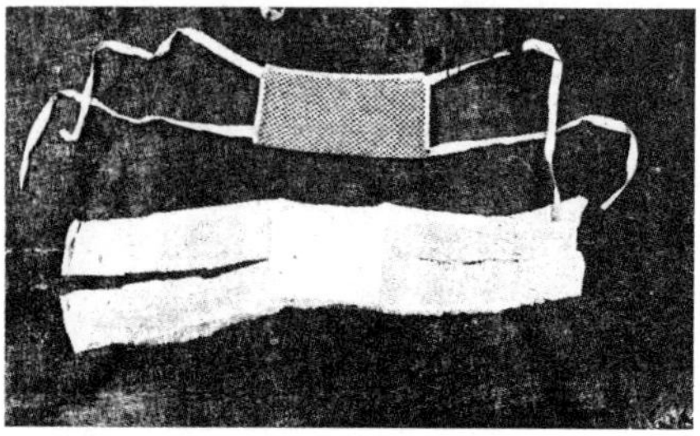

伍连德口罩。设计之初，伍连德将口罩的缚带设计成两端各三条，上方两条沿耳朵上方系在脑后，中间两条沿耳下系在颈后，下方两条向上系在头顶。为使用方便，不久即将缚带简化成两条，而防护作用依然

也许慌乱之中，居民们反应过度了，大街上几乎人人都戴上了这样或那样的口罩，但不是所有人戴口罩的方法都正确。有的人把口罩松弛地挂于耳上；有的人套于颈上，似乎把口罩当作护身符，而正应刻意保护的鼻孔和口腔却依旧暴露在外。防疫委员会推荐的简单的纱布口罩很快便推广开来，许多志愿者在家中赶制。

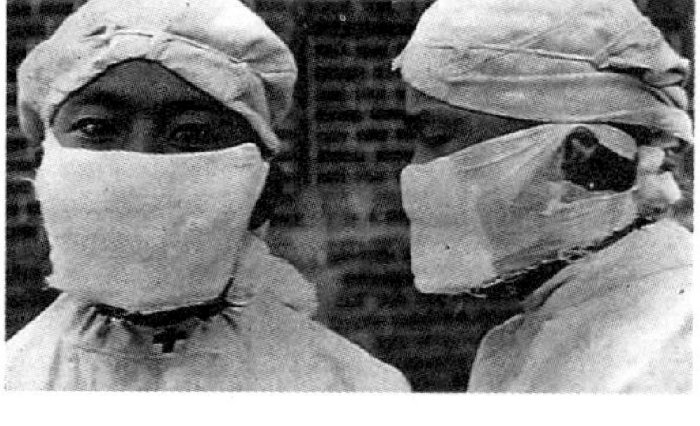

佩戴口罩正侧图。如此自制的口罩不仅佩戴方便，而且物美价廉，每个只需国币二分半

这种简易口罩是伍连德发明的，称为伍连德口罩，制作方法也很简单，用成卷的90厘米外科手术用的洁白纱布制作。两边各剪两刀，分成各长30厘米的3条缚带，保留中间部分不再剪切，折叠面积为150平方厘米大小，裹住消毒药棉。戴用时，上边的两条分别绕过耳朵上面，系于脑后；中间的两条分别绕过耳朵下

面，系于颈后；最下面的两条向上绕，系于头顶。后来口罩的样式只有两对缚带，都是系于脑后，这种简易口罩是软的，可以调整，戴在脸上，与面部和脖子紧贴。在病房值班时，戴上 1 个小时甚至更长时间，也没有喘不上气来的感觉。

同时，防疫机构向各级医务人员下达了指示，说明用口罩防护纯系防止病菌进入呼吸道的物理学效应，因而不要在口罩上使用任何灭菌剂。但是有些自作聪明的职员，为了更加安全，又在消毒药棉上洒了几滴来苏尔，甚至是未经稀释的石炭酸，致使嘴角和鼻尖被烧灼。1910 年至 1911 年疫情猖獗时，防护口罩被证明最有用，不仅被用于急性鼠疫病院，还被用于隔离营和停在铁道上的观察车厢上。当时每天都有数百名疑似者和接触者接受检查，他们有的已被感染并咳出带菌的痰沫。这些检查者中有一位或许没有口罩防护，或许没有规范使用，这就导致了年轻的医师杰克逊，即沈阳的苏格兰长老会传教团的司督阁医师的助手于 1911 年 1 月受到感染鼠疫而丧生。防疫组织完善之后，便准备了数千个标准的口罩，从总医官到夜间执勤的士兵随时取用。

一方简易的口罩贯穿整个防疫过程，居功至伟。

六　全面推行防疫措施

梅尼的死使梅尼坚持的理论不攻自破，而伍连德的肺鼠疫概念被人接受，伍连德的权威地位正式确立。

世界上的事情其实很有意思，要想让对方接受你的建议，往往不在于你坚持意见本身的对与错，而在于你在对方心目中的地位和对方对你的信任程度，如果绝对信任，高山仰止，达到崇拜的程度，乃至认为你是神话，你接下来的路就基本打通了。

如果没有施肇基的坚持，权威梅尼取代无名之辈伍连德的东三省防疫总医官职位应是顺理成章的事，那么伍连德就不会成就一番轰轰烈烈的事业，更成不了医学权威，永远摆脱不了人微言轻的地位。

世界上小人物的真理被错误的权威打压的事件数不胜数，甚至有些曾被打压的小人物，在成为权威之后竟毫无怜恤之心地反过头来打压小人物，既有认识上的问题，更有维护尊严的原因。

伍连德用自己的业绩确立了权威的地位，成了疫区的主心骨，定海神针，他一呼百应，防疫措施无一不顺畅实行。

当然权威也是一把双刃剑，这就是另外一个问题了。

在伍连德的领导下，一系列会议召开，会议做出了如下决定：

1.将傅家甸分成4个区。每个区由一位高级医官负责，带领足够的助手对区内房屋逐一进行检查；将发现的所有鼠疫患者送到新的鼠疫医院，将其家属及其他接触者置于隔离所或送往借自俄国铁路局的车厢内加以隔离，施行房舍消毒，每日向主管医官呈交疫情报告。

2.为保证更好地控制疫情，尽量将例行检查和疫情呈报工作交由受过系统训练的医务人员来完成，以取代未经专业训练的警察。被替换的警务人员则返回原岗位。

3.从长春调1160名中国步兵，以加强有关规则的严格执行，特别注意人群的流动。

4. 征召600名警察成立一支警务分队，接受防疫工作的训练，并按照医官的命令驻守各地。

哈尔滨傅家甸防疫摄影。该图为滨江防疫会临时消毒所

可供使用的建筑物，例如关闭的学校、停业的客栈和大车店等，一律租用，并尽可能改造为4个部分：办公区、消毒区、医务人员宿舍区和接触者的隔离区。

1911年，哈尔滨停业的客栈、学校等被用来当作防疫的办公室、消毒室和病房

各分区的居民都要求在右臂佩戴政府分发的臂章，分为白、红、黄、蓝4色，分别代表4个分区。佩戴某色臂章者，可在它所代表的分区内自由行动，如进入另一分区，须经特别许可。同样的规则适用于城外军事封锁区，未经防疫委员会特许不得进出城区。因为有近1200名步兵在城外，600名警察在城内日夜执勤，逃避监管几乎是不可能的。每个分区设1名首席医官、2名助理医官、4名医学堂学生、58名卫生杂役和26名警察。每个分区配备12辆大车和16副担架用来运送患者和尸体。如此复杂的人力安排要求上级领导严格监督。疏漏之处在所难免，例如过分注重医务人员的个人消毒，后来证明造成了人浮于事，但是在危机开始时的关键时刻它是有作用的。因为当时人人紧张，需要格外注意并激励众人恪尽职守。总的说来，严格刻板的规矩虽然复杂但运行良好，开始实行的第一个月内，死于鼠疫的总人数已达3413，最严重的一天死亡183人，恰好30天后，即1911年3月1日，死亡人数下降为0。这确实是科学组织的胜利！

沙俄当局热忱合作，这可由铁路局建立的防疫局医务总监博古奇医师递交的报告中证明。该医师的报告中记载，第一个鼠疫病例于10

防疫工作人员合影，为防止传染，工作人员均佩戴口罩

月 12 日在边境城市满洲里登记。疫情沿着铁路线逐步传播开来，哈尔滨的第一个病例出现在 10 月 27 日，于是决定采取以下措施：

1.建立鼠疫患者营房和隔离观察室。

2.为加强卫生管理，将城区分成 8 个区。

3.从俄国征召并任命足够数量的医务官员。

4.提供足够数量的车辆以保城镇清洁。

5.任命卫生官员，开设讲座，并散发用俄文和中文书写的普及读物。

著名的 D.扎博洛特内教授从圣彼得堡到达后，又增加了一些措施：

1. 根据居民的健康状况，加强对公共卫生的关注。

2.建立地区鼠疫防控中心以便尽早发现和隔离鼠疫病人。

3.改善最贫穷阶层的居住条件。

4.为务工者和失业者设立居留地和食棚。

5.建立哨卡，检查所有进入城区者。

6.对房舍和衣物仔细消毒。

检查疑似鼠疫患者

七　巡抚大人给的期限

一个寒冷的下午，哈尔滨火车站的站台上挤满了接站的人，本地的官员士绅悉数到场。人虽多，可是秩序井然。

从长春来的列车开始进站了，欢迎的人群鸦雀无声。列车停稳后，车门打开，一个矮个子官员率先下来，后面跟着一队官吏。道台于驷兴从站台上等候的人群中抢先上前，对着领头的官员施礼：“巡抚大人一路辛苦，卑职有失远迎。”

巡抚摆手示意：“于大人辛苦了。”说罢紧走两步，一把握住队列中一位戴眼镜的年轻人的手，改用广东话道：“星联兄只手擎天劳苦功高，吉林一省百姓的安危就仰仗星联兄了。”

此人正是吉林巡抚陈昭常，被握住手的是伍连德。当年伍连德在北京等候正式任命时，两人在戴鸿慈府里见过面。此次，陈昭常率领省里官员专程前来考察哈尔滨防疫工作。两人寒暄了几句后，陈昭常一指旁边的一位精干的幕僚：“我来介绍一下，这位是廖仲恺先生，今后有关防疫方面的工作就由廖先生全力协助你。”

廖仲恺也用广东话道:“伍博士临危受命,解三省黎民于倒悬。有什么需要的,仲恺一定尽力。”

伍连德早听说过陈昭常的这位能干的首席幕僚,十分高兴地说:“太好了,哈尔滨防疫只是一个部分,要想彻底控制这次鼠疫,一定要各地的一致配合。尤其是铁路沿途层层把关,长春非常关键。”

廖仲恺道:“长春的防疫措施一如哈尔滨,已经全权交给全绍清教授负责。”

伍连德问:“全教授只有少数北洋医学堂的师生帮助,长春那么大,人手怎么够用?”

廖仲恺回答:“已经征集不少本城的中医,并培训大批警察,目前人手不缺了。”

说话之间,大家已经来到站外,乘马车来到滨江道。伍连德详细介绍了本地的情况和采取的措施,陈昭常对此表示赞许,命令所有地方官员无条件听从伍连德调遣。然后说:“希望在两个月内将鼠疫控制住。”

伍连德听了一愣,虽然这句话属于官话,只说是希望,但这种话是能轻易说出来的吗?难道这位巡抚大人和于道台、章知县一样,也是一个乐观主义者?

没想到,伍连德的努力让陈昭常的官话实现了。

一行人到傅家甸进行视察。在路上,廖仲恺继续和伍连德交换意见。比伍连德年长两岁的廖仲恺也是归国华侨,同样的背景加上同乡的原因,两人感到格外亲近。

伍连德认为,随着居民的逃离,这种可怕的瘟疫也将越过长春,蔓延到东三省,乃至天津、北京和济南。除了严格控制从哈尔滨到山海关铁路沿线,在关内的北京、天津和山东、河北诸地也要采取必要的措施。两人最后商定,分别由伍连德和陈昭常向朝廷提出建议。

八　现代医学知识大普及

送走陈昭常一行，伍连德马上致电外务部。建议除在从哈尔滨到山海关的铁路沿线加强对鼠疫病人的控制外，在华北、山东等地也要采取必要的措施。

值得庆幸的是，除了施肇基在北京全力以赴的支持外，吉林巡抚陈昭常也下令全省尤其是要求哈尔滨的官员无条件地服从伍连德的调遣，这使伍连德指挥起来越来越得心应手。更值得庆幸的是，掌管东三省的奉天总督锡良是清廷一位难得的开明官员，在这个关键时候不仅大力支持伍连德，而且积极组织防疫。

早在1月11日，锡良写给军机处的奏折中就已明确提出："此次疫症，因东清、南满火车往来蔓延甚速"，为防范计，"于火车经过大站添设病院、检疫所，凡乘火车由哈赴长，由长赴奉之商民，节节截留，一体送所查验，过七日后方准放行，染疫者即送病院医治"。同时与日俄有关方面交涉联合防疫，"现正商同日俄车站，将东清、南满二三等火车暂停开驶南来，杜绝传染。为正本清源之计，其南满京奉、安奉路线所经如长春、公主岭、昌图、铁岭、辽阳、新民、沟帮子、抚顺、本溪、凤凰、安东等处，均经颁发章程，一律查验。"

各地按伍连德建议，制定了严格的疫情报告制度和查验隔离制度，锡良电饬沿铁路各州县，要求将每天鼠疫在各地的流行情况及时用电报进行汇报，而且"所有防疫电报一律免费"。同时建立奖惩制度，锡良奏请"出力人员，照军营异常劳绩褒奖。其病故者，依阵亡例优恤"。在他的带头下，东三省督抚纷纷奏请"奖银拟分四等，一等万金并照阵亡恤典"。这些请求很快得到了清政府的批准。

清政府完全采纳伍连德的建议，充分认识到了防则生，不防则死的道理，一场真正采取现代防疫手段的防役战争开始了。1906年，清政府设立巡警部，次年改为民政部，下设卫生司，管理卫生防疫、医药和医院等事，是国家卫生事业的管理部门。1911 年卫生司司长唐坚，因为防疫不力，被记大过一次，其下属防疫局长也受到申斥。摄政王于 1 月 18 日特意召见民政部尚书肃亲王，询问消灭鼠疫事宜。

鼠疫预防方法传单

面对严重的疫情，外务部、民政部和邮传部随时会商。东北至京师的铁路沿线上层层设立了防疫站。直隶保定防疫局、邮传部、步军统领衙门，在保定、长辛店、通州等地也设立了防疫站，随时对来往车辆进行查验。

此外，在北京城各城门外设立检查站，对于来自东三省等鼠疫发生地的步行者，勒令先在城门外住宿，待实行检验没有可疑症状后，才能入城。

北京城内，卫生警察队在内外城广泛地发布告示，宣传防病防疫知识，动员市民清扫卫生，消灭老鼠，杜绝病源。由卫生警察队监督清道夫，认真打扫街道、清理垃圾，消灭老鼠，并由卫生警察随时稽查。

北京还分别在内外城设临时防疫事务总分局四所，于永定门外设防疫室、隔离室、防疫出诊所。内外城官办医院添置了防疫药品、器具。并要求在京的外国医院改为时疫医院，接纳病人。

北京实行疫病报告制度，内外城发现疑似病例，立即报告防疫事务局。防疫事务局即派医生前往检验。如果发现有染病嫌疑，立即将人送往防疫室，原住房屋封闭消毒，并阻断该处交通，家人和邻居送往隔离室。这期间病故者，也必须经医生检验是否与鼠疫有关系。严密防止间接传染。旅店、饭馆、茶楼、市场等场所，都令卫生警察逐日检察。

在直隶设立临时防疫局，患病的百姓，统一管理。在保定，也特设临时防疫局，附近各府州县遇到鼠疫疫情，由临时防疫局派医生前往处理，并要求所属防疫专局严加处理。

伍连德下达的戴口罩的命令，不仅在哈尔滨被严格执行，其他地区也在执行。在铁岭，政府向当地民众发放一万多只被称为“呼吸囊”的口罩，下令老百姓出城入城都必须戴，由巡警随时稽查，如有不遵守者，即以违警论罪，铁岭是执行这条防疫措施最严格的地方。

然而，从中央到地方抓得最紧的还是灭鼠。

伍连德在哈尔滨斩钉截铁地说应以隔离为重，不必以灭鼠为重。可是，在其他地方，各级政府还是不敢放松灭鼠，甚至当成头等大事来抓。

鼠疫大流行，在紧急形式下，清政府各级官员的观念有了非常大的变化，接受了现代医学知识，具体体现在消毒和灭鼠上。虽然伍连德坚持，在人力有限的条件下，控制鼠疫一定要严格隔离病人和疑似病人，但是他提出的肺鼠疫的理论还没有被广泛接受。政府一方面无条件支持他在东三省的防疫工作，采纳他的隔离建议，另一方面也不敢

工作人员正在消毒

不灭鼠。而且确实存在着患病的人把鼠疫传给老鼠,老鼠再传给其他人的可能。

尽管这次大规模灭鼠对控制这场大鼠疫并没有起到决定性作用,但是,在全国社会各阶层人士中树立了正确的卫生防疫观念,普及了现代医学知识,大大地改善了城市卫生环境。

除了灭鼠外,官方还组织消毒和疫苗接种等。在铁岭,从事屠宰行业工作人员必须穿白色服装,每日必须消毒一次,动物内脏必须当场清洗干净,装在专用的板箱内。天津卫生局要求百姓喝开水、吃熟食、注意生活卫生等。北京在公共卫生防疫方面也采取了许多有效措施,比如剃头棚地下均垫石灰,所有店铺内衣服毛巾每日更新三次,私自通行于断绝交通处,及随地便溺不遵守公共卫生者,处以罚款。黑龙江防疫会协同巡警挨户清查,凡有房屋不洁之家,勒令即时打扫,以清污秽。

在几百年一遇的大鼠疫面前,面对俄日对东三省的虎视眈眈,以及北京驻华西方外交使团的步步相逼,伍连德到哈尔滨后迅速地用最先进的科学手段查出了病因,使处于现代化转变过程中的中国的防疫观念一下子树立起来,与过去相比,发生了本质变化,变得异常开明。不仅没有神巫之类的闹剧,公共卫生事业也飞速地发展起来。中国现代卫生防疫系统就这样在大鼠疫的危机中萌芽了。

日历翻过了近一个世纪,2003 年,中国大地上出现了一种被称作"非典",即重症急性呼吸综合征的可怕瘟疫,其传染力之强、传染速度之快、传染范围之大以及死亡率之高,令人闻风丧胆。"非典"是一种通过呼吸道感染,攻击肺部的恶疾。它起源于中国的广东,后来迅速向全国蔓延,很快北京这个国际化大都市成为最大的"非典"聚集地,到这年的五一劳动节,已成为扩散到全国的可怕瘟疫,传染力之强可以通过这样一个病例证明。毫不相干的来自世界不同国家的七人,在北京一家宾馆内使用了同一部电梯,然后又回到各自的国家,这七个人同时都患上了"非典",并且把"非典"带到了世界各地,之后与这七个人有过直接接触的人，无一例外地都患上了“非典”。

这是进入21世纪的中国，乃至世界遭遇的最大范围的一次烈性传染病，而且由于此时包括海陆空的交通运输已经十分发达，世界是个地球村，疾病传播的速度与范围显然与伍连德时代不在一个水平线上。

据世界卫生组织2003年8月15日公布的统计数字，截至8月7日，全球累计“非典”病例共8422例，涉及32个国家和地区。自7月13日美国发现最后一例疑似病例以来，没有新发病例及疑似病例。全球因“非典”死亡人数919人，病死率近11%。统计显示：中国内地累计病例5327例，死亡349人；中国香港1755例，死亡300人；中国台湾665例，死亡180人；加拿大251例，死亡41人；新加坡238例，死亡33人；越南63例，死亡5人。

21世纪的世界已经进入了互联网时代。中国已经具有现代化的强大的传染病防预体系，当时中国政府的应对办法除了大剂量激素治疗病人外，最行之有效的防疫办法就是隔离。今天当人们翻阅有关东三省肺鼠疫这些泛黄的历史资料时，会惊奇地发现，21世纪中国应对“非典”的办法，与伍连德当时指挥东三省应对肺鼠疫的办法如出一辙，核心就是隔离，从中也可以看出伍连德防疫办法的超前性。

伍连德在21世纪再一次被人们提起，一个伍连德式的人物钟南山院士享誉中国与世界。

第四节　焚烧尸体

一　僵持

从关内到关外，控制鼠疫流行的大规模卫生防疫工作全面展开。

在关外，从哈尔滨到沈阳，都出现病例，东三省各地鼠疫防疫局派人分段负责，一旦发现病人，立即就进近送入鼠疫医院和隔离区。

隔离区的情形

长春已经有很多鼠疫病例了。奉天于1911年1月2日发现第一例鼠疫病人,此人来自从哈尔滨,病倒在大街上。奉天医科学堂的师生在克里斯蒂医师的率领下，承担起当地的鼠疫防治工作，同时承担从奉天到山海关铁路沿线的鼠疫控制。日本方面负责从奉天到大连铁路沿线的鼠疫控制。东三省其他地区也相继行动起来。

此次防疫的重点还是哈尔滨，只有控制住哈尔滨的鼠疫流行,才能有效地控制其他地区的鼠疫流行,否则鼠疫还会从这里向外扩散。

哈尔滨此时宛如战场，在以伍连德为首的防疫委员会的指挥下，所有预防和控制措施被严格地日复一日地执行着。傅家甸全面隔离，四个隔离区相互分开,上千的人被隔离在隔离病房内。医护人员一户不漏地天天检查,不放过任何一点可疑情况。士兵和警察非常严格地控制了整个地区的人员出入,基本上做到滴水不漏。伍连德每天都集中有关人员召开联席会议,由各单位汇报情况,清查漏洞。全体工作人员不辞辛苦地,没日没夜地工作着,也焦急地期待情况好转。俄国人居住区的防疫工作也抓得很紧。

在紧张、焦虑、度日如年的持续期待中,整整1个月过去了。医师们和员工们希望见到奇迹的出现,然而却连一丝一毫好转的迹象也没有显现。鼠疫死亡人数每日都在继续上升，从40增加到60。这个数字维持稳定一两天，然后又突然暴发，超越百人大关，迅速上升达到1天死亡183人。医官在4个分区依旧定期巡视原有的鼠疫医院和新建的秩序较好的医院。最先建成的医院原为浴室，内部条件并不理想，其中收治了1000多个病人，尸体在数小时至数日内移出。这个有名的鼠疫医院用厚木板建造得极为坚固，是当时傅家甸最引人瞩目的建筑，在完成了它的使命之后，被付之一炬。

较新的医院原为带有开阔大院落的大型客栈，有木制的单人床，条件还算不错，但此间病人死亡率并未降低，同样是百分之百。有报告称，甚至在其中的陪护人员也大部分被感染，尽管已告诫他们注意卫生防护。后来得知，这些陪护人员经常夜间偷偷潜入病房盗窃濒临死亡的患者的衣服和钱财，很可能未戴口罩，贪心与愚昧葬送了多少条生命！中东铁路局此时表现得十分慷慨，霍尔瓦特将军终于践行了他的承诺，借出的120节货车车厢，一字排列在空旷的地面，它们离中国城区仅3里多地。每节车厢均安装有燃烧木材的巨大的铸铁火炉供暖，用于收容大量接触者。起初接触者不过百人，但不久就超过了1000人。早晚有人给他们测量脉搏和体温，只要发现发热病人，立即在车厢中隔离。而确诊染病者，病情便会迅速恶化并发展成咳嗽和咳血。在细菌学检验确定为鼠疫患者后，即被转送至鼠疫医院。入院后可能一两天内即死亡。

在病疫防控期间，当地中医师顾喜诰（左）、贾凤石（中）、某医护人员（右）于傅家甸某养病院（由店铺改建而成）前合影。而有关顾喜诰、贾凤石的事迹，也收入了1912年英文版的《奉天国际鼠疫会议报告》中

在这个恐怖、沮丧和压抑

的时刻，出现了一件令人欣慰的事情。有两位医务助手竟对如此可怕的瘟疫具有不可思议的免疫力。他们是顾喜诰和贾凤石，年龄分别为43岁和28岁。在傅家甸瘟疫流行之前，顾喜诰是一位民间草药医生。当浴室被征用后，他自愿来此做坐堂医师。他仅有的配药助手贾凤石，也参与照料病人。他们二人在傅家甸这个鼠疫传染严重的医院里自始至终坚守了3个月。至少亲手护理过1500名病人，整个工作期间，他们居住在医院主楼后的一间小屋里，并未做任何特别防护，昼夜连续暴露在鼠疫病菌之中，忠于职守，从未离开。他们从一开始就不戴防护口罩，参加防疫工作后，曾被命令和其他医务人员一样采取保护措施。当上级医官在场时，他们照章佩戴口罩，但当上级医官离开以后，他们在照料病人时，仍然自行其是，只将口罩挂在脖子上，毫不避讳面对的是疑似患者或已确诊的患者，配备的口罩纯属一个摆设。然而他们似乎有神灵护佑，同处一个医院的同事相继染病死去，顾、贾两人却安然无恙，毫无防护地继续他们的工作。1911年4月在奉天召开的国际鼠疫会议上，他们受到各位专家的极大关注。他们的血清经过反复检测，但未见异常。他们两位被当作天然免疫的例证。1912年，东三省防疫事务总处成立，顾、贾二人受到褒奖，成为研究者的人体实验志愿者。

其实俄国医院的哈夫金医师也可称为天然免疫者，在梅尼突然染病之前，他进出鼠疫病房，并毫不在意地面对鼠疫患者，因为那时他根本不相信鼠疫的传染途径为呼吸道，所以从不戴口罩，甚至对伍连德的紧张表示不屑并加以嘲讽。虽然后来他戴上了口罩，在戴口罩之前，他有无数次被感染的机会，但他仍然健康地活着。

在这次鼠疫的大流行中，另一个特殊例证是一位家住奉天开原县的刘女士，27岁。由司督阁医师报告的这个病例特别令人感兴趣。因为她显然是一位“健康的接触者”。这似乎令人费解，从1月30日至2月14日15天之内在她周围有12人被传染并全部死亡，她却安然无恙。现将此特别病例简述如下：

1月30日，与其同处一宅的夫兄刘某染病，由刘女士看护。2月3日刘某死亡。

2月5日，刘女士的丈夫及其三哥在装殓尸骨时均染病，其丈夫鼻孔出血，由刘女士护理并于2月6日送入鼠疫医院。两位染病者于2月8日死亡。

2月9日，刘女士在丈夫死去后与关女士同住一屋。关染病后由刘护理，死去。同日刘女士前往孙先生家中，该处还有一位来客傅先生居住：两人同时得病，傅先生回家后传染了家中的3个成员。此5人全部死于鼠疫。傅所在村庄此前未被传染。

2月10日，刘女士已经觉察到自己是“瘟神”，惊恐万状，从城墙下的水沟中逃往城外。

2月12日，她被邀请住在潘先生家里。

2月14日，潘先生和他家中另一成员出现相同的高烧症状，随后均死亡。为逃避当局的强行隔离，她再度逃走，一连数天躲藏在附近马厩的稻草堆里。

2月15日，刘女士被人找到，被带往医院并检查了她的痰液。在严密监护中度过1周，但未出现任何病症，最后让她出院。

显然，刘女士是一个罕见的肺鼠疫病菌携带者，传染了十多人，而她自己却未染病。

整个鼠疫流行期，类似的情况只有三例。到了这个时候，对控制鼠疫也有些绝望的伍连德开始寄希望于人群能出现免疫力，来抵御鼠疫的感染和传播，达到控制鼠疫的目的。

他在日记中写下这个愿望，当然，他知道这只是一种美好的期盼，近似天方夜谭。

人们常说，过去了的事情，无论多难，事后看来总是容易的。人们看到了事件的结局，却忽略了事件发展的过程。是的，1910 年那场肺鼠疫已经成为历史，伍连德的事迹也成为壮举镌刻在历史的丰碑之上，但过程呢？那难熬的日日夜夜呢？该想的主意已经想了，该堵塞的漏洞已经堵塞了，该做的事情已经做了。伍连德，还有周围的医师，以及上上下下的各方人士，无不全力以赴，但仍然没有效果，局面就是不见好转，他们的努力不见任何成效。以伍连德为代表的医疗队伍和史无前例的大瘟疫就这样僵持、对峙着。伍连德曾出现过一时的动摇，沮丧，事情就这样僵持下去，什么时候是个头啊？但他知道，此时，意志是最重要的，他能做到的就是坚持，再坚持，绝不松懈。

防疫队伍与瘟神，好像角斗场上的双方，恶斗了很长时间，已经精疲力竭，此时就看谁更有定力，更有耐力，谁就会取得最终胜利。

二　毛骨悚然的坟场

坟场上的尸体

这天晚上，在例行召开的情况汇报会结束后，伍连德仔细回忆着每一个细节，想一想还有什么环节被忽视了。突然，他想起整个防疫工作中有一个漏洞，那就是坟场，鼠疫发生以来，哈尔滨已经有几千人死亡，但这么多尸体是怎么处理的？

运送鼠疫死者尸体的马车

他原来已经知道，这些尸体由官府出资，装在棺材里运往一个大坟场，但坟场的情况究竟怎么样？

1911 年 1 月 28 日，哈尔滨，傅家甸坟场，伍连德在寒风中一动不动地站了好几个小时。看到那里的情况，他目瞪口呆。

一开始，由官府在大街上收集尸体，用棺木装殓，用马车运往城北公共墓地安葬。后来因为死亡人数激增，决定不用棺木而直接掩埋。但在 6 周以上的时间内，无论棺材或无棺尸体均未埋葬。这并不能全部怪罪于承担此项工作的人员，因为哈尔滨的隆冬土地封冻，冻土层通常深达一两米，挖掘墓穴埋葬尸体极为困难，马车来到，无论棺材，还是死尸，只能像卸沙石一样，平摆浮搁了。简陋的棺材和裸露的尸体排列起来，绵延三四里，暴露在黑白斑驳的地面上，虽然下了几场雪，但轻薄的小雪覆盖不住这些尸体。

在这些摆放的尸体中，只有少数盛殓棺木之中，有的棺木钉得还算牢固，大多数则棺盖虚掩，甚至敞开，棺内尸体暴露无遗，胳膊和腿，或弯曲或直挺，伸到棺木之外，裸尸有的平卧，还有的呈坐姿，这是在冬季极度严寒天气里，一两小时内即被冻僵的原始状态。有的死后被人丢弃街在上，倘若某个将死的病人被从客栈或收容所赶出，在野外的酷寒中，则将本能地缩成一团，以尽力维持体温。在这个地方，冻死的人多保持这种姿态。

坟场上的尸骨狰狞、丑陋，坟场一片肃杀、恐怖。北风呼啸，卷起雪尘，打着旋儿，在坟场中扫荡。这是在明晃晃的阳光之下，若是在深夜，则更加阴森瘆人。

而这些尸体，在几个月前，甚至就在几天前，还是鲜活的生命，如今阴阳两隔，曝尸荒郊。

伍连德粗略地数了一下，足有三四千具尸体。由于哈尔滨的冬天十分寒冷，鼠疫杆菌可以在室外存活很久，这个坟场就是鼠疫杆菌的天然冷藏柜。而且一旦有老鼠出没，啃啮尸体，鼠疫就可以感染老鼠，再由老鼠带回城内，传染给人。这样的事情可能正在发生，或者即将发生。想到这里，伍连德不寒而栗。

这难道是死亡人数不断增加的原因吗？也许是，即使不是，也是一个巨大的隐患。只要这个坟场存在，在傅家甸为防疫所做的一切努力就毫无意义。

这是伍连德查看坟场后得出的结论。

伍连德叫来工友，让他们挖坑掩埋，但冻土层坚硬如铁，铁镐用力地刨下去，迸出一个个火星，地面却只见一个浅浅的白点，挖透一两米的冻土层掩埋尸体，这么大的工程量何时能完成？这种尝试失败了。

堆积的尸体如此之多，掩埋是不可能了，怎么办？伍连德的防疫工

坟场上尸横遍野

作又遇到了一个坎儿，这个坎过不去，防疫工作可能就会前功尽弃，疫病可能会卷土重来，甚至可能变本加厉。

伍连德想到解决这个问题的唯一办法就是烧。

焚尸这个想法刚刚闪现时，伍连德竟被自己吓了一跳。

在1911年的中国，甚至当时的全世界，人死后要入土为安，怎么可能焚烧？伍连德虽然生长在南洋，可是他们家的传统也是土葬。他清楚地知道中国的伦理和传统，中国人对祖先的崇拜近乎宗教信仰，守护先人陵墓是守孝道的标志之一。焚尸会被看作是对祖先的亵渎，大逆不道。尤其是这种大规模的焚尸，在百姓中的影响会非常大，如何破解？

这个难题的难度远胜于解剖一具尸体。

此时的伍连德已经不是刚出关的年轻医官，短短一个月的历练，已经让他逐步成熟起来，他知道，要想实现自己的方案，光靠精湛的医术是远远不够的，靠单打独斗更行不通，他要平衡各种关系，有一个周密的计划，要得到官方，特别是朝廷的支持，事情要做得有礼有节。不管你的动机多么正义，如果蛮干，不讲究策略，不仅达不到目标，而且会引起轩然大波，引起百姓的对抗，官府的敌视，甚至引来杀身之祸。

事不宜迟，他立即命人把当地所有官员请到坟场。

哈尔滨的中方官员们匆匆赶到傅家甸坟场，伍连德请大家戴好口罩，并没有说话，让他们一起坐上马车，沿着长达数里的尸体和棺木堆缓缓行驶。

马车的队伍从坟场这一头走到那一头，一路上没有一个人说话，人人脸色凝重。然而伍连德知道在场的每一个人，包括那位混事儿的章知县，心里的震动都不会比他小。

大家重新回到出发地点，于驷兴沉下脸来，对着章知县大声训斥："章大人，朝廷三令五申，各衙门务必全力以赴。有关经费我已足额拨给你，可你办得如何？竟然让这么多尸体露天堆放，人死入土为安，可是你竟然连平放都做不到。你们看看，这里面多少尸体是坐着的，蜷着的……"

章知县战战兢兢:“下官已经尽力了,于大人,可是棺材铺日夜赶工,也无法制作出这么多棺材。而且现在大量人手都被征用去实施隔离和消毒,根本没有力量深埋。”

于驷兴接着说:“你不必狡辩,隔离才多久?伍大人刚才讲了,已经一个半月没有掩埋了,我要立即向巡抚大人禀报!”

章知县面如土色,无言以对。

这时伍连德插话:“于道台,这也不能怪章知县。即便是有充足的棺材和人力,短期内也不可能深埋。我命人试过了,天寒地冻,根本挖不动。”

一位官员也说:“伍大人所言极是,此事怪不得章知县,天灾呀,只能让这些逝者暂时曝尸荒野,等春来化冻之后再加掩埋了。”

“不可!”伍连德直接否决了这位官员的建议,指着坟地解释说,“诸位大人,鼠疫是由病菌引起的,这次鼠疫可以通过接触或者呼吸传染。只有将正常人和带有这种病菌的人隔离开,使正常人不再被病菌感染,才能控制或者消灭。我们所做的一切,就是为了达到发现所有现有的和潜在的带有鼠疫病菌的人,把他们和别人隔离起来。隔离是我们这次防疫的唯一办法。可是,这些人都是死于鼠疫,由于天气寒冷,他们身上的病菌可以存活好长时间,依然可以传染别人。”

章知县觉得伍连德说得有理,接着说:“要不,请伍大人和于大人上报巡抚大人,再调一营官兵,将这个坟场严加封锁,等春天再深埋?”

伍连德仍然摇头:“不可,如果有老鼠出没,它们就会染上鼠疫,再跑回城里传给人。”

又有一位“聪明”的官员建议:“能否全城灭鼠?”

这个建议实在离谱,于驷兴脸色一沉;“怎么可能?现在人手已经不够了,哈尔滨这么大,一共有多少老鼠,什么时候能灭完?而且现在全面隔离不能出人走动,怎么能够令百姓到处捕鼠?那样的话岂不白隔离了。还有,俄国人那里,难道我们也派人、派警察去抓老鼠?”

章知县建议说:“伍大人,我们可以用消毒房屋的办法对尸体进行消毒吗?”

这个说法似乎有理,有几位官员点头称是,伍连德仍然摇头:“房屋里的病菌是在墙壁或者家具的表面上,消毒一下就没问题了。这些尸体的病菌在身体内部,只喷洒消毒剂是没有用的。”这时众官员七嘴八舌,所提建议大多不着边际,说不到点子上。最后只剩下唉声叹气了。

伍连德开口了:“诸位不要着急,我有一个办法。”

众人马上问:“什么办法?”“伍大人有何高见?”

于驷兴提高嗓门:“都静一静,静一静。请伍大人赐教。”

伍连德一字一顿:“焚——尸!”

“什么?”现场一片惊讶。

“上报朝廷,请求烧掉这里的所有尸体和棺材。”

刚才还在议论纷纷的现场,突然一下子静了下来,只听得见冬天的呼呼风声,掠过凄凉恐怖的坟场,现场的官员全都瞪大眼睛,这两个字他们是完全没有意料到的,更是从未想过的,他们盯着伍连德,他们本来觉得这个来自南洋,周游外蕃的人有些异样,经过一个月的接触,由生疏变熟悉,由怀疑变信任,但今天他怎么说出如此违逆天道的话语,伍连德的面容在他们的眼中一下子变得陌生,变得模糊,变得不可捉摸,甚至有些狰狞。这是个化外之民!现场的气氛一下子紧张起来。

伍连德看着周围人阴冷的目光,周身感到一阵阵寒冷。他知道,这一次算是触碰了他们的痛处,一两句话绝难打破几千年形成的传统道德观念和根深蒂固的思维定势,这需要时间,需要交流。这种交流也可能会以失败告终,或引来不可预测的后果,但他只能这么做,这是唯一的办法,不能再犹豫了。伍连德的官话本来说得磕磕绊绊,但在这一刻,变得流畅起来:“诸位大人,我也是中国人。在我的家乡,南洋槟城,也有一块墓地。在那里,两年前刚刚安葬了我的母亲,将来我也要躺在她老人家的旁边,我知道什么叫入土为安。”

众人的屏气凝神，听着伍连德继续说："现在的情况，防役工作到了紧要关头，不能有任何漏洞，否则前功尽弃，但凡有其他办法，我也不会出此下策。为了在场各位的生命安全，为了东三省千万人的性命，为了大清亿万黎民，更为了社稷江山，也只能愧对这些死者了。"

现场还是一片寂静，人们在回想，咀嚼伍连德说过的话。过了一阵，于驷兴打破了现场的沉寂："伍大人所言不差。如今顾得上活人就顾不上死人，如果不尽快处理这些尸体，不仅全城百姓遭殃，恐怕东三省也无宁日。依我看，而今除此之外，别无选择。"

在传统道德与百姓生死面前，作为本地最高长官，他从大局着想，做出应有的判断。

伍连德心里一阵轻松："于道台深明大义。"

于驷兴又说："可是兹事体大，不能我一人作主，我建议召集本城士绅商议定夺，诸位意下如何？"

在场官员纷纷点头。伍连德也点点头："好吧，时间紧迫，请于大人召集士绅，立即来坟场。"

于驷兴当即传令，令士兵们将全城士绅和商会首脑悉数召集到坟场。几个时辰后，全城的头面人物都被请到这里，说请是客气的，谁愿意大冬天到这种晦气地方，而且是瘟疫瘴气之地。到齐以后，伍连德还是先请他们乘马车走一遭，然后把前因后果详细解释给他们听。

于驷兴告诉大家伍连德的建议，并表示这件事非同寻常，官府也不能决断，所以请大家来一起商议。这时，伍连德已经起草完发给施肇基的电报，林家瑞将之翻译成中文，以便同时抄送给陈昭常。

电文的抄件在士绅们手中传递、阅读，看完以后，却没有一个人说话。

时间一分一秒地流逝，傅家甸坟场一片寂静。

伍连德十分焦急，不能再等了，他大声说："时间紧迫，既然大家没有反对意见，就发电报了，一切后果由我一个人承担。"说完，唰唰唰，在电文上签上自己的名字，随后递给林家瑞："马上发出。"

"等一等。"于驷兴走了过来,拿过中文的电文,在伍连德的后面签上自己的名字:"我身为哈尔滨地方最高长官,同意伍大人建议。朝廷追究下来,我和伍大人一起承担。"

话音刚落,另一个官员上前,也在电文上签上自己的名字。接下来,一个接一个,在场的官员都在电文上签了字。

这时候,一个老者从人群中站出来:"列位大人,焚尸虽有违人伦,但国难当头。不如此则天下生灵涂炭。老朽斗胆,愿附名于列位大人之后。"说完,上来签名。跟着,所有在场的士绅都在这份电文上签了字。

伍连德深受感动,原本一潭死水的官场,死气沉沉的社会,大祸临头的恐怖气氛,都在这一刻消解了,坟场上寒风依旧刺骨,但伍连德觉得有一股暖意在心中流淌,他知道,在这场大瘟疫面前,在民族生死前途大义面前,人们是很容易走到一起的,不光是脚步,更是内心。

三　京城里的较量

坟场被严加封锁,焚尸的准备工作也在着手进行。但是,没有人知道北京会如何答复。

电报发出去了,一天过去了,北京方面毫无音讯。廖仲恺自长春来电,告知以吉林巡抚的名义向奉天总督和朝廷都转发了同样的请求,也是毫无音讯。又一天过去了,还是毫无音讯。鼠疫死亡人数还在上升,官员和士绅们天天聚集在防疫委员会打听消息,失望和不安的情绪开始蔓延开来。

伍连德依旧每日按固定程序开会、视察、向外务部上报每日防疫情况。

1911 年 1 月 30 日清晨,哈尔滨傅家甸。伍连德稍稍睡了几个小时,再度睁开眼睛的时候,他想到的第一件事还是北京方面的态度。

北京不赞同,也不反对,毫无音讯,就好像这件事没有发生过一样。如果北京方面反对,甚至反应激烈,大动肝火,他还可以申辩、争取，甚至利用国际力量让朝廷让步。但是，怕就怕这种束之高阁，无限拖延，不了了之。

想到这里，他不禁焦躁起来，自己做的一切都是想要救生灵于涂炭，为什么政府不理不睬，做一个回复真有如此之难？不能再等了，我是钦差大臣，能不能就以钦差大臣的名义，下令焚尸？

但这个念头很快被自己否定了。哪怕他下了决心，下达命令，地方官员哪个敢执行。在这件事情上，没有朝廷的容许，他根本无法调动本地的力量，因为有可能激起民乱。大规模焚尸，这件事太大了，对中国人来说是破天荒的，也是不能容忍的，即使在世界上，这么大规模的焚尸也是闻所未闻的。

不能冲动！

但是如果就此无所作为，听之任之，那个已经有三四千具尸体的坟场还会不断膨胀，简直就是鼠疫杆菌的培养中心，傅家甸的鼠疫就不能彻底被控制。那样的话，长春、沈阳、北京……将像多米诺骨牌，接连沦陷，后果不堪设想。

伍连德知道，当下此事的最终裁定权在千里之外的朝廷手中，这需要京城有人出面担责，职务越高风险越大。然而这需要斡旋，想到这里，施肇基俊朗的面庞又出现在眼前，大难当前，敢于起用自己；在梅尼强力挑战时，坚定支持自己。施肇基的政治眼光，胸中韬略令他佩服，尤其是敢于担当，豁出身家性命保举自己，不争功诿过，是为官最难得的品质。对施肇基这个朝廷最大的靠山，伍连德坚信不疑。但这一次非同小可，他能说服满朝文武、王公贵族吗？北京，施肇基，在干什么？施肇基还能不能再次实现他的诺言？伍连德站起来，走到窗前，看着死气沉沉的傅家甸，再一次感到沉重，憋闷。一介书生，百无一用，满腹经纶，只是书生的本事，在权力和陈腐观念面前会败下阵来。

1月30日，晨，北京。

自从接到东北发来要求焚烧尸体的电文后，施肇基敏锐地感觉到,这是扑灭鼠疫的一个高招,他从心底钦佩伍连德,觉得他抓住了防疫的要害,必须全力支持。他接到电报后就到处活动,但始终无法促成。今天摄政王答应廷议此事,能不能说服摄政王和王公大臣,他没有把握。自己是个外行,对医学没有任何发言权。伍连德确实给自己出了一个天大的难题。上次弃用法国人,如同走钢丝,后来梅尼意外染鼠疫身亡,证明伍连德的正确,证明他没有用错人。事情要看效果,而不是听你的滔滔宏论,一个月过去了,哈尔滨上报的鼠疫日死人数还是一天比一天高,在急功近利的朝堂风气面前,他需要做出解释,但他看得出来,目前朝堂上的耐心是有限度的。现在伍连德又提出把尸体统统烧了,这本身犯了大忌,而且,如何证明焚烧尸体对防疫有直接的作用呢?

堆积起来的鼠疫死者尸体

刚接到伍连德的电报时,他也大吃一惊。虽然自己留洋多年,可是大规模公开焚尸,即便在西方国家,也是不可思议的事。中国的传统观念,连毛发都受之父母,何况是身体?可是没想到伍连德能动员哈尔滨官绅一致要求焚尸,连吉林巡抚也上了同样的奏章,伍连德要做多少说服工作,看来焚尸是唯一的办法,而且时间紧迫,迫在眉睫。

于是,他马上找顶头上司那桐商量。那桐一听,眼睛瞪得老大:“这等事情岂能批准,驳回。哈尔滨防疫已经快一个月了,没有见到效果,现在居然提出这种耸人听闻的要求!”

施肇基按伍连德的说明解释了焚尸的必要性,然后出示奉天总督转来的陈昭常的奏章:“连吉林巡抚也上了同样的奏章,说明此事已经是非做不可了。”

那桐想了想，道:“此事外务部可做不了主，必须上报摄政王裁决。”这是那桐的一贯作风,施肇基从这个顶头上司那里得不到确切的支持。

摄政王那里已经接到奉天总督转来的陈昭常的奏章,只是压着不回复,连开明的各部大臣和驻华使团在这件事上也都默不作声,可见决断之艰难,议题之敏感。施肇基知道哈尔滨等不起,便再三请那桐务必请摄政王召集各部大臣商议此事,否则东三省防疫失控,轻则东三省失陷,重则大清社稷飘摇。几番周折,摄政王才同意今天廷议此事。

今天上殿,施肇基知道东三省在期待、在盼望、在度日如年,他自己难道不是同样的心急如焚?

施肇基往外走去,身后传来夫人的叮咛:“早些回来吃年夜饭。”

施肇基才想起来,今天是年三十。这个年能不能过好?

哈尔滨傅家甸,1 月 30 日又是繁忙的一天。各隔离区的工作在照旧进行,各单位各司其职,按照日程表有条不紊实施。新病例、新隔离数字、特别是新死亡数字从各个隔离区、收容站、医院源源不断地送过来,防疫总部墙上的日死亡数字不停地更新,到了晚上已经超过昨天的数字,又是一个新高。

防疫总部内,人们心情沉重,没有人说话。伍连德开始在灯下书写上报施肇基的每日汇报。电文都是在晚上写好,午夜时,加上今天的死亡数字电呈外务部。

不知什么时候,于驷兴走了进来。自从全面鼠疫防疫开始后,哈尔滨市人人自危,街上冷冷清清,没有躲不过去的事,人们几乎不来往,各国领事也都闭门不出。以往热闹非凡的道台衙门,如今可谓门可罗雀。于驷兴在衙门里哪里待得住,索性有事没事到伍连德这里走一走,图个热闹。可是像今天这么晚来,则是头一次。

进了屋，于驷兴看到伍连德已经停笔，拿出一瓶酒两个杯子，斟满："来，伍大人，咱们今天喝个痛快，一醉方休。"看着伍连德有些诧异的表情，他先喝了一杯："伍大人怎么忘了，今天是除夕呀！"

伍连德这才恍然大悟，问："于道台，辞岁应该和家人一起，怎么来这里了？"

于驷兴道："现在谁还有心思过年呀？何况能和伍大人一起过年，也算三生有幸。"

伍连德目光投向窗外，不知道什么时候又下雪了。伍连德突然想起温暖的家乡，想起小时候在南洋和父母兄弟姐妹一起守岁的情景，朦胧中眼前出现一串红灯笼。

于驷兴在那里枯坐，自斟自饮，伍连德走到道台对面，坐下，拿起另外一只酒杯，举到唇边。

此刻，北京，摄政王府，施肇基坐在客厅内，耳边传来此起彼伏的爆竹声，可是他的情绪坏到了极点。下人奉上的那杯茶早就凉了，施肇基的心比外面还冷。

今天廷议，各部的王公大臣对焚尸之事轻则冷嘲热讽，重则兴师问罪，七嘴八舌一通申斥。摄政王则不置可否，看看时候不早，道声再议，大家分头回府过年去了。施肇基没有回家，来到冷清清的外务部，想给伍连德回电，可是始终无法措辞。

告诉伍连德，自己尽力了，谋事在人，成事在天，让他们再想别的主意。但这不是施肇基的作风。

但伍连德去哈尔滨一个月，虽然查明了瘟疫的原因，雷厉风行地进行了隔离，可是到现在还见不到成效，他的总体方针究竟可不可行？

然而，知识是触类旁通的，施肇基是何等聪明之人，他通过伍连德到哈尔滨后所做之事，做出了自己的判断，伍连德是对的，正如世界上一切知识，都在发展，年轻人经验少，但更无清规戒律，也许伍连德的研究、考察、防疫举措正是医学的一个重大突破，他相信伍连德。

施肇基突然站起身,吩咐道:“来人,备车。”

下人闻声进来:“大人,车早就备好了,夫人已经差人问过几次了。”

施肇基道:“不回府。去摄政王府。”

“摄政王府?现在?”

“对。”

爱新觉罗•载沣,道光帝之孙,溥仪生父,于宣统年间任监国摄政王,在清朝的最后三年中,他是中国实际的统治者

摄政王府张灯结彩,一派节日气氛。门房看到这会儿还有官员来求见,怎么说也不肯通报。府里请了戏班子唱大戏,这会去传话,这不是找死吗?

施肇基好说歹说,塞足了银子,说好什么时候戏听完了,什么时候传话,这才被安置在冷清的客厅内。

看完了戏,载沣听说年三十的晚上,施肇基在客厅死等,颇有些吃惊,也有一丝感动,还是有忧国忧民之臣啊。他从后面来到客厅,劈头就问:“施爱卿,不和家人一起守岁,来此还是为了白天之事?”

施肇基跪下:“事关东三省千万生灵,所系天下安危,请摄政王务必准伍连德所奏。”

载沣看着施肇基,这个年轻的洋务人才,在年三十晚上为了东三省的鼠疫来府上再度恳请,心里很有感触:“平身,施爱卿忧国忧民,此情可嘉。不过今日在朝堂上诸位大臣的意思你也听见了,叫我如何能同意?”

施肇基道:“鼠疫疫情凶猛,环球瞩目,自伍连德赴哈尔滨后,用科学的方法控制鼠疫,获得各国的一致赞许,将此视为我大清进入现代化之壮举。而今疫情胶着,朝廷理应全力支持,万不可半途而废。”

载沣道:“这一个月来,朝廷对伍连德的建议无不采纳,自奉天到关内,各地均按其防疫办法施行,所费巨大。只是焚烧数千具尸体自古未闻，我怎么能批准？”

施肇基道：“非常之时行非常之事，现在不仅哈尔滨、长春望眼欲穿，各国已得知此事，就看朝廷能否痛下决心，开风气之先。伦理固重，可是亿万百姓的性命和江山社稷的安危更重。因为数千具尸体而致天下震荡，其中轻重，臣以为摄政王不能不察。”

事关江山社稷，载沣想了想，口气松动了：“东三省防鼠疫迄今未见成效，若是焚尸后依然不能控制，叫朝廷如何交代？”

施肇基道：“防疫非一朝一夕可竟之功，如果鼠疫最终不能控制，其后果由我承担便是。”

载沣看着施肇基，沉默了一会，道：“好吧，就由外务部核准吧。”说完就要入内。

施肇基提高声音：“此事仅由外务部核准，哈尔滨还是不敢焚尸。”

载沣问：“为什么？”

施肇基再度跪下：“因为是自古所未闻，环球所未见，区区外务部的批准，恐怕不能镇服反对者，伍钦差未必能调动官民。”

载沣沉下脸：“还要怎样？”

“请摄政王下圣旨。”

“什么？”载沣大怒，“你让我为焚烧尸体专门下一道圣旨，这不是要贻笑天下吗？”

施肇基道：“臣以为是功在千秋，开一代风气之先，流芳百世之举。摄政王于此紧要关头，若能当机立断，力挽狂澜，必能成为我大清中兴之君。”

载沣瞪了施肇基半晌，吩咐：“来人，拟旨。”

哈尔滨傅家甸，伍连德还是一小口一小口地喝着，听着已经有些醉意的于驷兴在诉说：“我告诉你，星联兄，大过年的，谁会管咱们的事？最快也得正月初五，要是慢点恐怕要过正月十五喽，何况朝廷根本就不会批准，咱们……”

突然，一阵马蹄声由远而近，伍连德站了起来。此时在严格隔离的傅家甸，跑马的只有一种可能，那就是防疫开始后，伍连德派往电报局驻守、以便及时发送电报的信差。难道北京回电了？

马蹄声在门外停止，接着是一阵脚步声，门帘起处，一个彪悍的军官披着一身雪花站在门口行礼："伍大人，外务部电报。"

这时，林家瑞和其他总部人员都跑过来，于驷兴也酒意全消，都在看着伍连德拿在手中的那份电报。

伍连德接过电报，有些颤抖地慢慢地读了一遍，然后再读一遍，用有些变调的声音对林家瑞道："译出来。"

林家瑞接过电报，一读之下，欣喜若狂："圣旨，准伍连德所奏。"

防疫总部一片欢呼，于驷兴的那瓶酒马上被一抢而光，伍连德干脆吩咐准备夜宵，再拿些酒来，大家庆祝一下。总部内不分长幼尊卑，全都高兴得像小孩子。

伍连德从兴奋中冷静下来，对于驷兴道："于大人，咱们必须立即准备，争取明天开始焚尸。"

于驷兴说："对，伍大人要下官准备什么？"

伍连德当即和于驷兴商议，召集至少200名民工，从日本商行购买煤油，并通知官员、绅士、外国领事和商人前来观摩，并且找照相馆的人前来拍照留念。各项事务安排落实好了，已经是半夜了，这一天，1月30日的死亡数字也统计出来了，183。

伍连德把这个数字写在电文上，叫人立即发报。

于驷兴一拱手，深鞠一躬："伍大人，给您拜个年，祝您今年万事如意。"

伍连德也拱手："于大人，升官发财。"

于驷兴一脸苦笑："下官两袖清风，发不成财了。至于升官吗，伍大人有所不知，省里的公文已发，由于防疫不力，下官的西北路分巡兵备道道台一职已经由郭宗熙郭大人接任，只是鼠疫紧急，着下官延期卸任罢了。"

伍连德有些吃惊："那么于大人将去何处任职？"

于驷兴面露惆怅："目前还不清楚。"

伍连德百感交集地看着这位不称职可是很尽心尽力的官员，说不出话来。于驷兴拿过酒来："能在鼠疫流行时和伍大人共事，为于某此生幸事。来，咱们为天下百姓干一杯，祝愿辛亥年天下太平。"两人一饮而尽，相视大笑。

伍连德突然想起一件事："于大人，过年怎么没人放鞭炮呀？"

于泗兴道："傅家甸隔离以后严禁走动，更不许燃放鞭炮，以防着火。再说，百姓也没有那个心思。"

伍连德却有另外一种考虑。

抗击鼠疫此时到了关键时刻，正值中国农历新年之初。小城 24000 居民已经死去了四分之一。为给生者提振士气，他决定由防疫局散发传单，号召民众新年之际，在室内，而非室外燃放鞭炮。按照中国的习俗，燃放鞭炮有两种作用：一是鞭炮的声响带来好运；二是驱除暗藏于阴暗角落的鬼魅。现在瘟疫已持续 3 个月之久，许多家庭受害，财产损失无数，因而希望傅家甸居民在家中燃放鞭炮。燃放鞭炮相当于燃烧硫黄消毒，既消灭了隐藏在角落的鬼魅，又杀灭了房间内充满病菌的"瘴气""邪气"。这从科学的角度来看，也说得过去。正如西方谚语所说："为了明天，且让我们饱餐与尽情欢乐吧，我们还要活下去！"

想到此，伍连德说："我觉得现在应当鼓励民心士气，让百姓放鞭炮。"

于驷兴点点头道："对，顺便冲冲晦气。这样吧，百姓家里肯定没有鞭炮，伍大人同意的话，就由官府于防疫经费中拨款，向百姓免费提供鞭炮。"

伍连德点头："好，就按于道台说的办，事不宜迟，赶个新年大吉。"

两人当即下令，差人立即从城中买来足够的鞭炮，然后挨家挨户发放。

傅家甸爆竹声声，出现了久违的生机。

伍连德和于驷兴笑容满面地站在防疫总部门口，看着此起彼伏的烟花。

准备焚烧的尸体

四 焚烧尸体

1911年1月31日。大清早，傅家甸坟场便开始热闹起来，很长时间见不到这么多人了。大家从四处赶来，观看大规模焚尸。这在中国几千年历史上是第一次，就是在世界上也没有见到同过这样的记载。

伍连德知道，这次焚烧尸体能够得到恩准，特别是以圣旨下发，施肇基居功至伟，在中国社会，特别是高层统治者颟顸愚昧，文明新鲜的气息休想撬开封闭的思想，哪怕是一条缝隙。但施肇基却能把不可能变成可能，仅仅花了两天时间，说服了摄政王和各部大臣，顶住了保守势力的反对，让朝廷同意在哈尔滨大规模焚烧尸体。为了防止反对意见伺机再起，为了事情办得万无一失，斗胆冒犯摄政王，置个人安危于不顾，并说服其亲自下旨，迫使命令无法逆转。施肇基的精明干练，办事的章法韬略，令伍连德钦佩。施肇基的责任心，特别是担当精神，更让伍连德大为感动。

在这次东三省抗鼠疫中，清廷完全按照专家的建议行事，开明而有效率，施肇基应居首功，而一贯以守旧著称的清廷主政者摄政王也表现出难得的开明与通情达理。

除了为伍连德尽其所能地派出增援医生和给予经费支持外，施肇基还以外务部的名义照会各国，希望各国能派专家前来共同控制鼠疫，为伍连德留下退路。各国对此做出热烈回应，日本、英国、美国、俄国、德国、法国、意大利、荷兰、奥地利、墨西哥、印度 11 个国家同意派出微生物学权威前往东北，其中包括因为发现鼠疫杆菌等致病源，被称为“亚洲微生物学第一人”的北里柴三郎。

各国专家正在来华途中，可是远水难解近渴，哈尔滨的局势依然日益严峻。全靠伍连德只手苦苦支撑。哈尔滨的傅家甸是这次瘟疫流行的中心，如果不能控制住傅家甸的鼠疫流行，就不能在整个东三省控制住鼠疫。傅家甸的两万多居民已经被严格地隔离了，但是发病率和病死的人数还在逐日升高。

瘟神什么时候被制服？人们焦急地等待着。

焚烧尸体所用之物已经准备齐全，民工们陆续赶到坟场。在防疫局医疗人员的指挥下，把每一百个棺材或尸体堆成一堆，最后一共堆成 22 堆，在上面浇上煤油。某些胆大的工人，自告奋勇登上堆顶，将成桶的煤油向下浇洒，效果更佳。在泼煤油前，每一尸堆都放置了石蜡，以增加燃烧的效果。

下午两点，哈尔滨的官员、士绅、商会会计代表和外国使节都到全了，于驷兴忙忙碌碌，跑来跑去地检查，一切就绪后，对伍连德道：“伍大人，可以开始了吧？”

伍连德点点头，一挥手，衙役齐喊：“奉旨焚尸！”

伍连德接过火把，扔到一个尸堆上，轰的一声，火光冲天。接着，由近及远，尸堆相继被点燃。一瞬间，棺材着火，尸体燃烧，劈啪作响，黑烟滚滚。照片记录下了这一珍贵的历史场景。

傅家甸坟场冲天的大火一直持续了两天，第二天，参与焚尸的劳

焚烧的尸体

集中焚烧的棺木

工接获命令，于清晨返回现场，用坚硬的扫帚将尸堆的余烬清扫干净。并将未燃尽的尸骨收集，进行较小规模的焚化。第二次焚化用了些木柴和几桶油，几小时内即告结束。骨灰被集中投入几个新挖的大坑掩埋。不是亲临现场的人，无论如何不会相信，三四千具尸体在一两天内全部消失，消失得无影无踪。焚烧尸体的额外收获是冻土由于高温而软化，民工们另外挖了几个深3米、6米见方的大坑，此后鼠疫死者的尸体可直接在坑中火化。

俄国官员和医生也到现场观摩了这次焚尸，回去以后，他们立即照此办理，将未掩埋和已掩埋的上千具尸体全部火化。博古奇医师后来报告说，2 月份即火化了 1416 具尸体，包括 1002 具从墓中掘出的，火化地点则选在了砖窑或专门在冻土地上爆破的洞穴。

于是其他地区纷纷仿效，令生者得到实惠的举动，得到了当地人们的一致拥护。在满洲里、长春等地也焚烧了数千具的尸体。长春防疫局的负责人黄医师报告说，在他的辖区内，共计焚烧尸体 4643 具，埋葬 1175 具鼠疫死者尸体。

焚尸的另一个效果是免除了春天到来后，因啃啮尸体而带菌的老鼠四处乱窜，可能引起新的传染，甚至令已经扑灭的鼠疫死灰复燃。

焚烧尸体的当天晚上，从坟地回到办公室，伍连德毫无倦意，他写完了给外务部的每日汇报，焚尸的成功带来的亢奋只持续了很短时间，一丝忧虑又从心中升起：今天汇总上来的死亡数字会是多少？按此前的递增速度，应该会超过 200 了吧。

每天，最令伍连德揪心的莫过于这个时刻，就是死亡人数汇总出来的时刻，这个数字从原来的一位数，变成两位，后来又到三位，每经历一个数字节点之处，都会触动伍连德身上的痛点，这哪是数字，简直是一把尖刀。

防疫的成效，最有说服力的是什么，是死亡数字。如果数字降不下来，你无论做了多少努力，实行了多少令人喝彩的措施都是苍白无力的。所以说，这个数字才是考验防疫效果的终极标准。

他坐在办公椅上不知不觉地睡着了，醒来时，伍连德问林家瑞："什么时候了？"

"子夜已经过了。"

"为何不叫醒我？"

"大人连日操劳，想让大人多睡一会。"

伍连德揉揉眼睛问，"今天的死亡数字出来了？"

"出来了。"

“多少？”

“168。”

“什么？再说一遍。”

“168，比昨天少15。”

183，168，伍连德简直不敢相信自己的耳朵，这是一个月以来，日死亡人数第一次下降！这一天是1月31日。

刚刚开始焚烧尸体，数字就降了下来，是个巧合？还是自己的不懈坚持感动了上苍？难道这是天意，是神灵的暗中佑护？

为了保险，他让林家瑞再次核实，准确无误后才把电报送了出去。

伍连德想起家乡大年初一拜菩萨的习俗。一把拉着林家瑞就往外走：“家瑞，走，咱们去观音庙拜菩萨。”

林家瑞颇感奇怪：“老师也信佛？”

伍连德哈哈大笑，对学生的提问不置可否，林家瑞知道，老师只是高兴，他的笑声从来没有这么透彻。

两个人兴高采烈地向观音庙走去，傅家甸静寂的街道上只有两人的笑声。巡逻的警察们闻声赶了过来，发现一向严肃的钦差大臣和他的助手，像两个小孩子一样打闹着进了观音庙，这是怎么了？警察们大惑不解。

北京施府，这天的午夜一片寂静。

施肇基坐在书房，每到这个时间，他都是坐立不安，尤其今晚，是焚烧尸体的当晚，会是个什么数字呢？

每天来自哈尔滨的电报，外务部收到后，马上差人火速送来。昨天是183人死亡，按惯性，突破200大关应属正常，这还只是傅家甸一处的情况，其他地方的数字一样逐日增高，这样隔离到底能不能扑灭鼠疫？他不禁想起几百年前欧洲的黑死病，难道真要走欧洲人的老路？

街上传来急速的马蹄声，鼠疫流行以来，朝廷对东三省的疫情报告格外重视，列为十万火急，无论何时，都用快马送到施肇基手上。经他译好写成奏表，上报摄政王、那桐和肃亲王等。马蹄声在府外停下，果然是外务部的信差。不一会，仆人把电报递了上来。

施肇基面无表情地接过电报，打开，只看了一眼，一下子站了起来。

“来人，各处掌灯，准备香案，我要拜佛祭祖。”

夫人看着一个多月以来第一次眉眼舒展的丈夫，有些不知所措，她拿过电报，看清了上面的数字：168。

院子里响起施肇基的笑声：“苍天在上，中国有希望了。”

几匹骏马从施府出发，奔驰而去。第二天凌晨，京城显贵的府第出乎寻常地张灯结彩，再一次响起震天的爆竹声。

从1月31日开始，哈尔滨鼠疫的日死亡人数逐日稳步下降，且没有反弹。

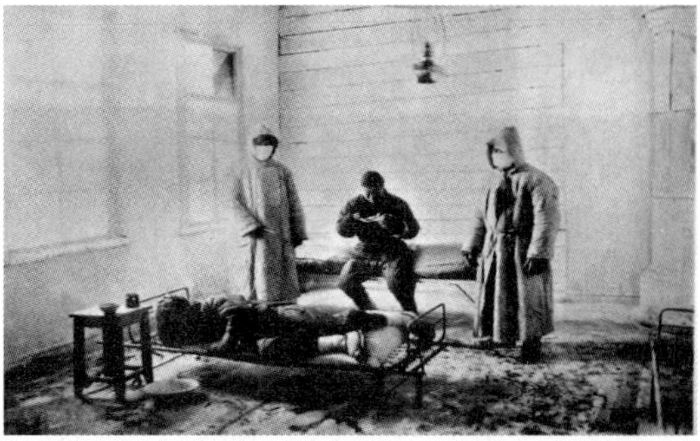

隔离区的鼠疫患者

鼠疫的日死亡人数逐日稳步下降，防疫局的全体人员都沉浸在喜悦之中，但是伍连德依然要求大家一刻也不能放松，必须按照既定的措施，也就是每天到隔离区的每一户人家进行检查，对隔离病房内的每个人要早晚测试体温，整个傅家甸的出入一定要严格控制。

哈尔滨的所有学校、剧场等公共场所都关闭了，俄国、日本方面的积极配合也令人满意。在进行例行检查的同时，伍连德在思索，还有没有漏洞和死角，就像傅家甸的坟场。

他知道，要取得防疫的最后胜利不是靠运气、靠巧合，靠的是科学、靠的是严谨、靠的是坚持。特别是在情况出现转机之时，更不能掉以轻心。

刚刚下达批准焚尸的圣旨，哈尔滨鼠疫疫情马上得到控制，数字的增长戛然而止，朝廷视之为天意，摄政王尤其沾沾自喜，自鸣得意。

更重要的是他有一种预感，有一种心理暗示，此举不仅为非常之时英明之举，而且是君命天授。敬畏之心油然而生，对鼠疫防疫更加重视。

驻华使团在这件事上对清廷更是刮目相看，认为在此次鼠疫防治中，清政府能完全听取专家的建议，用现代科学的方法和鼠疫搏斗，是开明的表现。这次大清帝国大规模焚烧尸体在全球激起极大反响，被公认为是东三省鼠疫防疫的转折点，更是一大亮点，其内涵十分丰富，让人浮想联翩。世界舆论对清政府佳评如潮，这在中国历史，特别是中国近代史上是绝无仅有的。

在这种情况下，清廷加大了投入，不仅对哈尔滨抗鼠疫有求必应，从关外到关内也严格执行伍连德制订的预防控制措施。由于动手及时，北京等地只出现很少几个鼠疫病例。尽管南京和上海也出现鼠疫病例，但都被及时隔离起来，没有引起流行。

此外，清政府从中央到地方，组建了卫生防疫组织。中央卫生会成立，开始组建全国性的防疫组织，各地的防疫机构也相继建立。

由于政府重视，态度开明，民间舆论也受到鼓励，大力进行防疫知识的普及和宣传，提倡通过健康的生活方式来躲避鼠疫。《盛京时报》《大公报》《申报》等都开辟专栏连续刊载预防鼠疫的相关知识，号召改良传统和不良的生活习惯，甚至从国家民族存亡的高度来看待卫生问题，开始在社会上树立科学的卫生观念。

社会团体积极配合清政府的防疫措施，也相应地成立了防疫机构。如“吉林省城防疫会”“奉天临时防疫会”“天津临时防疫医院”等。民间积极筹措防疫款项，帮助政府渡过防疫难关。在这场和鼠疫的战争中，人们的公共意识空前增强，科学开始深入人心，在社会上树立了不可动摇的地位。

五　教堂，一个防疫的死角

日死亡人数的下降，给伍连德极大的鼓舞。开始防疫的时候，他意识到抗鼠疫的最大问题是知识的缺乏和体制的不健全。在东三省受过现代教育的人很少,对这种传染病缺乏正确的认识。因此他尽一切努力,引导、教育官员和民众,经过这段时间的努力,特别是血的教训和科学控制的成果,以及朝廷的支持,本地官民的认识焕然一新。与此同时,防疫也得到了驻哈尔滨外国使团以及国际上的一致称赞,因此防疫工作开展得很顺利。

但伍连德明白越是在这种时刻,就越不能放松警惕,因为传染病,特别是鼠疫这种烈性传染病,在彻底扑灭之前,不能有任何疏漏,即使你在100处都把关极严,却出现一个微小的漏洞,鼠疫就会卷土重来。

在一次例会上,卫生警察队的队长汇报了这样一个细节:城里一座罗马天主教教堂天天晚上偷偷掩埋尸体, 据说都是死于鼠疫的教徒。

伍连德非常吃惊,这绝对是一个新的信息,他问:“官府有令,所有人都必须遵守防疫委员会的规定,发现病人通报防疫委员会,尸体应该交给防疫委员会处理,为什么教堂不遵守?你们有没有通知他们?”

队长道:“我们两周以前就要求他们上报染病和死亡人数,可是教堂的法国神父说教会领地不容侵犯,既不汇报,也不让我们进去。”

“里面有多少人?”

“据说里面有300名去避难的教徒。”

伍连德着急地说:“那还等什么?马上进去检查,有问题的立即隔离,对教堂进行严格消毒。”

队长欲言又止,眼睛却看着于驷兴。

伍连德生气地说:“还等什么?这种情况怎能再耽搁?!”

于驷兴慢吞吞地说,“伍大人,但凡涉及教会的事,都要慎重。几十年来发生过多起教案,每次都惹来大祸,连朝廷都感觉棘手,处理起来非常谨慎。如今防疫为重,不可再节外生枝。”

伍连德说:“正是防疫为重,你不想想,这么严重的隐患,听之任之，后果有多严重。"稍微冷静下来，他觉得于道台毕竟是官场中人，知道权衡利弊，这种担心并非多余。想了想，觉得此事确实要考虑周全，就说："这样吧，我去找法国领事，请他出面协调。"

于道台附和道："洋人的事洋人来管，这个办法好。"

伍连德一行来到法国驻哈尔滨领事馆，通报后不多一会儿，法国领事就快步走出，迎接伍连德，热情而且谦恭，与上次伍连德求见时的态度反差极大，伍连德当然看得出来，法国人性格外向，好恶都写在脸上。

几句客套过后，伍连德说明了情况，明确提出了自己的要求。领事非常重视，满口应承，做出了说服神父的保证。

天主堂养病院

法国领事与伍连德一行来到挂着天主堂养病院牌子的教堂，里面正在做弥撒。老远就听到教堂里面咳嗽之声一片，此起彼伏。伍连德赶紧拿出带来的口罩，分发给众人，让大家戴好，这才进入教堂的院子。

教堂的神父迎了出来，伍连德曾在法国实习，法语不错，他向神父说明了鼠疫防疫要求，希望立即采取措施，将教堂里的人转移到隔离区或者医院。

神父摇摇头，神色平静地回答："我们相信万能的主，主会拯救我们的。"

看来神父有坚定的信仰，科学与信仰的问题如果争论起来，没边没沿，会扯得很远，辩论会陷入死循环，伍连德连忙岔开话题，直截了当地问："截至目前，共有多少人死亡。"

神父沉默不语，拒绝回答。

法国领事口气就不那么客气了:“法国政府完全支持伍博士的防疫措施。在东三省的法国侨民一律要遵守中国政府的防疫规定。”

神父却不为所动:“教会不受世俗权力的约束。我受教廷委派,只听从教廷的指挥,别人无权发号施令,包括法国政府。”

接着神父下了逐客令,一行人只能从教堂退了出来。

法国领事无可奈何地说:“伍博士,你看,我已经尽力了,可是你知道教廷的权力,我实在无能为力。”

伍连德不信教,他的太太是个天主教徒,他知道教规的严格与教徒的虔诚。可是在这种紧急情况下,留下这个死角将后患无穷。伍连德对领事道:“既然如此,防疫委员会只能强制检疫了。”

“伍博士,这件事不在我职责之内。”领事双手一摊,“不过我会向我国政府如实报告的。”

伍连德点点头:“就这么办吧。”

于驷兴忧心忡忡地说:“万一引起事端……”

伍连德道:“现在是十万火急,有责任我一人承担,马上接管教堂。”

一声令下,防疫委员会紧急调动人员,强行接管教堂。当防疫人员进入教堂后,才发现情况比他们想象的还要严重,在此期间,法国神父和本地神父依然定期举行礼拜仪式,并毫不介意地与咳嗽者或濒临死亡的病人坐在一起。眼下的教堂 300 名教徒中死亡人数已经超过 100。由于死亡的人太多,勉强活下来的,还能干得动活的人日渐减少,教堂夜间秘密埋人的办法只好放弃,新增加的尸体装入棺木后只能摆在院内,无力下葬。伍连德数了数,一共 27 具。

伍连德下令,严格按防疫程序办,绝不通融,对教徒的申辩与抗议不予理会。教堂内所有人,包括两位神父,经过体检后,根据情况或送往隔离区,或送到医院。所有尸体立即焚烧。

令人遗憾的是,这 300 人中,有 243 人死于鼠疫,包括两位神父,熬过这场大瘟疫的不过五分之一,这两位神父最终因感染而死亡。他们的尸体被运往墓地，由一位英国传教士医师主持下葬仪式，在一个专门挖掘的坑中火化。

伍连德明白，这次防疫中，不但要与因未受教育而愚昧的无知抗争，还要和宗教盲从较量。如果不是发现及时，教堂中能不能有人活下来都是个未知数，更重要的是这个巨大的隐患如果不及时排除，带来的后果很难预料。

处理完这件事后，伍连德下令对全城的教堂和寺庙进行全面检查，必要时采取强制措施，比如一些穆斯林的尸体和其他病死者一起被火化，这都是宗教禁区，如果不是在非常时期是不可想象的。

在鼠疫大流行期间，由于北京朝廷已经批准，在哈尔滨的各国领事无条件支持，再加上防疫委员会处事果断、坚决，各教堂寺庙只能妥协，采取和防疫委员会合作的措施，由防疫人员逐日检查，所有鼠疫病例统一由防疫委员会处理。这些卫生防疫措施未遭到公开反对。

这也应了那句俗话，小道理必须服从大道理，你尽可以找出违背执行防疫条例的种种理由，也可以说得振振有辞，但在瘟疫肆虐之时，任何理由都是站不住脚的，都必须无条件服从防疫措施。

第五节　扑灭鼠疫

一　傅家甸复活了

1911 年 3 月 1 日，晚，哈尔滨傅家甸。

哈尔滨防疫委员会所有成员都聚集在防疫总部内，大厅内鸦雀无声，所有人的眼睛都盯着墙上的挂钟，时间一秒一秒地接近午夜，墙上今日死亡人数的统计表还未汇总齐全。

午夜的钟声响了，死亡人数终于登录完毕，当日零死亡！

总部内沸腾了。

这个数字终于等来了，这个数字来得太迟了，几个月以来，人们的心在希望、盼望、渴望、失望、绝望和希望中不断地转换着，惊心动魄，山穷水尽，柳暗花明，心脏承受力稍弱的人在大喜大悲、大起大落、漫漫无期和度日如年的煎熬中就会被压垮。

这个数字来得太快了，它距离伍连德踏上冰城土地的12月24日，只有两个多月，准确地说，只有66天，66天，扑灭来势汹汹的大瘟疫简直不可思议，是的，如果没有那些果断、决断，当机立断的强力、和充满科学含量、紧密衔接、环环相扣的措施，这场瘟疫会延宕多少天？半年，一年，以至绵延不绝？

鼠疫迅速被扑灭，是哈尔滨人的幸运和福分。

这个结果并非必然，其中偶然因素太多。

因为在他们罹患大灾的时候，伍连德出现了。是的，伍连德的出现确实是个偶然。

如果不是谢天宝的临场怯阵，就不会给伍连德指挥东三省防疫的可能；如果不是施肇基的独到眼光，极力举荐，伍连德就没有施展才华的机会；如果没有施肇基在几次关键时刻，在京城极力斡旋，甚至不惜搭上身家性命的支持，伍连德的钦差生涯早就寿终正寝了。可以做出这样的设想，如果领导东三省防疫的是另外一个人，比如患得患失的谢天宝，比如自以为是的梅尼……将会出现什么样的后果？我们简直不敢想下去。

然而对于伍连德，从他接受任命的那一天起，东三省防疫走上成功之路就成为必然，因为这个钦差叫伍连德。伍连德以年轻、瘦弱、矮小之躯，以自己的知识、才能、毅力，独自擎起了东三省的蓝天。

几日后，伍连德在傅家甸召集防疫委员会全体会议。鉴于鼠疫日死亡人数连续多日为零，而且没有新的鼠疫病人出现，表明此次鼠疫已经被彻底消灭，会议决定彻底解除对傅家甸的封锁。

警察和士兵们开始动手拆除路障，伍连德率领各级官员走进居民区，看望被隔离了两个月的居民。老百姓全都拥到街上，呼朋唤友，作揖打躬，到处燃放鞭炮，傅家甸醒了，傅家甸复活了。

于驷兴站在街头，看着这番景象，感慨地说："伍大人，真没有想到傅家甸还有重见天日的一天。一个月前我还想，如果鼠疫控制不住，也许这里会一直隔离下去，直到成为无人区。"

伍连德知道于驷兴所言非虚，傅家甸死亡人数日益增多的时候，确实有人私下向朝廷提出建议：既然不能控制，索性永远封锁傅家甸，让里面的人自生自灭，以两万多人换取整个东三省甚至全国的安全。

伍连德看着街上熙来攘往，十分感慨，这些人和自己一样，是一条条活生生的生命，他们有父母兄弟，有至爱亲朋，有喜怒哀乐，有自己的理想追求，一句话，有生存的权利。如今他们熬过了苦难的岁月，顽强地活了下来，人的求生欲望，人的生命力太强大了。

能够运用自己掌握的科学知识挽救百姓的生命，伍连德感到自豪，也十分感慨："于道台，记得当年我父母担心我身体不好，不同意我去英国学医，但我最大的愿望就是能够成为一名医生，一名挽救许多人生命的医生，直到今天，我觉得自己做到了。"

于驷兴道："此次瘟疫，朝廷最英明的举措，就是不拘一格选拔人才，以大人为钦差，才得以消灭一场大祸。有道是大医医国，大人功在社稷，功在千秋！"

二　1910—1911 年东北大鼠疫简单回顾

1910—1911 年东北大鼠疫，实际早在 1910 年的 9 月初，已有报告称出现咳血的患者，只是官方没有深究。至 10 月中旬，鼠疫肯定已经蔓延到满洲里，经铁路枢纽哈尔滨蔓延到全国，真正结束在 1911 年的 4 月，前后历时 7 个月。

以下是这次大鼠疫的死亡人数记录：

黑龙江省 15295，吉林省（包括哈尔滨）27476，奉天省 5259，旅顺和大连 76，从奉天到天津、北京沿途 1693，从北京到汉口沿途 173，从北京经过直隶，山东到长江边上的浦口沿途 928，山东省 1562，总计 52462 人，如果计入漏报的死者，这场大鼠疫死亡总人数至少达 60000。俄国当局报告其病死者为 476 人。

莫理循，曾任《泰晤士报》驻华首席记者，是一位与近代中国关系密切的旅行家及政治家

哈尔滨的疫情得到控制后，国内外的医生和各大报的记者都来访问。其中有颇有名气的伦敦《泰晤士报》驻华记者莫里循博士和美联社代表弗勒利克，他们的报道刊登在英美报纸上，报道了这次疫情以及自开始到最终消灭的过程中，中国医生的艰苦努力，这些报道在欧美国家影响很大。是的，从西伯利亚到上海，南北两千里的人们在祈祷、在忧虑，全世界也在屏气凝神，注视着哈尔滨，注视着一位原本默默无名，而现在妇孺皆知的中国医生在哈尔滨的一举一动。人们从不肯相信，到半信半疑，到难以置信，到深信不疑。中国医生在这场鼠疫中的表现足够漂亮。

是的，一场数百年不遇的大鼠疫，被以中国人为主的一支小小的防疫队伍在四个月之内彻底消灭，这个在今天看来也是奇迹的事情，竟然发生在 1911 年，大厦将倾的辛亥革命前夜。

鼠疫开始流行时，势如破竹，旦夕之间上千人死亡，整个东三省如人间地狱。正是因为伍连德的出现，使这场吞噬了六万多条性命的大瘟疫被挡在傅家甸内，被彻底消灭。这是人类历史上第一次大规模成功控制传染病的行动，此后一直作为样板在历次传染病流行中被仿效着，至今控制未知传染病的办法，包括中国 2003 年对抗“非典”，依然是参照伍连德的方案。

东三省防鼠疫全权总医官——伍连德，一战成名，名扬全球。

三　那些为民族捐躯的义士

在防疫中取得完胜的伍连德在喜悦之余，却陷入深深的哀伤，他手里有一张统计表，这是在哈尔滨鼠疫防疫中殉职的人员名单。

在1910至1911年东三省鼠疫防疫中，由于事起仓促，防疫人员来不及培训，加上当时鼠疫是不治之症，以及各方面条件的局限和知识的普及不足等因素，防疫队伍殉职率极高，据伍连德的记录，哈尔滨防疫队伍的统计数据如下：

20名医师，殉职1名，为法国医生梅尼，殉职率5%；29名医学生，殉职1名，殉职率3.4%；

中医9名，包括许世铭在内殉职4人，殉职率44.4%；检查员31人，殉职2人，殉职率6.5%。警察688人，殉职30人，殉职率4.4%；卫生队206人，殉职11人，殉职率5.3%；

骑警80人，殉职5人，殉职率6.3%；救火员20人，殉职5人，殉职率25%；杂役550人，殉职102人，殉职率18.5%；厨师60人，殉职4人，殉职率6.7%；救护队150人，殉职69人，殉职率46%；士兵1100人，殉职63人，殉职率5.7%。

哈尔滨总共参与防疫的2943名工作人员中，297人殉职，殉职率10%。也就是说每十个参加防疫工作的人员中，就有一人殉职，而整个鼠疫流行区（傅家甸除外）的居民死亡率远低于此，鼠疫死亡率最高的满洲里，居民死亡率约为7%，可以说就是靠这些义士的献身精神，才能成功地控制住这次鼠疫的流行。

伍连德仔细分析了这张统计表，他觉得统计表很能说明问题：死亡人数最多的从业者是当地中医、急救车司机和辅助工人（包括医院杂役、在居民区逐屋检查的巡视员和掩埋尸体的劳工）。这些人经常与患者和病死者密切接触又不曾接受过有效的专门训练。中医对肺鼠疫的病因普遍认识不清，诊察时，通常直接面对不断咳嗽的病人。尽管接连不断的感染实例已经让他们见识了疫情的可怕，需要采取极为谨慎的预防措施，但他们还是固执地不戴口罩。在长春有一个10万人的地区，西医很少。鼠疫大流行时，中医的生意特别兴隆。其后果是登记在案的31位执业中医中，17人死于鼠疫，死亡率约55%。

受过近代医学训练的医务人员在这场鼠疫大流行中取得了令人满意的业绩，引起了朝廷对他们的关注和支持，并对西医有了全新的看法，这对全中国医学科学化的起步作用极大。从此，无论地方官员还是士绅无不与他们同心同德，精诚合作，在建立现代化医院和防治鼠疫的各种机构时莫不如此。

这次防疫的重大胜利还直接导致了另一个结果，1911年4月3日到28日在奉天举行了世界鼠疫会议。随后，第二年又成立了东三省防疫事务总处以及其他医疗和研究机构。

这次东三省鼠疫防疫中，医疗人员成为死亡率最高的人群。在防疫中，几乎每天都有人殉职。一个人倒下了，其他人站了出来，尽管明知明天也许会以身殉职，他们也毫不犹豫、毫不退缩。

这里特别要提到两位义士。

许世铭医师，当时只有26岁，1911年1月和2月，他在傅家甸负责有新装备的鼠疫病房。在医院值班时，他认真使用棉纱口罩，接诊病人时一直小心谨慎。2月3日，他和其他同事及3名随从一起在首席医官的办公室里商议事情，仆役递给他一杯茶，就像招待其他客人一样。因为茶水很凉，他让仆役端一杯热的上来，这个仆役转过身来回应说，新鲜热水尚未烧好。就在这时他发现仆役的脸色潮红，但也没有在意。他在患病后回忆，或许正是在此瞬间，仆役口中喷出了带菌飞沫。

后来检查这个仆役的脉搏每分钟跳动高达120次，呼吸每分钟24次，体温38.9摄氏度，咳嗽带有淡红色的痰，于当晚死去，经细菌学检查证实为鼠疫。

许医师照常工作到2月6日，患病后，伍连德被请到他的卧室来探视。当时他的脉搏为每分钟跳动116次，呼吸每分钟24次，体温38.3摄氏度；既不咳嗽也无痰，但头疼、胸闷，显然感染了鼠疫。伍连德将许医师，迁入自己那紧邻实验室的起居室，以便随时照料。近晚时病人体温升至 39.2 摄氏度，脉搏每分钟跳动 124 次，呼吸每分钟 24 次，于是为其注射了抗鼠疫血清。2 月 8 日晨许世铭意识丧失，8 时死亡。尽管注射了 300 毫升血清，但他从症状出现到死亡不过两天。

伍连德心情沉重，命令将许医师的尸体在一个坑中单独火化，将他的骨灰运往其故乡福州。

另一位是杰克森医师。在这个国难当头的时刻，各地的医生包括中医纷纷自愿参加抗鼠疫活动。来华的外国医生和医学生也积极自愿参加，刚从剑桥大学毕业，来自奉天的苏格兰长老会传教团的杰克森医师就是其中一个，他自愿负责一项最艰苦的工作：在山海关和奉天之间拥挤的三等车厢中寻找病人、将他们暂时隔离在车站附近的小旅店内，然后一起送回奉天的隔离病房。1 月 23 日夜间，即这批人回到奉天的第 8 天，100 多名被隔离者冲出营地逃跑。他们逃得无影无踪，音讯全无。这种逃亡显然扩散了感染，一个星期以后，奉天报告的死亡人数突然剧增。

就在隔离者逃跑的当晚，杰克森突然高烧咳血，经诊断他在护送的路上已经感染了鼠疫，杰克森医师曾经注射过两年前由开滦矿务局的安德鲁医师制备的预防疫苗，但并未挽留住他的生命，于 1 月 25 日殉职。

来华不到三周，年仅 26 岁的杰克森连全名都没有留下，这个名字还是根据他的上司、苏格兰长老会传教团的司督阁医师留下的笔记查到的。为了控制举世罕见的东三省大鼠疫，在最艰苦的地方以身殉职，称得上是一位具有人道主义情怀的义士。后来，专程赶到奉天来认领骨灰的杰克森的亲属将清政府拨给的一万元抚恤金全部捐献出来，这些钱除了在奉天医科学堂内设立杰克森像以外，其余都用于当地医疗卫生建设。

第三章　世界鼠疫会议

第一节 会议筹备

一 会议的起因

1911年2月，哈尔滨及其周围地区因鼠疫死亡的人数持续下降，至3月1日达到零死亡率，几天之后，伍连德收到来自施肇基的一封电报："朝廷决定于4月初在奉天举行一次世界鼠疫会议。请尽速准备前往奉天，将一应事务转托合适人手。你已被委任负责整个大会组织工作。本人将在当月中旬到达。至要者诸事务必办妥。遇事可向总督大人和外事官员请教。有11个国家与会。一流专家可能来自俄国、美国、日本和德国。细菌学家北里先生可能莅临。勿吝开支。"

召开会议的动议是施肇基提出的。这次中国鼠疫防疫大获全胜，对中国、对世界来说都是幸事、大事。对这次防疫的成功经验做深入的探讨、研究和总结，是水到渠成的事，也是必须做的事。

中国鼠疫防疫是世界进入20世纪以来影响最大的医学，乃至科技事件。

1911年3月初，北京，外务部。

各国使节难得聚集一堂，讨论世界鼠疫会议之事。

鉴于东三省的鼠疫大流行已经得到完全控制，外务部所邀请的、已经来华或正在陆续来华的各国专家已经派不上用场了，让各国专家打道回府吗？太可惜了，施肇基抓住了这个难得的机会。他认为各国鼠疫顶尖级专家聚集中国是一个难得的机会，何不在奉天召开一次大型的国际会议？他连会议名称都想好了，称为世界鼠疫会议。

这是一个外交家的敏感与远见，机会如白驹过隙，稍纵即逝。

对这种宣传大清国威、争得脸面之事，清政府可谓求之不得，鼎力支持，马上拨出十万两专款。施肇基和一直共同关注东三省鼠疫的英美领事商议后，正式向各国使馆发出照会。

伍连德对这封电报感到很突然，鼠疫防疫基本结束，他还有许多后续工作要做。

伍连德用了一整天和一个晚上的时间与同事中的骨干商议，最后决定在他离开的日子里，指定全绍清医师代理防鼠疫全权总医官。

全医师出生在北京，在他志愿来哈尔滨工作之前，是天津北洋医学堂的教授。他是在 1 月 31 日负责火化鼠疫死者尸体工作中做具体工作的医师，并最先被派往边境城镇满洲里调查当地旱獭贸易及其与鼠疫最初暴发的关系。他还设法找到当地猎人，捕获了十几只旱獭以供即将召开的会议进行实验和展览。

离开哈尔滨以前，伍连德向同事和学生们发表了一个简短的讲话，他首先感谢他们在过去 3 个月里的精诚合作和服务，使疫情得以迅速扑灭。他提醒大家，这个成功全仗刻苦工作、不怕牺牲和严守纪律，无愧于其他医务工作者的榜样，在表扬他的同事时伍连德不吝辞藻。

伍连德还向他的俄国同行扎博洛特内教授、雅显斯基、博古奇和哈夫金诸位医师道别。又特别拜会了霍尔瓦特将军，因为将军在整个扑灭鼠疫工作中给予了慷慨援助，尤其是在疫情暴发的紧急关头，借予 120 节车厢。他还特向美国驻哈尔滨领事格林道别，在扑灭鼠疫战斗的初始阶段他曾经对伍博士所遇到的困难表示关切和理解。伍连德工作成绩卓著，也是一个很讲情义的人，对他工作提供过帮助的人，他没齿不忘。

二　盛大的礼遇

奉天位于哈尔滨以南 500 多公里，快车 12 小时即可到达。旅途的前半程先至长春，这段是沙俄控制的中东铁路。当时旅客必须在宽城子的车站下车，乘马车近 3 公里到日本控制的长春车站，然后乘坐日辖南满铁路客车继续前行到达奉天。这种古怪烦琐的现象用今天的话可称为奇葩。不久以后，双方主管部门达成协议，将两条轨距不同的铁路在同一车站同一个站台之两端连接起来。如此安排节省了时间，减少了麻烦，方便了旅客和货物运输。伍连德十分感慨，一个国家的土地，资源竟被其他国家分割占据，利益瓜分。

不过俄日两国铁路当局对伍博士优待有加，提供了免费的头等车票。

奉天即今天沈阳市，唐朝时称“沈州”，元朝定名为“沈阳”。沈阳这一名称正式出现在史料中，距今已有七百余年的历史；明朝崇祯七年（1634 年），皇太极改称沈阳为“盛京”；清朝顺治十四年（1657 年），以“奉天承运”之意设奉天府；1907 年，清政府改东北地区的军府制为行省制，裁撤盛京将军，设奉天省。所以奉天既是省名也是城市名。1929 年，张学良将“奉天省”改为“辽宁省”，“奉天市”改为“沈阳市”；1931 年九一八事变后，日本复改“辽宁省”为“奉天省”，“沈阳市”为“奉天市”；1945 年，日本投降之后国民政府调整东北地区行政区划，将其改回“辽宁省”“沈阳市”。这是沈阳、盛京、奉天，奉天省、辽宁省的历史沿革，不了解这段历史，经常弄不清。

南满火车到达奉天站时，东三省总督和奉天省财务主管的代表早已在车站列队等候，气氛热烈隆重，接待规格很高，这使经历 12 小时旅途劳顿（如今哈尔滨到沈阳高铁只需两个小时多），疲惫不堪的伍连德精神一振。

他与英文秘书徐世明先生握手相见，在以后的一段时间里，伍连德与奉天省高级官员之间的交谈，均由他任翻译。徐世明也是广东人，共同的乡音让他们倍感亲切。这是一位和蔼可亲的人,脸上始终浮现着笑容,身材不高,微胖,十分敬业,整日坚守在办公桌前。

伍连德下榻于一家德国人经营的旅馆,老板是一位德国军曹,名叫德特林,厨师是一位中国北方人,这座旅馆是奉天唯一一家由西方人经营的旅馆。

一切安排就绪后,徐世明告诉伍连德会议的有关事项:

世界鼠疫会议定于4月3日在小河沿惠工公司陈列室开幕,会期20天,现在只剩下三周的准备时间。因为是头一次在中国举办的东西方科学家共聚一堂的科学会议,朝廷和总督府都十分重视,要求认真准备,不能有一点差错。

中国第一次作为当代国际会议的东道主,确实正在经受一次重要考验。

三　奉天总督锡良其人其事

次日清晨,伍连德对东三省的两位最高长官,即总督锡良和财务总管韩国钧做礼节性拜访。锡良是一位年近六十的长者,同时也是一位饱读经史、长于诗词的博学之士,他中等身材,风度优雅端庄,目光友善,浓须长髯,说话声音很是悦耳,操着纯正的北京腔。这是晚清一位重要的政治家,政绩、政声俱佳。虽然位高权重,但天性开明、简朴。

锡良(1853—1917),为官三十七年,以正直清廉、勤政务实而著称。宣统元年(1909年)二月,奉命总督奉天、吉林、黑龙江三省的事务

在与伍连德熟悉后,锡良对他说:“教授,我应该告诉你:3个月前,当法国医师梅尼去哈尔滨途经此地时,曾来过我的衙门,坚决要求给他一个高于你的职位。据他说,你太年轻,又无经验,应该有个外国人指导你。当时,我并不知道你如此能干,但我对他的傲慢实在不以为然,就要他

先去哈尔滨了解情况，其他事务再议。如今我为当时的坚定感到欣慰。”

一句话勾起了伍连德的许多回忆，他由衷地感谢这些在关键时刻做他坚强后盾的人。

奉天省主管全省财政的韩国钧是江苏人。江苏人杰地灵，那里出了不少历代高官、著名学者。这是位年过六旬的老人，来奉天就职前，已在别的省为官多年。他留着短须，已经雪白，像多数地方官员一样，脑后拖着一条辫子。伍连德知道，在整个防疫过程中，所需经费都出自此人之手，他表现得非常慷慨大方。韩大人和锡良总督在官场中合作良好，然而如同朝廷的大多数高级官吏一样，任期不会超过5年。政策的连续性难以维持，自然会使工作受损。

四　重逢施肇基

3月22日，伍连德正在办公室准备会议发言材料，有人推门进来了，抬头一看，是施肇基。伍连德赶紧站起来，紧紧握住施肇基的手。

两人相对无言，距离他们在前门火车站分别，虽然只过去了三个多月，却显得十分漫长，恍若相隔了3年、30年，也许那么长的时间也不会发生如此之多、之大的事件；但他们又像没有分别，因为通过现代通讯手段——电报，他们天天相见。一个在前线与瘟神正面搏斗，一个在京城最高权力机构之中斡旋，在伍连德最需帮助之时，伸出援手，正是这种默契的配合，生死相托，他们的友谊才如此珍贵。

施肇基从怀里拿出一封信递给伍连德，说：“行前，内人专门去天津看望尊夫人，这是尊夫人带来的家书。”

伍连德与黄淑琼

伍连德迫不及待地打开书信，夫人黄淑琼简单地说家中一切平安，请勿挂念，然后告诉丈夫，一个多月以前六个月大的儿子长明因为误食不干净的牛奶，引起细菌性感染，治疗无效去世了。

读到此处，伍连德的视线模糊了，眼前尽是临别时长明的笑容，他心如刀割。

施肇基说："本来应该及时通知你，可是尊夫人怕影响你在哈尔滨的工作，不让告诉你。事情发生后，内人专程去天津看望，外务部和陆军部也要求陆军军医学堂对府上多加照顾。"伍连德点点头："谢谢施大人。"

这次会议，施肇基以世界鼠疫会议高级专员的头衔负责会议非学术方面的事务。1911 年鼠疫会议时，施肇基只有 34 岁，他处事追求高效率，因为这是第一次在中国举行的大型国际会议，他事必躬亲，从花园的细节布置到餐厅、卧室的家具色调亦亲自一一过问。出洋留学时，他已剪除发辫，归国后他和其他英美归国留学生一样，并未再蓄留那无用之累赘。

整个 4 月间，鼠疫会议在反复推敲、详细审议中进行，其间总督大人两次邀请施肇基和伍连德前往其官邸，亲自了解会议的进展。会议结束时，总督向各位出席代表赠送一件亲历此历史性时刻的纪念品——一枚形如弗罗林金币的纪念章，它用采自东北的天然纯金制成。直到今天，欧美许多国家，一些人依然珍藏着这枚珍贵的徽章。即

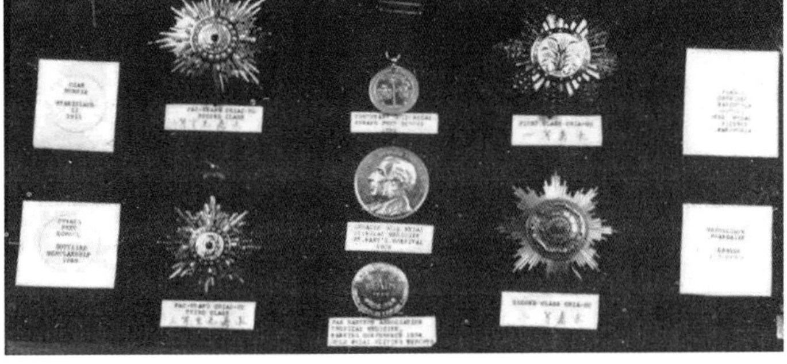

伍连德曾获得各种奖章

使他们已经故去，他们的子孙可能依然把这件传家宝向朋友们展示。1937 年出版的伍连德的著作《鼠疫概论》有此纪念章的照片，伍连德对此也十分珍重。

五 日本，会议的不和谐音

会期日渐临近，会场布置完毕。那座无人使用的大宅院，内部分成几个院落并有游廊连通，如今被粉刷一新，更新了家具，变成了一座现代化宾馆。由大小花园和独立庭院分隔为多处卧室，每间卧室配备有舒适的家具、电灯、自来水和铸铁煤炉，并准备了足够的私人浴室和卫生间。在前院正厅，悬挂着与会代表的国旗。会场居中安放铺有绿色桌布的长方形大会议桌，绕桌安放了足够的椅子，供与会主要代表就座，后排亦为秘书和助手们备有座椅。这个大厅可同时容纳 150 人，装有多个大型煤炉供暖。宽大的餐厅，可同时为一百多人供应一日三餐。

各国代表纷纷入住，只有少数国家的代表，如日本、英国和美国，均自行安排住处。有意思的是日本代表虽然住在 5 公里以外，但他们仍热衷于这里的免费饭食。

客人之中，为会议带来最强不和谐音者，当属日本代表团。日本代表团提出了一个要求：由北里柴三郎出任会议主席，因为北里是世界公认的鼠疫杆菌的发现者。

日本代表团蛮横的做法引起会议筹备方中国的反感。日本近代在中国的所作所为早已引起中国人的警觉，自 1904—1905 年日俄战争中战胜俄国后，日本政府仿效德皇威廉二世，处处炫耀武力，恃强凌弱。通过一系列政治事件已经表明，他们已将包括整个奉天省在内的这片土地视为自己的领地，因此，区区一个会议主席之位也一定是自己的囊中之物。

中国科学正处于十字路口，中国取得的防疫重大胜利举世瞩目，鲜有一次的扬眉吐气的机会岂能拱手相让？是的，中国不能再忍让了。

但日本态度强硬，不能硬碰硬，施肇基有了自己的主意，把意见摆到桌面上来，由出席会议的各国定夺。

外务部里，正在进行会议有关事项的磋商，世界鼠疫会议的召开时间定于4月3日。在讨论会议的组织议程时，首先发言的是日本领事："敝国前来参加鼠疫研究会议的北里柴三郎教授是鼠疫杆菌的发现者，著名的微生物学家。因此敝国政府以为，此次会议主席应该由北里柴三郎教授担任。"

话音未落，英国使馆医生道格拉斯·戈瑞已经站了起来："我认为此次会议的主席应该由毕业于大英帝国剑桥大学的伍连德博士担任，伍博士是东三省防鼠疫的总医官，对控制此次鼠疫流行的贡献最大，会议主席非他莫属。使馆已经接到敝国各地无数的邀请，希望伍博士重返大英帝国进行巡回讲演。"

美国代表接着说："敝国多所大学也邀请伍博士在适当的时候前去进修讲学，我也认为应该由伍博士出任会议主席。"

俄国领事附和道："完全同意。鉴于伍博士在东三省，特别是在哈尔滨控制鼠疫的突出成绩，以及挽救在哈十万俄国公民的壮举，敝国政府已经决定，授予他二等勋章。"

法国领事不失时机地说："敝国政府也决定授予曾在巴斯德研究所进修的伍博士荣誉衔。"

日本领事见提议没有得到任何响应，北里任主席之事已经无力回天，只好说："敝国有关方面对伍博士也已予以表彰，南满洲铁道株式会社刚刚授予伍博士终身免费乘车资格。"

俄国领事提醒道："中东铁路部门早就授予伍博士终身免费乘坐资格了。"

日本领事对施肇基道："能否由北里出任副主席？"

施肇基笑着点点头:“我看可以,这是敝国政府的荣幸。”

1911 年在奉天举行的“世界鼠疫会议”,伍连德(右二)任大会主席

世界鼠疫会议会场

第二节　会议召开

1911 年 4 月 3 日,上午十点,奉天总督锡良、中国政府特使施肇基率领大批官员,面露微笑站在会议大厅的门口和与会代表一一握手,历史上第一次由中国主办的国际学术会议开幕了。

身穿礼服戴着眼镜的伍连德也在欢迎的队列里和来宾握手,亲切交谈。对面走来同样身穿笔挺礼服戴着眼镜的北里柴三郎。伍连德上前一步,主动向这位比他年长近一倍的前辈伸出手,北里也微笑着握住伍连德的手。鼠疫杆菌的发现者和鼠疫的征服者相互问候,这是一次重要会见,是鼠疫防疫史上的里程碑事件。

日本、英国、美国、俄国、德国、法国、意大利、荷兰、奥地利、墨西哥和中国 11 国代表按预先安排,一致推选中国政府首席代表、东三省防疫总医官伍连德为大会主席,日本政府首席代表、发现鼠疫杆菌的著名科学家北里柴三郎为副主席。伍连德在会上详细介绍了东三省鼠疫防治的情况,各国代表对此予以高度评价,并对此进行了热烈的讨论。

会议有诸多精彩发言,但值得一提的是总督锡良的演讲,这篇开幕词在那时竟出自一位旧式保守型的高官之口,确实令人刮目相看,即使 100 多年之后看来,仍显示其与时俱进的开明。

他首先感谢各位久负盛名的科学家莅临会议，接着追溯中国医学的发展历史，在诊病医病上都很有成效，只有这次鼠疫为历代所未有，一切治疗之法，当求之于西欧，如果一味抱着国内的陈方，断难有疗效。他特别强调，医术与科学并重，医术与文化都要跟上时代步伐，所以中国要讲科学，要向各国最新的医学学习。他引用英皇爱德华七世的话，传染病如果可以预防，为什么不加以预防？如果将来鼠疫不幸死灰复燃，有了这次防疫的经验，有了会议研究的成果，必然更有把握，从容应对。只是这次防疫过程，损失惨重，东三省死亡有四万余众，更有中国以及各国防疫人员为此捐躯。特表悼念之意，希望本次奉天的会议成为鼠疫研究的一个开始。

会议期间，应日本方面邀请，与会代表赴大连、旅顺参观，并和当地的日本医疗人员进行了交流。就是在这里，伍连德了解到，从 1897 年开始，东北一直有鼠疫出现。1899 年在营口的流行造成 1370 人死亡，1901 至 1902 年在锦州和营口又出现病例，1905 年在西伯利亚边境出现零星病例，其后逐年在满洲里、海拉尔等地出现越来越多的病例，直到最近的大流行。这使伍连德有个预感，目前销声匿迹的鼠疫还可能卷土重来。

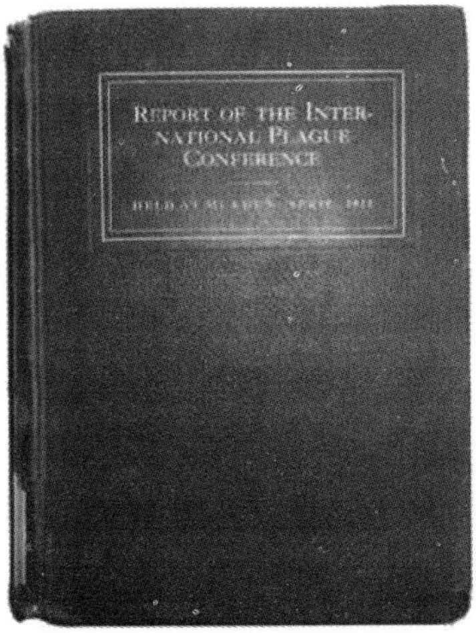

世界鼠疫会议记录书稿

会议上总结了各地的材料，对两万多只老鼠进行检查，没有发现鼠疫杆菌。伍连德在对满洲里的旱獭的检查则发现鼠疫杆菌，完全符合他从一开始的判断，这次鼠疫不是经过家鼠传给人的，因此果断地采取阻断人群之间的传播而不是大力灭鼠，这个正确的决策得到与会专家的高度评价。日本方面，以北里为首的与会科学家也详细介绍了研究情况，包括对数万只老鼠的解剖结果，没有发现一例带有鼠疫杆菌，间接地证明了伍连德论断的正确。也就是从这时起，伍连德提出的肺鼠疫的概念被医学界接受。

会议期间，代表们应邀来到哈尔滨，实地考察傅家甸，他们对中国政府的努力和伍连德的功绩予以高度的评价。会议一致同意伍连德的看法，为了密切监视东三省的鼠疫，有必要建立有关防疫机构，长期而系统地监测鼠疫在东三省的流行情况。

各国科学家高度赞扬了伍连德的功劳，以发现鼠疫杆菌而闻名的北里柴三郎也是由衷地称赞。大家齐称伍连德为“鼠疫斗士”。这是人类与鼠疫斗争1400年来第一次有人获得这个称号，而后的一百多年，再没有第二个人配得上这个称号。

48年后，伍连德自豪而坦然地用它做了自己的自传的名字。

第三节　伍连德在学术上的贡献

东三省鼠疫防疫，可以说是20世纪科学史上的第一件大事，在当时造成全球范围的轰动，其影响也极为深远。这是人类历史上第一次用科学手段控制住了突如其来的大传染病流行，为日后的防疫提供了样板。不仅在中国奠定了现代科学的基础，而且在全球也使科学更加深入人心。伍连德在短短百日之内，由毫无名气的帮办一跃成为举世皆知的著名学者，中国现代化的代表人物。

从某种意义上来说，东三省大鼠疫就是一场规模宏大的科学实验，而且疫情瞬息万变，没有丝毫预先准备的可能，可以说是对19世纪高速发展的医学的考验和检验。19世纪上半叶，以法国为代表的观察式医学占主流，重观察而不重实验，提倡研究疾病的自然进程而不着眼于从病因上探求。19世纪下半叶，德国医学占据了领导地位，重实验而轻观察，力求先入为主地用实验的方法模拟疾病，力求从根本上解决问题。于是微生物学得到飞速发展，很多恶性传染病包括鼠疫的病因得以发现。19、20世纪之交，美国医学崭露头角，结合两者的长处，从改良医学教育出发，通过培养临床和实验皆优的医学毕业生来提高医学的整体水平，伍连德正是这种体制下培养出的优秀医学人才。在剑桥依曼纽学院打下了坚实的理论和实验基础后，在圣玛丽医学院完成了临床培训和临床实习，然后在医院做住院医生，去法国和德国的研究机构进修，厚积薄发，终于在东三省鼠疫时大显身手。

伍连德来到哈尔滨以前，已经有两位北洋医学堂毕业的医生在傅家甸开始防疫工作。北洋医学堂的教学方法为法国式的，两人在流行区也是采取观察症状的办法，虽然认为流行的是肺部的瘟疫，可是无法查明病因，和鼠疫联系起来。另一极端是以发现鼠疫杆菌而以亚洲微生物学第一人自居的北里柴三郎，虽然认定可能是鼠疫，可是拘泥于已有的理论框架，坚持要在老鼠体中分离出鼠疫杆菌，才能证明是鼠疫大流行。结果在东三省各地解剖了四五万只老鼠，没有一只带有鼠疫杆菌，一样下不了最后结论。伍连德来到哈尔滨，首先观察病人的情况，认为可能是鼠疫后，马上解剖尸体，用微生物学的实验方法直接从病人身上分离出鼠疫杆菌，证明流行的是鼠疫，为下一步的防疫打下了基础。北里柴三郎受限于原有理论的约束，没能再前进一步，不得不将“鼠疫斗士”的桂冠拱手相让，从这时起，全球首席鼠疫专家，非伍连德莫属。

除了得益于先进的医学教育外，生长于多民族环境中的伍连德，将不墨守成规、敢于突破的品格，在东三省鼠疫防疫中发挥到了极致。

在确定了此次瘟疫为鼠疫之后，通过大量的观察和实践，发现这次的鼠疫的感染途径不是由鼠到跳蚤，再由跳蚤到人，而是通过呼吸传染的新型鼠疫，伍连德亲自将其命名为“肺鼠疫”，以区别于传统的腺鼠疫。这不仅是一个疾病名称的改变，也不仅是一个理论上的突破，而是迫在眉睫，正在进行的防疫中采取什么措施的关键。正确的理论指导正确的实践。肺鼠疫的理论决定了此次防疫措施主要是隔离，而不是灭鼠，为防疫争得了宝贵的时间，并挽救了无法计数的生命。

科学界每诞生一个新的理论，提出者往往都要面对重重压力，打压嘲讽，身败名裂，甚至搭上身家性命，才会得到业内的认知，得到全社会的认可。伍连德肺鼠疫的理论同样经历了这样一个阶段。作为一名优秀的医学家，同时兼任东三省防疫总医官的伍连德不仅敢于大胆坚持自己的理论，而且勇于承担责任，领导了一场中俄日等国的国际防疫联合行动。东三省鼠疫的防疫是人类历史上第一次用科学的方法，在人口密集的大城市进行的全面卫生防疫行动。这次防疫的圆满成功不仅是伍连德本人毕生的骄傲，同时也是科学的胜利，是人类战胜瘟疫的成功案例。

第四节　伍连德名扬四海

一　前门车站的热烈欢迎

世界鼠疫会议的最后一项议程是与会的专家赴北京接受清政府的接见与款待。

车到前门火车站，伍连德突然莫名地激动起来，他忘不了施肇基在严寒的冬天，在这个火车站为他送行，风雪漫漫，悲从中来，临危受命，前途未卜。时间仅仅过去了三个多月，在春暖花开的季节，他披着一身征尘，更挟着胜利的喜悦，回到了这个车站。

车站上早就聚集了前来欢迎的朝廷官员和各国使节。车停稳后，众人一致要求伍连德先下车。当身材矮小的伍连德出现在车厢门口时，站台上掌声、欢呼声响成一片。

世界鼠疫会议圆满结束，为清政府东三省防疫画上完美的句号。各国政府对清朝政府在这次鼠疫大流行中的表现刮目相看，予以极高的评价，并视为中国进入现代社会的开端。朝廷对专程来华参与防疫的专家十分重视，破例让他们参观紫禁城，并在颐和园举行招待会。与此同时，各国使馆也纷纷举办舞会酒会，招待这些远道而来的科学家。

在这些活动中，伍连德无疑成为焦点和中心。这也是现代科学历史上，中国科学家和西方科学家平等交流的开始。

也许，从鸦片战争以来，清政府已经习惯于对列强谦恭小心，低眉顺眼，这次的防疫成功足以让清政府扬眉吐气一回了。

十三年后，有一位大名鼎鼎的人物梁启超极其不寻常地写道："科学输入垂五十年，国中能以学者资格与世界相见者，伍星联博士一人而已！"他要人们记住的只有四个字：国士无双。

何谓国士？国士之称出自《左传》，指国内才能最优秀的人物。

2007 年，诺贝尔基金会官方网站公开了部分诺贝尔奖候选人资料。人们可以查询到 1901—1951 年度生理学或医学奖候选人情况。获得提名的科学家中只有一位中国人，他便是中国现代医学先驱、中国检疫事业创始人 Lien-Teh Wu，他的中国名字叫伍连德。

诺贝尔基金会规定，除了公布最终获奖者外，候选人的名字都不对外公开，并设置了 50 年的保密期。因此，对于出现的各种传闻，如某人获得提名成为诺贝尔奖候选人云云，其真实性必须 50 年后才能得到印证。

伍连德博士的诺奖推荐人 William Warder Cadbury（汉名"嘉惠霖"），是当时在华著名美国医生、广州博济医院院长和岭南大学医学院教授。美国费城人，宾夕法尼亚大学医学博士。1909 年来到中国，曾在中国工作 40 年。

他给伍连德的诺奖推荐理由是：在肺鼠疫防治实践与研究上的杰出成就及发现旱獭与其传播中的作用。他于肺鼠疫方面的实践和研究，创造性地丰富和发展了人类流行病科学理论，为公共卫生学、检疫学、防疫学和疾病社会学等诸多相关学科提供了理论基础。

1983 年由国际著名流行病学家 J.M. Last 主编的《流行病学词典》

中，伍连德是唯一被列入的华人科学家，当是对他在人类医学科学领域杰出成就的有力肯定。伍连德因他的科学抗疫实践和对疫病的研究所做出的卓越贡献，于1927年获得日内瓦国际联盟卫生组织（今WHO前身）授予“鼠疫专家”称号。

这些荣誉和称号，伍连德当之无愧。

二　几次印象深刻的召见

1　摄政王载沣

在东三省连续工作几个月，加上从筹备到主持世界鼠疫会议，伍连德已经精疲力竭了。来北京后为了公事方便，他借宿在施肇基家。现在各国专家已经陆续回国，东三省防疫的收尾工作在全绍清的指挥下进展顺利，伍连德打算向外务部告假，回天津探亲兼休养一下。

这天，施肇基从外面回来，兴冲冲地说：“星联兄，我先给你道喜了，摄政王要在宫内单独召见你。”

“召见我？”伍连德问，“是不是又出了什么事？”

施肇基一笑，道：“摄政王说，你在东三省劳苦功高，中外闻名，所以要召见你，当面予以奖励。”

“这？”伍连德一脸难色，见摄政王如同面圣，是莫大的殊荣，可他心存顾虑：“我的中文你知道，还有宫里的规矩一点也不懂，上次见铁良就很尴尬。”

施肇基明白了，尽管来华已经三年了，伍连德的中文还是不流利，加上进宫觐见的规矩繁冗，这些担心并不多余。想了想，道：“星联兄不必担心，这件事我给你想办法。”

第二天，陆军部派专人来到施府，宣布授予伍连德陆军蓝翎军衔，相当于西方国家少校的协

1911年4月，清政府赏给伍连德医科进士、陆军蓝翎顶戴、二等双龙勋章

参领。伍连德感到莫名其妙，他在军中是个文官，怎么一下子成了军官？施肇基这才告诉他，向有关方面汇报了他的难处后，朝廷对有功之臣格外开恩，授予他陆军中级军官的最低一等。按规定，中级军官可以免去很多觐见前的官方礼节，对摄政王的问话也不必详细回答。其次是可以穿军装上殿，不用戴假辫子。唯一的传统礼仪是磕头，对伍连德来说，这是他从小就会做的。就这样，伍连德成为清军的一位中级军官。

伍连德想起，4 月，朝廷为了表彰伍连德的功绩，由学部奏请给医官伍连德医科进士学位。医科进士，陆军蓝翎，这些风马牛不相及的荣誉，令他实在摸不着头脑，也不知有多大用处，管多少兵，领多少薪水？不过，既然不是什么坏事，却之不恭，就坦然接纳吧。

五月初的一天凌晨，伍连德早早起来，穿戴整齐以后，坐上施肇基的骡车，走了一个多小时，来到午门外，等候摄政王的召见。

大朝开始了，各项朝政结束后，殿上传："陆军伍连德觐见。"

伍连德一身戎装，英姿焕发地走进大殿，跪在御座前，磕头。

"平身。"御座上传来摄政王的声音。伍连德站起来，和载沣四目相对。载沣在御座上暗暗称奇，这些天来伍连德的名字如雷贯耳，这位大英帝国的医学博士看上去只有二十出头，身穿军装更是雄姿英发。这样一位看似少年的医生在东三省居然能指挥千军万马，无论官、民，还是洋人，都对他唯命是从。得此奇才，真乃我大清之幸。想到这里，载沣颔首道："伍爱卿在东三省建立盖世殊功，举世闻名，朝廷一定重赏。"

伍连德回答："为国效力是臣的荣幸。能够继续为国效力，连德别无他求。"

伍连德的回答得体，让载沣很满意，随即问起他来华的经过、家乡的情况，伍连德一一简要回复。载沣令太监记了下来，着有司专程去南洋，对伍连德之父进行封赏。然后亲手为伍连德颁发二等双龙勋章，这是中国历史上医生获得的最高奖励。

次日，伍连德被任命为外务部总医官，依旧兼任陆军军医学堂的帮办。这项任命是奉天总督锡良和施肇基的联名推荐，虽无实权，却方便他与清政府的官员直接接洽。

接着，俄国公使上门了，沙皇政府因为他在东三省防治鼠疫，拯救俄国公民生命的功劳，特赐他二等勋章。俄国公使刚走，法国公使赶到，奉法国政府令，授予伍连德荣誉衔。奉天总督也授予他金奖。

几日之内连得中外嘉奖，伍连德成了京城明星。一时间，施肇基家门庭若市，外国人、王公贵族、名流学者等等纷纷登门拜访，全是来结识伍连德的，请客送礼，让他招架不住。还有一些这几年结识的朋友，特别是谭学衡、莫理循等，在东三省防疫中出力很大，也得专门酬谢一下，把伍连德忙得不可开交。

2　肃亲王善耆

好不容易从应酬中抽出身来，伍连德赶忙找到施肇基，请求立即回天津探亲，然后返回哈尔滨。

施肇基道："星联兄恐怕还是走不成，有个人要见你。"

"谁？"

施肇基微微一笑："肃王府刚刚来人了，肃亲王要召见你。"

三年前来京求职时，因为有林文庆的书信，伍连德拜见过肃亲王，彼此印象很好。去年肃亲王刚刚审理完汪精卫谋刺摄政王一案，说服了摄政王对汪精卫从轻发落，也让伍连德很钦佩。听说掌管民政部的肃亲王要召见，他高兴地答应下来。

次日，伍连德来到民政部。还没等通报姓名，民政部的门房已经上前跪下："给伍大人请安。"

伍连德现在是风云人物，上至王公贵族，下至贩夫走卒，无人不知。门房道："肃王爷吩咐过，伍大人一到，立即禀报，不可耽搁。请大人随小的进府。"

等伍连德来到正房，肃亲王已经等在那里。见到伍连德进来，肃亲王满脸笑意，一把拉着他，不让他按规矩跪下请安，直接按在一把椅子上，哈哈一笑：“三年前，我就看出你非池中之物。”

下人上完茶，肃亲王道：“伍博士出身名校，胸怀绝学。此次在东三省防鼠疫，可谓大展宏图。记得三年前，伍博士刚刚归国时，令姻亲林博士文庆有书信，说伍博士乃当世奇才，今日可见其言不虚。”

这几日伍连德耳朵里全是这类奉承或赞誉之言，但他依然保持谦虚：“王爷抬爱了，连德只是运用所学，为国家效力罢了。至于东三省防疫成功，一来侥幸成功，二来是三省官民共同努力的结果，岂是连德一人功劳。”

肃亲王点点头：“大功而不自傲，伍博士果然有国士之风。这几日冠盖云集，你那里已经够热闹了，我就没去凑热闹。听说伍博士要返天津探亲，这才请你过来，有要事相商。”

伍连德听到有公事，便打起精神，问：“王爷请讲。”

肃亲王开口道：“此事请伍博士万勿推辞，民政部下属卫生司，负责全国卫生防疫。此次防疫严重失职，有关官员已经受到惩戒。我打算重组卫生司，由你任司长。”

“卫生司？”

“对，重组以后，全国所有医院和卫生防疫机构由你统管，可以按你的设想建立国家卫生防疫系统。”

肃亲王介绍说，这次鼠疫给朝廷的经验教训，就是急需建立全国性的现代化卫生系统，这样才能应付类似的疫情，同时有益于提高百姓的体质。现在全国西医人才极少，也没有一套完善的医学教育系统。民政部重组卫生司的设想，就是想按西方国家的办法，建立现代化的医院和医学院校，以及有效的卫生防疫系统，尽快使中国的医疗体系达到现代化水平，并且能应付大的流行疾病。

肃亲王非常恳切地说，鉴于伍连德毕业于世界名校，归国后一直从事医学教育，此次在东三省展现出举世公认的才能，因此新任卫生司司长非他莫属。朝廷和民政部保证给他全权，不加干涉。

肃亲王的话激起伍连德的同感，归国这几年，他深深感到中国医学教育和医学卫生体系的落后，并为此深感痛心。在陆军军医学堂的建设上，他的很多设想都因为陆军要员不赞成而付诸东流。

看着肃亲王诚恳的神情，他也很感动。尽管他对当官没什么兴趣，但是全国卫生系统总管对他还是有巨大的诱惑力。现在从朝廷到地方，对科学的热情和崇拜都达到了极点，引进现代化医疗卫生体系不但不会有阻力，而且还能受到各方面的大力支持。接受这个任命，他就能施展平生抱负，推动中国的医学现代化。再说伍连德虽然出生在南洋，接受的是西方教育，但中国的传统观念深入骨髓，确切地说，他应该还是一个穿着西服，说着英语，不留发辫的士大夫。崇尚着“仕途经济”，通过一番奋斗取得功名，获得官职，得到较高的社会地位，实现自己的人生价值。他从剑桥毕业后，曾想在英国、南洋谋取更高的职位，但屡次碰壁，虽然他毕业于英国顶尖级大学，但他摆脱不了自己的身份。那些地方不能提供给他一个舞台。这是他欣然接受袁世凯的任命，回国效力的原因。确实，袁世凯对他有知遇之恩。

因此他很想接受这个任命。

但仔细想来，他毕竟是个业务型的人才，难与施肇基相比拟。纵横捭阖，富于谋略，熟悉外交事务，这是施肇基的强项。相反伍连德对此并不熟悉，甚至木讷。伍博士的兴趣是推进科学化的医学和研究，而不是官场的升迁。他在意的还是东三省的鼠疫防控。

妻子黄淑琼在他路过天津在车站停留时，给他不要接受朝廷的任命的劝告突然出现在耳边，尽管他不太明白夫人的深意，可是对夫人的话从来就言听计从。想到这里，他决定谢绝这个任命。

伍连德说：“王爷厚爱，连德怎能不鞠躬尽瘁死而后已，可是连德现在不能接受这个任命，因为还有更重要的事要办。”

肃亲王满脸诧异的表情：“什么？还有要事？”

伍连德道:“所谓要事,是指东三省的鼠疫。”

肃亲王更不明白了:“鼠疫不是已然肃清了吗?”

伍连德道:“现在鼠疫虽然已经消失了,但并不等于灭绝。东三省鼠疫的来源还要进一步研究,防治鼠疫的机构还有待建立。从历史上看,类似的鼠疫大流行往往在几年或几十年内会再度出现,我以为东三省还会发生大的鼠疫流行。当务之急是彻底搞清鼠疫的来源,建立可靠的卫生防疫系统,对鼠疫进行常规监测,以便在下次鼠疫大流行出现的早期进行控制。参加世界鼠疫会议的各国专家都同意我的看法,因此连德必须返回哈尔滨,建立鼠疫监测机构。”

肃亲王道:“这个没有问题, 你可以先回哈尔滨建立鼠疫监测机构,等完成后返京任职就是了,卫生司司长可虚位以待。”

伍连德道:“鼠疫之复来或许一年两载,或许更长,连德必须在哈尔滨坚守,直到鼠疫再次流行。”

肃亲王看着伍连德:“这么说你打算在哈尔滨坚守到鼠疫重来,如果 10 年,20 年,鼠疫还无踪影呢?”

伍连德肯定地回答:“我就继续坚守下去,直到鼠疫重来的那一天。”

肃亲王拍案而起:“好,这才叫国士。既然东三省要防患于未然,那我就不勉强了。”说罢深施一礼:“我这里代天下人先行谢过,鼠疫的险关就请你死守了。”

伍连德赶紧回礼:“连德一定不辱所托。”

这是伍连德第一次推辞了国家卫生系统总管的任命。

通过陆军部和外务部的妥善安排,保留了伍连德在陆军军医学堂帮办的职务,被正式安排调往哈尔滨从事防治鼠疫的专门工作,并继续收到每月 300 两银子的薪水。他在天津家中小住数日后,于 1911 年 5 月的第 2 周,乘车返回哈尔滨。而助手林家瑞则留在天津继续完成他的学业。

第四章　东三省防疫事务总处

第一节　创建东三省防疫事务总处

一　落实鼠疫会议的决议

1910 年至 1911 年东三省肺鼠疫大流行，侵袭了中国东三省，造成 6 万人丧生，经济损失达 1 亿元，然而灾难也警醒世人，为建立中国的公共卫生事业体系奠定了基础。

从清廷的中央到地方，从来就没有一个完整的医疗系统，只有中医，中医是中国的文化瑰宝，在五千多年的中国历史上发挥了应有的作用，然而应对严重疾病的暴发，比如这次东三省大鼠疫，古老的中医显然已经落伍，对此无能为力。这就需要把扑灭鼠疫的工作托付给受过现代教育的医疗人员。采取了一些在中医，乃至整个中国看来都是激进，甚至是极端的措施，比如解剖尸体，逐户排查病人，强制隔离，还有在哈尔滨大规模地焚烧了几千具尸体。

事实胜于雄辩，当时出现傅家甸日死亡人数接近 200 人的恐怖局面，让人感到世界末日的降临，然而采取了一系列科学的措施后，鼠疫竟在三个多月内一扫而光，天照样蓝，空气照样清新，傅家甸恢复了往日的生机，生命照样鲜活。

世界鼠疫会议就是在这种背景下召开的，会议本身就是对伍连德领导的防疫工作的足够肯定，会议取得许多研究成果，最大的成

民国时期的东三省防疫事务总处、滨江医院和哈尔滨医学专门学校

果就是对新型鼠疫，即肺鼠疫概念达成了共识，会议的另一项成果就是形成了一些决议，这些决议不仅是对发生过的鼠疫的研究，更重要的是今后的预防措施。涉及鼠疫防控的内容有三项：

第13条：急需设立永久性的隔离医院以供隔离肺鼠疫病人。此种医院应可隔离单个病人，并具有防鼠疫设备且易于消毒。

第42条：应筹设永久性卫生中心机构，该机构在鼠疫流行时迅速地扩充，并将可在鼠疫暴发时立即派赴疫区之医官名单拟定备用。

第44条：为使这些建议得以付诸实施，应力争组建中央公共卫生部，以便专门处理并应对未来各种传染病症之发生。

二　总处及分支的规划

伍连德回到哈尔滨后，立即召集各方面人员，讨论建立鼠疫预防机构之事。因为处于中国东北边境，这个机构隶属于海关之下，名称为东三省防疫事务总处。伍连德和负责哈尔滨海关的英国人沃森一起制订了建立东三省防疫事务总处的计划。按计划，总处总部设在哈尔滨，在满洲里、拉哈苏苏（今同江市）、三姓（今依兰市）和大黑河建立分支，以及本地区可能有必要设立的其他城镇建立医院。医疗服务应面向穷苦大众，当无疫情时，病房可安排用于普通内科、外科以及传染病的就诊和治疗。防疫处的医官还要协助地方官员和学校教师举办卫生训练班，培训儿童和公众，为全省的公共卫生服务，并为全国做出示范。

总处每年预算经费九万元。

计划完成后，先上报外务部，然后交驻华外交使团批准。因为所需经费需从哈尔滨海关收入中拨出，根据《辛丑条约》，庚子赔款要从关税及盐税中扣付，任何额外的用途必须经驻华外交使团批准。

文件形成后，伍连德有了一段空闲时间，他用来考虑东三省的鼠疫状况，决定到满洲里做一次实地考查。

1911 年 5 月初，伍连德独自乘火车前往满洲里，于 5 月 6 日到达。满洲里位于中国的西北角，有居民 6500 人，其中 5000 名俄国人，1500 名中国人，还有 4000 名俄国士兵。小城坐落在大约海拔 1500 米的高原上，空气干燥而清新。此时正值当地的早春时节，让他想起多年前在瑞士避暑胜地卢塞恩和因特拉肯。在那里，他首次品尝到瑞士的蛋糕卷和醇厚而新鲜的奶油，饮用着掺有鲜美山地牛奶的咖啡。如今在满洲里，他享用着略带甜味的俄罗斯黑面包、还有奶油，以及兑有西伯利亚热牛奶的咖啡精。值得注意的是，这里俄国人和中国人通婚很普遍，随处可见衣衫不整的俄国农妇和身材健壮的中国男子，他们大多是山东移民，他们生活得很自然，是一道很特殊的风景线。

他在这个安静的边境小镇停留了 3 天，询问了猎取旱獭的情形，同时收集了为该季度末进行科学考察所需要的信息，他还访问了满洲里的旅店，这些旅店脏乱不堪，房屋结构简易，一半地上，一半地下，当地称为地窨子。这种结构节省建筑材料，更节省燃料，便于取暖，东北寒冷地区这种地窨子式的房屋很多。进屋就上炕，炕与屋子等长，他还拍下了那个大通铺的照片。猎人们白天在大炕上吃饭，打牌，晚上则在此睡觉，可以说炕是这屋里唯一的空间。

伍连德能够想象得出来，冬天最寒冷的季节，地窨子里的大通铺上躺满了人，吃喝睡玩交易全在大通铺上，这种人口超密集的空间，一人患了鼠疫，其他人必定在劫难逃。

满洲里的考察，让他对刚刚过去的鼠疫容易在东北寒冷的冬季传播的原因，以及传播方式有了实地感受。

三　筹措经费

从满洲里回来后，也就是 1911 年五六月间，伍连德接连拜访了东三省总督赵尔巽、吉林和黑龙江的巡抚、中国海关总税务司安格联爵士，以及驻京各国使团的领导人，因为中国政府批准后支取海关税要取得他们的认可。

在奉天的总督官邸，赵尔巽总督十分热情地接见了伍连德。此时锡良已经离任，继任者赵尔巽身材矮小，胡须灰白稀疏。伍连德向他陈述了自己创建防疫总处的计划，详细叙述了在全省各交通要津建立医院，以预防鼠疫再次爆发。赵尔巽对伍连德的设想非常赞赏，对伍连德提出的预算更是满口应承，后来的事实证明这位总督没有食言。

一笔 14 万两白银的开办经费迅速到账，用于医院建设。其中 5 万两用于哈尔滨，4 万两用于满洲里，3 万两用于齐齐哈尔，2 万两用于拉哈苏苏。

吉林巡抚划拨了位于哈尔滨高岗上的俄国新城和俄国租界的埠头商业区之间面积为 120 亩的一大片土地，用于建设防疫医院，即滨江医院。滨江医院于 1911 年 9 月动工建设，翌年夏竣工，并于 1912 年 12 月开张运营。这家医院由东西两个独立院落组成，西院的建筑供行政办公和治疗普通病人之用，还有可容纳 400 人的检疫营房；东院包括为 30 个疑似病例和 40 个鼠疫病例准备的隔离病房，每人一个单独的房间。

1919 年，一个现代化的办公楼建成，还临时安置了实验室和手术室。1922 年增建了另一座新楼，用于普通病人门诊及住院治疗，随后于 1924 年建成了一座最新式的大楼，其中设置了实验室、图书馆和博物馆。1926 年在东院兴建了一座规范的肺鼠疫病房，从而得以更准确地诊察和治疗病人，并最大限度地保障医务人员的安全。

世界鼠疫会议结束后不久，决定在西部边境城镇满洲里建立一座防疫与检疫医院，这里是1910—1911年鼠疫发源地。所需的经费约4万两白银是现成的，那是鼠疫暴发期间防疫拨款的结余。这所医院将收容20个鼠疫病人、20个疑似病人及150个接触者。

医院建成后，这家医院的负责人必须拥有欧洲的医学学位，其团队也必须经过认真遴选。

医院建设进入施工阶段，在当地衙门附近的一块空地上，开挖了地基，这里距俄国的城市不过1公里，由于满洲里地处偏僻，所以需用的砖块应在当地烧制。1911年10月，石材木料都已运到工地，还挖了一口水井，由于冬季到来，只能暂停施工。不久后中国爆发革命，紧接着1912年1月，蒙古发生骚乱，蒙古人毁坏了满洲里的学校、衙门以及为建新医院备好的所有建筑材料。这座医院的建设成了烂尾工程。

多年以后，1921年东三省第二次鼠疫大流行，因为医院没有建成，总处不得已从俄国市政当局租借了几所房屋开展防疫工作。1923年花费9000元买下一座现成的石结构建筑改作研究用实验室和医官的宿舍，同时又向市政当局租借一幢大型木结构大楼作为医疗站。在这个医疗站里还安装了处理旱獭皮的大型福尔马林气体消毒设备。

哈尔滨的医院于1912年建成，位于松花江和黑龙江交汇处的小城拉哈苏苏，开始建造一座新的隔离医院。这是一座二层的红色建筑，楼下是门诊部和药房，楼上是为医官准备的宿舍，附近有4座隔离病房。

1913年，在面积不大但处于重要战略地位，位居吉林省松花江边哈尔滨和拉哈苏苏中途的三姓购置了一座有浓郁中国风格

三姓卫生医院

的宅邸，并将其改建成了医院。

1914年，这一系列医院中的最后一所在大黑河开办。大黑河位于宽阔的黑龙江南岸，是一个谷物和木材中心，面对北岸的俄国小镇布拉戈维申斯克。

唯一没有落实的就是防疫总处每年的经费了。计划书上报给外务部以后一直没有下文，伍连德只好前往北京落实此事。此时伍连德已经得知，他和沃森筹划的东三省防疫事务总处的预算经费每年6万两白银，已为北京的外交部认可，但却被那里的外国公使否决，其理由不明。这件事有些出乎意料，地方政府已经严格按前一年召开的世界鼠疫会议提出的重要建议，拨付大笔款项在哈尔滨、齐齐哈尔、满洲里、三姓、拉哈苏苏和大黑河建设防疫医院。

那么问题出在何处？

众所周知，1911年中国发生了辛亥革命，宣告成立了中华民国，但是防疫机构是非政治性的，而且由驻北京的外交使团代表的许多国家的专家曾强烈敦促中国政府推行此事。看来必定有某些误会。

于是伍连德立即乘火车前去京城，并首先拜访了外交部次长颜惠庆博士。颜惠庆也不了解外交使团这样做的理由，建议他去见现任中国海关总税务司安格联先生。

初次会见安格联先生，伍连德的印象是此人身材高大魁梧，非常热情，但有些做作，他与沃森先生也是老朋友，几年前沃森曾在他的婚礼上做傧相。安格联劝他不要着急，说这里肯定是把经济问题和政治问题搅在一起了，并说他将去找外交使团的官员和使臣，说服他们，改变他们的做法。

伍连德能不着急吗？他决定亲自拜访外交使团首席使臣、英国公使朱尔典爵士，还有德国、法国、美国的公使，说明年度预算经费需要的紧迫性，因为鼠疫医院已经兴建完毕，需要马上投入运行费用。这些公使已经与伍连德熟识，他们都爽快地答应帮助做工作。

中国外交部不久便收到由海关税项下划拨6万两的正式认可，不过这仅限于本年度，今后的申请是否批准，取决于防疫事务总处的工作成效。这种有条件的许可，意味着必须每年来北京与那些走马灯似的不断更换的外交使团使臣们打交道。事实正是如此，之后几年，伍连德年年入京接受询问，直到1917年，防疫事务总处的预算才固定为长久性的。俄国十月革命后，卢布贬值，经过争取才改用现银支付。

伍连德在中国工作的业绩，除了卓有成效的两次鼠疫防疫以外，就是建立东三省防疫事务总处，这几乎耗尽了他的毕生精力，为此，他推掉了几次重要任命，主动放弃了飞黄腾达的机会，因为他钟情于这项工作，这项别人看来平淡无味的工作，他却乐在其中，这项工作的特点是静若处子，动若脱兔。从伍连德日常工作来看，他不仅是一个业务精深的专家，还是一个精明干练的管理者。由于他日复一日的积累，形成了东三省鼠疫防疫工作的坚固防线，他在等待，耐心地等待养兵千日，用兵一朝的机会。

第二节　防疫事务总处的阵容

防疫事务总处的总部和分支医院终于建成了，接下来就是网罗天下精英到所属医院工作。

令伍连德欣慰的是，防疫事务总处的工作此时终于可以不再受干扰地进行。

曾随他来哈尔滨的林家瑞，在东三省鼠疫防疫结束后回陆军军医学堂完成学业，毕业后即到他手下工作。

在剑桥获得了医学学位的华人陈祀邦医师，出生于新加坡，在总处成立之初即到伍连德手下任职，他曾在1912年夏天随伍连德前往蒙古调查旱獭体内存在的天然鼠疫；另一位是爱丁堡大学毕业、专攻细菌学的青年雷诺兹博士。曾帮助他在哈尔滨装备新的实验室，并开展最初的实验工作。他们在防疫事务总处服务到第三年才离开。陈祀邦到北京主持由内务部新建立的传染病隔离医院供职，雷诺兹则回到英国，在第一次世界大战（1914—1918）期间，加入了皇家陆军医疗队为伤员服务。

1915年6月，民国首任内阁总理唐绍仪亲自向伍连德推荐了一位剑桥毕业的医学士、外科学士陈永汉医师。这倒是很意外的事，唐绍仪是施肇基妻子的叔父，与伍连德熟识，总理大人亲自推荐，这个面子不小。陈永汉出身于上海富裕家庭，本应前途无量，但在英国留学时，与一位英国姑娘热恋，达到难分难舍的程度，形影不离，但这个跨国婚姻却遭到他父亲的坚决反对，切断了陈永汉和姑娘的联系，并赔付了大笔金钱去解除婚约。这位年轻的医师在家中饱受煎熬痛苦，精神彻底崩溃。唐绍仪与陈永汉的父亲是世交，他非常同情这个青年的遭遇，把人从上海带到哈尔滨，亲手交给伍连德。初次见面，伍连德觉得这个年轻人虽然精神萎顿，但气度不凡，很有教养。伍连德痛快地答应了唐绍仪的推荐，决定留下陈永汉，并帮他走出人生低谷。

伍连德没有看错这个年轻人，从此开始了他们之间20余年的亲密合作。首先是1915年到1931年在满洲，后来日本人占领东三省，他们转战到上海，从1931年到1937年，他一直和伍连德在一起工作，是海港检疫管理处的高级医官。伍连德十分欣赏这个青年，他平生再未遇到过像他这样受过书香门第熏陶的优秀人物。陈医师对他的病人总是和蔼可亲，对上司非常忠诚，又是一位高明的外科医师。最终日本军队占领上海，检疫管理处的工作无法继续，伍连德不得不与其分开。

埃伯松博士是纽约基督教青年会推荐过来的，他是哥伦比亚大学文学硕士、哲学博士，是一位经验丰富的细菌学家，不过那时他还没有获得医学学位。还有一位毕业于堪萨斯城市兽医学院的弗兰克·赫什伯格博士。他们二人都在防疫事务总处工作过一年多。

1921年，奥地利医师伯力士前来防疫事务总处在哈尔滨的医院求职。他毕业于著名的维也纳大学医科，1914—1918年第一次世界大战中他被俄国人俘虏，后来又被日本人囚禁。出狱时，他孤苦伶仃，穷困潦倒。伍连德对他的遭遇非常同情，因而欣然安排他负责防疫处的实验室工作。伯力士医师是位非常能干的人，他不仅是一位经验丰富的病理学家和语言学家，能讲英、德、俄和法文，并且能用这几种语言写作，而且工作非常负责，勇于承担分配给他的任何任务。但他遭受过严重的精神创伤，有一天深度忧郁症发作，正要自杀时，被伍连德发现，并救了下来。后来伍连德在一个波兰难民家庭中为他物色了一位妻子，又增加了他的薪水，还给他介绍了许多朋友。繁忙的工作和上司与同事的关心，彻底改变了他的心境，伯力士似乎变了一个人，他仪容整洁，服饰考究，与人交往时满面春风，而且增强了处理困难工作的能力。在东三省及后来在上海建立的海港检疫管理处，都充分证明，伯力士是医务人员中最堪重用的成员，做出了难以估量的贡献。当日本军队入侵上海，许多人撤离的时候，伯力士医师加入了美国红十字会，1945年德国和日本向盟军投降时，新组建的世界卫生组织流行病学部给他提供一个重要职位。世界卫生组织支持他出版了长达700页的著作《鼠疫》(1954)，成为一名有影响的医学家。

1922年，朱桐医师，爱丁堡大学毕业的医学士，来防疫处工作，被派往牛庄负责新建的医院。

1924年，另一位奥地利医师叶墨偕他相同国籍并同样学医的妻子来防疫处的鼠疫实验室担任助理医官。这对夫妇曾被俄国人和日本人囚禁。叶墨医师是技术人员，也是一位学者，还是个出色的艺术家。在防疫处印刷的许多报告书中，他帮助绘制插画，有些还是彩色的，给这些报告书增加了感染力。

防疫事务总处还注重培养在职医生，给他们创造交流与学习的机会，1929年，陈永汉医师获准离职6个月，前往欧洲访问临床与其他研究机构。回国后，他于1930年在《中华医学杂志》上发表了一篇叙述他的经历的文章。

翌年叶墨医师获得一个全额资助的机会，去参加在巴黎召开的微生物学会议。他顺路访问了莫斯科、华沙、柏林、汉堡及其家乡维也纳、巴黎和伦敦，他遇到许多名人，与他们交流。叶墨医师回哈尔滨后，工作积极性更高，取得了更多的成绩。

最后到防疫处工作的奥地利医师是昆奇科，他来得很晚，1930年到来，只工作了几个月。

在中国职员中最杰出的有：陆存煊（北洋军医学堂）、朱玉芬（来自波尔多的眼科专家）、邓松年（北洋军医学堂和约翰·霍普金斯大学）、杨廷胱（底特律大学）、林家瑞（北洋军医学堂）、关任民（广东医专）、李元白（东京大学）、周树彬（长崎医专）、温锦昌（爱丁堡和洛桑大学）、石威华（北京医专），他们都以不同方式为防疫处赢得了声誉。

东三省防疫事务总处不仅承担着东三省鼠疫监测和防治任务，还培养出中国微生物学的一代精英。

伍连德说起自己的部下，真是如数家珍，他们的名字、出身，还有特点和业绩都记得一清二楚，可见对他们工作非常满意，也十分感谢。

这么强大的阵容，既有中国人，也有外国人，而且都是毕业于世界名校，受过现代化教育的西医，这些医生拿到世界任何一家医院，也绝不逊色。更何况这是在20世纪的前三十年，是中国政权不断更替，军阀混战，民不聊生的动乱年代，伍连德能够延揽到如此众多的天下英才实属不易。这种现象在20世纪接下来的几十年的中国都是未曾见过的。

东三省防疫事务总处名声在外，经常接到国内外申请工作的信件。这天，办公室送来一份简历。伍连德打开一看，申请人是留学美国哈佛大学归来的医学博士，名叫刘瑞恒。这份简历非常出色，其他人的意见是聘用此人。伍连德也打算把这个优秀人才收罗在旗下，可是他转念一想，刘瑞恒在哈佛专攻外科，中国的现代医学急需各方面的人才，不仅在卫生防疫上，而且在临床方面同样需要。他觉得这个人如果继续留在临床，会更有成就，能更好地为国家服务。于是，伍连德给刘瑞恒写了一封非常诚恳的回信，建议他继续从事外科，并帮他联系协和医院。

刘瑞恒听从了伍连德的建议，来到协和医院继续从事外科，成为中国著名的外科专家，孙中山临终前北上，就是专程到协和医院找他做的手术。1926年，洛克菲勒基金会鉴于协和医学院和协和医院人才济济，可以自主管理，便考虑将管理权交出，由中国人才组成新的管理团队。出任协和医院第一位华人院长的就是外科专家刘瑞恒。

刘瑞恒（1890—1961），1928年出任南京国民政府卫生部常务处长、部长，创立中央医院、中央卫生实验院，兼任两院院长

后来刘瑞恒先后出任南京政府的卫生部副部长、部长，伍连德与他打过多次交道，他对伍连德十分尊重，而且提供最大的支持。

从1912年创办起，防疫事务总处的账目就受到担任防疫处会办和司库的海关特派员严格监督。防疫事务总处存在的20年间，有6位特派员担当此任，无一例外全是外国人。直到1929年才由防疫事务总处自己管理，可惜时间不长，1932年，日本人占领哈尔滨，这个防疫事务总处便宣告解散了。

第三节 中俄联合考察

伍连德在北京与外交使团周旋，筹措防疫事务总处的经费，刚刚落实。便接到哈尔滨东三省防疫事务总处急电，说是俄国境内旱獭大批死亡。目前哈尔滨流言四起，人心惶惶，请伍连德速回。

难道真的像自己预料的，鼠疫这么快就“杀”回来了？难道前一阵只是防疫力量暂居上风，鼠疫病菌悄悄隐藏起来，现在东山再起？

怀着无数个疑问和惴惴不安的心情，伍连德紧急出关。

1911 年 7 月 15 日，哈尔滨火车站。

伍连德刚走下火车，新任滨江道道尹李家鳌和俄国科学家萨伯罗特尼就迎了上来。李家鳌见到伍连德，顾不得寒暄，直奔主题："伍大人您可回来了，如今哈尔滨满城风雨，鼠疫卷土重来的流言四起。"

萨伯罗特尼紧接着说道："伍博士，从西伯利亚到满洲里一线传闻有鼠疫出现，今天我们能不能面谈此事？"

伍连德和萨伯罗特尼约好下午在俄国医院会面，安慰了李家鳌几句，便赶到防疫总处，召集所有防疫人员开会，安排在哈尔滨进行鼠疫监测。之后赶去会见萨伯罗特尼，两人商定中俄双方组成联合调查组共赴满洲里，然后深入俄国境内进行调查。

伍连德一到，防疫工作有了主心骨，整个哈尔滨平静了许多。经过对哈尔滨进行全面监测，证实没有鼠疫出现。防疫总处及时发布安民告示，哈尔滨一带民心稳定下来。

随后，伍连德和萨伯罗特尼率中俄联合调查组自满洲里进入俄国境内。在一队哥萨克骑兵的护卫下，中俄调查组在大草原上风餐露宿一个多月，白天在露天做实验，夜晚宿营在帐篷中，详细地对草原原生啮齿类动物进行调查，同时对中俄旱獭贸易有了详细的了解。

在初步查明旱獭是鼠疫的源头后，伍连德本以为，只要禁止捕捉旱獭，就能够阻挡鼠疫的传播。可是当他到中俄边境实地考察后，才发现事情不是那么简单。其实中俄双方政府早就下令禁止捕捉旱獭，可是由于利润丰厚，偷猎现象十分严重，甚至受到中俄一些官员的暗中支持。而且为了逃避关税，走私猖獗，旱獭的交易几乎无法控制，也就是说无法阻挡人与野生动物接触，因此鼠疫的威胁依然存在。

这次调查，他终于发现了东北大鼠疫的疫源。早在 1910 年的春夏之交，在俄国西伯利亚即已出现鼠疫，接着俄属黑龙江下游的尼古拉耶夫斯克城也发生鼠疫。但由于俄远东地区人烟稀少，居住分散，加上俄国方面严密控制，疫情没有扩大。当时俄国方面出于自身的利益，规定一旦发现中国人有鼠疫嫌疑，立即驱逐出境。1910 年 10 月初，在俄国大乌拉站一间华人工棚里，突然有七个人暴死。俄国人知道是鼠疫，将这个棚屋子和里面华人的衣服全部烧毁，幸存的华人立即驱逐。其中两人于 10 月 19 日流落到满洲里，10 月 25 日发病后死亡，同院居住的房东、客人等也相继感染鼠疫死亡，从此开始了东三省大鼠疫。由于东北的窝棚密不透风，内容温度较高，细菌容易繁殖，使得鼠疫很快流行起来。

此外，伍连德发现在俄国境内自 1905 年起就有零星的鼠疫病例。这些事实证实了他的一个假设，鼠疫是从俄国传过来的。他认为鼠疫可能自古就存在于中亚大草原上，因为环境变化而引起在动物和人群内的流行。这次鼠疫虽然来源于捕捉旱獭，可是俄方不负责任的防疫措施才是造成鼠疫如此大规模流行的真正原因。这次调查的结果后来由他在伦敦的国际医学大会上宣读，并发表在著名的 Lancet（柳叶刀）杂志上，是当年一项非常重要的流行病学研究成果。

完成这次调查，证明近期没有鼠疫复发的危险，伍连德继续留在哈尔滨抓防疫事务总处的建设。各地医院相继破土动工，人员也陆续招聘上来，其他各项工作都开始着手进行，此时已经是 1911 年的秋天。

第四节　中东铁路沿线视察

东三省防疫事务总处于 1912 年建立后，伍连德作为防疫事务总处的总负责人，定期下去视察边远的下属机构。为此，他要从哈尔滨乘坐一艘浅水轮船前往。船长是一位俄籍犹太人，船员则是一些健壮的山东人，他们都略通简单的日常俄语。这些人工作很辛苦，小轮船中途要停靠几个港口，途中有旅客上下，还要装卸货物。虽然松花江很宽阔，但有些地方水很浅，船只搁浅很常见。凡遇到搁浅时，要使船只开动，通常便使用已准备好的滑轮和杠杆，杠杆是一根放在船头的四五米长的木杆。通常要一整天才能到达第一站三姓，由此再用一天的时间到达拉哈苏苏，江水到此便进入下游。从拉哈苏苏开始，这条轮船便沿黑龙江的深水中向西北逆流上行，不再因搁浅而延误。浩荡江水流经的沿岸风光壮丽，北岸是俄国，南岸是中国，两岸都覆盖着冷杉、松树和其他树种构成的森林。就此地而言，中国事实上是一个森林之国，黑龙江沿岸是中国森林覆盖率最高的地区。伍连德不禁想到黑龙江两岸一直远至南面的不冻港海参崴这片广袤而富饶的土地，本来就是中国的领土，却由于 1858 年《瑷珲条约》，被划为俄国领土。

防疫总处与黑龙江对岸的俄国医务人员关系非常密切，在第一次世界大战以前，伍连德和属下医官曾在布拉戈维申斯克的总督官邸受到远东滨海州总督的款待。那里每种东西都很大，这与斯拉夫人的人高马大相匹配，令伍连德印象很深，宽阔的街道装饰着数不清的斑斓色彩。他清楚地记得总督招待的大餐非常丰盛，鲟鱼和鱼子酱给他留下了美好的记忆。

不过伍连德在此地早年经历的那些日子并非总是这么愉快。他第一次乘轮船顺松花江而下的旅行是在 1912 年秋季。那时已近 9 月末，离开哈尔滨一天后到达三姓，天气晴朗。

然而第二天早晨便狂风大作、气温骤降，预示着一场暴风雪的来临。他们应该及时返回哈尔滨，但是船上装载着运往大黑河的大量物资，船长决定继续前进。雪花和冰粒纷纷落下，不久江面便出现了冰凌，小轮船与冰块撞击着前进。船员们都穿上了厚厚的老羊皮袄，但大多数乘客都穿得很单薄。

仅仅一夜间，宽阔的江面上就几乎被成堆的冰块封住了，轮船艰难地破冰而行，直到第四天，他们才望见松花江和黑龙江交汇处形成的那片广阔水域之滨，拉哈苏苏的影子。轮船驶进中国海关检查站，轮船便立即下锚停下来，这样比原计划晚到两天，这还是万幸，总算安全抵达，没有冻在江面上。拉哈苏苏的条件很差，乘客们只能入住那些简陋的客栈，在这个季节还有这么多客人，让店主喜出望外。当时的拉哈苏苏只是一个村庄，平日居民不足一千人。

拉哈苏苏为赫哲语译音，意思是老屋，这里是赫哲人聚居的地方。1914 年改名为同江。

拉哈苏苏的地理位置很特殊，从其后来的名字同江即可看出，是松花江与黑龙江的交汇处，著名的三江口即在这里。

所谓三江应为黑龙江、松花江、混同江。黑龙江所经之处多为黑土地带，挟带黑色腐殖质，所以水呈墨绿色，松花江泥沙较多呈黄色，黄色的松花江与黑色的黑龙江汇合后，同江不同色，界限分明。东流数十里不相混淆，是东北地区著名的自然奇观之一。人们都知泾渭分明，其实黑松更加分明。不少人以为三江应含乌苏里江，其实三江口根本没有乌苏里江的事儿！乌苏里江在离三江口一百多公里处的抚远注入黑龙江，再往东走就离开中国境内了。

三江口气势雄浑，水天一色，无边无涯，似大海一样辽阔，一直到现在，大河漫长的江岸依然保持着荒芜与原始，北方大河都有这种气势，狂野而有些苍凉，这是南方河流很难见到的景象。只是此时江面已经封冻，难得到中国北部边境的伍连德，看不到黑松二江的黑黄界限，是个遗憾。

拉哈苏苏海关旧址

伍连德比别人幸运，被邀请住进了拉哈苏苏海关。

拉哈苏苏海关是一座欧式风格的建筑，由主体建筑及附属建筑两部分组成，主体建筑为“T”字形平房建筑，建筑面积550平方米，结构十分坚固，墙壁厚55厘米，因为这里冬天非常寒冷。内设大小房间14个，门厅2个。东北部有一幢附属建筑，西南部有两幢附属建筑，主、附建筑均为砖混结构的平房，砖为红砖。在一片白雪之中这座红砖建筑分外耀眼。

负责海关的年轻助理是位名叫坎贝尔的英国人，曾在故乡公立学校读过书。与伍连德一见如故，很热情地邀请伍连德到他的住所，那间房屋很宽敞，也很舒适。里面有个小图书室，有一些通俗文学读物和海关报告，这使伍连德在漫长的冬天不至于太烦闷。屋里木柴足够用，烧得很暖和，主人热情好客。当时那里还没有冰箱，但屋子下面挖有一个冰窖，冷藏着肉类和其他新鲜食物。

这是最难熬的一段时间，江面结冰，不能行船，但冰冻得并不牢，江面上无法行驶雪橇。

伍连德得知松花江和黑龙江两条河的冰冻得足够结实，需要等两个月，那样就可以过河进入俄国境内，再从那里乘雪橇顺河而下到达哈巴罗夫斯克(伯力)。然后搭乘沿乌苏里江而行的火车向南600公里抵达尼科利斯克，最后搭乘西伯利亚大铁路干线的火车向西450公里回到哈尔滨。如果一切顺利，有可能在一周内完成这近1600多公里的旅程。

虽然伍连德滞留在拉哈苏苏是迫不得已，但伍连德是个随遇而安的人，他过得还算愉快，而且也颇有收获。从接受任命到中国，特别是在东三省防鼠疫，一直非常劳累与忙碌。如今有时间闲下来，放松一下紧张的心情也是不坏的事情。

他有机会在这个边陲小镇研究赫哲人的风土人情。赫哲人应该为此地的原住民，属于蒙古人种，容貌与爱斯基摩人和北欧拉普兰人相似。他们和蒙古人一样信萨满教。他们捕鱼的技能相当娴熟，只要可能，他们还猎捕水獭、紫貂等其他兽类以获得贵重毛皮。赫哲人住在用木梁支撑的简陋的泥草房中，他们的炕高出地面约60公分，用厚木板搭建，冬天在室内用木柴生火取暖。较开化的赫哲人会把他们的子女送到免费的中国学校学习汉语，希望孩子有个好前程而不是一辈子捕鱼为生。

这里的汉人和赫哲人都按自己的方式生活，相处颇为友善，在各自的神坛前焚香拜祷。

拉哈苏苏的冬夜漫长，伍连德每天早睡晚起，少用脑筋少走动，日子过得不怎么乏味，幸运的是海关的外勤职员有几位俄国人、丹麦人和挪威人。他们都在自己国家受过高等教育，曾驻留过中国的多处口岸，对中国人进行过文化观察，见多识广，对中国相当了解，有些人甚至认真学习汉语，他们打算在退休后撰写自己的经历。就像他们的某些先辈那样，撰写出有关中国哲学、音乐和戏剧的著作，以及翻译中国古代诗歌，听这些人讲述自己的经历和志趣，也是一件相当愉快的事情。

6个星期终于过去，有了消息，说由4匹或6匹矮种马拉的载重大车已可横越冰冻的江面，冬季惯常的交通已经开始。

伍连德从哈尔滨出发时，已带上了俄式蓝色冬季制服，所以只需要一顶带护耳的旱獭皮帽、一双长筒毡靴、一副羊皮手套以及一条厚毛毯就可以出发了，这些东西在村庄里都能买到。因为此行要路经俄国，应该带有俄国签证的正式护照，但他无法得到，所以只能办理了一个临时护照。

有位海关的外勤雇员是位丹麦人，他既会讲英语也会说俄语，他要去哈尔滨送一份重要文件，正好与伍连德同行。

不知为什么，伍连德对这次跨越陌生土地的长途旅行有一种莫名的兴奋，觉得很刺激。

那是一个晴朗的早晨，他和那个丹麦人带着简单的行李乘坐由俄国人驾驭的雪橇出发，越过宽阔冰封的黑龙江到达河对岸的驿站，在凛冽寒风中度过三小时后，他们愉快地享用了热罗宋汤和大块的牛肉、面包和黄油，又继续前行。

俄国的雪橇邮政由政府经营，服务效率高，每站都要调换新马，按规定时间快速运行。通常每隔两三个小时便到达一个驿站，享用一杯滚烫的甜柠檬茶。沿黑龙江北岸穿越西伯利亚冰雪荒原的整整三天旅程中，他们只在床上睡过一夜，那是在到达哈巴罗夫斯克之前最后一个驿站。旅行期间气候始终极寒，但空气清新，令人神清气爽，厚实的毡靴保暖效果非常好，双脚没有一丝寒冷的感觉。但人和马呼出的热气马上化作白烟，甚至冰粒坠落地面。

在南洋长大的伍连德，在离开家乡之前，从未见过冰雪，更没有见过冰雪覆盖的荒原，辽阔的雪原正像那浩瀚的海洋，无边无涯，让人心胸无比开阔，被风扫过的雪地起起伏伏，就像海浪的波峰与波谷。只不过蔚蓝变成了洁白，这真是一幅绝佳的美景，在无边的旷野中，马拉着雪橇在雪原上轻快地飞奔，卷起轻微的雪雾，像一叶扁舟漂浮在茫茫的海面。

离开拉哈苏苏三天后的下午终于抵达繁忙的哈巴罗夫斯克（伯力）火车站。这里是一个谷物和木材中心，位于乌苏里江和黑龙江交汇处。他们住进了火车站附近一个舒适的旅馆，痛快地洗了一个热水澡，便进入梦乡。

次日清晨，他们乘火车沿乌苏里江左岸南下，穿越茂密的松柏大森林到达尼科利斯克镇，直通军港海参崴。他们在尼科利斯克刚好有时间换乘来自海参崴横贯西伯利亚大陆的快车，向西直达哈尔滨。

伍连德在尼科利斯克打电报通知防疫事务总处的同事，告知到达时间，当火车进入哈尔滨火车总站时，受到了防疫事务总处同事热烈的欢迎，好像他们的头儿在荒原上曾经走失了 60 天。然而，吉人自有天相，一切平安无事。

这次在拉哈苏苏的6个星期，特别是荒原上三天三夜的雪橇之旅，给伍连德留下了深刻的记忆，这是伍连德的幸运，即使是土生土长的中国人也未必有如此奇特的经历。

在旅馆中稍事休整后，伍连德再次拜访哈尔滨海关税务司沃森先生。伍连德兴致勃勃地告诉沃森滞留拉哈苏苏长达两个月的生活、见闻，以及沃森的下属坎贝尔给他的帮助，他们一起度过那美好的时光。

最后伍连德谈及海关与防疫事务总处近期应着手的工作。

沃森是一个非常容易合作的好伙伴，尽管他们有那么多不同，比如沃森喜欢威士忌，而伍连德则滴酒不沾。可惜一年后沃森因脑出血逝世。

第五节　山西大鼠疫

1911年以后，虽然每年出现零星的病例，不时有鼠疫流行的传闻，但东三省的鼠疫流行进入了潜伏期。连续几年的监测，没有发现任何流行的迹象。人们开始松懈了，以为鼠疫已经成为历史，甚至绝迹，可是伍连德凭着医生的敏感，认定鼠疫一定会回来，或早或晚，防鼠疫工作一刻也不能放松。

伍连德（前排左一）在山西指导防疫

鼠疫果然没有消失，1917 年底，外交部电令总医官伍连德即刻赶往山西，从内蒙到山西出现鼠疫，特令伍连德前去参加防疫。等了七年，英雄终于有了用武之地。伍连德接到命令后，一刻没有耽搁，马上赶赴山西。

有了东三省防鼠疫的经历，伍连德满怀热情，信心十足地到达山西。

但当地的状况却给他浇了一盆凉水。和七年前不同，现代医学在中国发展很快，中国对鼠疫的重视程度更高。山西鼠疫出现后，以内务部为主，由各部选派委员共同组织防疫委员会，很多医务人员受各方面委派，从各地先后赶到现场。特别是内务部派遣了人数众多的医疗队。看来对疫情的反应足够迅速，可是派来的医疗队毫无防疫经验，山西本省的卫生系统很不完善，虽有一些外国医疗人员和志愿者，但统治山西的阎锡山根本不愿意外人插手。整个山西防疫缺乏统一指挥调度，处于各自为政的状态。

伍连德作为外交部派遣人员，根本无权指挥其他队伍。外交部也没有安排后援，他只能靠自己，尽可能地开展防疫工作。

这里需要交代一下，因为东三省的特殊政治背景，在那里实际的统治者是俄国人，日本人也参与其中，中国政府虽也安排地方官员，但势力远不及俄日。当时的防疫必须协调与俄日，还有其他国家的关系才能顺利进行。所以伍连德接受的是外务部的派遣，后来成立的防疫事务总处，也是隶属于以俄国为首的海关总署，因此伍连德仍受外交部的调遣。

经过初步调查，他了解到，8 月，鼠疫暴发于绥远伊克昭盟乌拉特前旗的扒子补隆，9 月下旬传入包头，10 月中旬传入土默特旗和归化，11 月经到萨拉齐贸易的商人传入山西大同县。12 月下旬五原城里一所教堂的三个比利时传教士相继死亡，症状都是头痛、胸痛、干咳、痰中带血、吐而不泻，与上次东三省大鼠疫相同，从而引起中外人士的注意。此时，绥远疫情已十分严重。12 月疫情呈大流行之势，鼠疫随着在内蒙贩卖羊毛和做生意的人一路传来。12月下旬到达萨拉齐，而后是丰镇。由于这一带的旅行主要是乘马车或者徒步，所以鼠疫由西向东缓慢而稳定地传播。

根据这些情况，伍连德意识到，一旦鼠疫传到大同，便很难控制。从现在的情况看，交通要道丰镇是关键。如果能在丰镇设防，就有可能把鼠疫控制在丰镇以西。于是，他即刻前往丰镇，希望能够一夫当关。

1918年1月3日，伍连德来到丰镇。在这里，他遇到了两名志愿参加鼠疫防疫的美国医师，他们随着鼠疫从萨拉齐、绥远一路追踪而来。

他们告诉伍连德，本地官员根本不听他们的建议，甚至不承认有鼠疫。两人见到伍连德这位鼠疫专家十分高兴，决定追随伍连德，服从其调遣。这样，加上自己的随员，伍连德勉强有了一支防疫队伍。

鼠疫疫情日益紧急，伍连德立即找到本地官员，提出以下建议：马上建立传染病医院和隔离病房，立即阻断由西向东的交通，对于来往行人，须由卫生人员检查后发予路条才能通行，在大同、张家口、南口控制人员来往。

由于伍连德的名望，有关部门对他的建议不能不重视。几天后有了行动，1月9日官方彻底封锁由西向东的道路。伍连德原先建议的有限通行，被地方官改成彻底封锁交通要道，结果行人只能从乡村绕道，这个错误的措施使鼠疫很快在农村传播起来。

恰恰就在这紧要关头，一件意想不到的事情发生了。

1月10日，归伍连德指挥的一名美国医师来到一名鼠疫死者家中，按常规取走了死者的脾脏以免鼠疫扩散。由于他刚来华不久，不明白中国人的习俗，没有对尸体进行清洗、缝合和穿戴，留下尸体即刻离去。美国医师的轻率之举，酿成了一系列悲剧事故，狂怒的死者父亲当时就召集多人想杀死这位医师。这位老人是个鼠疫接触者，应送往观察站并限制其行动，然而他竟煽动邻居们闯入设于火车车厢内的几位高级医师的住地纵火，幸好无人员伤亡。这种个别案例马上发展成为仇洋情绪，使拥有外国人的防疫队无法继续工作。

对此，伍连德主动承担责任，做了大量的说服工作，但是无法消除对立情绪。官方和民众根本听不进去，坚决不配合，几乎所有防疫措施都不能按计划实施，在丰镇根本就不能阻断鼠疫。

疫区群龙无首，防疫工作各自为政，零打碎敲，不成系统，更没有统一指挥。阎锡山戒心重重，生怕中央政府借此介入山西。伍连德在山西一筹莫展，无所作为，说服不了官府，也调动不了其他医疗人员，只能向外交部要求离开山西。外交部批准了他的请求，1月30日，伍连德被迫离开了山西。

山西的鼠疫越来越严重，直到传入山西南部时，各方面才统一协调，由全绍清全权负责防疫。事后证明，伍连德的判断是正确的，本来可以很容易控制的鼠疫大面积流行，不仅遍及山西全境，而且周围省份甚至南京都出现病例，流行了十个月才得到控制，估计死亡人数为16000人。

与东三省防疫大获全胜相比，伍连德的山西之行是“走麦城”吗？很难得出这样的结论，伍连德在山西防疫时的地位与东三省防疫时毫无可比性，那次他是钦差，这次他只是多支防疫队伍中的一支，尽管他有崇高的威望，但却无统一驾驭防疫队伍的权力，他的话无足轻重，只好黯然退出。但这次防鼠疫的失利仍然引起他的深思。他分析了其中的原因：

首先，中央政府中没有施肇基这种能够担当、善于协调的人才。

其次，山西以阎锡山为首的政府官员，其表现不比清政府统治时期平庸的官员高明，只顾个人利益，丝毫不管百姓死活。这也应了那句话：偏见比无知离真理更远。

第三，官员和民众科学知识的缺乏与医疗设施的落后，也是造成控制鼠疫困难的重要原因。

最后，鼠疫防疫组织混乱，没有像东三省防鼠疫时，一开始就明确指挥权，使得山西各支鼠疫防疫队伍各自为政，群龙无首。

第五章　中国的三次大霍乱

第一节　1919 年哈尔滨那场大霍乱

一　恐怖的二号病

霍乱是由霍乱弧菌引起的烈性传染病。这种病是印度和东方热带国家的常见病，但有时通过海陆交通传播至欧洲及其他国家。这种疾病的临床症状为呕吐和下泻，患者死亡率高。近代霍乱的病史可追溯到 1817 年，这一年霍乱在孟加拉南部的发生是首次被记录，然而有理由相信此病先前已在印度流行，并不时传播到广大地域。某些梵文、中文、阿拉伯文和希腊文的医学典籍中或曾论及此病，但那些描述并不很清楚。

而真正记录霍乱传播到中国是 1837 年，是亚洲第二次流行时波及中国。至于中国流行霍乱较晚的原因，有学者分析称，中国人保持一生的三种生活习惯对限制霍乱传入起了作用，这些习惯是：一，尽可能只喝开水和热茶；二，没有印度人奉行的宗教习俗，如直接饮用恒河水，印度人相信，恒河是神圣之河，只要轻轻一浸，就可洗去所有罪恶。要知道这种流经人口密集区域的河流污染有多么严重。据印度 Zee 新闻网 2016 年 7 月 13 日说，国家邮政局日前宣布提供瓶装恒河水快递业务，让居民足不出户就能用圣水净化身体。一水厂负责人透露，起初他们对恒河水过滤，但透明瓶装水当地人并不买账，认为这种水不“地道”,因为他们知道,真正恒河“原装”水污染严重,水质并不清澈,进而怀疑水厂以假充真。后来水厂直接灌装颜色发黄、有些混浊的水,反而受欢迎。三,中国人注意收集粪便作为肥料,经过高温沤制的粪肥已杀灭了绝大多数病菌。这些良好习惯或多或少延缓了传染病的传播。

霍乱被称作19世纪的世界病。霍乱这个词中国自古有之,中医指的是流行性腹泻。19世纪,因为通商的缘故,霍乱开始传入中国,于是霍乱便专门指这种烈性传染病。19世纪开始到新中国建立,霍乱在中国共计46次流行,其中10次大流行。日本侵华时,日文根据英文音译成“虎烈拉”,因而显得更加恐怖,令人闻名色变。根据2013年最新修订的《中华人民共和国传染病防治法》规定,传染病分为甲类、乙类和丙类。

甲类传染病有两种,指:鼠疫、霍乱;乙类传染病有26种,排在首位的就是2003年肆虐中国的“传染性非典型肺炎”,或称SARS;丙类传染病有11种。

鼠疫和霍乱即我们俗称的一号病和二号病,可见这两种病的凶险。

二　哈尔滨第一次大霍乱

哈尔滨的纬度在北纬45度—47度,一年中冬季占了几乎一半,严寒多雪,为高寒地区。夏季凉爽,比起酷暑难当的中原地带,哈尔滨是有名的避暑胜地。提起哈尔滨之夏,最直接的联想就是那习习的凉风。

1919的夏季,哈尔滨不知中了什么邪,一改往年的凉爽,连日响晴白日,没有一片云彩,太阳毒烈似火球,炙烤着大地,被加热了十几个小时的空气酷热难当,不见一丝凉风,树叶静止,就连柔软的垂柳也是纹丝不动。人们一身腻汗,只能大口饮水,西瓜和应季水果销售频频告罄。连续高温又给蚊蝇生存提供了最佳环境,哈尔滨的街面上,到处是成群的苍蝇和扑面而来的蚊子。

天气的反常让人烦闷,也令人隐隐担忧,会不会发生什么事情?

人们的担心成为现实,8月3日,一位从上海回来的哈尔滨人死于霍乱，这是哈尔滨霍乱的首个病例。接下来，病例连续出现，很快就扩散开来。

其实，这次霍乱由南部侵入东三省的门户是牛庄，在 7 月 22 日即报告了首例霍乱。一星期内，南满各城镇已出现若干病例。

伍连德没有料到，东三省防疫事务总处经受的第一次严峻考验竟然不是鼠疫，而是霍乱。

然而此时的伍连德并没有慌乱，因为防疫事务总处已经成立多年，这就是有备无患，在后来的几次大霍乱防治中，防疫事务总处发挥了巨大作用，这是哈尔滨人之大幸，也是东三省人之大幸。在疫情暴发之前，伍连德和他的防疫事务总处已做好了充分准备。总处在哈尔滨的防疫医院地方宽敞，有病床 300 张，还有细菌学诊断所必需的实验室。

疫情如火，伍连德当即下达命令，防疫总处下属的鼠疫医院立即做好准备，以便收治霍乱病人。

病房刚刚整理干净，病人便送来了。

这天，伍连德和防疫事务总处的同事正在病房治疗病人，就见滨江道尹张寿增的秘书慌慌张张地跑了进来："伍医生，请你快来看看，张道尹是不是染上霍乱了？"

张寿增自晚清起便在东北任职，在上次鼠疫防疫中曾和伍连德共事，两人交情很好。伍连德连忙让他住进专门病房，亲自医治。经过了解，原来张寿增和几位社会名流一起赴宴，食用了生虾，因此染上霍乱。

张寿增，在任黑河观察使、黑河道尹之时，在办理中俄(苏)交涉、筹办地方经济和发展地方文化、教育事业上，都做出了积极贡献

张寿增的病情很重，上吐下泻，瘫软在床上，面色惨白。

经过紧急抢救，张寿增脱离了危险，可是另外三位共同赴宴的知名人士，几日之内相继死亡。他们没有来防疫事务总处的鼠疫医院医治，而是去了设备要好得多的苏俄人开的医院。

三　独特的防疫工作

道尹张寿增大难不死，在病情稍微缓和下来的时候，他当然不会忘记自己身肩的重责，可此时大病初愈，他身上没有一丝力气，更不用说上班理事。每天哈尔滨日益加重的霍乱疫情报告他都看了，心急如焚，总躺着也不是个办法，总得做点什么。

此时他看着在医院忙里忙外的伍连德，想起了上次鼠疫防疫时的合作，眼下，只好把哈尔滨的防治霍乱重任交给他了。

这天在伍连德给他诊治的时候，对伍连德说："现在哈尔滨防疫事务群龙无首，事态越来越严重，这样下去怎么得了？我现在有心无力，所以我想以市政府的名义，成立防霍乱委员会，由你担任主席，统筹哈尔滨的霍乱防治。"说完，定定地看着伍连德，眼神里充满着期待。

像接受防鼠疫的任命一样，伍连德知道张道尹话语的份量，他点了点头说："好吧，这事交给我吧。"

张道尹一颗悬着的心终于放下了。

就这样，伍连德率领的东三省防疫事务总处在这紧急时刻，承担起了哈尔滨霍乱防治重任。防霍乱委员会很快就建立起来，哈尔滨市的霍乱防治开始有了统一领导。

霍乱的泛滥越来越严重，防霍乱委员会第二次开会时就有两名成员缺席，一打听，这两位因为染上霍乱死去了。霍乱如此凶猛，弄得哈尔滨市人心惶惶，不亚于上次鼠疫流行，是的，连防疫的领导人都自身难保，遑论普通百姓了。

这次霍乱防治得到了商界的支持，因为他们清楚地记得 1910—1911 年在鼠疫防治过程中伍连德的精明强干，医术高超，更为他敢于担当的人品所折服，他们当年即与伍连德有良好的合作，这次也要继续合作下去，纷纷捐款或提供场所，援助这场防治之战。然而伍连德清楚，这次防治存在着两个主要障碍：

一是距离上次防鼠疫已经过去了7年，哈尔滨的总人口已由原来的十几万人增加到几十万人，防治难度大大增加。

二是过去几年间城区面积扩展过快，当局面临卫生方面的需求压力。许多地方堆满马粪和垃圾，致使苍蝇大量滋生，成为一大传染源。

霍乱和鼠疫都是对人类生命威胁巨大的疾病，凶险程度难分伯仲，但就传染途径而言，区别很大，1910年的肺鼠疫传染途径是呼吸，因而威胁更大，很难切断传染源，增加了防治的难度，因而防治的唯一手段是隔离；而霍乱是通过消化道传播，防止传染相对要容易许多，只要讲究饮食卫生，不与病人直接接触，就不会被传染。

然而，20世纪之初，中国民众还没有养成良好的卫生习惯，这种良好的卫生习惯的背后要有物质文明作为支撑，贫困、肮脏、居住条件差，城市公共卫生设施不足，这才是深层次的原因。但这又不是一朝一夕能够改变的。

伍连德只能因陋就简，适应这种低劣的条件，否则无法开展工作。

大家看着伍连德，伍连德开始下达命令，动员全市的公务人员，协助防疫部门进行广泛宣传，他们定期而广泛地散发传单和公告，报告疾病的发展、住院和死亡人数，敦促染病者不要延误入院治疗。他们还把传单发给治愈者和他们的亲友，用亲身实例表明现代治疗方法胜过古老的方法。火车和江轮都要接受检查，中国的官员与俄国铁路及市政当局联合组成了防疫局。还在坟地进行检查和监控，以保证棺材埋入适当的深度。

四　治疗霍乱病人

霍乱的防治，除了要切断传染源外，对病人的治疗也很重要。治疗是否及时，关系病人的生命。相比之下，鼠疫更凶猛，染病即亡，根本无法医治，只能预防。霍乱要“温和”一些，虽然死亡率很高，但尚可医治，只要治疗及时、得当，生还率还是很高的。

鼠疫与霍乱这类凶险的疫情，流行之初，速度比较缓慢，但传播到一定规模、范围，就会突然加速，发展到难以控制的局面，所以关键是将疫情控制在萌芽阶段。

8 月 3 日，防疫事务总处的医务人员前去医院负责的街区诊治一名疑似感染霍乱的病人，这就是哈尔滨的首例病人。这个患者数日前从上海返回哈尔滨，腹部绞痛和腹泻。医生建议他住院治疗，但他拒绝了。因此没有接受输液等治疗，出现症状后 20 小时内死亡。

8 月 5 日，附近家禽公司一名绘图员入住防疫处的医院，经检查，呈现典型的霍乱症状。粪便培养证实为染病，立即输两品脱盐溶液，第二天又输液两次。尽管病人状况有相当改善，疼痛和吐泻减轻，但不能进食。随后病情恶化，入院 8 天后死亡。

随着霍乱的广泛传播，他们要处置的不是几个单独的病例，而是每天上百人。在哈尔滨，伍连德和他的团队，在治疗霍乱上取得了不少可贵的经验，他们采用高渗生理盐水静脉注射法获得了非常满意的治疗效果。防疫总处下属医院拥有充足的病房和训练有素的医务人员，设施完备，他们不仅能够治疗，还能够通过实验仔细研究。在防疫总处下属的医院收治的病人为 1971 人，其中男性 1822 名，女性 149 名。他们在诊治的过程中不但精心治疗，而且做了仔细的观察，并做了详细记录，他们发现，自己医疗实践得出的结果与普通教科书中的描述，有许多不同之处。是教科书出了问题，还是此次疾病有了新的变化，这些不得而知。他们发现治疗效果与预想有很大不同，令人困惑：

收治的病人年龄 20 岁到 40 岁不等，男性死亡率高于女性；

体质强壮并不能增加抵抗感染的能力，事实上身体发育良好者抵抗毒素作用的能力比起瘦弱者似乎更低。体重 160 斤或更重的重症患者常突然死于心力衰竭或尿毒症。

传染病殃及各阶层人士，并非只是穷人，有些非常富有的商人同样染病。

霍乱患者粪便的经典描述是白色如米汤，他们却发现这种粪便是清澈透明的，并非像米汤那样不透明和浑浊。因此，对霍乱患者粪便的恰当描述应该是：近乎完全透明，无臭味或几乎无臭味，显微镜下显示脱落的上皮细胞碎片和大量的霍乱弧菌。病人 24 小时内可能如厕 10 次到 50 次，或更多，以至于瘫卧并且全身几乎干瘪。呕吐是霍乱最令人痛苦的症状，未进食时仍频频吐出大量水状物体，是其最显著的症状。腹部，特别是上腹部疼痛，伴有肌肉抽搐，这种状况持续至死亡，或得到生理盐水输液而被救治。许多病人在输液后 12—24 小时要求回家，使他们难于精确观察病人在虚脱期的反应。但是留在医院的病人则能清楚地被观察到，虚脱期持续越长，出现并发症特别是尿毒症的危险越大。为此，在虚脱期为他们再次输液，还尽可能施行直肠滴注生理盐水。

正是这些先进而有效的治疗，挽救了许多人的生命。

8 月的上半月，哈尔滨的霍乱病例数持续上升，8 月 15 日单日死亡数创记录，为 227 人。随着雨季的来临，霍乱病例慢慢减少。整个霍乱流行期间，仅哈尔滨一地就有 13000 病例，死亡 4503 人，死亡率近 35%。

在这次霍乱中，日本方面由于在哈尔滨没有相应的传染病医院，只好求助于伍连德，将病人送到他管辖的鼠疫医院。

霍乱流行结束后，对中日苏方医院病人治疗效果进行了统计。日本在大连的医院，霍乱病人死亡率为 56%，苏俄在哈尔滨的两家医院，霍乱病人死亡率分别为 33%和 58%，在海参崴的苏俄政府医院，病人死亡率高达 67%。

1919 年哈尔滨霍乱染疫者，俄国人 35000 个，中国人 95000 个，日本人 3000 个，其他国家的 2000 个，共计 135000 人。死于霍乱者共计 4503 人，其中俄国人 705 个（几乎都在铁路沿线），日本人 60 个（中、俄两个区域）和中国人 3738 个（全地区）。

1919 年的伍连德，当时哈尔滨发生霍乱，伍连德参加防疫工作

在伍连德的指挥下，中方医院及时收治病人，精心治疗和护理。哈尔滨市新建的霍乱医院病人死亡率为 18%，东三省防疫事务总处的鼠疫医院，霍乱病人死亡率仅在 14%。根据英国的资料，同一时期在英国当时世界最先进的医院里，霍乱病人的死亡率为 21%。

在这次考验中，伍连德和东三省防疫事务总处交出了完美的答卷，证明了东三省防疫事务总处的建设是成功的，队伍是可靠的，能够经得起大疫的挑战。这次抗霍乱的成功，使哈尔滨的各民族、各阶层对东三省防疫事务总处充满了信心。

这场霍乱防治，使伍连德和东三省防疫事务总处获得了许多宝贵的经验。但是他心里还是不能放松。

他担心的还是鼠疫，霍乱和鼠疫不同，鼠疫可以说是染上必死，只有靠严格隔离才能控制住，而且不仅是收治几千名病人，而是几百万人口的防疫工作。在霍乱防治中初露头角的东三省防疫事务总处及其东三省防疫体系，究竟有没有这种大规模防疫的能力？能不能经得起鼠疫大流行的冲击？

第二节　1926 年主持防治东北第二次大霍乱

一　一场更大规模的霍乱

1926 年，霍乱在亚洲大规模流行。从春天开始，到春夏之交，亚洲到处是霍乱，其流行规模远远超过 1919 年。

1926 年，霍乱来势凶猛，春天开始横扫印度支那和印度，印度支那的病例成千上万，仅泰国就有2000人死亡。中国的第一例病例于5月中旬出现在上海闸北区，可是直到6月8日官方才宣布发现霍乱病例，这种人为的隐瞒使卫生防疫系统失去了早期控制霍乱的可能，加上当时在上海也没有全面控制霍乱的能力。到官方终于承认出现霍乱时，霍乱已经在当地大流行。至8月1日至8日那个星期达到顶点，有2481名病人在两所中国时疫医院接受治疗。8月份，上海起码有2万病例，再进一步向南部中心城市，如福州、厦门、汕头、广州和海南岛等地蔓延，还传播到日本和韩国。

上海是远东最繁忙的港口，因此是历次中国霍乱流行的源头。在上海霍乱难以控制的原因是，除了中国方面，还有法租界和公共租界，三方根本不合作。

检疫人员从市政自来水以及河沟池塘的水样中发现了霍乱弧菌，于是引起了激烈的争吵，中、英、法三国都有自己的供水系统，各自雇用了专业人员。各不相让，互相推卸责任，指责对方。伍连德认为，要想把事情办到最好，这三个国家的卫生部门应全力在以下几方面充分合作：

1.深入研究这种疾病在中国的流行病学，特别是有关水源、病菌携带者、苍蝇以及食品；

2.在春天即须及早着手预防，包括对民众进行免疫接种；

3.及时向非流行地区通报，以求控制其向这些地区传播；

4.对在港口和铁路枢纽检验群众粪便的效果进行调研。

在研究不同城市首例霍乱病例的报告日期后，伍连德注意到大多数地方检疫措施实施得太迟。尽管存在这种延搁，第一批病例也会是相隔相当长时间后才出现；即使确实出现了暴发，其发生的时间通常也是短暂的，天气变冷时又消失了。

伍连德努力地搜集当时南方霍乱流行的疫情报告，冷静地分析他们防疫的疏漏与教训，但那里并非东三省防疫总处的管辖范围，他鞭长莫及。等到5年以后，由伍连德来上海，一统上海的防疫江湖的时候，才彻底得到解决。

二 从容对待

如此凶猛的疫情，在东三省却是另外一番光景。在得知印度和印度支那出现霍乱后，伍连德马上提高了警惕，着手霍乱预防和控制的准备工作。

汲取了上一次霍乱流行的经验和教训，伍连德加强和各地及国际的合作，达成一致意见，由东三省防疫事务总处统一领导东三省的霍乱控制。建立了早期的预防体系，事先在医院、人员和其他方面做好了准备，等霍乱在哈尔滨和东三省出现时，当地已经做好了准备。

有了十几年防疫的经验和威望，东三省防疫事务总处采取疫情公开的政策，逐日公布疫情，使居民和医疗人员密切合作。另一方面，中方和日方的防疫机构加强合作，使整个东三省的霍乱防疫得以协调。加上早就和东三省防疫事务总处的密切合作的苏联方面，自东三省第一次鼠疫流行以来，整个东三省第一次有了相对统一的疾病防疫组织。

霍乱出现以后，防疫机构除了控制疫情外，还重点对病人及其家属进行宣传教育，不仅争取到了民众的配合，也争取到了霍乱病人和家属的配合，使霍乱病例得以早发现、早收容、早治疗。

由于当时的东三省有防疫的专门机构，而领导者又是经验与威望极高的伍连德，所以应对这次霍乱比较从容。等霍乱到达哈尔滨的时候，总处的人员和设备均已准备就绪，接到通知后可以立刻投入工作。

相比之下，苏联医院中并不存在这样的机构，对从南方传入的霍乱毫无准备，没有训练有素的专门医生，处理霍乱病人的医生都是新手，毫无经验，更没有腾出专门的传染病房，所以当大批霍乱病人拥入的时候，医院猝不及防，普通病人与霍乱病人同住一室，大大增加了疫病扩散的危险。同时霍乱患者到医院后要等候很久才能被收治，往往耽误了治疗的最佳时机。

伍连德负责的中国医院却是准备充分，入住的病人立刻接受了治疗，无须烦琐的手续。如有必要可进入注射室，如果不必要，可以先不洗澡、换衣和进行详细的身体检查。医务人员日夜为病人输液，有时对一个病人多次输液，这种工作热情与积极性是其他医院难以比拟的。输液扎针是一门精细的技术，年轻护士能娴熟地寻找出那些并不明显的静脉血管，熟练地进针，一针见血，这也许是医务人员的平时训练，也许是中国人特有的灵巧，令外国同行称羡不已。

事后，《美国医学会杂志》发表评论，他们将东三省防疫总处的优良成绩与印度人和俄国人相比，将伍连德管辖的防疫医院评为最佳的防治霍乱医疗机构。

但评论认为中国人种可能对霍乱有较强的耐力，对于这种分析，伍连德并不认可，他觉得更重要的是注重早期治疗，中国人把霍乱称为“虎疫”，对其危险性有足够的重视，因为它突然袭击，迅速致命，所以必须具备快速应对的安全设施。

1926 年霍乱流行期间，东三省死于霍乱的有记录者仅为 1500 人，而 1919 年至少为 10000 人。哈尔滨的数字统计更为精确，1926 年仅 280 人死亡，而 1919 年是 4500 人。

在哈尔滨三个医院获得的结果也更能说明问题：在这次防疫中，哈尔滨地区防疫事务总处的医院承担了大部分霍乱病人的治疗，日方的病人也全部送中方医院。防疫事务总处所属的滨江医院 168 例病人中 29 例死亡，死亡率 17.3%，苏联人管理的铁路医院 55 例中 19 例死亡，死亡率 34.5%，苏联人管理的市政医院 66 例中 36 例死亡，死亡率 54.5%。这表明滨江医院采取措施挽救的生命按比例计算，是苏联铁路医院的 2 倍，是苏联市政医院的 3 倍。

在这次霍乱的防治中，霍乱病人在院死亡率，中苏医院再一次形成鲜明对比，使东三省防疫事务总处的防疫能力又一次达到世界先进水平。

东三省防疫事务总处再一次经受住了考验，站在世界的巅峰。

第三节　上海霍乱的防治

一　历次霍乱的总源头——上海

1932年5月，停泊上海附近的法国邮轮一水手发病死亡。随后疫情很快在苏州河沿岸流行开来。

像历次霍乱暴发一样，作为中国最大的国际性海港城市上海，再一次成为霍乱传播的总源头。

上海反霍乱大游行

这次疫情发展得非常快，全国24个省份中有23个受到霍乱侵袭，366个大城市中，312个出现感染。记录的病例接近95000例，其中31000人丧生，死亡率相当高，接近三分之一。其中北平病人死亡率最高，接近80%。当时国人对于霍乱可谓闻之色变。

若干年来，上海的霍乱问题很严重，随着人口和贸易的增长而更加紧张与复杂。此地有三个各自独立的卫生机构，分别隶属公共租界、法租界和上海市。它们各行其是，行动互不配合，对于随时可能出现的霍乱暴发流行并没有相互协调。

值得庆幸的是刘瑞恒博士担任了南京政府的卫生部部长，刘瑞恒是一个接受西方教育的开明人士。他于1903年考入北洋大学堂，1906年未毕业即送美留学，入哈佛大学读书。他是中国著名的医学专家，中国创伤医学的奠基人，中国近代公共卫生事业创建者，首批哈佛大学留学生之一。

上任以后，刘瑞恒实行了一系列开明政策。创建了海港检疫管理处，并将总部设在上海，以便中央政府能够与公共租界和法租界的卫生负责机构紧密接触。

经刘瑞恒倡议在上海召集三方举行了会议，三个市政机构的医学专家与官员均出席了会议。在第三次会议上宣布，为共同调查研究霍乱问题，由公共租界拨款7500元，法租界拨款1200元，大上海市政府拨款10000元，卫生部拨款20000元，以启动多种预防措施，包括居民集体接种疫苗，以及防止任何可能发生的传染病流行的其他方法。会议决定，成立霍乱事务所，并设在由伍连德博士任处长的海港检疫管理处总部。

值得庆幸的是，在这个关键时刻，伍连德在场。1931年，他不得不黯然离开东北，离开哈尔滨，离开他心爱的东三省防疫事务总处。

东三省防疫事务总处，伍连德倾注了毕生心血，20年间无论风云如何变幻、无论当权者许以何等高官厚禄，他始终不为所动，坚持任东三省防疫事务总处处长。而且，历届当权者对他始终予以礼遇，使他可以安心研究和防疫。如今被日本人用武力夺取，对一位年过半百的人来说，可谓刻骨铭心，甚至心灰意冷。好不容易建立的港口检疫系统，又因为日本人的战火而陷入停顿。一·二八抗战，最后在列强的调解下，以中国的忍让而停火，让他感到非常郁闷而心灰意冷。

1932年霍乱大暴发，又一次国难当头，伍连德一下子忘掉了心头的烦恼，重新振作起来。

和前几次防疫不同，这一次伍连德有了各种有利条件。首先，他是大上海中外三方合作成立的中央防止霍乱临时事务所所长,有毋庸置疑的权威;其次,尽管租界方面对他还只是配合,卫生部部长刘瑞恒、上海市市长吴铁城对他则是言听计从、绝对支持;其三,上海市的医疗系统在当时的中国无疑是最先进的,加上海港检疫管理处和上海检疫所,以及伍连德本人应对霍乱的经验,使他占尽先机。但是,也有诸多不利之处,他坐镇上海不久,海港检疫管理处力量本来就比较薄弱,又受战火影响,对霍乱突然降临没有一点准备。

二　专家的作用

(一)切断苏州河水这个污染源

在疫情暴发的大上海,地域之大,人口之多,是哈尔滨不可比的,当时疫情如虎,千头万绪,从何抓起？防疫之仗如何打,这种时候要分清轻重缓急,解决重中之重,此中高手要能从纷繁复杂的情况律中看到敌方的死穴。伍连德目光犀利,他有一种异于常人的直觉和判断力。在东三省防鼠疫时,刚刚到达哈尔滨,就能准确看到傅家甸这个中心,用全面隔离的办法一击成功。在现在这种情况下,应该先做什么？这次上海霍乱的中心何在？从哪里入手,才能击中霍乱的死穴？

伍连德敏锐地感觉到,第一例病例出现之时是五月,还没有到盛夏,苍蝇很少,历来霍乱传播的重要条件并不存在,那么原因何在呢？

当时大部分霍乱病人都来自沿苏州河的贫民区。那里的居民使用肮脏的河沟水和井水淘米做饭,天气炎热时也直接饮用,这才是根本原因。

伍连德来到市政府,拜访市长吴铁城。听说伍连德来访,吴铁城放下手头的一切事务,赶紧接待。吴铁城道:"伍博士,上海的防霍乱就全仰仗您了。无论是人力物力,市政府一定有求必应、全力支持。"

伍连德道:"谢谢吴市长,我今天来只有一件事,请市政府务必火速完成。”

吴铁城问:“什么事?”

伍连德道:“请市政府马上为苏州河畔居民提供干净的生活用水。”

吴铁城疑惑地问:“伍博士,我知道上海还有很多地方卫生条件很不好,市政府也有计划逐步解决。可是现在霍乱流行起来了,控制霍乱是当务之急,这件事能不能等霍乱被控制之后再做?”

伍连德说:“这件事正是控制本市霍乱的关键。”

“嗯?”吴铁城更不明白了。

“霍乱在本地的流行,正是因为人们食用有霍乱菌的不干净的食物或者水所致。现在本地霍乱病例逐日增多,苏州河水已经被霍乱菌污染了。面对这种情况,我们不可能对河水进行消毒。如果听之任之,沿河居民就会继续饮用被霍乱菌污染的河水,霍乱病例也会越来越多,上海市和周围的霍乱流行就会越来越严重,以至于无法控制。因此当务之急就是火速给这30多万人提供干净的水,从而控制霍乱的流行。”

吴铁城豁然开朗:“伍博士果然明察秋毫,我马上下令,火速铺设自来水管道。”

上海市于数日之内紧急为苏州河沿岸居民铺设了6条自来水管道,为穷人提供五辆取水车,并大力宣传。此举一出,立竿见影,上海市的霍乱流行马上得到初步控制。

(二)接种疫苗

控制了霍乱利用水源大规模流行的可能后,伍连德开始抓下一个重点。

中央防止霍乱临时事务所成立后,伍连德就下令准备大量霍乱疫苗,现在正好派上用场。中央防止霍乱临时事务所开始向市民提供免费的霍乱疫苗。霍乱流行期间,大上海一共有78万多人接种了霍乱疫苗,加上公共租界的20万人和法租界7.6万人,一共超过100万人接种了霍乱疫苗。如此大规模地在一个地区短时间内进行上百万人的疫苗接种,在中国甚至在当时的世界上,都是前所未有的。这一项措施进一步切断了霍乱的传播。

注射疫苗已明显运用了现代化防疫手段。

(三)公布疫情,稳定人心

与此同时,借助哈尔滨的防疫经验,中央防止霍乱临时事务所大力开展宣传,让全社会知道疫情进展的情况,动员市民配合有关部门进行防疫。在大疫的时刻,人心惶惶,流言四起。稳定人心和社会秩序不是隐瞒真相,而是开诚布公,让全社会知道现状,以取得全社会的支持。防止霍乱事务所定期发布公告,同时各方面加强检查,对食物水源等有可能的污染途径加以严格控制。

(四)病人收治

最后,就是病人的收治。传染病,重要的是及早发现,及早隔离收治。对霍乱来说,及早收治不仅仅是避免继续传播,而且是挽救病人生命的关键。根据东三省防霍乱的经验,医疗部门在全上海逐日进行检查,一旦发现病例,马上送传染病医院。除了原有的霍乱医院外,一些私人医院也加入防霍乱系统,在中央防止霍乱临时事务所的指导下收治霍乱病人。上海一共有 20 家医院对霍乱病人开放,包括 17 家私人医院。

全上海,特别是在中国政府控制的区域内,各方面密切合作,展开了对霍乱的剿灭。从 4 月 26 日第一例霍乱出现起,到 9 月 28 日最后一例病例出现止,刚刚经过一·二八抗战这场恶战的上海,5 个月内霍乱的流行始终没有失去控制。超过 300 万人口的霍乱暴发地,霍乱病例只有 4296 例,在全国大城市中病例数第一。可见和以往霍乱流行时,动辄数万病例相比,这次霍乱的流行在上海得到非常好的控制。上海的疫情得到控制,全国的疫情自然就得到相应的控制,在没有进一步的感染源散发的情况下，各省市的霍乱逐渐销声匿迹。

而更令人难以置信的是，尽管是霍乱暴发地，上海霍乱病人的死亡率在全国最低，只有 7.4%，不到北京的十分之一。同样是大港，广东和厦门分别为 35.37% 和 45.98%。与上两次哈尔滨防霍乱的数据相比，上海霍乱病人的死亡率只有哈尔滨的一半。

那么如此低的死亡率，是不是完全得益于上海先进的医疗系统和医生水平呢？我们不妨看看上海本地的数据：

当时上海共分三个区域，即大上海区、公共租界和法租界。由中国控制的大上海区病人病死率 7.4%。公共租界的外国籍霍乱病人的死亡率为 29.5%，法租界的外国籍霍乱病人的死亡率为 30%。租界的霍乱病人死亡率比中国人居住区内的死亡率要高出四倍多，他们的医疗条件显然比大上海区的医疗条件更佳。

如果说是因为居住地区的不同，再看看同样住在租界中的由中方医院收治的中国籍霍乱病人的死亡率。公共租界中方医院的霍乱病人的死亡率为 9.6%，法租界的中方医院霍乱病人的死亡率为 6%。同样达到大上海区的水平。

伍连德再一次名扬天下，再一次证明，虽然物质条件是必要的，但是有信心、有恒心、有出色的领导，在简陋的条件下一样取得最佳业绩。

从 1910 年到 1932 年，22 年间，伍连德多次主持大规模防疫，也多次取得佳绩。

在那个动乱的年代，政坛变幻莫测，头面人物也是变来化去，政治混乱，政策很难保持始终如一，但无论谁在台上，大疫降临，第一个想到的防疫领导人选，肯定是伍连德。在那个乱世，伍连德靠的是自己的能力，救黎民于灾难。

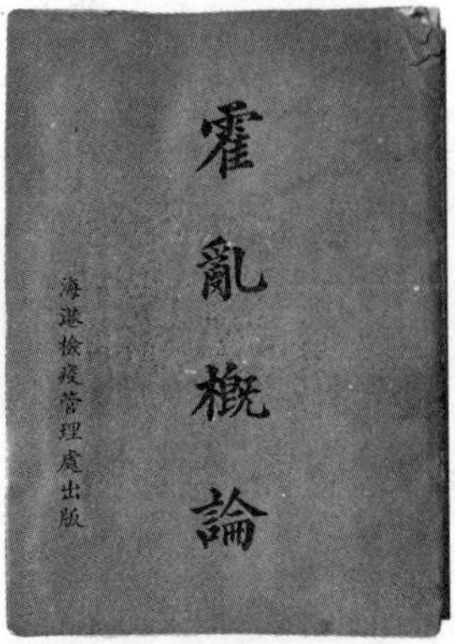

1926 年秋，英文版《肺鼠疫概论》由国联卫生部印行出版；1932 年英文版《霍乱概论》出版。如今，这两部专著仍为国际同行视为经典。图为伍连德所著《霍乱概论》

第六章　蛰伏十年后，鼠疫卷土重来

第一节 等待

东三省第一次鼠疫大流行在伍连德的带领下,终于在不到四个月的时间里被彻底扑灭了。

然而在接下来的世界鼠疫会议上,伍连德和出席会议的各国医学界精英达成了共识:虽然这次鼠疫被扑灭了,但只是暂时的,因为鼠疫的源头还在,只要条件适宜,鼠疫就可能死灰复燃,卷土重来。因此,在世界鼠疫会议形成的诸多决议中,有一项决议决定成立一个常设机构——东三省防疫事务总处,以应对随时可能暴发的疫情。

伍连德凭借自己的威望、能力、责任心和不达目的决不罢休的毅力,耐心地、锲而不舍地筹集了所需费用,逐渐建成了防疫总部和各级医院,并千方百计落实了总处运行的正常经费,配齐了医务人员,从世界各国延揽尖端人才,逐步形成了一支阵容整齐的医疗队伍。

按世俗的眼光来看,东三省防疫事务总处,隶属哈尔滨海关,而且怎么看都不像个正规机构、常设机构,其活动经费需要年年审批,并不在政府编制之列(也就是俗称的体制之内),充其量是个民间组织,连个级别都没有。伍连德本来有多次青云直上的机会,但都轻易、随意却果断地放弃了,没有一丝留恋。这肯定与伍连德年少时代苦读书、走仕途的初衷不符,也为当时绝大多数正在走仕途的读书人所不取。

伍连德为什么这样做?其实原因很简单,他是伍连德,他在欧洲接受过西方教育，民主思想逐渐取代了已有的传统价值观念，在第一次东三省鼠疫大流行的防疫中他尝到了胜利的喜悦，实现了自己的人生价值，更找到了自己人生的位置。他是一个医术高明的医学家，他有深厚的功底，有缜密的思维，有挑战权威的能力，有独立创新的勇气，更有一颗济世救人的悲悯之心，这是一种博大的胸怀，它宽广无边，深不见底，容得下整个世界，乃至宇宙。他确定了自己的人生之路。

是的，在哈尔滨，在东三省，人们正在遭受苦难，人们需要他，需要“天欲堕，赖以拄其间”的巨手，他适时、及时地举起了自己的双手，并愿意继续高举，撑起这片天。

伍连德没有想到，防疫事务总处成立之后，遭遇的第一场大瘟疫不是鼠疫，而是霍乱。但既是传染病，总有相通之处，防疫事务总处立即应战。什么叫有备无患，什么叫打有准备之仗，防疫事务总处的优势在这场来势凶猛的恶性传染病面前尽显无疑，最终，死亡率之低在世界上处于先进之列，难以想象。接下来的 1926 年第二次霍乱，伍连德领导下的防疫事务总处应对更加从容。

客观地评价，霍乱虽然凶险，但比起鼠疫还是略逊一筹，无论是从传染性，还是从治愈率来看，都是如此。

伍连德一直在等待的是鼠疫，等待第二次鼠疫的来临。他知道，这场鼠疫是躲不过去的，或早或晚。

第二节　海拉尔，无法容忍的疏忽

伍连德曾与俄国医生组成联合考察队赴俄国考查，也曾数次去满洲里及中俄边境，目的都是考查东北鼠疫的源头——旱獭在鼠疫传播中扮演的角色。他知道，只要旱獭皮交易的巨大利润还存在一天，旱獭的捕杀，人与旱獭的接触就不能避免，鼠疫再次暴发的危险就依然存在。

从1910—1911年鼠疫大流行后，东三省未发生流行性鼠疫已有十年了，然而这十年间并非风平浪静。实际上，几乎每年在西伯利亚和蒙古的不同地区都有零星的病例出现。

1911年，比瑟姆斯基记录沙拉森内出现5例腺鼠疫；

1912年，哈夫金记录赤塔3例肺炎鼠疫；

1913年，吉尔吉斯草原数例腺鼠疫的记录；

1914年，中国的防疫处记录外贝加尔地区16例腺鼠疫(13例死亡)；

1917年，中国人记录山西鼠疫暴发，死亡16000人；

1919年，中国人记录依基耶夫斯卡雅腺鼠疫病例，2例死亡；

1920年8月，在离中俄边境线十几里的区域，出现6例腺鼠疫病例，其中5例死亡，在达乌利亚出现3例，在凯拉斯图出现3例。

伍连德和他的团队的心紧绷着，丝毫不敢松懈。正如两军阵前对峙，虽然未爆发战争，但相互之间的摩擦一直没有停止，不知何时会擦枪走火，再一次燃起战火。鼠疫就像野火，一旦某处风向、风力、温度、干燥等条件合适，就会死灰复燃，并形成燎原大火。

10月，伍连德从哈尔滨紧急赶到海拉尔。

此次来到海拉尔的原因，是他接到报告，报告称在海拉尔出现鼠疫病例。十年来，在中东铁路沿线和中俄边境，虽不经常，但不时会接到零星鼠疫病例的报告。他从来不敢怠慢，接到报告，总是马上放下手头的工作，尽快赶到现场，亲自对病人进行诊断、处置。

伍连德来到当地医院，里面收治了一个苏俄铁路的警卫，已确定出现鼠疫症状，但此时已经康复。伍连德知道，如果患的是肺鼠疫，必死无疑，看来这位警卫患的可能是腺鼠疫。

检查完病人，他询问病人家庭情况。医院有关人员告诉他，病人的妻子和五个孩子中的三个最近相继病死。

这句话引起伍连德的警惕，他马上追问："也是鼠疫？"

医生回答："看起来是。"

伍连德接着又问:“尸体在哪里?”

“怕引发流行,已经焚烧了。”

伍连德脸上掠过一丝失望,他很想查看一下尸体,以确定是否为鼠疫。种种迹象让他突然有了一种不祥的感觉,他详细询问了死者的情况。

最先死亡的是一个苏俄女人,她在满洲里有亲戚,经常去满洲里,也经常回到苏俄境内。

1921 年满洲里鼠疫防疫现场

满洲里,又是满洲里!

满洲里目前还没有鼠疫出现,他马上询问苏俄方面的医疗人员,这才得知,从 8 月开始,在苏俄境内和中国边境方圆五十里内已经相继出现十余例腺鼠疫。

和十年前的情况相似,鼠疫又是先在苏俄境内出现,然后南下。这十年来零星的腺鼠疫偶有发生,可是没有一下子出现好几例的,难道鼠疫已经进入肺鼠疫期,处于暴发的时刻?

十年了,鼠疫也许会和 1910 年一样,形成在人群中快速传播的态势。这个从腺鼠疫到肺鼠疫的转变,可能就发生在海拉尔,而伍连德正在这里。

伍连德马上组织有关医疗部门开始对鼠疫进行检测,结果在那个苏俄警卫所在的兵营内查出还有三名中国士兵死于鼠疫。

他立即在当地借用了几家客栈,将所有与这些鼠疫病人接触过的人进行隔离,命令当地医疗人员和军队逐家检查。由于控制及时,鼠疫没有在海拉尔大规模流行起来,整个流行期间只出现 52 例鼠疫,其中

20例是来自那个兵营的士兵。

处理完海拉尔的防疫事务后，伍连德要求当地有关部门继续监控，千万不能放松。海拉尔地区中俄民族混居，情况比较复杂，民风也十分剽悍。在此次处理鼠疫防疫期间，曾发生这样的事件，警察局郎局长与邓医官驱车到兵营检查疫情，但在途中受到士兵拦截，郎局长是位恪尽职守的警官，坚持要求通过，但带枪的士兵并不买账，非常蛮横，郎局长被打得头破血流。

伍连德赶紧返回哈尔滨，火速部署整个东三省的防疫。他隐隐约约地感到，这只是开始，大疫就要来临了。

大疫有时候是不可预料的，但也有幸运的时候，有可能控制在萌发的时候，使之不致成为大疫。第二次东三省大鼠疫，就是这种原本可以控制住的瘟疫，因为伍连德在最初几个肺鼠疫病例刚刚出现的时候赶到海拉尔，及时采取了正确措施。如果当地完全按照他的要求，严格地执行，这次鼠疫就不会扩散。可是现在已和十年前不一样，他已经不是可以指挥官员、民众和军队的钦差大臣，只是一个鼠疫专家。他的话只是建议，不是命令。他尽到了自己的职责，可无法向地方发号施令，更谈不上问责，他们之间不是上下级关系，人家拿你当回事，你就是专家，可能会听你两句，如果不听你的，你的话就如同空气，根本不存在，你却无可奈何。

伍连德也无法控制事态的发展。

就在他马不停蹄地回到哈尔滨，开始筹划鼠疫防疫时，在海拉尔那些用于隔离鼠疫接触者的客栈中，意外事件发生了。

在海拉尔隔离鼠疫接触者的几间客栈里，有一间隔离了9名鼠疫接触者。由于警卫疏于职守，或许是故意放纵，这9个被隔离观察的人，在一天夜里逃逸，消失在黑暗之中。东三省第二次鼠疫开始大流行。

第三节　该来的还是来了

一　哈尔滨出现鼠疫

距东三省第一次鼠疫大流行整整十年,鼠疫卷土重来,和上次一样凶猛,一样山崩地裂。

伍连德在哈尔滨十年磨出的东三省防疫事务总处这把利剑,就在此刻出鞘,在全世界的注目下,和鼠疫进行艰苦卓绝的决斗。

十年风风雨雨，伍连德最担心而又焦急等待的事情终于发生了,该来的躲不过去。和十年前相比,他的胜算有几成?

这十年,伍连德建成了东三省防疫事务总处,形成了一套完善的防疫体系,这套体系像坚固的堤坝,抵御着一次次不期而至的疫情,将两次发生在东北的霍乱及时扑灭。防鼠疫系统的建设,为的就是在鼠疫卷土重来的时刻,能够抢占先机。

1921 年 1 月 22 日,哈尔滨市出现第一例鼠疫病人,是一个来自扎赉诺尔的外逃矿工。

仅仅在十天之内,从满洲里到哈尔滨的铁路沿线,相继出现鼠疫病例。上次大鼠疫中被重创的满洲里于 1 月 12 日率先发现鼠疫病人,据分析是由从海拉尔逃逸的鼠疫接触者中传来的。满洲里的苏方医疗力量相对雄厚,有 5 名医生、6 名护士和 15 名助工。防疫事务总处满洲里站仅有 3 名医生和 4 名护士。

满洲里鼠疫出现以后,流行比较缓慢,到一月底只出现 36 例。如果苏方立即着手控制,鼠疫应该和海拉尔一样很快被消灭。可是苏俄政府正处在政权交替,内战刚刚结束之时,根本无暇顾及国外之事,更谈不上为防疫拨付经费,完善防疫系统更是无从谈起。苏方的医疗人员在错过了良机后,把满洲里的防疫工作完全交给中方防疫总处。这时,鼠疫

1921年,扎赉诺尔的一处居民住宅里因鼠疫而丧生的人

在满洲里大规模流行起来了,满洲里又一次遭到重创。

和满洲里相比,扎赉诺尔的状况更严重。

二　重灾区扎赉诺尔

扎赉诺尔是苏方控制的一处矿山,距离满洲里很近,有2000名苏俄工人和4000名中国工人。在居住条件上,苏俄工人住的条件比较好,房屋通风良好而且盖在地面以上,屋内也不拥挤。而中国矿工住在半地下的窝棚里,为了保暖和节省燃料,房屋密不透风,而且一间屋子里要住十几个甚至几十个人。这是鼠疫细菌繁殖和传播的天堂。

1月2日,从海拉尔隔离客栈中私自跑出来的9名鼠疫接触者之一,逃到扎赉诺尔,找到在此当矿工的一个朋友,借宿在这个朋友的窝棚里。这间窝棚里还有16个人。几天以后,全屋的人开始咳嗽发烧,然后相继死亡,到1月18日,全屋的人无一例外地都死于鼠疫。

这时,医务人员发现,在另外一间较大的屋子里,也有大批的人死亡。原来住在这间屋子中的一个人最近曾经去过那间死亡窝棚,没几天工夫,这间大屋里的160人死了42人,并且造成3名医务人员死亡。

大量人员的死亡,如此凶猛的瘟疫,让矿山的苏俄管理人员十分恐慌。在无法从自己政府那里得到帮助的情况下,苏俄管理人员火速致电哈尔滨，请求防疫总处派人来进行防疫工作。一封又一封急电发往哈尔滨的东三省防疫事务总处，请伍连德博士速来。

伍连德哪里走得开？

鼠疫已呈燎原之势，伍连德必须坐镇哈尔滨，指挥整个东三省防疫，他实在无法脱身前去扎赉诺尔，就派遣了5名医生，配备足够的助理人员及设备，组成医疗队火速赶往扎赉诺尔。临行前，他专门召集医疗队，布置了防疫方案：不要让和鼠疫病人接触过的人继续留在同一间窝棚里，把他们6到8个人组成一组转移到隔离车中，白天在受过训练的警察的监督下多晒太阳。

三 黑龙江省省会齐齐哈尔求援

去扎赉诺尔的医疗队刚刚启程，齐齐哈尔又来了急电，黑龙江督军孙烈臣请伍连德博士速来省会，指导鼠疫防疫。黑龙江督军亲自发急电，疫情必定十分严重，这次防疫黑龙江省是抗鼠疫的前线。他只好放下手头的事，赶到齐齐哈尔。

齐齐哈尔为达斡尔语，是“边疆”或“天然牧场”之意。因为世界珍禽丹顶鹤生活在这里，因此齐齐哈尔被誉为“鹤乡”。齐齐哈尔当时按行政区划，隶属黑龙江省（哈尔滨隶属吉林省），是黑龙江省的省会，地处哈尔滨以北，是东三省仅次于哈尔滨的大城市，是黑龙江省政治、经济的中心，也是重要的交通枢纽。

齐齐哈尔本来有一家鼠疫防疫医院，是伍连德设计建造的第一所现代医院，浸透了他的心血。医院建成以后，他已不是东三省防鼠疫全权总医官了。由于齐齐哈尔与哈尔滨分属两个省份，因此这家医院不受他和东三省防疫事务总处的控制，改由黑龙江省管辖。这几年一直由一个台湾人把持，变成了一家普通的医院，对鼠疫防疫根本不做准备，这家鼠疫防疫医院名存实亡。而且，这些年黑龙江省的省级卫生防疫工作伍连德也无权过问。

来到齐齐哈尔后，他发现情况越来越紧急。满洲里、海拉尔、扎赉诺尔这些地区虽然也属于黑龙江省，可是主要由苏俄控制，苏俄方面在以往鼠疫和霍乱流行中与伍连德合作密切，对防疫事务总处十分信任，主动把防疫工作全盘交给防疫事务总处。可是齐齐哈尔的防疫与伍连德毫无关系，伍连德在齐齐哈尔一无人手，二无职权，他只是孙烈臣临时请来的顾问。他所能做的是尽快向孙烈臣提出防疫建议，希望黑龙江省有关方面能够按建议执行。

根据齐齐哈尔的现状，他立即制订了防疫方案，交给了孙烈臣。至于是否按这个方案施行，就不是他能过问的了。

四　哈尔滨保卫战

东三省当时是张作霖的地盘，张作霖正在准备打直奉大战，对东省的鼠疫流行，所做的也就是拨来部分防疫经费，其他的事情全靠地方自己解决。地方上各自为政，东三省的两个省互不合作。人们看到，鼠疫防疫只靠伍连德一人东奔西跑，像救火队员一样，哪里有火情就在哪里出现，尽自己的努力，能救一处是一处。

1921年，伍连德(左)和同事在户外开展瘟疫实验

无论客观条件如何不利，伍连德都能抓住要点，把防疫事务总处的能力发挥到最大。

在多处发生疫情的状况下，他不能过分分散兵力，决定坚守重镇哈尔滨，尽一切努力将哈尔滨的鼠疫流行降到最低程度。由于十年的经营，加上国际抗鼠疫委员会的成立，他在哈尔滨能够运作自由。同时利用东三省防疫事务总处在各地的力量，协调东三省的鼠疫防疫工作。此外，和长春、沈阳的卫生防疫部门协调合作，保证鼠疫不向南扩散。

十年后对待鼠疫仍然没有别的办法，还是分区，隔离。

上次是傅家甸，这次是全哈尔滨。中国人居住地被分为五个大区，加上一个苏俄人居住区，分区包干。由中苏人员组成联合检查队，日夜不停地在各区检查，发现鼠疫病例立即处理，病人家属马上隔离。

伍连德首先做的是建立严格的隔离程序，接触过鼠疫病人的人员立即送到隔离车上。一旦这些鼠疫接触者出现疑似症状，马上和隔离车上的其他人分开，单独观察 24 小时。发病者送往鼠疫医院，未发病者继续回到隔离车。这个程序最大限度地避免了潜伏期的鼠疫病人传染给其他隔离者的问题，哈尔滨鼠疫防疫期间，2021 名隔离者中被潜伏期中的鼠疫病人传染的只有 4 人。而在扎赉诺尔，由于没有采取疑似病例单独隔离的程序，隔离者被传染率为 22%。

伍连德认真吸取在山西鼠疫防疫的教训，在严格控制交通的前提下，不彻底封锁交通。所有由哈尔滨南下的旅客一律由医疗人员进行体检，确认身体正常者方可上车。此外，为了保险起见，三等车票每日只售出 50 张。在长春，三等客车旅客一律进行 5 日隔离，有效地阻止了疫情的蔓延。此外，在每一列客车上加挂一节卫生车，以利于医务人员随时在列车上查出混于健康人群中的个别带病旅客。这样既控制了交通，避免鼠疫向南传播，又不使非走不可的人因绝望而绕道而行，尽可能做到了两者兼顾。

五　亲赴扎赉诺尔

经过 20 天的努力，整个哈尔滨的防疫工作按部就班，几十万人口的国际化大城市，没有因为鼠疫的流行而产生大的社会波动，各行各业一切如常。看到哈尔滨防疫一切运转正常，伍连德终于能够脱出身来，他决定去扎赉诺尔，看一看那里的防疫工作进行得怎么样。

1921年伍连德（前排左三）与他的抗击瘟疫组成员在扎赉诺尔

2月11日，伍连德来到扎赉诺尔，这里的情况让他大惊失色。昔日热闹的矿山，现在几乎是一座死城，到处是尸体，鼠疫防疫已经完全停止了。

伍连德难以置信，这么多年来还是头一次发生防疫失控的情况。他早就派来医疗队，加上矿山的苏方力量，应该能够实施他制订的控制方案，为什么成了这样？

找到医疗队的负责人，伍连德劈头就问："为什么不按预先制订的防疫方案进行？"

医疗队的负责人结结巴巴、哆哆嗦嗦地开始汇报，刚到的时候因为这个原因所以这样，后来由于发生了那个事件故而那样。伍连德听了半天，这个人东拉西扯，语无伦次，全是客观借口，马上打断，直截了当地说："你先不要讲了，哪里有最新的病例？领我去现场看看。"

伍连德被带到一个窝棚前，医疗队的负责人介绍说，就在今天早上，从这个窝棚里拉出来11具尸体。

伍连德一看现场，简直要晕倒：窝棚的门大开着，矿工们出出进进，毫无防范之意。他拦住一名正要进去的矿工问："你到这里干什么来了？不知道里面刚刚死了鼠疫病人吗？"

矿工回答："知道呀，我表弟就是住在这里的，我是来探听他的下落的。"

正说着，就见几名矿工从里面出来，手里大包小裹地拿着死人的遗物。伍连德伸头往窝棚里一看，里面还有不少翻箱倒柜的人，他朝屋里喊:“那些东西有病菌,不能动。”

可这些人根本不听,拔腿就跑,瞬间就无影无踪。

伍连德问医疗队负责人:“这是感染区, 里面全是活的鼠疫杆菌。为什么没有立即封锁消毒?”

医疗队负责人告诉他,按分工,本地的隔离消毒工作由苏俄矿方负责。防疫事务总处提出的具体措施他们根本不遵守,他们所做的就是,一旦发现病人,就把病人运走,第二天再回来看看有没有其他病人需要拉走。在此期间对接触者不采取任何隔离措施,对病人的住处也不加封锁。

伍连德非常生气,“为什么不封锁, 不隔离! 你们医疗队的职责呢?”

医疗队负责人无奈地说:“这里的矿工十分粗野,目无法纪,根本无法对他们进行全面隔离。我们的话没有人听,矿山方面也不配合。”

伍连德又来到隔离区,了解隔离的情况。隔离区负责人向他汇报说,送到隔离区的鼠疫接触者经常逃跑,有时候全隔离区的人跑得没剩几个,所谓隔离区形同虚设。

最后,他来到鼠疫医院,得知病房里也经常发生逃跑事件,这让他更为吃惊。因为这些人不是鼠疫疑似患者,而是真正的患者。

初步了解了情况以后,他问:“这些从病房和隔离区逃跑的人都去了哪里?”

医生回答:“他们中的大多数人仍然待在矿区。”

伍连德这才明白为什么只有矿区的鼠疫病例居高不下,但周围地区没有受到太大影响的原因,就是因为这些逃跑的人不断地在矿区内引起新一轮的感染。

在愤怒之余,伍连德感到庆幸,小范围的防疫容易多了。这是在扎赉诺尔听到的唯一一个不算太坏的消息。

发现了症结所在后,伍连德立即和苏俄矿山管理方会面,陈明利害关系，如果不采取紧急防疫措施，任疫情发展，自生自灭，扎赉诺尔的人将迅速死亡直至死亡净尽，这里将成为死亡之地，这不是耸人听闻，而是必然结果。剩下的人想活下去，必须严格执行隔离消毒措施。了解了前因后果，并听取了伍连德的疫情分析，苏俄方面第一次感到了恐惧，感到了问题的严重，马上表示立即配合，听从专家建议，执行严格的隔离和消毒，加强隔离区和鼠疫病房的安全措施，力求杜绝健康人接触鼠疫杆菌的机会并且杜绝病人与隔离者逃跑的可能。

从现有鼠疫在本地的流行状况上看，鼠疫主要在中国矿工居住区发生。伍连德认为原因是居住环境拥挤，通风太差，造成病菌快速传播。他提出一个立竿见影的办法，就是让所有人露天生活一周，这样病菌便会自然消失。这个建议马上就被其他人否决了，因为时值数九隆冬，这样做无疑自杀。既然如此，唯一可以采取的办法就是苏方必须和中方医疗队合作，严格执行隔离手段，必要时采取强制措施。

双方达成一致意见后，马上按上述办法执行。苏方这次来了真格的，动用武力，采取强制隔离和消毒措施，一盘散沙、杂乱无序的防疫工作很快进入正轨。扎赉诺尔的鼠疫死亡率在几天后开始下降，当地人们开始有了生活的信心，伍连德看到危机解除，便返回了哈尔滨，继续主持东三省的整体防疫。

六　防疫老兵遇到了新问题

回到哈尔滨，伍连德仍然关注扎赉诺尔的鼠疫防疫状况，报告不断传来，经过伍连德的亲自部署，鼠疫很快得到控制，到 5 月 19 日，已实现扎赉诺尔的鼠疫病人零死亡。在这次鼠疫流行中，扎赉诺尔的鼠疫发病率最高。6000 名居民中，死亡 1017 人，除了 4 个俄国人和 1 个日本人外，全是中国人。也就是说，4000 名中国矿工，死了 1000 人，比例高达 25%。

相比之下，防疫人员死亡率不是很高，有 8 名士兵，1 名俄国助工和 2 名中国助工殉职。说明鼠疫在本地的传播，就是由特有的居住环境、苏方的失误和矿工本身的不配合造成的。

肺鼠疫患者在室外接受常规检查

扎赉诺尔的悲剧让伍连德更加谨慎了，他虽然抢先行动了，但是由于人为的失误功亏一篑。他好几次问自己，这个悲剧会不会在其他地区重演？

扎赉诺尔只有几千人，而哈尔滨、长春和沈阳全是几十万人口的大城市。以哈尔滨来讲，不要说扎赉诺尔的死亡率了，就按上次鼠疫流行时 7% 到 10% 的死亡率计算，现在哈尔滨 30 万人中将有两万到三万人死亡。这个悲剧能不能避免？

“一定不能再出现第二个扎赉诺尔，哈尔滨是最后的防线，不能让鼠疫像十年前那样长驱直入。”回到哈尔滨，伍连德在防鼠疫委员会会议上坚定地说。

十年前，先是失去在小范围内控制鼠疫流行的良机，又对鼠疫的传播途径不太了解，鼠疫流行区也没有现在的卫生防疫力量，伍连德单枪匹马，仓促上阵。他不知道那场瘟疫究竟是什么病，传播途径是什么，不了解整个哈尔滨城市管理的方式。更重要的是，伍连德只是一个 30 岁的年轻医官，没有任何防疫经历，想去指挥哈尔滨这个行政管理十分复杂的地区，特别是列强势力非常大，而中国人备受歧视的地区，谈何容易！但他以自己实实在在的业绩，让那些高傲的外国人折服了，伍连德树立起了崇高的威望。

如今鼠疫已经撩去了神秘的面纱，病因明确，传染途径明确，按上次成功的经验他做的主要是——隔离。而现在他有了防疫事务总处，有了自己可以调动的人马,不再势单力孤。

哈尔滨的鼠疫防疫早在第一例鼠疫出现以前就开始了。可以说是做好了充分的准备。鼠疫出现后,各项防疫工作立即启动。等鼠疫进入流行期后,哈尔滨鼠疫防疫系统已经进入高速运转之中。

(一)经费

有备不一定无患,从扎赉诺尔回来后,伍连德得出了这个结论。因为事情总是在发展的,发生过的事情很难得到百分之百的复制,这就是事物的复杂性,新事物层出不穷,更有许多事物是从未见过的。他要做的就是面对新事物,适应新事物,并寻求解决方法,而不是照本宣科,墨守成规,正像一位医生所言,你不能让病人按教科书生病,你只能根据病情找出治疗办法,不管教科书上是否出现过这种病例。

全面检查哈尔滨鼠疫防疫系统的伍连德,发现了一个重大难题。

哈尔滨鼠疫防疫工作全面展开没多久,手中的经费就花完了。30万人的大城市进行全面防疫,花钱可以说如同流水。虽然说医院和设备不用花钱,可是那些临时租用的隔离站、运人的车辆、消毒的药品、防疫服装包括口罩都需要钱。

更多的是花在人工上,医院里 24 小时派班,分区负责的防疫队,维持秩序的警察以及大批临时雇用的工友,这些人的劳务费一旦日复一日地持续下去,费用就非常可观。还有被隔离的上千人的一日三餐,吃穿用度。甚至仅仅给值夜班的防疫人员准备一顿夜宵,防疫事务总处都快负担不起了。

十年前,伍连德没有为钱而犯难。当年,无论是哈尔滨道台、吉林巡抚、奉天总督,还是外务部,甚至摄政王。对伍连德有求必应,经费迅速到位。而且当年哈尔滨的十万俄国人居住区包括里面的华人的防疫费用均由俄国方面负责, 伍连德只具体负责傅家甸的 24000 人的防疫费用,虽然是全面隔离,但支出并不太大。

现在,没有中央政府的全力支持,靠的只是市政府、省政府、大帅府和中央内务部各自拨下来的少量款项,苏俄方面是靠不上了,苏俄人居住区的防疫也要中方负责。除此之外,防疫总处的各个口岸,满洲里、海拉尔、扎赉诺尔等地,用的都是这笔防疫经费,怎么能不捉襟见肘?

去年防霍乱,算是练兵了,怎么就没发现这个问题?霍乱和鼠疫不一样,霍乱是靠宣传、改进卫生条件以及及时治疗。鼠疫是靠全面实施隔离,全面隔离的措施用在大型城市时,没有大量的经费是难以为继的。

医学专家伍连德只得放下手中的一切,全力筹款。

伍连德又开始新一轮的东奔西跑,这次不是去直接防疫,而是去要钱。向市政府要,向省督军府要,向奉天的大帅府要,向北京的内务府要。东一笔西一笔,靠各级政府的追加经费解燃眉之急。

长久之计应该靠海关,防疫事务总处在哈尔滨海关管辖下。海关应该拨款,虽然受庚子赔款的限制,可是现在火烧眉毛了,驻华使团也不敢过于坚持,哈尔滨海关加上东北的几个口岸也相继拨款,让防疫事务总处的系统得以运转。

其次是靠国际援助,苏俄方面这次是靠不上了,只好请日本南满铁路出钱。日方不仅承担从长春到大连的鼠疫控制经费,由于哈尔滨有数千名日本人,南满铁路同意向防疫事务总处提供防疫款项。

最后是面向大众筹款,伍连德召集在哈尔滨的商界领袖和富豪,向他们解释了当前的困难,请他们慷慨解囊。此外就是在城里大力为防鼠疫活动进行宣传,在提高公众对鼠疫防疫认知程度的同时,得到社会的捐款。

经过多管齐下,经费的问题圆满解决了。

(二)疫情开诚布公

防止鼠疫扩散的关键是什么?

隔离。及时发现带有鼠疫杆菌的人，并把他们和其他人隔离开来。隔离的效果，关键在于及时，如何在第一时间发现带菌者，迅速进行隔离，是防疫成败的关键。问题是如何确定带菌者？

已经出现鼠疫症状的病人好办，发现以后立即送进传染病房。可是，除了病人外，还有别的带菌者，就是曾经和病人接触过的人，他们之中有的人可能已经被传染了，细菌在身体内要繁殖一段时间，然后才出现鼠疫症状，这段时间就是鼠疫的潜伏期。由于这些人具有传染性，如果不能及时发现，还会有更多的人在不知不觉中染上鼠疫。尽早地发现疑似病人，尽早隔离，就能尽快控制和消灭鼠疫。建立隔离区，把和鼠疫病人接触过的人送到这里，观察一段时间，出现症状的送到传染病房，没出现症状的继续观察一段时间就可以回家，这便是隔离的方法。

可是，接触过鼠疫病人的人并不一定被传染上，是否被传染要观察一段时间才能确定。也就是说，在隔离区里面的大部分人都是没有被鼠疫传染上的，只是为了防止万一，防止鼠疫的扩散，而被收容到隔离区内的，由此，一系列的问题就出现了。

被送进隔离区，首先是与世隔绝，如同蹲监牢的犯人，失去了行动自由。在隔离区内生活不如在家自由舒适，原来所从事的工作被迫中止；更严重的是，在很多人眼里，进了隔离区就如同下了地狱，很可能死于鼠疫。在隔离区内，少部分人确实带有鼠疫杆菌，不久就会发病。可是大多数人是健康的，只是因为他们的家人或朋友中出现鼠疫病人，而他们与其接触过。接触了并不一定被感染上，可是没有办法区分开，为了控制鼠疫，为了更多的人不受波及，只能将接触者一并收入隔离区。在隔离区内，被鼠疫感染的机会肯定高多了，以扎赉诺尔为例，送进隔离区的人有百分之二十几的概率被隔离区内的潜伏期鼠疫病人感染。在隔离区外，这种概率就低多了。

伍连德吸取扎赉诺尔的教训，改变了隔离措施，隔离区内一旦鼠疫接触者出现疑似症状，马上和其他人分开，单独观察24个小时。这个新举措最大限度地避免了潜伏期鼠疫病人传染其他隔离者的问题。因此哈尔滨防疫期间，只有0.2%的隔离者被感染。这是鼠疫被控制后的统计结果，在防疫期间，谁能预料得到？

十年前傅家甸被封锁得水泄不通，里面实行军事化管理，老百姓对此只能彻底服从，因为那时的人很少。但是现在是整个哈尔滨，虽然分了区，但并没有也不可能严格封锁，没有那么大的力量去严格执行隔离措施。海拉尔和扎赉诺尔的教训就是隔离区内管理不严，造成病人逃逸，引发大面积流行。从被隔离者的角度想，没有人愿意进隔离区，被强制送进去以后也拼命想逃出来。自从防疫开始，哈尔滨的大街上经常出现鼠疫病人的尸体，有些还是家境殷实和受过教育的上流人士。亲友们因惧怕自己被送往隔离区而没有前来报告。的确，在中国防治鼠疫的一个困难，在于居民的这种消极反抗，人病发时不报告，人死后便弃之街上。如果公众和当局友好合作，疫情将更易控制。这种惧怕隔离的现象不仅在东北，在华北和华南也很常见，甚至在日本也是如此，可见是个极普遍的现象。只有对广大群众进行普及教育，才可能取得良好效果。

究竟应该怎么办？

隔离，还是只有严格执行隔离，才能控制鼠疫。都说治乱世用重典，但这会引起社会动荡。靠严厉的执法不现实，而且也没有能力做到全城日夜检查。

在鼠疫发病高峰期，由于死亡率高，谣言四起，有的说防疫机构收容病人“有进无出”，所以，在防疫机构的大院子里一定有不可告人的秘密。在此期间，虽然防疫事务总处工作卓有成效，但也绝非一帆风顺，不被民众理解，甚至遭受委屈的事情比比皆是。

在3月11日防疫事务总处出版的《周报》的文章中，有一段详细的记载：

上一周是令我们防疫同人非常焦虑的时刻。怀疑和偏见集中于反对我们的一些措施，如将病人移送医院，隔离接触者，普遍巡查客栈和其他感染源，关闭戏园和低级妓院，再以限制铁路交通相配合等。同时我们又无法治愈鼠疫病人，导致诋毁我们工作的谣言大量流传，有时甚至对我们的同事的身体施加暴力……在阿什河，有60余暴徒占领了隔离站，放出两个接触者，并追打负责人。但即使存在此类挑衅事件，我们这些同事依然忠于职守，并未集体辞职。他们的纪律实堪嘉许。

在防鼠疫委员会的会议上，伍连德提出了解决办法，只有靠宣传教育，利用全社会的力量才能实现隔离的目的。在传染病防疫上，他不赞成隐瞒情况，主张让民众知道事情的真相，从而动员全社会的力量共渡难关。

与会的一些委员对此有不少担忧，担心全面公开疫情，会引起社会恐慌，引发难民潮。伍连德认为，隐瞒疫情一样会在社会上造成动荡，小道消息的流传一样会引起骚动。和十年前相比，哈尔滨的老百姓对鼠疫的认识已经有了很大的提高，接受了不少现代科学知识，对鼠疫的心理承受能力也大大提高了，因此要相信民众，相信社会力量，用社会监督的办法，实现隔离的目的。最后，会议同意了伍连德的建议，由防疫事务总处负责宣传。

在伍连德的指挥下，防疫事务总处出版了《防疫日报》，专门报道鼠疫的流行情况、政府的防疫措施，以及鼠疫防治的科学知识。这是中国历史上第一份官方的卫生通报，在哈尔滨很受民众欢迎。民众通过这份《防疫日报》，了解了鼠疫在本市的流行情况，认识到防疫的重要性，自觉地运用报纸上介绍的科学方法进行防护。流言蜚语逐渐没有存在的市场，各种迷信的防鼠疫办法也逐渐被民众抛弃。

在隔离方面，尽管不能完全解决鼠疫接触者不愿意进隔离区的问题，但是广大民众的认识提高了，为了自身的安全，一旦出现可疑病例，他们及时向执法部门举报，逃匿的病人和接触者也较难藏身。防疫部门等于多了无数耳目和义工，病人的早期发现，住处的消毒，以及接触者的隔离等困难都得到了解决。

除了利用报纸进行宣传之外，防疫事务总处的人员包括伍连德在内，主动走出去，到社会上讲演、做报告，回答民众的问题。哈尔滨的街头，经常见到身穿白大褂的医疗人员回答民众问题的情景，使民众感到防疫人员的存在，有了一种安全感，稳定了社会秩序。防疫工作获得了民众的支持。

这些公开疫情、取信于民的努力很快收到了效果，从一开始的抵触和拒绝，到后来的合作和配合，哈尔滨人被防疫事务总处说服了，自觉地在防疫事务总处的领导下，一起和鼠疫搏斗，少数人的牺牲换来的是大多数人的安全。

疫情透明，大力宣传教育，使哈尔滨的防疫局势在良性的轨道上顺利发展。鼠疫的发病率始终没有出现大幅度上升的情况，人民基本上安居乐业，没有出现大规模的人口流动，因此也没有发生鼠疫大范围扩散的情况，伍连德战胜鼠疫的信心更足了。

（三）庸医害人

可是，还是有意想不到的事情发生。

哈尔滨防鼠疫委员会定期召开会议，讨论和通报鼠疫防疫中的问题和情况。在一次例行会议上，负责傅家甸的防疫人员汇报，最近傅家甸好几名中医死于鼠疫，这个情况引起了伍连德的关注。

十年前，由于整个东北没有多少西医，在哈尔滨、长春等地，自愿参加防鼠疫的中医很多。由于他们不具备现代医学知识，所以在防疫中殉职的比例非常高。

经过十年的准备，特别是东北的医学教育水平的提高，以及东三省防疫事务总处的成立，哈尔滨地区的西医数量增多了不少。加上这次防疫准备充分，有时间对警察、义工等进行上岗培训，在防疫人手上没有太大的困难。在这种情况下，防鼠疫委员会没有征召自愿参加防疫的中医，只是要求他们按照有关部门的规定，一旦发现鼠疫病人，立即通知防疫总处。那么，傅家甸的中医是什么原因死于鼠疫的？

伍连德随即来到傅家甸，走访了当地的几家中医诊所，一下子就发现了问题所在。

这些中医对当地百姓说，他们能治愈鼠疫。每当发烧而且咳嗽的病人前来求诊时，他们并没有按规定向防疫事务总处报告，而是吹嘘自己能够治好鼠疫，在问诊后，用中草药治疗，并收取诊金。病人如果没有感染鼠疫，自然会康复，于是这个中医便名声大振，人们便会认为，中医治好了鼠疫。如果真的来了个鼠疫病人，病人和中医就会双双死于非命。

对这种行为伍连德十分恼怒，政府和有关部门三令五申，为什么不遵守？可是这次他已经不是钦差大臣了，他的话起不了任何作用。中医们有的强调那些上门的病人没有感染鼠疫，起码按中医的标准不是鼠疫。还有的辩解他们也要养家糊口，如果病人都由防疫事务总处处理，他们的收入谁来解决，政府应该赔偿他们的损失，等等。

大疫当前，这些无知而荒谬的言论本来不值一驳，但伍连德费尽口舌，也不能说服任何一位。他以防鼠疫委员会的名义下命令，中医们也置之不理，说现在中医也组织起来了，傅家甸成立了中医研究会，有什么话请到那里理论。

哈尔滨什么时候有了中医研究会？伍连德还是第一次听说，那么只好去找这个中医研究会。他以为中医研究会是一个机构，肯定有个像样的办公室。他好不容易找到这个地方，发现只是一个普通的中医诊所，里面是一个上了年纪的老中医，自我介绍是中医研究会的副会长。

他问起这个中医研究会的历史，老先生解释说是刚刚成立的，是中医们自发组织起来的，目的是消灭鼠疫。

据伍连德所知，几年前民国政府的教育部已经明确表示不容许旧医成立的学会备案，大疫当前，所有防疫行动都应该由防鼠疫委员会统一领导，这种自发的组织是非法的。那个老中医马上列举出大帅府、督军府，以及哈尔滨市政府的众多要员，表明他们对中医研究会的支持。

无可奈何之下，伍连德开始摆事实，讲道理，说明鼠疫的危险性和防疫的重要性，必须以现代医学应对，但他的说法老中医根本不听，坚信按中医的理论完全可以治疗现在的鼠疫。老中医还表示，鼠疫并不可怕，因为中医已经团结起来，并已经从老祖宗的遗产中挖掘出特效秘方。

两个人各执一词，谁也说服不了对方，因为各自都有一套理论，而这两种理论绝无交集之处。但现在不是召开理论研讨会的时候，而是十万火急的情况。伍连德只好下了最后通牒：“哈尔滨防鼠疫委员会将取缔中医研究会，并强行要求中医们执行防疫事务总处的规定。”

没想到那位副会长并不畏惧，冷笑一声：“请便！”

伍连德十分气愤。他走出那个中医诊所，正要赶去市政府，要求官方采取强制措施。就在这时，市政府来人，请他立即前往市政府，说道尹张寿增有请。

伍连德来到哈尔滨市政府，道尹张寿增已经在会客室里等他。张寿增在十年前第一次防鼠疫中，曾和伍连德共事，又曾在霍乱时期被伍连德救回了一条性命，与伍连德的关系非同一般。而且张寿增是东北比较少有的具备现代化思维的官员，伍连德见到张寿增便道：“张道尹，傅家甸的中医研究会……”

张寿增还没等伍连德说完，就说：“伍博士，我知道你要说什么，我请你来正为此事。”伍连德一愣，张寿增请他坐下，继续说：“傅家甸的中医研究会是由哈尔滨的一些中医名家组成的，希望能为鼠疫防治尽力。中医界这种为国担忧、解民于水火的精神值得肯定呀。”

伍连德几乎不敢相信，在这抗鼠疫的决战时刻，竟然横生枝节。他越听越没道理，说：“张道尹，中医们有热情是好事，但这毕竟是烈性传染病，他们必须遵守防鼠疫委员会的规定，发现鼠疫及时报告防疫事务总处，不能自行诊治。最近傅家甸的中医接连死亡，就是中医或因循守旧，或唯利是图造成的。这样不仅造成不必要的死亡，而且有可能使鼠疫扩散。”

张寿增呵呵一笑说：“中医界鱼龙混杂，有因循守旧的，也有能跟上时代的，比如中医研究会，最近中医们相互切磋交流，群策群力，整理出来几个抗鼠疫的秘方，确实能够治好鼠疫病人。”

张寿增的话在伍连德听来是天方夜谭。当时，鼠疫还是不治之症，无药可治。伍连德道：“这些年自称有秘方的是不少，可是都没有科学根据。”

张寿增道：“是呀，中医研究会的秘方是综合各家之长的最新研究成果，也算是自古以来中医界首次抛弃门户之见、精诚合作的结晶。为了验证一下疗效，同时也是拯救生灵，他们提出建立一间鼠疫医院，选出 12 位名医，按照这些秘方，治疗鼠疫病人。”

伍连德心里暗暗叫苦，他知道鼠疫医院收下的鼠疫病人大多数在两天内死亡，与不经任何治疗的没有任何区别。既然张寿增这么说，他们愿意治就治吧，或许出现奇迹也未可知，就算做一次试验吧。于是点点头说：“他们愿意为防疫做贡献，防疫事务总处一定支持，有什么要求也会尽量满足。”

张寿增接着说：“这样就好，他们希望先送过去 10 个经西医诊断，确认是鼠疫的病人。”

伍连德道：“没有问题，保证按时送过去。”

张寿增道：“还有经费上的支援。我已经答应了，从防鼠疫经费中拔出4000元。"

伍连德有些吃惊："4000元？治疗10个病人数百元足够了，哪里能花费这么多？"

张寿增道："他们的要求是，每位医生每月100元薪水，加上房屋费用，先拨三个月的经费。"

伍连德道："现在鼠疫防治经费捉襟见肘，要用在必不可少的地方。再说，他们的薪水也太离谱了，防鼠疫委员会不会同意的。"

张寿增为难地说："伍博士，请你体谅我的难处。大帅府、督军府还有本城很多名流都要求市政府务必支持他们，我也是没有办法。况且，这也是弘扬中华传统医药文化嘛，一旦成功，意义非同寻常。"

伍连德看着张寿增，实在不好再说什么。张寿增和当年的于驷兴相比，思想要开明得多。他历来相信西医，也相信伍连德，上次自己染上霍乱，他选择去伍连德的医院，而不是条件更好的俄国医院，他心里有自己的主见，事实确如张道尹的判断，他生还了，可去俄国医院治疗的同一餐桌的三位名流无一例外去世了。

伍连德理解张寿增确实有难言之隐。

走出市政府，伍连德感觉有些失落，他相信科学，相信医学必须走现代化之路。但要证明自己观点的正确性，只有靠时间，靠事实。

伍连德只好积极配合，按要求将经费拨了过去。4月1日。中医鼠疫医院隆重开业，各界名流纷纷前来祝贺，在宣传上也造足了声势，成为哈尔滨当时的一件大事。

中医鼠疫医院开张后，根据院方的要求，伍连德立即送过去10名鼠疫病人。过了5天，没有听到任何消息，难道中医真的创造了奇迹？伍连德吩咐再转送10名病人，并决定亲自送过去，看看疗效如何。就在这时，对方派专人给他送来一封信，伍连德打开一看，对方在信中语气谦卑，请求不要再送病人过来了，上次送的10名病人悉数死亡，他们也相信鼠疫真的是没有办法治好了。

次日的防鼠疫委员会会议上,张寿增宣布那家中医鼠疫医院已经解散,今后中医要严格遵守防疫事务总处的规定,不得自行医治,发现鼠疫病人必须立即报告防疫事务总处。

伍连德再次来到傅家甸, 派人到各中医诊所宣布政府的命令,唯恐留下死角。但有人阳奉阴违,私下里扔在行医。他来到那个中医研究会副会长的诊所,发现诊所已经关门上锁。伍连德差人到处打听,可是音信全无,谁也不知道这个老中医的下落。几天后的一个早上,有人在傅家甸的街上发现了这个副会长的尸体。经诊断这个老中医死于鼠疫。防疫总处经过调查,发现他是在给病人看病时染上了鼠疫,在家中死亡后,他的妻子为了不被送进隔离区,夜里偷偷把尸体扔在了街上。

伍连德十分感慨,这些中医确实执着,大疫之中探索治疗方法的做法值得称赞,国难当头之际的献身精神可嘉,但光有精神还不够,还要有眼界,有知识,更要了解现代医学的格局,不能抱残守阙。

在这种国难当头,一切从大局着眼的时候,小道理要服从大道理。

(四)荒唐的把戏

一波未平一波又起, 刚刚折腾完用传统方法和草药治疗鼠疫,另外一种抗鼠疫的“新方法”又出现了。

哈尔滨的情况比较稳定,东省其他地区的情况怎么样?伍连德召集各地的防疫人员到哈尔滨汇报情况, 顺便了解一下各地的防疫动态。

在会上,来自扎赉诺尔的人员无意中说:“最近传说吸大烟可以抗鼠疫,不仅有毒瘾的人开始光明正大地吸鸦片,很多没有毒瘾的人也开始出入烟馆,烟馆的生意十分兴隆。”

伍连德先是吃惊,继而非常愤怒,他对禁烟一贯建议采取最严厉的手段。而且他代表中国政府多次出席国际禁毒会议,配合全球禁毒工作。现在，在鼠疫防疫中，在国难当头的时候，竟然冒出这种无稽流言。他问道："这个流言从何而来？"

"不清楚，好像其他地方也有这种情况。"扎赉诺尔来的人回答。其他地方的防疫人员也纷纷称是，伍连德大致统计了一下，东三省很多地方都流传着这种说法。看起来是无风不起浪，伍连德吩咐大家回去后了解一下，看到底是从哪里传出的流言。

几天以后，各地调查的结果出来了，有证据表明，这个流言是鸦片商和鸦片馆有组织地传播出来的，这分明是把持东北鸦片交易的日本人想乘机发横财。

在防鼠疫委员会会议上，伍连德提议，对蓄意传播这种流言的人员要严肃处理，必要时关闭鸦片馆。可是他的建议遭到其他成员的反对，因为东北的鸦片交易是受日本人控制的，处理日本侨民要事先征求日本领事的意见。

伍连德只好去找日本领事，日本领事一口拒绝，表明这是民间贸易，防疫机构没有证据证明鸦片商和鸦片馆有不法行为。

伍连德对东北鸦片生意的泛滥已经忍了十年了，可是，在鼠疫防疫这个全球瞩目的关键时刻，他不能再忍让了，他不能容忍鸦片贩子借着鼠疫发横财，更不能容忍这个隐患存在下去。因为在特殊时期，人员集中的活动都要禁止，何况这种打着抗鼠疫旗号的活动，更有迷惑性、欺骗性，必须严厉惩处。

伍连德下决心处理这件事，可是怎么办才能事半功倍，让日本人哑口无言呢？这件事要讲一些策略。首先要找出证据，可是由于日本侨民在东北的特权，怎样才能拿到证据？

伍连德想到了扎赉诺尔，因为扎赉诺尔在苏俄方面矿山当局管辖下，那里的防疫主要靠防疫事务总处。扎赉诺尔的鼠疫流行已经得到了很好的控制，因此苏方对防疫总处十分信赖，而且苏日矛盾重重，可以从那里入手。

苏俄方面接到伍连德的书信后欣然同意,防疫总处在扎赉诺尔进行了详细的调查,在掌握了确凿的证据后,在苏方行政部门的配合下,对本地的烟馆进行了突击检查。

当天,在哈尔滨的伍连德接到报告:在扎赉诺尔一家由一个日本女人开的、生意兴隆的烟馆中,查到三具私藏的、死于鼠疫的瘾君子的尸体,请指示如何处理。

伍连德当即下令:不必照会日本领事,马上封了那家烟馆。同时在哈尔滨《防疫日报》上报道这件事,并以这家烟馆为例,在哈尔滨及东三省其他地方大力宣传,所谓吸大烟抗鼠疫的说法纯属无稽之谈。东三省关于鸦片抗鼠疫的流言很快烟消云散了,面对铁的事实,日本方面对此只好保持沉默,没有做出任何反应。

(五)应该铭记的名字

1921 年 2 月 17 日是个不祥的日子。

这天,伍连德正在办公室里听取各区的汇报,一名医生匆匆跑进来,告诉他一个不幸的消息。他的主要助手之一、主管逐户检查的阮德毛医生出现鼠疫症状,已经住进鼠疫病房。

伍连德放下手中的一切工作,马上赶到鼠疫病房。阮德毛静静地躺在那里,脸上显出红晕。看到伍连德过来,有些费力地摆摆手:“不要过来,我休息一下就好了。”

伍连德还是走到床边,开始为他检查。阮德毛见伍连德过来,连忙把头偏向一边,咳嗽的时候努力掩住口。

伍连德检查完毕,想说点什么,可是不知从何说起。他知道阮德毛已经清清楚楚地知道自己

伍连德为阮德毛立墓碑

的结果。阮德毛轻轻地说："伍博士，您事务繁忙，就不用来看我了，而且这里也不安全。"

伍连德伤心地看着这个年轻人。阮德毛从协和医学院毕业不久，应征前来防疫总处工作，正巧赶上鼠疫流行。他主动要求负责逐户检查这项最艰苦，也是最危险的工作。他还记得，前不久阮德毛刚刚结婚。

三天后，阮德毛殉职。伍连德亲自主持阮德毛的下葬仪式。在满是冰雪的原野上，伍连德站在阮德毛的墓碑边，请人留影，留下这悲壮的瞬间。

那墓碑是否还在？人们是否还记得那些为防疫事业献身的英雄？

根据调查，阮德毛是因为乘坐刚刚运送完鼠疫病人却没有认真消毒的马车而感染上鼠疫的。伍连德立即修正了工作程序，要求每次运送完鼠疫病人和接触者后，都要对车辆、器械进行严格消毒，避免了类似悲剧的重演。

和十年前相比，在第二次东北防鼠疫中，参加防疫的人员因为经过培训，严格执行防护措施，殉职率比第一次大大降低。但是由于种种不可避免的情况和偶然的失误，各地还是有不少工作人员殉职。哈尔滨除阮德毛医生外，还有1名苏方医生、1名苏方助工、5名医院工作人员和1名警察殉职。

防疫人员中死亡最惨重的是满洲里的苏方人员，一共有3名护士和15名助工殉职。经过防疫总处调查，原因是他们几乎不遵守戴口罩的规则，进入感染区时又爱喝几口伏特加。而且医院方面也没有照顾好过度疲劳的医护人员，使他们体质下降，容易被鼠疫感染。满洲里苏方医护人员的精神状态很差，相比之下，那里的中方医护人员殉职的极少。

伍连德手下殉职的另外一名医生是于树芬，他被派往长春执行鼠疫控制的任务。任务结束后，他又赶往山东控制那里的鼠疫流行，因途中接触还没有发病的鼠疫患者，于1月22日在山东殉职。

和十年前一样，没有这些人的牺牲，就没有抗鼠疫的胜利。这些人，值得人们永远纪念。

进入四月以后，东省各地的鼠疫死亡率开始下降，到五月底，东省鼠疫被全部消灭。而在苏俄境内，鼠疫一直持续到十月份，最后结束流行的地点是海参崴。

（六）至高无上的鼠疫斗士

东北第二次鼠疫大流行期间，一共死亡 9300 人，其中包括 600 名苏俄人。和 1910—1911 年仅中国境内就死亡 6 万多人相比，第二次鼠疫大流行不仅死亡不到 1 万人，而且疫病基本没有出东省。上次鼠疫中长春和奉天各死亡 5000 多人，这次长春只有 72 例，奉天只有几例。关内除山东外均无波及。

在东省人口最密集的哈尔滨，30 万人中死亡 3125 人，死亡率为 1%，而十年前第一次鼠疫大流行时傅家甸的死亡率是 16.7%。其他三个死亡率高的地区，除扎赉诺尔属于特殊状况外，满洲里因为苏方的失误，死亡 1141 人，其中包括 334 名苏俄人，齐齐哈尔因为防疫归黑龙江省负责，防疫总处十年来无法过问，在这次大流行中也无法参与防疫，致使该市死亡 1728 人。1920—1921 年东北第二次鼠疫大流行，远没有 1910—1911 年东北第一次鼠疫大流行那么有名，不是因为其凶猛程度不如第一次，而是因为伍连德花费十年心血建立的东三省防疫事务总处发挥了巨大作用。和十年前相比，东三省人口剧增，居住和卫生条件并没有很大改善，如果不是防疫委员会措施得当，准备充分，第二次鼠疫大流行的死亡人数要超过第一次。

第二次鼠疫防疫不仅使东三省的鼠疫死亡人数大大下降，而且把鼠疫牢牢地控制在东省，使鼠疫无法南下。令本来会像十年前一样，成为北中国大疫的鼠疫成为东三省局部流行的疫情，这是伍连德和东三省防疫总处的最大功绩。

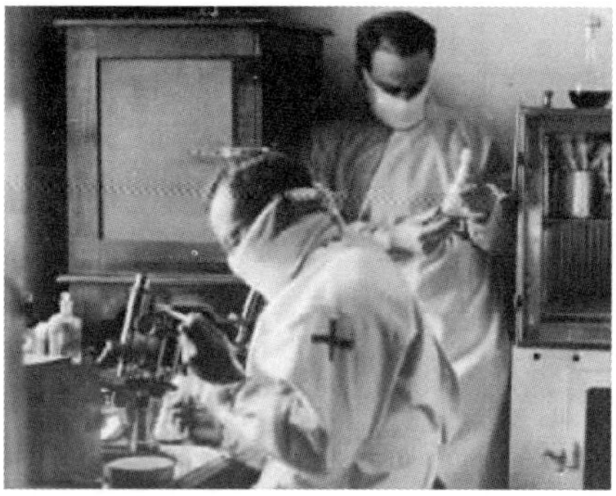

1921 年，伍连德博士（坐）在鼠疫试验室工作

从历史上看，每当鼠疫进入流行高峰，大流行往往接二连三地发生，甚至延续数百年。人类历史上第一次鼠疫大流行也就是查士丁尼大鼠疫于 6 世纪中叶开始至 8 世纪消失，在欧亚夺去上亿条生命。第二次鼠疫大流行也就是黑死病从 14 世纪中叶开始，前后持续了 300 年，欧洲大陆丧失了三分之一到一半的人口。从 19 世纪下半叶开始的第三次鼠疫大流行，从云南、孟买开始，最后汇聚于东北，惊天动地地暴发。其后还有山西鼠疫，东北第二次鼠疫，以及欧亚非其他地区的鼠疫，直到 20 世纪 30 年代以后才销声匿迹，全球先后死于鼠疫者达数千万。

从公元 541 年起，到 1941 年链霉素大量生产使人类掌握了制胜的武器为止，整整 1400 年，人类和鼠疫进行了无数次惨烈的战争，死于鼠疫者难以计算。每一次鼠疫大流行都彻底地改变了人类历史的进程。而全球第三次也就是最后一次鼠疫大流行，是鼠疫这个恶魔最后的反扑，其来势较前几次更为凶猛，东北出现了肺鼠疫这个另类。以往的腺鼠疫主要靠老鼠和跳蚤传播，感染者死亡率为 70%。而肺鼠疫在人群中传播无须通过老鼠和跳蚤，传播速度极快且感染者死亡率为 100%。19 世纪中叶开始的东北大移民为鼠疫的传播提供了各种有利条件。如果控制不住，一旦春暖花开，鼠疫不仅会使东三省横尸遍地，而且会长驱南下，横扫全中国。这次东北鼠疫大流行，可以说是中华民族面临的前所未有的危机。以印度为例，几十年间先后死于鼠疫的达上千万人，这还是腺鼠疫的流行。如果肺鼠疫在中国全面流行，死亡人数起码几倍于此。

幸运的是，在这个关系民族存亡的关键时刻，伍连德力挽狂澜，不仅顶住了第一次鼠疫大流行的挑战和考验，而且准确地预料到了鼠疫再次大流行的可能，在第一次大流行刚刚结束时，就着手组建现代化防鼠疫网，也就是东三省防疫事务总处，用人生最宝贵的十年光阴坚守在东省。正因为有了东三省防疫事务总处，在第二次鼠疫大流行之际，伍连德才能如此得心应手，如此从容不迫，如此造福于东三省人民。

可是，在过去的十年中，东三省防疫总处的建设步履艰难。运行经费一直不能固定下来，只能去海关一年一批，而海关人员经常变动，有的人对防疫总处的情况并不了解，伍连德不得不与新面孔“从头说起”，身心承担着巨大压力。经费经常批不下来，以至很多时候难以按时发放工资，伍连德只好东挪西借。防疫事务总处一直隶属哈尔滨海关，不伦不类，没有和政府职能部门挂钩。仅仅靠伍连德个人的声望和能力，这个东北边陲的小小的防疫机构，在短短几年内成为举世闻名的医学防疫和研究中心，以一支人数不多的队伍，承担起本该倾国之力的重担。第二次东北防疫，伍连德无职无权，靠的是细致的工作作风和料敌于先的眼力，带领东省各国防疫人员，依靠全社会的力量，取得了防疫的成功。由于第二次鼠疫防疫的成功，鼠疫流行范围小，被感染的人数少，因而病毒的毒力没来得及发挥。加上防疫工作做得彻底，没有留下太多隐患，最大限度地消除了鼠疫再度大流行的可能。从此，在东北，鼠疫再也没有大规模流行过。伍连德十年间两斗鼠疫，是当之无愧的“鼠疫斗士”。

第七章　建立海港检疫管理处

第一节 混沌的时局

就在东三省防疫总处从创建到成熟，步履稳健、扎实，并经受住了几次重大考验，最后闻名于世的这些年里，中国大地却是政局混乱，狼烟四起。袁世凯称帝不成而死后，张勋又演复辟闹剧，引发护法运动，造成南方北方事实上分裂。海军总长程璧光率舰队南下投奔孙中山，可惜南方一样乱乱纷纷。1918 年程璧光遇刺，伍连德失去了他在中国最好的朋友。程璧光之死，对伍连德的打击很大。对中国的现状，他深感失望。他当初青春年少，一腔热血，回到祖国，原以为可以用自己的专业知识为国尽忠，依他的性格，更喜欢一种平静而且斯文的生活。没想到不到三年，清政府倒台，共和政府成立。他是个纯粹的技术人员，满脑子都是病菌和微生物，游离于政治斗争之外。对政局动荡，他没有预见，也不知道结果如何。应该说，他得到了清政府的重用，他曾面见摄政王、肃亲王、锡良这样权力最高层的人物，并得到他们的器重和赞赏，或者说他们对他有恩。他也觉得那些人都是正人君子。不能用奸佞小人、祸国殃民这样的词语一言以蔽之。他

程璧光（1861—1918），中华民国初年海军将领

在英国受过系统的自由民主思想的教育,对新政府还是表现出很大的热情,希望中国能够从此走上民主自由的道路。可他看到的是国家内部四分五裂,对外依然是地道的弱者。这个现状,伍连德自知难以改变,只能利用现有的条件,靠自己的知识,尽量做事。

1927年,中国重新出现统一的希望。国民党北伐取得胜利,南京政府建立,各方至少从名义上归属南京政府,使人民终于看到复兴的希望。

这一年,伍连德多半时间在世界各地奔波。春天,应国际联盟卫生部邀请,他前往欧洲考察各地卫生情况。自哈尔滨出发,经西伯利亚,用四个月时间走遍欧洲各国,他明显地感觉到第一次世界大战后,美国异军突起,各国都在努力向美国学习,重视教育,重视卫生防疫,大力提高全民健康。因此,伍连德认为,中国的医疗卫生现代化也必须加快脚步。

年底,他赶往印度加尔各答出席第七次远东热带病医学会议。伍连德在三个月的时间里,考察了印度各地的医疗卫生情况,行程近两万千米。

一年之内,两次长途跋涉,虽然眼界大开,但是也很疲倦,伍连德刚刚准备休整一下,并检查一下东北防疫工作。突然他收到了蒋介石的急件,希望他能够出任军医署署长职务,负责军内医疗系统的改革和重组。这是继肃亲王、袁世凯之后,中央政府第三次礼聘他出任国家医务主管。

在当时的中国,出任这个职务,伍连德自然是第一人选,中国的军事医学教育是他开创的,再加上几次防大疫的经历和声望,的确是实至名归。因为刚刚结束对各国的考察,对全国卫生事业有了新的认识,伍连德对这个任命非常感兴趣。

但新政府到底怎么样?以蒋介石为首的将军们为人如何?他们之间的关系怎样?这些都不得而知,怀着疑惑和担心,伍连德来到南京。

第二节　面见蒋介石与冯玉祥

到达南京后，他便来到蒋介石的官邸，拜见这位北伐军总司令。让他没想到的是，蒋介石和夫人宋美龄一起来到会客厅，接待伍连德。蒋介石和宋美龄两个人性格对比鲜明，一个深沉，一个开朗。一进屋，宋美龄就笑容满面，走上前来和他握手，用英文说："伍博士，我们又见面了。"伍连德想起来了，20年前他在天津温秉忠家里，见过马上就要出国留学的宋美龄。那时的宋美龄正是妙龄少女，青春活泼。

蒋介石并不发话，只挥了一下手，示意伍连德坐下。双方落座后，宋美龄显然记得那次愉快的见面，她问道："伍博士，听说您几年前曾在美国进修，不知走访了哪里，印象如何。"

伍连德简单地介绍了在美国的见闻，这个话题令宋美龄很感兴趣。

这时蒋介石咳嗽一声，两个人止住了谈话，伍连德知道，下面就要言归正传了。

蒋介石开口了，说得非常简洁："伍博士，我决定任命你出任军医署署长。军医署非常需要你这样的专才来执掌，以后政府将在军医署基础上设立国家卫生部。"

虽然事先已知道内容，但伍连德还是有些激动。从晚清到民国，政府始终没有一个部级卫生主管部门，南京政府设立卫生部的计划，的确是划时代的举措，肯定会大大地推动中国医疗卫生的现代化，这是自己求之不得的事情。但对面这个位高权重的大人物深不可测的表情让伍连德心里有些不安，思忖片刻，伍连德还是决定开诚布公地说出自己的想法："蒋先生，非常感谢你对我的信任，关于主持军医署，我恐怕有些难以胜任，力不从心。"

蒋介石频频点头:“好,好。”

伍连德实在不知对方说的“好”是什么意思,是同意还是不同意。他只能按照自己的思路继续说:“军内的医疗现状我也有所耳闻,人员的提升不是靠水平而是靠资历,这些人中很大一部分不是学西医的,如果想在军队医学系统内进行改革,我恐怕……”

蒋介石还是面无表情,点着头却不说话。

蒋介石的反应让伍连德更加不知所措,宋美龄这时插话:“伍博士,我衷心希望你能接受这个聘请。”

蒋介石接着说:“我相信,以你在东三省防鼠疫的经验,一定会成功的。”

伍连德见两人说得如此肯定,也无法再说下去,只好说:“感谢蒋先生和夫人对我的信任,我想在拜见过冯玉祥将军后做最后决定。”

宋美龄还是笑容可掬,道:“好的,我相信冯将军和我们一样,非常希望您能出任这个职务。”

出了蒋府,伍连德立即前去拜访冯玉祥,因为他知道,按南京政府的分工,卫生系统归冯玉祥管辖。

身穿一身棉布军装的冯玉祥笑容满面地迎出来,一把握住伍连德的手:“伍博士,久违了。新政府的卫生系统我就指望你了。”

当年在北京,伍连德和冯玉祥曾见过面,但没有过多的交往。冯玉祥和蒋介石完全是两路人,为人和蔼,而且直率,没有架子,他夸赞了伍连德几句,又说了一套革命的大道理。听了伍连德的忧虑后,他像是劝说又像是下命令地说:“这些都不是问题。哈尔滨那边你就不必过多操心了,东三省防疫总处的工作,可以交给别人。你就专心地在南京当军医署署长。我保证提供足够的经费,有求必应。至于军内的医疗人员,不服从的就地撤职,不要有什么顾虑。”

冯玉祥快人快语,并不容伍连德多说。

告别了冯玉祥,回到住处,伍连德犹豫不定。他确实有接受任命的意愿，希望为中国军队组建一个现代化的医疗系统，进而为建立全中国的现代化卫生系统而尽力。可是，此时的伍连德已经不是接受袁世凯聘请回国的少不更事的海外学子。20年与中国官场打交道的经历，使他对中国的政坛有了比较清醒的认识。

在中国，军队只是少数军阀手中的工具。因此组建现代化的军医系统不仅要靠政府和军方的支持，还要靠长期的稳定和持续，这是伍连德最为头疼的一件事。

20年来伍连德见过很多政坛人物，他们的举手投足，言谈话语，他都看在眼里，但并未深陷其中。也许正是因为自己局外人的身份，他看得更冷静、客观。仅仅一日之间，他感觉到冯玉祥和蒋介石之间的差距太大，而这两个人，一个是“县官”，一个是“现管”，这两个人会不会和平共处？如果他接受军医署署长的职务，很有可能夹在两个人中间，最后在政治斗争中疲于奔命，不但一事无成，而且成为牺牲品、替罪羊。

伍连德前思后想，还是无法做出决定。他想还是听听妻子黄淑琼的意见吧。于是他当即坐渡轮过江，乘火车直奔天津，然后换火车回到北平。

见到丈夫神色不安地回来，黄淑琼问：“连德，南京之行怎么样？”

伍连德道：“就是因为心中委实无法决定，才连夜回来和你商议。”接着，伍连德把在南京的所见所闻，还有自己的想法告诉了妻子。

黄淑琼静静地听完了，想了想，道：“连德，你的顾虑很有道理。国民党虽然北伐成功，统一全国，可是内部派系林立，不仅仅是蒋冯之间，还有其他矛盾。你还是不要接受任命吧。”

伍连德道：“好，我马上给南京发电报。”

黄淑琼道：“慢，你马上赶回哈尔滨，在那里向南京发电报，这样更合乎情理，也更安全。”伍连德点点头，听从了妻子的建议，当即返回哈尔滨，分别发电报给冯玉祥和蒋介石，以东三省的工作更符合本人兴趣为理由，婉拒了军医署署长的任命。

两周以后，南京政府发来公文，正式接受伍连德的拒绝。

时局也证明了伍连德的预感和黄淑琼的判断，两年之内，先是蒋桂战争，后是中原大战，蒋介石与李宗仁、白崇禧、冯玉祥、阎锡山决战，最后蒋介石取得了胜利，强大的中央政府终于建立了。

南京政府于1928年11月1日设立了卫生部，协和医院院长刘瑞恒出任部长。刘瑞恒任命伍连德为卫生部技监，并在卫生系统的改革上积极听取伍连德的意见，制订了全国卫生设施三年计划，又以事务繁忙为由，由伍连德代替他出任国际联盟卫生组织咨询委员会副主席。伍连德虽然没有出任卫生部的职务，但始终参与国家卫生政策的制定和各项改革计划。

第三节　出任海港检疫管理处处长

伍连德出任海港检疫管理处处长

1930年7月1日，中原依然硝烟弥漫，南京政府宣布，任命伍连德出任海港检疫管理处处长。这件事让很多人猜不透，两年前放着军医署署长而不就任的伍连德，对这个任命却欣然接受。

海港检疫管理处是个刚刚成立的机构。曾经三次推掉了历届政府任命的国家最高医务长官的伍连德，为什么竟然屈居内政部一个处长？

以前伍连德曾长期担任陆军军医学堂的帮办，是军内的文职，算是官方职务，而这个职务是伍连德出任的唯一的政府职务。伍连德在第一次东三省防疫时出任的东三省防疫总医官是临时的职务，是由外务部委派的，正式职务依旧是陆军军医学堂帮办。防疫结束后，东三省防疫总医官的职务就自然取消了，后来获封的军衔也是为了他觐见摄政王方便而授予的，没有任何实际权力。清朝灭亡后，他的陆军军医学堂帮办也取消了。

后来伍连德出任的外务部、外交部总医官，是为了他在东北与俄日英美法等国交涉时方便，属于礼节性职务。总统府侍从医官也完全是荣誉性的职务。东三省防疫事务总处原属哈尔滨海关，后来独立，不是官方机构，他那个处长是一个历史的产物，和中央政府及地方政府没有关系。在中国的二十多年，只有这个海港检疫管理处处长才是真正的政府官职。

伍连德为何这么热衷于小小的一个海港检疫管理处处长？

年逾五十的伍连德早就是中国医学界的泰斗了，在全球也享有很高的声誉。要想当官，二十年前他就可任高官了。当政者多次许以高官，他都谢绝了。他历来对做官兴趣不大，从事科学研究，尤其是自然科学研究的人持这种理念的偏多。伍连德将主要精力放在科研和防疫上，和政界人物交往也是工作所需，伍连德为什么在此时出山？为什么对这个职务如此看重？

这与海港检疫管理处的设立有关，也和伍连德过去二十年来的一个

1931年的海港检疫管理处

心愿有关。二十三年前，当他第一次踏上中国的土地，心里就有了一个梦想：收关。

中国的现代国境卫生检疫开始于1873年。当时因为霍乱经常从泰国和马来半岛传入中国，海关和当地政府合作，在上海和厦门建立了海港卫生检疫所，并制定了国境卫生检疫条例。但是，由于检疫人员水平不高、知识陈旧、检疫设备简陋，特别是工作职责和病例报告程序的混乱和不统一，海港卫生检疫所根本不能起到控制霍乱传入的作用。除了这两个主要港口以外，宁波、牛庄、天津、汉口也相继建立了小型检疫所。这些检疫所都控制在洋人手里，基本上对预防传染病传入起不到任何作用。各检疫所之间没有任何业务联系，各自为政，所做的仅仅是对进港船只的检查登记，记录一下船员的死亡情况，个别负责的检疫所会对船只进行消毒，但也很不彻底。

1907年伍连德首次自上海港入境，除了对口岸没有任何卫生检疫感到吃惊外，对口岸的检疫人员均为外国人的印象也十分深刻。可以说从那一天起，他心中就有一个梦想，早晚有一天，口岸的卫生检疫要

伍连德（第一排中间）与海港检疫管理处上海站工作人员合影

由中国人掌管。

东三省鼠疫防疫的成功，奠定了伍连德在国内和国际上的地位，借东三省防疫事务总处建立之机，伍连德在中俄边境建立了卫生检疫站，并承担牛庄和安东口岸的卫生检疫业务，在这两个口岸建立了现代化检疫医院。尽管在业务上东三省防疫事务总处负责牛庄和安东的卫生检疫，可是在行政上，检疫医院依旧归海关。中国的海关那时候还在洋人手里。

伍连德从筹建东三省防疫事务总处起，就有一个愿望，即建立由中国人掌握的全国性的卫生检疫系统。这不仅出于一个中国人的民族责任感，而且从卫生防疫角度，卫生检疫分别归属在各地的海关下，并不对口，也非内行，起不到预防传染病的效果，以致经常出现外来传染病的大流行。如果想达到及时控制传染病的目的，必须像在东三省那样，由一个机构统一负责各口岸的卫生检疫。

1924 年在火奴鲁鲁举行的泛太平洋保存食品会议和 1927 年在香港举行的中华医学会以及中国博医会联合大会上，伍连德提出成立全国性国境检疫机构的建议，但是当时的北洋政府对此毫无兴趣。

南京政府建立以后，设立了卫生部，这个问题终于提到了议事日程上来。1928 年 10 月，《内政部长薛笃弼关于伍连德等人调查筹设海港检疫处等问题致国民政府的呈文》中指出："查海港为国家门户，应设检疫机关，以杜疫病传播，早为世界各国所通行，而我海港检疫权掌握在外国医生及外国领事税务司之手，缺乏统一管理，每当有传染病发生，他们往往只求外人无碍，而对于我国居民则无所计较。而各海关是由利害关系不一致的领事们组成的指挥部门，港口要获得疫情消息，往往必须经过相当长时间，负责医官还又得等候与行政官员和领事达成一致协议。在此期间，传染病已经蔓延开来。这种体制，不仅严重地妨碍对疫情的控制，也影响到主权国家的声誉。为国家主权计，为民族健康计，为保护商业计，检疫权均宜从速收回。"

1929 至 1930 年间，国民政府财政部长宋子文，海关行政处总监张作霖，海关税务检察官梅兹，各海关官员，各海港地区的领事及商业组织代表共同协议，决定由中国政府独立设置海港检疫机构。国民政府遂批复："由伍连德主持负责收回检疫主权各项事宜。"

其间，南京政府卫生部正式向国联卫生组织提出请求，希望派团来中国进行港口卫生和海港检疫考察。11 月，拉西曼率国联卫生组织考察团来华视察了南京、杭州、上海、青岛、大连、沈阳、天津、北平、厦门、广州、香港等主要港口和城市。1930 年初，拉西曼回日内瓦后即向国联卫生组织提交报告并得到批准。报告中的一个重要内容即国联卫生组织协作改组中国港口检疫组织，卫生部派伍连德、金宝善和蔡鸿全程参加了这次考察。之后，伍连德向南京政府正式书面提出收回检疫主权具体日程的报告。1930 年 7 月 1 日，全国海港检疫管理处在上海成立。全国海港检疫管理处直属南京国民政府卫生部管辖，统一管理全国检疫行政和业务事宜。而伍连德，这位三次谢绝部长级职位的中国卫生检疫的首倡者，不计个人名利，欣然同意出任海港检疫管理处处长。因为他经过 20 年的努力，终于从洋人手里收回了国境检疫权，建立了全国边境卫生检疫系统。

收了关，他更要守好关。

1930 年 6 月 30 日，全国海港检疫总部在上海落成。次日，伍连德身穿海港检疫管理处处长制服，就任海港检疫管理处处长兼上海检疫所所长，中国人自己的国境卫生检疫从这一天开始了。年过半百的伍连德精神抖擞，在伍长耀、陈永汉、金乃逸等助手的陪同下，来到吴淞港，从海关的洋雇员手中接收海关卫生检疫的权力。这个地方，就是 23 年前他第一次踏上中国的地方，也是他第一次被当成中国公民的地方。今天，他代表中国政府，在这里开始了中国人的卫生检疫。他的一个梦想终于实现了。伍连德平生建树颇多，而他自己最为得意者，以两件事为大，即东三省抗鼠疫的成功和建立国境卫生检疫。

中国人收了关更要把住关，不仅要把住关，而且要比洋人把得更好。从海港检疫管理处成立的那天起，伍连德便抱有建立世界一流国境卫生检疫的雄心。有着强烈的民族自豪感的伍连德，亲自为上海检疫所配备的六艘检疫船命名：木兰、赵云、伍员、蔡锷、岳飞、张飞，其中有历代名将，有传奇人物，还有民族英雄，伍连德就是要借他们的英魂，守住中国的海港口岸。

继收回上海检疫所，制定检疫条例，上海检疫所运转良好后，海港检疫处按预定计划，于 1931 开始陆续收回了各个口岸的卫生检疫所。

1931 年秋，伍连德回到东北。一方面对东三省防疫总处进行年度巡视，同时参加正式接收安东和牛庄卫生检疫所的仪式。

他从哈尔滨赶到安东，于 10 月 15 日顺利接收了安东口岸的卫生检疫权。在当地布置完工作后，11 月，伍连德乘坐南满铁路的火车从安东返回长春。

九一八事变后，东三省一片动荡，可是伍连德以为靠自己在东北 20 年的声望，不会有什么意外。登上从安东回长春的火车的伍连德，一点儿也没有想到，一场大祸正在等着他。

第四节 被日本人逮捕

从安东到长春的火车上乘客不是很多，头等车厢里更是空空荡荡。两个月前，日本人发动九一八事变，占领沈阳，时局动荡，人心惶惶，出门的人比往日少多了。

列车就要到达长春了，受雇于南满铁路的澳大利亚人肯尼起身整理行李。他站了起来，正好和车厢另外一头的一个戴眼镜的 50 岁左右的中国人目光相对，觉得这个人好面熟。肯尼回忆着，一时想不起来，正打算迈步过去打个招呼，车厢门砰的一声被撞开了，几个全副武装的日本军人闯进来，陪同的铁路工作人员示意肯尼坐下。

日本军人来到那个中国人面前，领头的用日语命令：“你，和我们走一趟。”

那个中国人满脸惊讶，拿出一个证件，也用日语回答：“这是我终身免费乘车证，我是伍连德博士，你们是不是搞错了？”

肯尼这才想起来，他在大连曾经听过这个人的讲演，这个人是英国的医学博士、国际著名的鼠疫专家。

日本军官不由分说地下达命令，几个人把伍连德拉了起来，押出车厢，并命令铁路员工拿来伍连德的行李。伍连德边走边辩解：“这肯定是个误会，我认识日本在东三省的所有官员……”

骚动平息了，列车驶进了长春站，日本军人先押着伍连德下车，坐上汽车扬长而去。其他乘客交头接耳，这才纷纷下车。

肯尼满腹狐疑地下了车，回到住处放好行李，心里还想着这件事。于是他立即去找他认识的一个英国人——英国一家报纸的记者爱德华·亨特。亨特听到这个消息后十分震惊，立即发电报给伦敦。

当哈尔滨和上海对伍连德的遭遇一无所知的时候，伦敦的报纸上却登出了一条消息：“著名鼠疫专家伍连德博士在长春被日军逮捕，下落不明。”这个消息在伦敦一见报，伍连德在英国的朋友和知道他的人都非常震惊，东三省事变突起，在这个时刻伍连德卷入其中，处境肯定凶多吉少。人们纷纷找政府有关部门，希望政府能出面查清伍连德的下落，保证伍连德的人身安全。

为此，英国外交部当即要求驻华领事，尤其是驻东北领事，快速查清英国公民伍连德的下落。

英国驻沈阳领事伊斯缇斯收到这份电报，已经是事发次日的傍晚。伍连德这个名字对他来说并不陌生，因为他和伍连德同时在剑桥就读，对这位优秀的中国同学早有耳闻，对伍连德在东三省的工作也有不少了解。同时据他所知，伍连德是中国政府官员，怎么又是英国公民？伊斯缇斯看时间已晚，无法跟日方交涉了，便先打电话给长春方面，请他们查一下伍连德的下落,明天再向在沈阳的日本有关方面询问。

这已经是伍连德被捕后的第二个晚上,而上海和南京对此事仍一无所知。

第二天早上,睡眼惺忪的伊斯缇斯走进办公室,倒上一杯咖啡,翻阅了一下公文电报,然后处理几件公务。此时秘书走了进来:“伊斯缇斯先生,有一个中国工人求见,说是事关一个英国公民的性命,非常紧急。”

伊斯缇斯一愣,这又是关系到什么人?日军占领东三省,事情那么多,哪里有时间管这些事?“你接待一下吧。”

秘书递上一张名片,伊斯缇斯接过来一看,吃了一惊,伍连德博士的名片?他赶紧说:“快把人请进来。”

一个中国工人跟着秘书走了进来,伊斯缇斯着急地问:“伍连德博士人在哪里?”

工人示意他把名片翻过来。名片背面有些潦草地写着:“我是伍连德博士,我被关押在沈阳日本宪兵队的地下室,请帮助我。”

伊斯缇斯也顾不得多问,马上起草措辞严厉的外交照会,亲自送交给沈阳的日本领事,要求立即释放英国公民伍连德。

中午,疲惫不堪的伍连德走出日本宪兵队。

这两天,伍连德究竟经历了什么事?

继占领沈阳后,日军很快占领长春,进而占领吉林和黑龙江,除锦州、哈尔滨外,东三省已经全部落入日本人之手。

从火车上被押下来后,伍连德被押到长春的日军司令部,一到那里就马上被送进审讯室。

审讯室里有三名日本军官,两名中级军官坐在中间,一名下级军官拿着笔记本做笔录,另外还有一名充当翻译的中国人,一看就是个大烟鬼。

坐在左边那个凶神恶煞的日本军官指着伍连德说:“军部已经掌握了你在东三省的间谍行为,必须老实交代。”

伍连德对这一指控感到莫明其妙，他说，自己在东三省已经主持防疫20年了，他的事可以找长春、沈阳和大连的任何一个日本医生核实。

翻译阴阳怪气地打断了他的话："伍博士，我劝你还是认罪算了，这样的话皇军还能给你留条活路。"

另外一个日本军官盯着伍连德看了一阵，开口说："军部自然要核实了，我们这里就是向你核实，你一定要如实交代。"

接着，日本人开始审讯，从伍连德在英国求学时开始询问，内容包括家庭、科学研究和日常交往，事无巨细，尤其是对他在东北这20年的经历、防鼠疫研究的情况，反复询问核实。伍连德对此既奇怪又不满，可是人为刀俎，我为鱼肉，失去人身自由的他只能如实地一遍又一遍地回答。

漫长的审讯结束时，天已经黑了，伍连德被关在一间冰冷的小牢房里。好在身上的大衣没有被搜去，可以御寒，伍连德又冷又饿地度过了失去人身自由的第一夜。

第二天一早，伍连德从牢房里被带出来，再次坐上南满铁路的火车往南驶去。下午一点多，到达沈阳。

到沈阳后，他被带到日本宪兵队，这时候他已经又饿又疲倦，简单吃了点日本人给的食物后，又进了审讯室。里面依旧坐着三个军衔更高的日本军官和一个翻译，他们把昨天问过的内容又核实了一遍，而且更加严厉。

伍连德建议，既然他们在沈阳，可以去日本人的南满医学院找院长或者任何一个教授，这些人都能证实自己的话。日本军官根本听不进去，告诉伍连德他们有自己的调查方式。审讯依旧持续到天黑，最后日本人让伍连德在一张写满日文的纸上签字，然后把他关押在地下室的一间小屋内。

伍连德连续两个晚上靠着大衣熬过漫长的冬夜，对自己的安危很是担心。长夜漫漫，他回忆了这两天的审讯，突然觉得事情绝对不是因为误会。日本人对他的背景掌握得非常详细，不仅仅是他公开的经历，甚至他和林语堂等人在英文的《中国评论周报》上发表的针对日本侵华的文章，日本人也了解得一清二楚，而且他用的是化名，知道这件事的人很少。事实表明日本人已经注意他很久了。

难道这一次日本人是要对他下手？究竟会对他怎么样？

东方微明，彻夜未眠的伍连德想到自己命运未卜，正不知如何是好。突然听到外面有"叮当、叮当"的声音，他趴在窗户上一看，是一个工人正在打水。

伍连德脑海里闪过一个念头，决定冒一次风险。他想到自己的英国公民身份，现在中国政府在东北已经不存在了，只有请英国领事出面了。他从兜里拿出自己的名片，快速在名片背后写下几句话，然后掏出两块钱，压低了声音叫道："先生，先生，请你过来一下。"

工人闻声，转过头，看见一个中国人在铁窗后面焦急地看着他，工人走了过来。

伍连德把钱和名片从窗户栏杆的缝隙间递过去："先生，这钱请你收下。我被日本人无辜关押了，请你把这个名片送到英国领事馆。我是英国公民，他们会帮助我的。"说完，伍连德焦急地等待工人的答复，他希望这个工人和多数在东北的中国人一样，敌视日本人。

他遇到好人了，工人想了一想，点点头："你放心，我一定送到。"

工人走了以后，伍连德觉得每一分每一秒都过得非常慢。从刚才的对话中，他看出这个工人是个老实人，说的话是真诚的，肯定会把消息送到英国领事馆。他知道英国领事馆要到十点才开门，他不知道在这段时间里会发生什么事，自己会不会有性命之虞。

十点了，外面没有一点动静。

十点半，还是没有动静，伍连德心急如焚。

十一点，楼上有声音了，隐隐约约传来日本人的争吵，似乎很激烈。难道英国领事馆的外交交涉有效果了？

十二点，牢房的门开了，伍连德被带到楼上。昨天审讯他的日本军官阴沉着脸，告诉他军部搞错了，他可以走了。不过在离开大连以前，日本领事要见他一面。

伍连德终于活着走出日本宪兵队。

初冬的北国，阳光灿烂。伍连德在阳光下，深深地呼吸着自由的空气。

起先，他觉得自己是在错误的时间出现在错误的地点。九一八事变以后东北形势瞬息万变，对此毫不在意的他依旧巡视各口岸。加上他国民政府官员和国联专家的身份，难免会引起关东军的怀疑。日本也公开宣称伍连德是受国联卫生组织的派遣，到东北从事间谍活动的。后来伍连德才知道，为什么以他在国际上包括在日本的声望，日本人仍敢刁难他。

真正的原因直到七年以后才真相大白。1938年常德暴发鼠疫，伯力士、陈永汉等受国民政府派遣赶到疫区。经过调查发现，鼠疫是日军通过空投携带鼠疫杆菌的跳蚤引起的。这才揭开了731部队的内幕和日本处心积虑谋取东三省防疫事务总处研究防治成果的居心。在伍连德的研究成果的基础上，日本人得以将之发展为细菌战武器，这才是日本人逮捕伍连德的真正原因。

大难不死的伍连德走出日本宪兵队。从宪兵队里拿回来的行李一看就知道是被仔仔细细地检查过的，而且不止一遍。他先来到英国领事馆，向领事伊斯缇斯当面道谢。

和以往许多次一样，伍连德又遇见了一个傲慢的英国领事。他虽然很同情伍连德的遭遇，可是对于伍连德这种拥有双重国籍的人很是不满，谈话内容大多纠集与此。

为什么保留双重国籍？伍连德总有落叶归根的愿望，希望退休后回到南洋老家，因此始终保留英国公民的身份。同时，他又是中国政府的官员，在国际上代表中国，可以说是中国科学的象征。

两个人话不投机，伍连德随即告辞，乘火车前往大连。

到了大连后，伍连德按日本军官的要求，面见日本驻大连的领事。日本领事倒是非常热情，不停地为军方的行为道歉，保证以后不会发生类似事件。但伍连德心里明白，日本人谦恭的背后隐藏着什么，他再也不能回到日本人统治下的东北了。他一刻也不愿在日本人管辖之地多待，应付了几句后，马上赶赴码头，乘船返回上海。

船离岸而去，伍连德望着东北方向，心潮难平。他在这里名扬天下，这里有他 20 年的心血。望着渐行渐远的土地，他不知何时能够重返这里。

和当时的很多人一样，伍连德也把希望寄托在国际联盟身上。9 月 19 日，中国驻国联全权代表施肇基向国联报告九一八事变，请国联主持公道。两天后，中国正式向国联提出申诉。中国政府亦请美国政府出面协调。甲午战争后，日本曾在列强的压力下，将辽东还给清政府。可是，这次日本军国主义已经羽翼丰满，根本不把国联放在眼里。1932 年初，日本攻占锦州、哈尔滨，东北全境沦陷。日本因扶植“满洲国”，受到国联的谴责后，退出国联。希望以夷制夷的施肇基、伍连德彻底丢掉了幻想。

东北沦陷，伍连德再也不能重返哈尔滨主持防疫，东三省防疫事务总处只好宣告解散。当时世界上最先进的鼠疫和其他流行病防疫控制治疗系统，最齐全的鼠疫样本库，以及各口岸的防疫检疫医院全被日本人接收。刚刚收回的安东、牛庄海关卫生检疫所也由日本人接管。不仅如此，1931 年 11 月，日本人制造了天津事变，造成塘沽口岸的卫生检疫权不能按期接收，直到两年多以后才转交给中国方面。

东三省防疫事务总处被日本人接收后，伍连德手下的精英们不甘被日本人差遣，纷纷南下，投奔伍连德，重新聚集在伍连德领导的海港检疫管理处。除了早已参与检疫处创建的陈永汉等人外，伯力士、林家瑞等都来到上海。正是这批伍连德培训出来的中国卫生防疫精英，在抗日战争中英勇对抗日军的细菌战，为中国立下不朽的功绩。

第五节　专心海港检疫管理处工作

不得不告别东三省防疫事务总处的伍连德，专心于国境卫生检疫工作，基本上长住上海，中国国境卫生检疫系统的建设也得以迅速发展。

20 世纪 30 年代，是中国经济快速发展的年代，尤其是江浙一带，迅速发展成非常繁荣的地区。上海也成为国际大都会，一派欣欣向荣的景象。海港国境卫生检疫的任务也更为繁重了，不仅要负责异常繁忙的港口的检疫，而且因为伍连德在，还要负责上海市及其周边地区的卫生防疫。

近几年来，伍连德的个人生活也发生了变化。他和黄淑琼所生的三个儿子中，幼子长明死于第一次东北鼠疫，年仅六个月。次子长福 16 岁时，在一次球赛后染上肺炎，因没有得到及时治疗而死。只有长子长庚以优异的成绩先后在美国约翰斯·霍普金斯大学、耶鲁大学和罗切斯特大学获得学位，其后又在英国获得学位证书。黄淑琼由于幼年患结核病，体质一向较差。加上回国后伍连德长期在东北驻守，她一个人支撑全家，劳累过度，身体每况愈下，近几年在北京处于疗养状态，基本上足不出户，根本不能陪伍连德四处奔波。

因此 1925 年伍连德在东北再度成家，夫人李淑贞一直随他四处奔波，此时终于在上海安家。两人一共育有二子三女，依次为玉玲、玉珍、长生、长员和玉珠。

伍连德与第二任夫人李淑贞及其子女

由于东北被日本人占领，中国的鼠疫预防工作便侧重于长城沿线和沿海各口岸，这项工作自然归海港检疫管理处负责。因为有了国家一级的领导权，伍连德得以全盘规划。在他的筹划指导下，中国终于第一次有了一个全国性的鼠疫监测网。这个监测网主要是监测鼠和跳蚤，监视其身上是否有鼠疫杆菌存在。具体负责这项工作的是伍连德的侄子、海港检疫管理处的第一副处长和流行病预防科主任伍长耀。

海港检疫管理处领导合影（自左至右为伍长耀、陈永汉、伍连德、金乃逸）

和林宗扬、林可胜一样，伍长耀也是伍连德从海外聘请回来的人才。1934年，他毕业于香港大学，是因为海港检疫管理处的设立而专门从海外聘请回来的。海港检疫管理处还有另外两名副处长，一位是伍连德在东三省防疫事务总处的副手、负责医学服务科的陈永汉，另外一位是负责消毒科的金乃逸。

海港检疫管理处成立以后，首先接管的是上海港卫生检疫。上海是大港，船只来往频繁，关税收入占全国海关收入的一半。在此之前，上海港的检疫由中国政府和英法租界委托给上海海关。海关的卫生检疫官员常驻吴淞，自以为是海关和租界雇员，只听命于港口总督。因此在紧急情况出现的时候，根本没法得到专家的指点，造成传染病特别是霍乱的流行屡次发生，因此改革势在必行。

现在负责上海港卫生检疫的是一个退休的英国医生，主要的工作就是报告来往船只上死亡员工的病例。船只的消毒外包给一家洋人小公司，收入的10%交给海关。检疫经费的其他来源还包括租界的每年赞助，整体上入不敷出，到伍连德接管时已经负债15万元。财政部在伍连德的请求下指示海关免去了这笔债务。

1930 年 7 月 1 日，上海检疫所正式成立，伍连德兼任所长。上海检疫所面临的主要任务是预防霍乱的传入，自从霍乱传入中国以来，历次大流行都是从上海港开始的。上海检疫所工作的重点，是对来自霍乱高发地区的船只进行消毒处理。上海检疫所建立后，人员壮大得很快，形成由 12 名医生、6 名检疫员、4 名医院助理、2 名技师和 60 名其他工作人员组成的现代化检疫队伍，还有 6 艘检疫船。

中央政府预算中的第一年检疫经费为海港检疫管理处 3 万元，上海检疫所 6 万元，可是由于军阀交战，一分钱也没有拨下来。但是由于上海港船只消毒业务很快全面开始，每个月的消毒费收入可达两万元。不仅海港检疫管理处和上海检疫所的工作可以顺利进行，而且还可以添置新的检疫设备和船只，使国境检疫工作很快达到了国际水平。

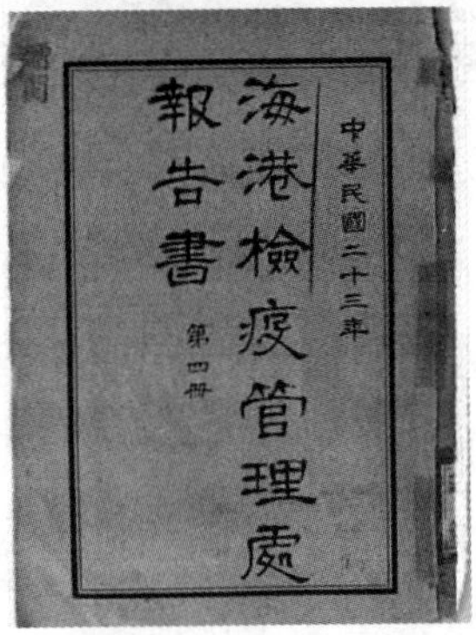

海港检疫管理处报告书

1930 年 9 月，伍连德主持制定了《海港检疫章程》，检疫处还制定了《进口船舶检疫规则与熏船规则》《海港检疫标志旗帜及制服规则》等法规，使中国海港检疫步入正轨。

接管上海港后，第二个按计划被接管的是厦门港。1931 年 1 月 1 日海港检疫处接管厦门港，不久，厦门出现鼠疫流行。在东三省防疫总处的协助下，厦门检疫所圆满地控制了这场小规模鼠疫。当年，厦门还出现严重的天花流行，也是由厦门检疫所负责对港口和城市进行防疫，实现了最初建立卫生检疫系统的目的。

随后，1931 年 4 月海港检疫管理处接管汕头港。1931 年 10 月接管牛庄和安东港，但因九一八事变，安东港落入日本人手中。1931 年夏天长江水灾，海港检疫管理处应邀在汉口开设检疫所，开始了长江沿线的检疫工作。原定于 1932 年 1 月 1 日接管的青岛、塘沽和秦皇岛口岸的检疫工作，因为日本人作梗，直到两年后才接管。1932 年海港检疫管理处还从广东省政府手中接管了广东口岸。

就在检疫工作按部就班地展开的时候，1931 年底伍连德在东北蒙难，东三省口岸全落到日本人手里。半年后，中日在上海交战。

从 1930 年开始，伍连德把主要心血倾注在上海。特别是九一八事变以后，东北防疫 20 年心血毁于一旦，他只能全身心地寄情于海港检疫管理处。

除了鼠疫和霍乱外，对中国的其他大规模流行的疾病，他也主持或参与预防控制。1926 年 1 月，中国麻风协会成立，1930 年在上海召开了第一次中国麻风会议，伍连德任主席，报告了中国麻风的现状。伍连德是国际微生物学会发起人之一。在创立中华医学会之后的 20 多年里，他在国内还参与发起创建了 10 余个学术团体，包括中华麻风救济会，中国防痨协会，中国公共卫生学会，中国微生物学会，中国医史学会，中国科学社，等等。

对当时常见的结核病，伍连德始终很关心。这里面还有一个鲜为人知的小故事。因为妻子黄淑琼终生受结核病所苦，以及结核病在中国的广泛流行，他对结核病格外关注。他发现，中国传统的饮食习惯——大家共食使结核杆菌很容易传播。从卫生的角度，应该采取西方的分餐制。可是分餐制在中国很难被接受。一开始，他考虑在吃饭的时候每人用两副筷子，一副取食，一副入口，这样虽然达到了卫生的目的，但造成了很大的不便，推广不开。经过反复考虑，伍连德发明了介于共食和分食之间的卫生进食法，就是今天常见的旋转餐台，将菜放在这上面，每样菜边上放一双公用筷子。这样，既解决了传染病通过共食这个环节传播的问题，又照顾了中国人传统的饮食习惯。现在，这种旋转式的餐台在海内外中餐馆里随处可见，却很少有人知道这是伍连德发明的。

海港国境卫生检疫从无到有，从小到大，靠的是伍连德每日每夜的努力。除了上海检疫所外，还有一个让他格外关注的就是厦门检疫所。一方面厦门是大港，福建移民出入频繁。另外一方面他自幼和福建有千丝万缕的联系。他的妻子黄淑琼是福建人，好友兼亲戚林文庆也在厦门。

1912年初，林文庆应孙中山的聘请，到南京担任临时政府内务部卫生司司长，同时兼任孙中山的保健医生。不久，孙中山辞去临时大总统之职，政府北迁，林文庆返回新加坡。1921年，陈嘉庚创办厦门大学，第一任校长邓萃英上任不久即辞职，陈嘉庚遂聘请林文庆当校长，一直到1937年厦门大学改为国立，林文庆才辞职回新加坡。他在厦门大学任职16年，在厦门岛上荒凉的一角，建立起一所规模宏大的学府，校内设施、院系组织、课程设置以及教授的延聘，都参照欧美大学改进，使厦门大学成为全国闻名的大学。

这段时间，伍连德经常往返于上海和厦门之间，1931年建成的厦门检疫所也就成为除上海检疫所外的全国第二大检疫所。每次来到厦门，他都会抽空和林文庆一聚，两个人的友谊一直持续到终老。

伍连德深知，在现有的国情下，想搞好国境卫生检疫，必须与在华洋人合作。从1930年开始，每年圣诞节前，海港检疫管理处都在上海举办年度晚宴，邀请在华洋人的代表，向他们介绍海港检疫管理处的工作，听取他们的意见和建议。在晚宴上，海港检疫管理处的报告，特别是消灭了多少只老鼠等数据给来宾留下了深刻的印象。上海的港口检疫工作，从一开始就获得租界方面的大力配合。此外，伍连德和国联卫生部门建立了常规合作，把中国的国境卫生检疫纳入全球检疫系统。

仅仅一年多，到1932年初，港口检疫已经取得了可喜的成绩。上海港口检疫船只总吨位达1800万吨。其中上海港检疫船只2234艘，总吨位1500万吨。吴淞港检疫船只697艘，总吨位300万吨。入境中外旅客20万人，船员将近30万人。相比之下，1930年伦敦港检疫船只16085艘，总吨位2200万吨。1931年，上海港口船只消毒总吨位200万吨，5136甲板。在当时，新建的中国卫生检疫已经接近国际先进水平。

海港检疫管理处的建设也不是一帆风顺的。因受天津事变的影响，塘沽口岸迟迟不能从日本人手里收回。1932年，一·二八抗战爆发。这时，伍连德刚刚从东北脱险不久，海港检疫管理处的建设也处于起步阶段。日本人依然一口咬定伍连德是间谍,而且是国联的间谍。

1932 年 1 月 28 日，日本海军陆战队突然向闸北中国驻军阵地发起猛烈进攻,日本帝国主义蓄意制造的一·二八事变,在日军不宣而战的情况下爆发了。驻上海的第十九路军在上海和全国其他各地人民的支持下,奋起抵抗。战事一起,处于前线的吴淞检疫站便毁于战火,使上海口岸的检疫工作中断达一年之久。

港口的检疫设施毁于战火,海港检疫管理处和上海检疫所的人员只得撤回市内。大家简单安顿后,便聚集在临时避难所,谋划下一阶段的工作安排。大家议论纷纷,各种消息在人群中流传着,日本人步步紧逼,东三省防疫总处解散后,看来海港检疫管理处也要关张。

年过半百的伍连德身穿海港检疫管理处处长官服出现在门口,人们停止了议论,都看着伍连德。

伍连德看着大家,语气坚定地说:“国难当头,我们已经不能做卫生检疫了。既然日本人不让我们安安静静地检疫,那我们就投身战场吧。我决定停止海港检疫管理处的各项业务,组成救护队,上前线参加战地救护。”

伍连德一挥手:“是中国人的,跟我上前线。”他转身走了出去,身后跟随着 100 多名中国卫生检疫的精英,这些手无缚鸡之力的书生这一刻和他一样热血沸腾。

这一年,伍连德 53 岁,早已过了热情冲动的年龄。

从 1908 年归国出任陆军军医学堂帮办到此时,24 年了,他这个前清的陆军少校原北洋军人终于有机会上战场了。

年过半百,伍连德没有想到自己还有机会上战场,而且是抗日的战场。能够在民族存亡的关头,和舅舅们和妻子的叔叔一样,迎着日寇的炮火为祖国而战。伍连德不是第一次为国而战,只不过以往都是战斗在卫生防疫的战线上,用胸中所学为国效力,靠真才实学为祖国争光,为祖国守关。现在,他要做一次真正的军人。

在一·二八抗战中，伍连德率领的检疫管理处医疗队奔波在战场上，总共医治了两万多名伤员。他们和其他为抗战出力的医学前辈们，就是中国医界的柱石。

一·二八抗战刚刚结束，港口检疫工作还没重新开始，中国20世纪最大的霍乱流行就开始了。刚刚从抗日战场上归来的伍连德，还没从硝烟中调整过来，就迎接了人生最后一场恶战。

1932年上海霍乱被成功扑灭，这是伍连德在中国几次大“战役”的收关之战。

1937年，是中国人民苦难的一年，卢沟桥的枪声，开启了日本对中国全面侵略的脚步，大片国土相继沦陷。伍连德的人生也到了最灰暗的时刻，结发之妻在这一年去世，他苦心经营了7年的海港检疫管理处也被炮火摧毁。

1937年，伍连德举家返回南洋

1947年，伍连德重返中国

58岁的伍连德带着家眷，黯然离开中国，这个他服务了整整30年的国家，他的青春与热血全部献给了这片土地，这个民族。他留下的足迹是那么深重，那么清晰，不会被岁月的风尘所遮没。

他举家回到了他的出生地——槟榔屿，他曾天真地想，等熬过这段时间，他还会回来。他也确实在抗战胜利后的1947年回到中国，但不是工作，更不是定居，而是短暂的回访。

第八章　其他医学活动

第一节　为祖国医学修史

一　撰写《中国医史》

伍连德在1908年风华正茂之时踏上中国的土地，直至1937年年近花甲才离开中国，可以说，在中国的30年是他人生中最富创造力的30年，也是他扬名世界的时期。人们都知道他是防鼠疫、霍乱等大疫的专家，是颇富才华的防疫学家、医学专家、实践家，而且在各领域都取得了巨大成就，比如，他开创了中国的流行病学研究、微生物学研究等领域，是中国现代卫生防疫、医学教育、医院管理和医学交流先驱。

但很少有人知道，伍连德还是中国医学史研究的开创者之一。

中国古代医典不少，但研究医史的人并不多，科学在中国广泛传播之后，开始有人尝试这个领域的工作，以现代的眼光审视几千年的中国医学，为之写史。有关中国医学史研究的著作以1919年成书的陈邦贤的《中国医学史》为最早，但真正在国际上产生影响的是1932年出版的由伍连德和王吉民共同创作的，被称为"王伍医史"的英文版《中国医史》，这部著作可以说让世界第一次系统地了解了中国几千年的医学历史。

出生在海外，作为一代名医和科学巨匠的伍连德为什么涉足医学史研究这个领域？这恐怕还要从他对中国文化的不断学习和汲取说起。

伍连德对祖国的历史和文化一直有极大的兴趣。来到中国后，他终于有机会广泛地接触和学习中国传统文化，在伍连德的周围，不乏国学大师，如辜鸿铭、胡适、林语堂，等等，其中梁启超、程璧光等人对他的影响最大。他的夫人黄淑琼出身于名门望族，对中国的传统文化非常精通。在家庭安定下来后，黄淑琼接连出版了三部有关中国美女西施、王昭君、杨贵妃的英文小说，向西方介绍中国的历史和传统文化，成为很有成就的作家。在夫人去世后，伍连德曾想续写夫人未完成的遗作《貂蝉》，接着为中国美女立传，把中国的传统文化介绍到海外。因此，随着对中国历史和文化的了解逐渐深入，伍连德对中国传统医学的兴趣愈加浓厚。

南洋的华人群体中，大多数人还是信赖中医的，伍连德自幼生病便是西医和中医并用，重病那次更是轮流请来本地的西医和中医名家诊治。虽然他在英国学习的是现代医学，但对传统医学并不排斥。东三省两次防鼠疫中的经验教训，使他对传统医学有一种追根溯源的欲望，希望能从传统医学中找到可以与鼠疫对抗的办法。

然而真正触动他的神经，并决心书写中国医学史的是这样一件事：

1913 年，时任华盛顿军医署图书馆馆长总助理的嘉里逊出版了《医学史》一书。这是美国第一部全面介绍世界医学史的专著，很快成为医学史方面的权威课本和主要参考书，出版后多次重印。

两年后，伍连德终于有机会读到这部书，发现全书 762 页中，描写中国医学的内容竟然不到一页，而且内容多有贬损：

> “中国的医学是完全静止的，如果我们一直到现在还受中世纪思想的指导，我们的医学可能也会和中国的一样。他们的作品很多，但是没有一个有哪怕一丁点儿的科学价值。这些作品的特点是对权威的崇拜，僵化的形式以及迂腐多余的细节。中国的解剖学认为人体有 365 块骨头，有些理论体系认为头

颅仅由1块骨组成，另一些则认为男性头颅有8块，女性有6块。喉通向心，脊髓通睾丸，肺有8叶，肝有7叶。脾和心是用来思考的器官。由于这些对人体构造的不恰当认识，中国很少有外科手术。阉割实际上是他们唯一施行的手术。当拔火罐和按摩时，他们并不放血，而是采用艾灸或针灸疗法。艾灸是将易燃的小圆锥体放置在全身，然后点着。针灸是将特制的细金针或银针插入绷紧的皮肤内。这些操作都是为了对痛风和风湿病进行反刺激。中国人非常擅长按摩，是第一个使用盲人按摩师的。中国的病理学的特点是极其琐碎，例如有10000种发热，14种痢疾。在诊断上，他们非常重视脉搏，将其细分为许多种。他们把手指像弹钢琴一样放在每只手的桡动脉上的不同部位来感知病人的身体状况。这样，就可以得到6组脉搏信息，每组都对应不同的器官和疾病。中药材包罗万象，除了众所周知的药物，如人参、大黄、石榴根、乌头、鸦片、砷剂、硫黄和汞剂（用来涂擦和熏蒸梅毒）外，还有许多令人作呕的药，如动物的器官或分泌物。古代的中国人就知道了天花的预防性接种，这可能是他们从印度学来的。”

以伍连德对中国传统医学的了解，他认为上述内容严重失实。他马上写信给嘉里逊，询问他为何对中国医学做如此少的介绍和不正确的评价。嘉里逊回信说：“中国医学可能有其长处和特点，但是目前没有用外文书写的著作。就是这半页资料，还是辗转而来。既然中国医学有很多有价值的东西，为什么中国人自己不对外宣传？”

伍连德读到回信后，受到很大震动。嘉里逊的书对中医的评价是充满偏见的，但他给伍连德的回信无疑是公正的。确实，中国医学典籍不少，但是用外文书写、供外国人阅读的中国医书却没有，伍连德觉得应该做点什么。

伍连德开始潜下心来研究中国医学史，并决定撰写中国医学史，向世界各国介绍中国医学。

伍连德找到广东同乡、医学史专家王吉民，王吉民对此也感触很深。两人一拍即合，当即决定写一部《中国医史》，向世界介绍从古到今的中国医学。这项工作可以说工程浩大，两人广泛收集材料，前后花费了近 16 年时间，才写成了英文的《中国医史》。

在写作《中国医史》的十几年间，伍连德和嘉里逊一直保持联系，不断向他介绍中国医学的历史和最新进展。通过和伍连德的交往，嘉里逊对中国医学的了解越来越多。伍连德在美进修时，还专程到华盛顿和嘉里逊见面。1929 年嘉里逊的《医学史》第四版中有关中国医学的内容已经有整整四页，除了提到《神农本草经》《黄帝内经》和《本草纲目》等中国古典医学著作外，还增加了中国医学界在 20 世纪初发生的一些重大事件，如 1911 年世界鼠疫会议在奉天的召开，1919 年中央防疫处的设立，各个医学院校的建立，中华医学会的成立，以及《中华医学杂志》的创刊，等等，这些都是中国卫生事业的最新进展。文中四次提到了伍连德的名字，还引用了伍连德 1916 年发表在《中华医学杂志》上的一篇关于控制鼠疫流行的文章。

在写作《中国医史》的 16 年中，由于在历次防疫工作中对中医的疗效获取了大量的第一手资料，伍连德对流传几千年的中国传统医学有了比较清楚的认识，对中医发展的前途也有了自己的看法。伍连德和许多有识之士一样，从提高人民群众的医疗水平出发，主张中医科学化，去粗取精，将传统医学纳入现代医学中来，使中西医很好地结合起来，而不是对中医的现状听之任之，或者简单地废除中医。《中国医史》的写作，既总结了几千年中国医学的优良传统，又向世界宣传中国医学的光辉成就，是伍连德对中国传统医学的巨大贡献。

《中国医史》出版后多次再版，成为中国近代有代表性的医学史研究成果,是外国人了解中国医学历史的必读之作。伍连德和王吉民分别于 1935 年和 1949 年当选为国际科学史研究院通讯院士，王吉民还于 1966 年 10 月当选为国际科学史研究院院士。可是这么一本重要的著作,在中国的遭遇和在海外截然不同。

《中国医史》虽然享誉海外,但因为当初写作的目的是为了对外宣传中国医学,因而用英文写作,从来没有正式译成中文,所以在中国的影响不大。

直到 20 世纪 60 年代，中医研究院才组织人力对这本书进行翻译,但是其初衷并非是为了推广,而是为了批判。

在 20 世纪 60 年代大讲阶级斗争,批判“封资修”时,卫生部将这本“王伍医史”作为医学方面的批判对象,认为“王伍医史”对中医的描述,是受了民族虚无主义的影响,其在表述近代医学部分,详尽地记述了近代西方教会团体在华办学、办医的过程,有美化教会医学之嫌。批判的目的是为了加强人们对中医的正确理解,以及对帝国主义文化侵略的认识，比如书中写道：“正当欧洲医学以哈维的发现为原动力，获得丰硕果实的时期，中国医学在 17 世纪以前的长时期中,实际上是处于停滞不前的休止状态。在教会医学到来以后,它才复兴起来。”在 20 世纪 60 年代,这种论调不仅是不能接受,而且是要狠狠批判的。

王吉民、伍连德两位先生撰写的《中国医史》是第一部用英文全面阐述中国医学历史成就的光辉巨著

《中国医史》翻译完成了,正赶上“文化大革命”,由于经费没有着落,最后只印了 15 本,但很快就散佚了,批判的任务自然落空了。这本书的中译本始终没有面世。

斗转星移,大多数人对“王伍医史”的误解和偏见早已不复存在了。有关部门在编写《中国医学通史》时，原始资料多采自《中国医史》，尤其是近代卷。但是，其中对中医的看法依然不被许多人，尤其是中医界接受，使这部中国医学史的开山著作之一在中国依旧受到冷遇。

现代医学于19世纪初，随着外国传教士开始进入中国。在其传入中国之时，还没有中医的概念，中医这个称谓实际上是因为现代医学的传人而出现的。因为现代医学是由西方传入的，所以被称为“西医”，而中国的传统医学便被称为“中医”。从此便开始有了中西医之争。不过在二者争论的开始阶段，人们通常把二者称为“新医”与“旧医”，中西医之争实为新旧医之争。

二　中西医的长期对立

从西医传入中国开始，中医和西医就水火不容，尖锐对立，这是中国特有的现象。而在伍连德眼中，中医和西医不应该是对立的。现代医学本身来源于传统医学，只不过是利用现代科学的方法对传统医学去粗取精，使之由经验演化成科学。中医也应该走同样的道路，无论是从教育上还是从方法上，都应引进科学的标准和手段，融入到现代医学中来。这种看法可以说是当时很多有识之士的共识。

伍连德在《中国医史》的序言中写道：“本书的目的是双重的。一方面，那些以值得赞美的努力来宣传与保留古代体系在各方面公认的优点的老式学者应当以激动的心情来阅读。应当使他们知道，现代预防与治疗概念是如何在这块保守的土地上生根立足的。也应当提醒他们，世界自华佗时代以来并不是停滞不前的。另一方面，对那些以现代科学研究精神向广大群众谆谆教诲的实验医学的首领来说，本书是要劝告他们，不要以冷眼看待过去的课题，不要把古代的传统看作是被摒弃的，而要把其看作是一种给予现代的奇异成就以生动的帮助的背景。”可以说，伍连德对中医的态度是相当尊重的，并为之自豪的。

西医首先在中国南方地区获得广泛的认可，原因是其疗效立竿见影。比如一开始,西医以治疗眼疾为主,使很多人重见光明,这种不可否认的结果使得中医相形见绌。当时很多知名人物,如李鸿章、康有为、俞樾等,或者因为自己的顽症被西医治好,或者因为家人被西医起死回生,或者因为亲人为庸医所误,都彻底地相信西医,并大力推动,使之成为洋务运动的一部分,孙中山更是学西医出身。当然还有更多的人对西医采取不相信,或者敬而远之的态度,如袁世凯,虽然一直相信中医,但对西医在华的发展还是持支持态度的。从清政府角度来说,当时是没有所谓的医学政策的。朝廷民政部的卫生司虽然号称管理全国卫生系统,实际上没有什么作为。民众对从医者的态度还是将其列为下九流,所谓“巫医乐师百工之人”,君子不齿,这种状况一直持续到1910年底,也就是东三省鼠疫流行之时。

东三省防鼠疫的成功,使伍连德天下闻名,也是清王朝最后的辉煌。出乎当时人意料的是,这次防疫的结果也挑起了西医和中医的战火。

东三省鼠疫防疫如同一场场面浩大的临床试验。当时,伍连德能调动的西医不到100人,而且已经是清政府所能动员的极限了。从满洲里到山海关,上千万人的防疫工作,靠这些人是远远不够的。除了临时培训警察作为助手外,清政府还大量征召自愿参与防疫的中医,各地先后召集到200人。鼠疫在当时是绝症,西医束手无策。因此在治疗上,伍连德并不反对用中医的方法,曾出资令其一试。可以说,在这次防疫和十年后的第二次鼠疫防疫中,中医是得到了充分的施展机会的。无论哪种治疗方法,都尽可使用。而结果是,没有一个鼠疫病人被中医治愈,中医也没有办法控制鼠疫的传播,而西医的隔离办法则成功地消灭了鼠疫。200名中医中有80人感染鼠疫身亡,而西医殉职者仅有数人,被感染的大部分中医是因为不相信现代医学的理论,在接触鼠疫病人时拒绝戴口罩。这一次的亲身经历,使原本对中医没有偏见的伍连德感触颇深,才形成了中医长期停滞不前的休止状态必须借助现代医学复兴的观点。

伍连德利用现代医学的办法，使突如其来的东三省鼠疫大流行，在四个月内被彻底扑灭，这个铁一般的事实在当时的中国社会引起了巨大的反响，尤其是知识分子和官员，对现代医学的态度在很短时间内一致起来，相信现代医学已经成为社会的主流。可以说，中国的现代医学，甚至中国的现代科学的兴起缘于东三省鼠疫防疫的成功，伍连德本人完全可以被称为是中国科学现代化的先驱，中国的现代医学也正是因此而成为一门显学。

三　几次废除中医的尝试

东三省鼠疫防疫成功后，清政府立即开始重组全国性的卫生管理机构。但由于伍连德谢绝肃亲王希望他出任国家卫生总管的建议，返回东北筹建东三省防疫总处，建立并主持东三省鼠疫防疫体系，加上辛亥革命的爆发，清政府建立全国性现代化医学卫生体系的计划没有实施。后来民国政府和国民政府基本上延续这一思路，就是建设由政府主导的、现代化的医疗卫生体系。这对中医来说，是一个非常沉重的打击。

民国以后，政府教育部主抓医学管理和教育，1912 年北京大学医学部的前身国立北京医学专门学校建立，开始了中国医学现代化的步伐。

袁世凯当政期间，尽管他本人绝对相信中医，但受莫理循等人的影响，其面对中西医的问题时顺应社会对科学的崇拜，加速了医学现代化的步伐。

1913 年，作为中国政府的代表，伍连德参加国际会议回来后，利用向政府有关方面汇报的机会，向民国政府递交了题为“中国医学教育”的长篇建议书，系统地向政府建议大规模改革医学教育。针对伍连德等人的建议，当年 11 月，内政部颁发了《解剖条例》，从此人体解剖在中国正式得到批准。

1913年，在京的博医会华人会员在伍连德的倡导下，组成了一个地方性“华人医学协会”，为成立中华医学会做准备。在京中医人士也成立了“北京医学会”，于1914年报教育部备案。教育总长汪大燮拒绝让其备案，其答复非常明确：“我已经决定禁止自然疗法，废除粗制草药。”这是从政府的角度第一次提出废除中医药。汪大燮这番话引发了中医组成的救亡请愿团请愿抗议，但当时中国社会已形成对科学的崇拜之风，中医的请愿和抗议在国内外的一面倒的斥责声中草草收场。

在这种浓厚的科学风气的影响下，1915年9月30日，袁世凯签署法令，规定无论医学、药学还是兽医学，都要完全参照西方的标准，进一步从法令的角度提出医学全面西化。这一次，这一法令还是很自然地被社会接受。

中医的最大弊病主要是其缺乏科学的标准，以药物为例，西药的名称及其化学成分的分子式都写得很清楚，药物的剂量也非常精确，而中药的化学成分和含量都是模糊的，药材的产地、采摘季节、制作方法、质量优劣均与药效关系很大，但医生却无法准确掌握；另外，对于平民百姓来说，看中医属于碰运气，遇到好的医生能解除病痛，遇到庸医、巫医则有可能送命。而西医则不然，虽然不一定能遇见神医，但是诊病有起码的标准，医疗水平还是可以保证的。况且当时没有系统的中医教育体系，全凭师傅的言传身教。总之，没有统一的标准就是中医的致命缺陷。

现代人生长在西医占绝对主流的时代，眼看中医衰落，故而产生应该拯救中医的感觉，没有那些生长在中医占主流年代的人的感受。特别是当西医刚刚进入中国时，那种鲜明的对照是令人难以想象的。这便是为什么近代的大多数名人极力支持西医，其中不乏国学大师，不乏中国传统文化的旗手的根本原因。伍连德恰恰生长在这个时代，他亲眼目睹了庸医造成病人枉死的情景，此外还有居高不下的婴幼儿死亡率。而这种情况在西方国家已经随着现代医学的发展而得到极大改善了。

19、20世纪之交，正是现代医学走向正规化的年代。以美国为代表的现代医学教育改革，以条件良好的医学院、先进的教育制度和教学医院为基础，培养出了高质量的医学毕业生，进而大大提高了整体的医疗水平和全民的健康水平。在这种体制下，医学毕业生的能力得到很大提高，对全球的医学教育也产生了极大的推动。20世纪初，欧洲国家的医学毕业生参加美国的医生证书考试，最后有超过半数不及格。这说明无论在实践上，还是在理论上美国的医学教育都领先于其他国家。欧洲各国纷纷仿效美国的医学教育体系。中国采取美国医学教育方法建立的湖南湘雅医专和北京协和医学院也成为了中国医学教育的最高学府，而北京协和医学院则浸透着伍连德的心血。

让伍连德痛心的是，当时民众并没有得到起码的医疗保障，无数的病人因为没有得到及时和正确的治疗而丧命。全国性的现代化医疗卫生系统是迈入现代化国家的一个指标。这也是从伍连德回国那天起，30年不变的努力方向。

在伍连德眼中，中国医疗卫生事务的当务之急是尽快建立国家规范和现代化医学教育体系，以便尽快培养出大批合格的医学人才，为解除劳苦大众的疾苦服务，提高国民的体质和寿命。要做到这一点，靠留洋回来的新医，或者靠旧医都不可能实现，必须让两者结合起来。因此，他一直呼吁医学改革，要求由政府出面，走医学现代化的道路。

1922年民国政府公布了《管理医师暂行规则》及《管理医士暂行规则》。这两个规则，对医生的资格做了明文规定：新医或西医称为“医师”，旧医或中医称为“医士”；学习新医者从医学院毕业后即取得医师证书；而学习旧医者，须经地方警察考试及格，取得医士证书；政府设立全国性机构，管理医疗卫生事务。这两个规则对中西医分开对待，开始逐步限制中医，但并没有限制中医从业。

1923年，政府公布《取缔中医办法》，限定了医士的资格，加快了取缔中医的步伐。1925 年,教育部再次明令中医不得组织公会。

民国政府的这些举措，虽然由粗到细地逐步限制和取消中医,但是由于军阀混战,政府的政令无法在全国大部分地区执行,多数被束之高阁,并没有对中医产生过大的影响。

1928 年,国民党北伐成功,中国终于出现了久违的和平。南京政府于当年 11 月颁布《卫生组织法》,设立卫生部、中央卫生委员会及中央卫生试验所。这是中国政府第一次设立部级医疗卫生单位,刘瑞恒主持卫生部,开始施行彻底废除中医的方针。

这便是著名的《废止中医案》,规定了废止中医的三条原则:

1.旧医登记限至民国十九年为止。

2.禁止成立旧医学校。

3.其余如取缔新闻杂志等非科学医之宣传品及登报介绍旧医等事由,卫生部尽力相机进行。

卫生部的法令公布后,引起中医界空前的反弹。

尽管法令没有彻底废除中医,可是这次会议使中西医的争论到了你死我活的阶段。西医从官方的角度采取如此强硬的做法,引起了全国中医的抗议。从在报纸上展开辩论,到中医罢诊请愿,一时间风起云涌。

这时,正赶上蒋介石和桂系决裂,战火再起。《废止中医案》牵扯到国民党内部的派系斗争,蒋介石不愿多起争端,《废止中医案》很快无疾而终。

但现代医学从此占据了主导地位。由于抗日战争爆发以及国共内战,直到新中国建立后,政府才重新推行医学现代化。1950 年第一届全国卫生会议后,卫生部设立了中医科来管理中医,派西医去学习中医,以使中医科学化。

几十年来，中医的科学化包括中医的科学标准、中医系统教育和中药的去粗取精都有了长足的进步，中西医之间的距离越来越短。

伍连德对中西医的态度始终如一，他在《中国医史》中，便认为二者是一脉相承的，而不是对立的关系，中医的复兴，和其他学科一样，必须走科学化、现代化道路。这其实和后来提倡的中西医结合的观点一样，主张用科学的方法把传统医学融入到现代医学中去。

在中西医问题上，伍连德一方面保持着强烈的民族自尊，大力宣传中国医学的辉煌成就，另一方面努力提倡中西医结合，希望中国的医学能够将传统和现代很好地结合起来，希望每一个中国人都能健康长寿。

可以说伍连德是二十世纪初主张中西医结合，力图医学改革的代表人物。他不仅对中国现代医学贡献甚伟，对中国传统医学的贡献也是很少人能够相比的。

第二节　禁毒

一　南洋禁毒失利

伍连德一生最痛恨的东西莫过于鸦片。英国发动了两次鸦片战争，不仅攫取了中国大量的白银，而且运来了滚滚的鸦片，在赚取高额利润的同时，摧残着中国人的躯体。

在当时的马来亚，尽管有严厉的禁烟法律和高额罚款，却仍然可在大城市如新加坡、槟榔屿、吉隆坡和其他城镇看到无数华人，从百万富翁到黄包车夫和卖面条的小贩，暗中沉迷于那难以摆脱的烟枪。在鸦片商和洋人的鼓吹下，许多华人相信鸦片是包治百病的仙丹，以致吸食鸦片成了正当的社交活动，这种不良风气影响极广。

伍连德看到这些颓败气息只能叹气，正如鲁迅先生所说，哀其不幸，怒其不争。

南洋作为鸦片的中转站和消费市场，是当时鸦片贸易的一个重要据点，鸦片所带来的巨额利润使当地政府对此大开绿灯。海峡殖民地政府为了维持稳定的收入建立了鸦片响码制，垄断鸦片的供应，即把炼制成的熟鸦片的销售权以招标的方式承包给华人富商，由承包商向政府交纳承包费，换取销售垄断权。这个制度使鸦片商拼命扩大鸦片的销售，导致鸦片消耗量日益增大。

1904—1907年，伍连德(右一)在槟榔屿创建禁烟协会，成为马来亚华人社会著名社会改革运动领袖。图为槟城禁烟协会领导人合影

伍连德国外求学返乡伊始，便大力主张禁烟。他在报纸杂志上发表大量文章，批判鸦片贸易，揭露殖民地政府以巨大民脂为油膏的事实，这严重危害了殖民地政府的利益，加上之前他在吉隆坡带头抗议种族隔离，引起了官方极大的反感和警惕。

20世纪初，英国政府对鸦片贸易也做出了反省，1906年英国国会，公开表示在印度和中国的鸦片贸易是不道德的，应该迅速停止。自由党政府表示愿意和中国政府合作以控制鸦片消费，得到了清政府的积极反应。受此鼓舞，南洋的有识之士自发地组织起来，开展了一场声势浩大的反鸦片运动。

在新加坡的林文庆和在槟榔屿的伍连德，成为两地禁毒的先锋。伍连德被选为槟榔屿反鸦片协会会长和总医师，于1906年3月8日主持了在怡保召开的有3000人参加的海峡殖民地及马来亚第一届反鸦片会议，会议通过十项决议，包括呼吁政府取消鸦片响码制，实行烟民登记，管制鸦片买卖，控制鸦片消费以及大力进行禁烟教育等，从此海峡殖民地和马来亚反鸦片运动如火如荼。

当地的鸦片生意一落千丈,引起了鸦片商的不满和恐惧。他们一方面向政府施加压力,要求官方出面干预。另一方面,有身家有背景的朋友频频拜访伍连德,希望他能够网开一面。

在鸦片商与伍连德的一次谈判中,鸦片商拿出一张支票说:"伍医生,如果你能同意我们的要求,这些是对你个人的赔偿。"

伍连德觉得受到了极大的侮辱,拂袖而去。

这天,伍连德正在诊所里为病人看病,槟榔屿政府的高级医学专员悉尼·露西先生,在两名马来亚随从的陪同下走了进来。

伍连德和露西以往的交情还不错,见到他骤然来到诊所,伍连德一怔:"露西医生,今天怎么有空来到我的诊所?"

露西表情很严肃,拿出一张纸,道:"伍医生,这是地方法院颁发的搜查令,我要搜查你的诊所,请你配合。"

伍连德感到很奇怪,问:"搜查什么?"

露西还是面无表情地回答:"非法药品,这是我的职责。"

伍连德无可奈何地一摆手:"请便。"

露西在诊所里翻了一通,最后来到储藏室,不一会儿拿着一支酊剂兴奋地走了出来:"伍医生,这是什么?哪里来的?"

伍连德感到很不解:"这是一盎司鸦片酊剂,刚开业时从一个英国医师手中买来的,预备为病人止痛用的,可是一直没有派上用场。"

露西二话不说,当即发出一份传票,指控伍连德在没有政府许可的情况下非法拥有有害药品。伍连德有些生气地辩解:"据我所知,这是在殖民地注册的医生所应有的权力。"

露西拿出一份本地政府刚刚出版的公报, 指着上面的一条法令说:"请你看看这个。"

伍连德拿过公报,上面刊登了刚刚修改过的一条法令,要求每个医生要申请一份政府许可,才能买卖、拥有和使用特定的有毒药物。他仔细看了一遍,道:“这份法令并没有正式公布,也没有强制医生执行,法令没有附加任何惩罚,何况鸦片在殖民地是可以公开买卖的商品。”

露西道:“这些话你留着跟法官说吧。”说完掉头就走。伍连德觉得很不可思议,作为大不列颠医学协会的成员,伍连德找到协会在海峡殖民地的秘书柯克先生,向他申诉。没想到柯克也认为是伍连德的责任,甚至引用伍连德在禁烟大会上的发言——“谁播的种,谁就得收割”。

伍连德终于明白了,这不是一场误会,而是一场阴谋,他被人暗算了。

后来,尽管他聘请了律师,尽管律师将对方驳得哑口无言,但他仍然得到了这样的判决:判定伍连德有罪,罚款 100 元,必须马上去申请许可。伍连德向殖民地最高法院提出上诉,得到的结果是维持地方法院的判决。

伍连德被判有罪的消息传出后,在社会上引起很大的反响,使他无法继续主持槟榔屿的禁毒运动,当地第一次反鸦片运动便以这种方式流产了。

伍连德一下子陷入孤立无援、被排挤、被误解的境地,在官方和朋友中都受到冷遇和敌视。此时的伍连德只有 27 岁,涉世太浅,在唯利是图的鸦片商和老谋深算的官员的合谋中败下阵来。这个打击来得太突然,也太致命,使人变得消沉萎靡。

袁世凯的一纸聘任书,才将他拉出这个消极的人生低谷。

二　一纸空文的禁毒公约

刚刚回国的那几年,伍连德致力于陆军军医学堂的建设和军事医学教育。回国伊始,伍连德人微言轻,与其指手画脚,不如埋头做事。

东三省鼠疫防疫的成功,使他从一个默默无闻的小人物,一跃成为世界知名科学家,清政府的首席医学专家。而更让他始料不及而又令他振奋的是他作为中国政府的代表参加国际禁毒大会。

1912 年 1 月 23 日，在 12 国参加的国际禁毒大会上，伍连德和梁镇东、唐国安代表中国签署了禁毒公约，虽然他代表的政府马上就覆灭了。1913 年 7 月，他再次作为中国政府的代表，和外交部副部长颜惠庆一起出席了有 46 个国家参加的第二届国际禁毒大会。从此，他成为中国禁毒的领军人物。

在第二届国际禁毒大会上，与会的 46 个国家除了两个鸦片生产国土耳其和塞尔维亚外，都在公约上签了名。可是到 1914 年 6 月第三届国际禁毒大会时，只有四个国家，美国、中国、荷兰和危地马拉无条件批准了这个公约，而第一次世界大战使这个公约的进一步落实和施行成为泡影。

辛亥革命后，民国政府在禁毒问题上一开始还是旗帜很鲜明的，积极采纳伍连德等人的建议，延续清政府全面禁毒的政策，发布政令推行禁毒，有些省甚至判处吸毒者死刑。可惜很快因为时局动荡，禁毒工作无法持续下去。1917 年以后，军阀割据，很多军阀为了筹备军费，开始在管辖范围内大规模种植鸦片。而日本人利用这个机会，开始向中国大规模倾销鸦片。

本来逐步受到限制的鸦片又开始大规模泛滥起来，除了大量地进口鸦片，伍连德还伤心地看到，到处是绚丽的罂粟田。

没有强力的中央政府，地方上处处军阀割据。禁毒工作无法进行，就在伍连德为此痛心疾首而又孤立无助时，有人挺身而出和他站在了一起。

支持伍连德的是英文《平津时报》的主编、英国人伍德海德，在他以及陈友仁等有正义感的朋友的帮助下，伍连德力主的禁毒活动获得了舆论的支持。伍连德掌握了鸦片交易的第一手资料，并将之写成文章，在医学会和博医会年会上发表，引起整个医学界和政府的重视。

根据伍连德调查的结果，从 1912 年国际禁毒大会后，到 1914 年，英国的年鸦片出口增加了 1.5 倍多，从 5.5 吨增加到 14 吨。可是这并不表明英国政府阳奉阴违,继续对中国倾销鸦片。而是因为英国对日本的出口增加了 7 倍,从 1912 年的 1.5 吨增加到 1914 年的 12 吨,对其他地区的出口则下降了 1 倍,由 1912 年的 4 吨下降到 1914 年的 2 吨。这些出口给日本的鸦片经西伯利亚到达日本后,被分装并标成白粉和药物,经过大连、安东和台湾卖给中国人。

在东北,伍连德发现,几乎每一个日本药材商都经营鸦片。按照中国法律,贩卖鸦片者将判处两年徒刑,可是日本人不受这个约束,肆意妄为。每年冬天在黑龙江和吉林都能收集到上千具吸毒者的尸体。监狱中一半以上的犯人身上有针眼。而日本药材商却从中获得暴利。

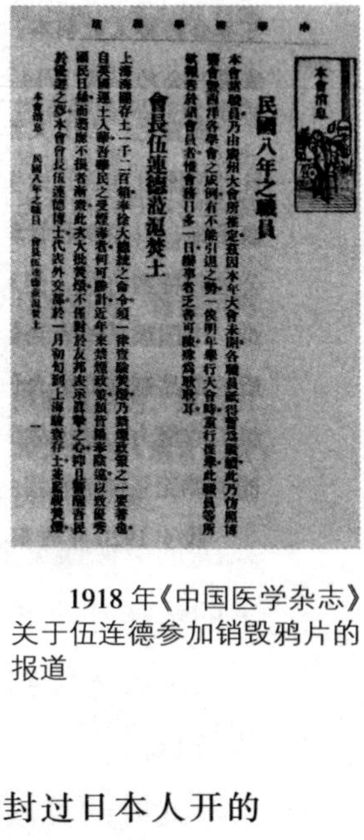
本會消息
民國八年之職員
會長伍連德蒞滬焚土

1918 年《中国医学杂志》关于伍连德参加销毁鸦片的报道

令伍连德气愤的是,日本政府于 1912 年也签署了全球禁毒公约,应该责无旁贷地协助其他签约国控制鸦片交易。但是为了巨额的利润,日本从官方到民间步调一致地向中国倾销鸦片。

正是这件事使伍连德产生了极强的反日情绪。

也正是从这时开始,伍连德开始关心政治和时局。匿名撰写有关中日关系的文章,提醒国民警惕日本在华的侵蚀,因此伍连德也引起了日本人的注意。

伍连德长期在东北,虽然在第二次鼠疫防疫中查封过日本人开的烟馆,可是一段时间后,日本人还是我行我素地大规模倾销鸦片。不仅如此,日本还在朝鲜种植鸦片,专门销往中国。

在关内,伍连德以医学专家的身份,积极推动政府和国际上的禁毒行动。在他和同人的努力下,继印度政府同意不再向中国出口鸦片后,1916 年 11 月 16 日中国政府宣布严禁鸦片,由政府出资购买在华的全部鸦片。1918 年 12 月 4 日以后,剩余的鸦片被悉数销毁。

这个决定,可以说是继虎门销烟后,中国官方最大的一次禁毒运动。此政令一公布,举国欢腾,伍连德第一次看到了中国禁毒的希望。

三　上海销烟

禁毒是举世称赞的事,可是,有人却从中看到了发财的机会。因为从发布政令到彻底禁止鸦片之间有两年的时间,在上海的犹太商人开始疯狂地囤积鸦片。1918 年 12 月初,期限到了,上海犹太商人囤积的鸦片已堆积如山。中国政府经过反复交涉,讨价还价,最终用 2400 万元才收购了这批鸦片。

1919 年 1 月 8 日,受民国政府指派,伍连德和法务部长张一平、外交部驻上海专员陈遗范在上海主持销毁这批鸦片和烟具。这是继虎门销烟后的又一次大规模销毁鸦片,显示了中央政府禁毒的决心。

伍连德在浓烟中,想到了 80 年前的虎门,想到了祖国 80 年的烟毒苦难,他想了很多。这一刻,他感到平生无悔,非常骄傲,非常满足。他想起林则徐,想起 80 年来鸦片在中国的泛滥,想起从小就无时无处不见的吸毒者,也想起当年在槟城家乡禁毒的遭遇。站在销毁鸦片的大坑前,他感觉到十几年的努力终于有了结果,他体会到本着良心做事的艰辛和收获,他的人生在这一刻是充实的。

上海销毁鸦片活动一直持续到 1 月 27 日, 起到了非常轰动的宣传效果。

此时的英国从民间到官方,开始从限制鸦片生产和交易,到赞成在全球范围内禁止鸦片交易。英国的这种做法,使各国禁毒运动更加深入。中国从晚清起,从政府的角度也积极进行禁烟。全社会对鸦片的危害渐渐有了清醒的认识。

但是,仅靠销毁就能够控制中国的鸦片泛滥吗?

伍连德当然清楚,这次销烟很大程度上更具象征意义。虽然这次是政府下令,并表示了坚定的禁毒决心,可是对于在全中国范围内消灭,哪怕是控制鸦片的流行,都起不到多大作用。

更可怕的是，伍连德面对的不仅仅是唯利是图的鸦片商，还有为了利润不择手段的国家。

此时，毒品制造者对毒品进行升级，将鸦片变为吗啡，采取的是注射吸毒的方式。因为注射吸毒的效果更佳、更经济，也更容易上瘾，很快在国内蔓延开来。

上海销烟后，伍连德继续关注和调查毒品在中国的流通情况。

1920 年，伍连德发表了关于中国毒品状况的第二篇文章，证明吗啡已经流入中国，成为在中国增长速度最快的毒品。1919 年流入中国的吗啡比 1912 年增加了 5 倍，这是法国、日本和瑞士政府暗中支持的结果。

伍连德的报告显示，尽管不允许直接向中国出口毒品，但英国有关方面改为向日本出口，经日本流入中国。1918 年，英国对日吗啡出口为 60 万盎司。同年，日本从美国进口 11 万盎司吗啡。美国 1919 年进口了 56 万磅鸦片，用于制造吗啡。这些吗啡大部分最终流入中国。

日本利用中国沿海各口岸，尤其是日本控制的租界和口岸，大肆向中国出口毒品。几乎所有在华的日本商人都在贩卖鸦片。而且海洛因已经开始经过日本流入中国。为了掩人耳目，鸦片交易采用迂回的办法，从伦敦到纽约，转道圣弗朗西斯科，再抵神户，然后运到大连和青岛。日本统治下的朝鲜，从 1920 年起在官方的鼓励下开始种植鸦片。日本对本国及其殖民地的毒品交易和吸毒行为进行严格控制和禁止，其禁毒政策可以说是很成功的。其生产的毒品专门用于销往中国，在获得暴利的同时，极大地损害了中国人的体质，在中国社会引起严重的社会问题，对中国的经济造成致命的恶果，为日本的侵华政策铺路。

面对这些事实，伍连德忍无可忍了。

四　堂吉诃德式的战士

1925 年 10 月，第六届远东热带医学会议在东京召开，伍连德照例应邀在大会上宣读论文。他读完两篇关于鼠疫防治的报告后，做了鸦片对公共健康的影响的报告。

在介绍完研究结果后，伍连德大声质问：“为什么到现在，依旧有人宣传吸鸦片和喝酒一样危害不大？或者说东方人吸鸦片等于西方人喝酒？这种违背医学常识，明目张胆地为鸦片背书的言论为什么还有市场？远东的医学界是否应该为此承担责任？

“现在，在某些国家政府的大力支持下，另外一种危害更大的毒品，海洛因已经进入中国北方。这种称为白粉的东西被加在香烟中，会产生更多的瘾君子，其后果更为严重。”

最后伍连德提出议案，建议与会的科学家签署声明，共同努力限制毒品的流通。大会就伍连德的提案进行了表决，除了日本，其他各国的代表一致赞同，通过了伍连德的提案。通过这件事，伍连德越发成为日本人的眼中钉。

南京政府成立后，中国出现了久违的统一。伍连德从中再次看到了希望。他继续努力，希望能建立全国性的禁毒机构，彻底杜绝毒品在中国的流通。他继续跟踪调查毒品在中国的情况，对军阀割据造成的毒品泛滥十分痛心。他积极支持政府建立戒毒医院，并主持了几个戒毒的项目。

可是伍连德在华三十年的努力，因为战乱，最后都成了泡影。在他返回槟城家乡后，他看到家乡的毒品问题同样没有得到解决。第二次世界大战结束后，全球的禁毒开始走上正轨，可是非法的毒品交易还是十分猖獗。在他临终之前，马来亚的毒品问题非常严重。

伍连德毕生与毒品搏斗，像堂吉诃德一样战斗，但始终没有成功，毒品流通在世界上始终没有绝迹。当前全世界各国政府无一例外地打击毒品，取得了空前的一致。但毒品仍然无法绝迹，这场不见硝烟的战争还会继续下去。

第三节　创办医院和医学院

一　鼠疫医院

在筹办东三省防疫事务总处的时候，伍连德知道，这个总处是一个系统，是一个组织，而其实体还是医院，因此他按照管辖的范围，建立了鼠疫医院，包括哈尔滨、满洲里、同江、依兰、大黑河等，这些医院在鼠疫流行的时候，用作隔离站，观察病人，平时则作为普通医院正常诊病。

二　海港检疫管理处医院

在筹办海港检疫管理处的时候，他同样建起了一批医院，这些医院都渗透着他的心血。这些医院是:

上海的吴淞第一医院、吴淞第二医院；

厦门的检疫医院，这是一家集办公室、检查室、实验室为一体的医院；

塘沽、武汉、秦皇岛、南京等医院。

三　东北陆军医院

在东北期间，他还帮助张作霖、张学良筹建了东北陆军医院。

东北陆军医院是 1922 年直奉战争的产物。张作霖与吴佩孚相互厮杀，出现了大批的伤兵，过去是依靠外国医师为他们治疗这些伤兵，因此张作霖和他的儿子张学良决定建设一座陆军医院，一边治疗士兵，一边训练医官。

他们聘请伍连德进行规划和组织，伍连德决定让曾留学美国的中国建筑师关先生负责画出设计草图，这座医院在战时用作军医院，平时为百姓看病。医院采用巴洛克风格，中央为两层楼，底层办公，楼上为医官起居室。病房则从中央办公区向外呈辐射状安置着成单元的大病房，一共35个单元，每个单元有40张病床。有完整的供暖系统和自来水管道系统，有护士长室、临床诊断室、办公室、重症室及厕所。除了病房，还配备了有附属设备的6个手术室，全部装备都是最新式的。还有专门的性病、皮肤病、眼、耳、鼻、喉科疾病诊断室和急诊部门。此外，掘了一口深水井，用电力将水抽到水塔，可满足所有需要。这里还有铁路专运线和站台，以及在特定时间接运大量伤兵上下火车的设施。医院可以收容400—500名病人，紧急情况下还能接收更多。建筑和设备费用超过了60万元，在当时，东北陆军医院是中国最大、设备最好的军队医院，1924年开办时曾举行过盛大的庆典。

四　中央医院

中央医院是一家民间医院，也是伍连德倾注心血最多的医院。

1915年，财政总长周学熙和伍连德商议，想拨出10万元在北京西山建一座结核病疗养院。伍连德觉得，北京最需要的不是建在西山的疗养式医院，而是一所建在城区为老百姓服务的现代化医院，周学熙对此深以为然。

为了这件事，北洋政府特意在中央公园会议室召开会议，除了周学熙和伍连德外，还有内务总长朱启钤、外交总长曹汝霖、司法总长章宗祥、国务院参事林长民等高官与会，与会的还有施肇基的胞兄、陇海铁路局局长施肇曾。在林长民等人的极力促成下，伍连德的建议得以通过，除了财政

中央医院旧址，现为北京大学人民医院

部的10万元外，会上还集资11万元，聘请伍连德为该院院长，施肇曾为财务长，筹建中央医院，并于1916年6月在西城破土动工。

建立现代化的综合医院，也是伍连德梦寐以求的事业。除了监测哈尔滨鼠疫情况外，他还积极投入这所医院的建设。可是没有想到，从筹备开始就遇到诸多磨难。日本想亡中国的《二十一条》，袁世凯称帝的闹剧，北洋政府的动荡，使财政部预计的建院资金无法保证。

无奈之下，伍连德返回槟城家乡，为中央医院募捐。槟城的爱国华侨积极支持，共募得3万元。梁启超就任财政总长后，伍连德说服他提供3万元资金、每年1000元行政经费。最后施肇曾捐款5000元，伍连德捐款2500元，使医院的建设得以继续进行。

中央医院于1918年1月落成并正式开诊，这是中国人自己兴建的第一所综合型医院，芝加哥《现代医院杂志》于1917年4月对其做了详细的报道。大连日本的南满铁路医院也是参考中央医院的模式建造的。

中央医院开业以后，盛况空前，来参观的市民如潮，成为北京市医疗卫生的一个重点。

建立大型医院是伍连德从1908年回国之初就开始的梦想，十年后这个梦想终于实现了。医院建成以后，他便全身心地投入到医院的管理之中，可是，医院刚刚开业不久，就发生了意想不到的事情。

作为中央医院的院长，伍连德以极大的热情开始主持这所中国当时最先进的医院。可是没想到，他和施肇曾产生了矛盾。施肇曾作为医院的财务长，本是伍连德的下属，但在管理上开始凌驾于他这个院长之上。伍连德起初以为施肇曾是受人挑拨，误信小人言，不久才发现另有隐情。

原来施肇曾是想让自己刚刚从美国获得医学学位的长子取代伍连德。对施肇曾的这种做法，很多人表示不满，纷纷支持伍连德。因为中央医院的建立伍连德功不可没，当时在中国医学界，能和伍连德齐肩的凤毛麟角，更何况是一个刚刚毕业的毛头小子呢！

在这种情况下，伍连德采取了忍让的态度，主动辞去院长的职务。可是，施肇曾的长子接任后，对医院管理毫无兴趣，转而去上海做金融生意。没过多久就欠了一身的债务，以自杀的方式结束了自己年轻的生命。

这件事让伍连德很受伤，他病倒了，到西山八大处疗养，在妻子黄淑琼的悉心照顾下逐渐恢复了健康。

五　协和医院和协和医学院

十九、二十世纪之交，是现代医学走向正规化的年代。以美国为代表的现代医学教育改革，以条件良好的医学院、先进的教育制度和教学医院为基础，培养出高质量的医学毕业生，进而大大提高了整体的医疗水平和全民的健康。在这种体制下，医学毕业生的能力得到很大提高，对全球的医学教育也产生了极大的推动。欧洲各国纷纷仿效美国的医学教育体系，中国采取美国医学教育方法建立的湖南湘雅医专和北京协和医学院拥有当时中国医学教育的最高水平，而北京协和医学院则浸透着伍连德的心血。

1913 年，哈佛大学校长查尔斯·埃利奥特代表卡内基和平基金会，来华考察现代化教育。伍连德受外交部派遣，陪同他在各地考察，详细介绍了中国的医学现状和需求，使埃利奥特对中国的现状有了比较清晰的了解。埃利奥特回美后，向洛克菲勒基金会提交了考察报告。根据埃利奥特的考察报告，洛克菲勒基金会再度组团来华考察，还是由伍连德负责接待。考察团走访了中国 17 所医学院校和 97 家医院。这次考察结束后，洛克菲勒基金会正式开始了北京协和医学院和协和医院的筹建。主持筹建的罗杰·格林，1911 年任美国驻哈尔滨领事，在鼠疫防疫中和伍连德建立了友谊。因此，协和医学院从筹备开始，伍连德便积极参与其中。

因受第一次世界大战的影响，协和医学院于 1917 年才破土动工，于 1921 年 9 月 19 日正式落成。在协和医学院开幕式上，作为特邀嘉宾，伍连德应邀做了关于东北鼠疫流行的报告。

伍连德1921年出席协和医学院开幕典礼

在其后的几年内，北京协和医学院和协和医院很快成为国内乃至世界上先进的医学院和医院，为中国培养出一批又一批优秀医学人才，还聚集了一批华人的精英。这批华人医学精英逐渐成长，最后接管了协和。

中国人从外国人手里接管了协和医学院，表明中国现代医学的人才已经成长起来了，标志着中国现代医学进入了高速发展的阶段。而少为人知的是，这里面也有伍连德的功劳。

六 哈尔滨医学专门学校

经过两场鼠疫和两次霍乱的袭击，伍连德感觉到，东北深受各种传染病的威胁，迫切需要大量的西医。东三省防疫事务总处医官林家瑞提出办医学院校的建议，伍连德欣然接受这一建议，就利用东三省防疫事务总处所属滨江医院的临床设备和技术力量，邀聘了在哈尔滨的名医，并获得东省特别区长官公署及哈尔滨海关等的资助，于1926年9月8日创建哈尔滨医学专门学校，伍连德为第一任校长。这是中国东北边陲最早由中国人自办的医学校，以后发展为哈尔滨医科大学。

第四节 创办中华医学会

一 起因

在伍连德看来，建设中国的现代医学体系，应该包括正规的医学院校、先进的教学医院、各地的现代化医院以及全国性的医学学会。

1908 年,伍连德从槟榔屿回国任天津陆军军医学堂帮办,当他踏上上海的土地时,便迫不及待地和当地的医学组织联络,找自己的“组织”。他与传教士医疗活动的领导人接触,而且加入了博医会,成为第一个准会员。因为他不是基督徒,不能享有会员的全部权利,在他们撤销了必须信教的条件之后,伍连德才成为普通会员,并且定期参加在不同城市两年举行一次的年会。这种入会障碍,以及博医会的服务宗旨,使 28 岁的伍连德受到很大刺激。

所以在 1910 年伍连德便起草了建立华人医学协会的计划,他征求朋友们的意见,并登报呼吁。大家讨论以后,认为现代医生在华数量很少,影响不大,成立华人医学协会时机不成熟,这个计划只好暂时搁置。

二　中华医学会宣布成立

1910—1911 年的东北鼠疫大流行,扑灭这场肺鼠疫的指挥者伍连德不仅在国内,而且在国际上有了相当高的学术威望。这为他后来再次发起成立医学协会,赢得了足够的资格。

1914 年 5 月,伍连德、颜福庆、俞凤宾、肖智吉、古恩康、刁信德、黄琼仙等医师在上海俞凤宾医师家聚会,再次商议成立学会事宜。这次会上,大家都认为成立学会刻不容缓。由四年前的条件不成熟,到刻不容缓,这里既反映出中国西医对成立自己的医学组织的期待,同时也反映了当时医界的变化。一个社团的出现,需要诸多条件,其中领袖人物、会员基础、运作经验及经费来源,应该是最基本的要求。

颜福庆是美国耶鲁医学院毕业的亚洲第一人,1910 年, 他接受美国雅礼会的聘请,在湖南长沙雅礼医院任外科医师。在此期间,曾为杨开慧诊治过疾病（中华人民共和国成立后毛泽东接见他时还提及此事）。1914 年,他创办长沙湘雅医学专门学校(湖南医科大学前身),任第一任校长。

伍连德和颜福庆等决定，利用第二年博医会在上海召开两年一度年会的机会，正式筹办全国性华人医学协会。

1915 年春节期间，博医会在上海召开年会。中国现代医学人才汇聚上海，进行医学方面的交流。

2 月 5 日晚上，参加博医会年会的 21 名华人会员，应伍连德的邀请，陆续来到上海的一家饭店。事先知道今天议题的人显得非常兴奋，这种情绪也感染了其他人。饭菜摆上了，大家坐在那里，谁也没心思吃饭，都在等待着。

伍连德站起身，郑重地说："今天之所以请诸位来，是讨论成立全国性华人医学协会之事。我建议立即筹备成立中国全国性华人医学协会，取名为中华医学会。"他用眼睛扫视了周围，继续说："同意的请举手。"

屋子里 21 人高高地举起自己的手臂。这一天，1915 年 2 月 5 日，中华医学会正式成立。

接着大家当场策划学会的组织机构。在筹备阶段，由颜福庆任会长，伍连德任书记。第一次中华医学会会议定于 1916 年召开，在此期间，由伍连德作为主编，出版《中华医学杂志》。同年 11 月，《中华医学杂志》创刊号问世时，便宣布已有会员 232 人。

博医会是近代西方职业协会在中国的范例，其组织方式和职业活动的内容，通过博医会的模板作用被移植到了中国。伍连德等创建者正是从参加博医会的活动中得到了借鉴。中华医学会成立后，两学会在许多方面进行合作，并随着西医本土化的进程，随着中华医学会的成长壮大，最终合二而一。

从活动经费的筹集角度看，成立学会时立筹 300 元，规定会费每年大洋 4 元(同博医会)。一年后召开第一次大会时，会计刁信德报告收进大洋 1095.85 元、支出 447.50 元，可见当时收取会费、出售杂志是比较顺利的，这与当时医生的收入不无关系。

因此，中华医学会在 1915 的诞生确实是具备了较为成熟的条件，可以说中华医学会是应“时”而生。

1916年2月7日，中华医学会第一次会员大会在上海四川路中华基督教青年会殉道堂举行，选举伍连德任会长，并成立了会员部、公众卫生部和名词部。伍连德还同刘瑞恒、俞凤宾一起承担《中华医学杂志》的编辑工作，与颜福庆、刁信德一起负责公众卫生部的事务。1917年伍连德在第二次会员大会上连任会长，直至1920年。此后，他四度担任学会监察委员会委员，三次被推举为《中华医学杂志》总编辑、公共卫生委员会委员，先后两次担任董事部董事，并当选为中华医学会首届公共卫生学会会长。

中华医学会的成立，原来是为建立一个专门由华人组成的全国性医学学术团体，以区分于以外国人为主导、有浓厚教会色彩的博医会。中华医学会的会员也可以是博医会的会员，后来两会还经常一起举办活动。中华医学会的创立，也源于伍连德强烈的民族自尊心。中国人要有自己的医疗卫生系统，要有自己的医学组织。而且不仅仅是摆样子，要干，就一定要干好。

对于亲手创建的中华医学会，伍连德充满了感情，寄予着厚望。无论身居何职，身在何处，他都记挂着学会的命运。办会初期，他同颜福庆等一些已在社会上享有盛名的医生，总是亲自打理学会的日常事务。最初6年《中华医学杂志》一直由伍连德任编辑，之后这项工作交给了牛惠生，再后来则是林宗扬。编辑的工作完全是义务劳动。

自从西学东渐，在华的医学会议上的发言历来用英文。英文可以说是伍连德的母语，远远强过他的中文，他用中文做学术报告还是有些吃力，但是他觉得，在中国的土地上，就应该用中文发言。所以，伍连德作为首任中华医学会会长的第一个提议，就是在学会的会议上用中文发言。

这个提议得到了大家的赞同，可以说，中国现代医学概念的本土化，从这一天开始了，极大地促进现代医学在中国的发展和普及。

中华医学会的蓬勃兴起，让博医会很快承认这个现实，并采取与之和平共处的原则，主动要求两学会的年会一起开，以方便身兼两学会会员的医学研究人员。这个建议被中华医学会采纳了，从此中华医学会的年会和博医会的年会就在一起开，1917 年 1 月在广州召开了中华医学会第二届大会，伍连德连任会长。

中华医学会自从成立的那天起，就以振兴中国现代医学教育为己任，迄今已经召开了 23 届大会。历任会长不乏著名学者。伍连德之后，有几位是上海圣约翰大学医学部出身的沪上名医，如俞凤宾、刁信德和两次为陈赓秘密治重伤、有中国医界之柱石之称的牛惠霖，还有曾任协和院长、卫生部长的刘瑞恒，曾任北洋医学堂总办的伍连德的好友、东北防鼠疫时的副手全绍清，伍连德的内甥林可胜，骨科专家牛惠生，伍连德的老乡林宗扬，中国现代药理学鼻祖朱恒壁，预防医学专家、曾任卫生部长的金宝善，外科学的先驱者沈克非，公共卫生学家朱章赓等。

从中华医学会成立的这一天起，中国的现代医学和现代医学教育开始步入正轨。中华医学会成为中国现代医学的中心，在发展、推动现代医学在华的成长上起到了不可估量的作用。1932 年，博医会并入医学会，使中华医学会成为中国唯一的国家级医学学术团体。

中国现代医疗卫生体系从无到有，里面浸透着伍连德的心血。他和他的同人，亲手为中国现代医学的大厦搭起每一砖每一瓦。

三　《中华医学杂志》，一本影响至今的杂志

伍连德返回北京后，立即为中华医学会向教育部备案，并很快获得教育部的批准。在积极筹备中华医学会第一次大会的同时，他抓紧《中华医学杂志》的编辑出版。在《中华医学杂志》初创期，从编辑到印刷，以及解决经费来源，伍连德都付出了大量的劳动。创刊号吸引了多家在华医药机构以及国内企业、学校刊登中英文广告，成功地解决了经费问题。

当年 10 月,《中华医学杂志》第一期正式出版。前两期为半年一期,其后为季刊,1924 年开始为双月刊,1950 年开始为月刊。从 1915 年开始,伍连德担任《中华医学杂志》主编六年,其后主编相继由牛惠生、林宗扬等担任。这份杂志一直办到今天,成为中国医学方面最重要的刊物。

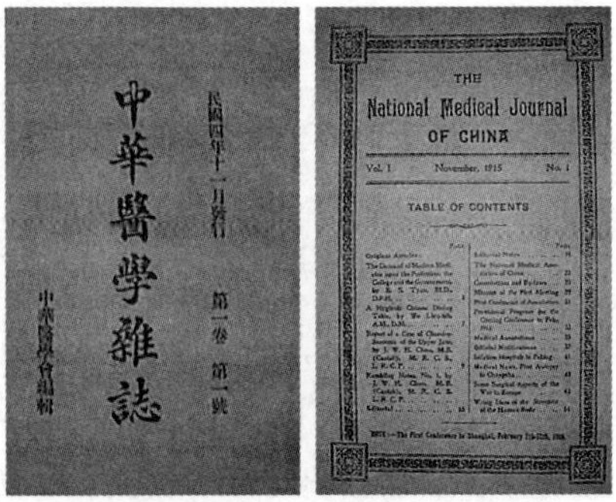

1915 年由伍连德担任主编的《中华医学杂志》正式出版，创刊之初是中、英文双语期刊

四 伍连德一直关心中华医学会

伍连德非常重视医学会两年一次的大会,担任会长后亲自撰写《中华医学会第二次大会预志》，号召会员参加大会。中华医学会至 1937 年召开了 12 次,伍连德出席了 7 次。第六次大会他虽然未能出席,但是给大会发来题为“发展中华医业说”的演说稿。1937 年卢沟桥事变后,伍连德离开上海返回马来亚。当他得知总会准备于 1940 年在昆明召开第十三次大会时,主动捐款 200 元支持大会的筹备。1940 年在昆明召开的第十三次大会上,伍连德虽已回马来亚,但仍在缺席的情况下当选为监察委员会委员。他还于是年自马来亚给医学会捐款计 12000 元。医学会理事会举行会议,正式接收伍连德捐款,将其作为医学会图书馆购置医史图书费用,其中 2000 元用于购置已上市的中国医史书籍,以 1 万元的年息陆续购置医史相关书籍,特将此项书籍称为“伍连德医史藏书”。1947 年 5 月,中华医学会在南京召开了抗战胜利后的第一次大会,即第十五次大会。伍连德于当月初由南洋来沪,旋即至南京参加了大会及医史学会第二届大会。会毕曾至青岛、北平逗留,于 6 月 12 日到沪,由医史学会会长王吉民设宴招待,并到学会会所参观“伍连德医史藏书”,除再次捐赠大批图书外,还捐赠巨款,以提倡医史研究。

第九章　伍连德现象

第一节　伍连德的学历

一　槟城苦读

伍连德出生于南洋的槟榔屿，亦称槟城，顾名思义，自然是个岛。槟榔屿在马来半岛的西北部，位于马六甲海峡交通要道上，形状呈四边形。1786 年英国东印度公司莱特船长以几百支毛瑟枪和每年 6000 元补偿金的代价从马六甲苏丹那里得到了这个小岛，那时这里荒无人烟。由于扼马六甲咽喉的特殊地理位置，槟榔屿很快被英国政府开发为远东最早的商业中心，并从国外引进大量劳工，在引进劳工的同时，也把他们的文化及传统一并带入，形成了槟城现有的独特文化和本土风情。

并入马来亚联合邦是 1948 年的事。岛上的居民也无一例外是大英帝国的公民，所以具有纯正华人血统的伍连德长时间在中国生活与工作，却一直持有英国护照。

伍连德清楚地记得自己的童年时代，父亲在唐人街租了房子，楼下是金铺，一家人住在楼上。街上主要是华人和印度人，偶尔能见到打鱼为生的马来人。华人又分成讲广东话的广东人、讲闽南话的福建人和客家人。他印象最深刻的是那些静静的印度高利贷店铺和街头演出。这种各民族混居，而且华人移民来源的多样性的生活环境，对伍连德的成长产生最大的影响，使他有了平等宽容的生活态度以及善于和不同种族不同背景的人打交道的能力，这两点对他日后的成功是非常关键的。

在槟榔屿，以福建移民和广东移民为主的槟城华人在近代中国不乏英才，成为南洋和海外中华文化的一颗明珠。孙中山流亡海外时，就曾客居槟城，组织同盟会，筹划革命。康有为也曾到此鼓吹君主立宪。对生长在槟城的华人来说，他们永远是中国人。也正因为这种很强的向心力，无论是以反清为主的同盟会，还是清朝政府，都把这里视为必争之地。

也许这些地域与文化的特点，对于常人，影响并不大，但对一个志存高远的人来说，这些特点必然在其身上留下终生的印记，地域与文化的特色，成为其成功的驱动力，使其事业与人生更加完美。

伍连德生于1879年3月10日，凌晨三点。家里人有个习惯，每个孩子出生，都会清楚地记录出生时的情景：这时天上的乌云突然散开，一轮明月皎洁明亮，这是非常幸运的月光。

这能应运中国的古话“天有异象，必有强者诞生”吗？其实无论从哪个方面来看，伍连德的出生，还有之后很长一段时间，那轮明月实在与他没有任何关系，更没有给他带来幸运。

伍连德实在很普通，兄妹共11个，5男6女，他在男丁中排名第四。他们的名字依次为连胜、连兴、连发、连德、德安。

和槟城其他华人家庭一样，伍家也是重男轻女。但值得庆幸的是伍家非常重视教育，男孩子到岁数就要受教育，女孩子则基本不接受教育，其中只有三姐月清上过几年私塾。

1886年春节刚过，将满七岁的伍连德该上学了。槟榔屿是英国殖民地，有公立学校，华人称之为大英义塾，每月学费一元，穷人可以免费。这笔钱对孩子众多的伍家来说也算是不小的支出。伍家有个奇特的惯例，孩子所受教育是中英交替，怎么讲？老大连胜在广东老家习中文，老二连兴入大英义塾习英文，老三连发入私塾习中文，现在轮到老四连德该入大英义塾了。从这一点可以看出父亲伍祺学的精明,所谓多一条路多一个选择,东方不亮西方亮。

然而这个对伍家孩子均等的机会,却决定了伍连德一生的命运,如果他的排行有了改变,那么他整个人生走的将完全是另外一条路。

此时的伍连德本人,看不到什么美好的未来。他所能憧憬的,就是和二哥一样,从大英义塾毕业,到地方法院担任通译,挣钱养家,然后娶妻生子,有个稍微体面的生活而已。

就在他上学的前一年,英国海峡殖民地总督发起并建立了女皇奖学金,每年授予两名优秀学生,提供每年 200 英镑、为期四年的奖学金,并提供来回船票去英国深造。

当时海峡殖民地没有大学,殖民地政府对除白人以外的其他种族采取歧视政策,华人子弟根本没有进入上层社会的途径,唯一的办法就是经商致富。女皇奖学金一建立,便成了华人子弟另一条上进途径,因此竞争十分激烈。

然而从 1885 年到 1892 年,女皇奖学金均由同属海峡殖民地的新加坡学生获得,那里的城市更繁华,教学水平要高许多。

海外留学的机会对伍连德来说就像天上的星辰,看得到却永远摘不到,遥不可及。

就在连德入学五年后,槟榔屿从英国聘请来哈格立夫先生出任校长,改革了义塾的教育体制,按照英国公校的办法,引进室外活动及英国文学、历史、地理、拉丁文和几何等高级课程。短短两年,槟城公校的教学水平突飞猛进,改变了女皇奖学金由新加坡学生独霸的局面,从 1893 年开始,槟城公校的学生连续获得女皇奖学金。

品学兼优的伍连德心中燃起了希望,那颗明亮的星辰似乎触手可及。

1892 年,13 岁的伍连德进入专为考取女皇奖学金做准备的优等班,他年龄最小,成绩却超过绝大多数高年级同学。

1893年,伍连德参加女皇奖学金选拔考试,第一年名列前茅,然而他这时生了一场重病,险些丢掉性命,在大病初愈后,他参加了1896年的考试,由于获得第一名的考生已申请取消资格,因此总督批准第二名递补为第一,另外一名空缺。这一年唯一的一名获奖人,就是伍连德。

这个消息对槟城来说是大事,对伍家来说更是喜从天降,如同中了举人、进士一样。来祝贺的亲朋好友络绎不绝,当地报纸也贯以"槟城一鹤"的标题大张旗鼓地宣传:"本埠自开埠以来习英文者多矣,以冠军闻名者唯该童为首届,真人杰哉。"金铺挂出"东家有事今日歇业"的招牌,父母在铺子里忙里忙外地招待客人,脸上挂着开心的笑容,将伍连德众星捧月似的捧为中心。

喧闹的一天终于过去,一家人却为伍连德去不去英国留学争执起来,父母最担忧的还是他的身体,孤身一人独闯天下能不能吃得消。他们的态度很是坚决,连伍连德都有些泄气了。这时一语定乾坤的是他的二哥,做地方法庭第二通译的二哥连兴,这几天外出公差,刚刚回到家里。

连兴冲着爹妈道:"不用担心,连德确实得过大病,但大难不死,必有后福,这个机会不能放弃,一定要去,而且一定要学医。"

由于长子连胜在广东老家,所以连兴从来都是扮演家中长子的角色。连兴为人十分固执,他认定的事,很难改变,爹妈也拗不过他。

二哥连兴的一句话,决定了伍连德一生的命运。

二 出国留学

伍连德顺利通过了入学考试,进入英国名校剑桥大学。

剑桥大学当年聚集了从世界各地来的优秀学者和学生,尤其在生理学、人类学和物理学等领域举世闻名。对伍连德来说,进入剑桥就像进入了一个科学殿堂,里面有无穷无尽的知识等待他去汲取。

当时在剑桥大学读书的华人很少，除了伍连德外，还有三名中国人，一个是新加坡的律师，一个是槟榔屿大鸦片商的儿子，还有一位是夏威夷富商的儿子。这三位都是有钱人，整天花天酒地，只是家庭花钱，让儿子来镀金的。只有伍连德是靠成绩考出来的，他在学习之余，不得不为生活费精打细算。

伍连德并不认为自己才华横溢、天资过人，特别是在剑桥这样的大学，他的资质与成绩只是中等，他唯一的长处，就是沉静执着的个性和勤奋用功的品质。

剑桥大学依曼纽学院

在依曼纽学院，伍连德选修了化学、动物学、解剖学和人类学，以及为医科考试选修了物理学和植物学。在很短一段时间后，伍连德的学习成绩便开始名列前茅。

入学第一年，一切从头开始，各项支出极大，他过得非常清苦。第二年复活节时，伍连德获得学院颁发的自然科学成绩优异奖。对此他喜出望外，不是因为获奖本身，而是因为有 40 英镑的奖金。他因而更加努力地学习，第三年在大考中摘取科学一等名誉奖，获得 50 英镑奖金，并如期获得文学学士学位。

在依曼纽学院三年的学习结束了，为了继续求学，他参加了圣玛丽医学院的考试，但竞争激烈，因为这个学院每年有 150 英镑的生活费和在校免费学习三年的奖学金，但名额只有两个。伍连德取得了其中一个名额，于 1899 年赴伦敦，成为圣玛丽医学院的第一名中国学生。

圣玛丽医学院后来培养出以发现青霉素的弗莱明为首的一批医学巨匠，不过在那时候圣玛丽还没有那么出名。伍连德靠着每年 150 英镑的生活费和奖学金，再加上女皇奖学金剩下的一年资助，顺利完成了在圣玛丽医学院的学业。虽然他依然很清贫，依旧要省吃俭用。

在圣玛丽医学院的三年中，伍连德几乎获得了学校所有奖项，包括1901年临床外科手术特别奖、临床医学特别奖、克斯莱克病理学奖学金，1902年奇德儿临床医学金牌奖。

1902年4月，伍连德完成医学学士考试，只用了五年零三个月便完成了全部学业，成为1896届剑桥大学135名医学生中第一位获得医学学士学位的学生，同时他还获得外科学士学位。

为了拿到医学博士学位，他开始做住院医生和参加研究，先在伦敦南部布罗穆顿医院做住院医生，专门实习治疗在家乡常见的传染病，特别是结核病。然后利用依曼纽学院提供的为期两年的研究奖学金开始从事研究工作。

他先在利物浦热带病研究所参与科研，1903年初赴欧洲大陆，分别在德国哈勒大学卫生学院及法国巴斯德研究所进修。19世纪是微生物学发展的黄金时代，德国的科赫、法国的巴斯德是其中的佼佼者，伍连德在八个月中得到系统的微生物学训练。1903年8月，他向剑桥大学递交了一篇关于破伤风研究的论文作为博士答辩论文，顺利通过了博士考试，获得医学博士资格，又是同届中的第一位，这一年他年仅24岁。

由于学校规定获得医学学士者晋升为医学博士的间隔起码三年，伍连德的博士学位要等到1905年才能颁发，在这期间，他算是候补医学博士。至此，他在剑桥大学一共获得五个学位，即文学学士、医学学士、外科学士、文学硕士和医学博士。

几年欧洲求学，除了知识以外，伍连德还得到了什么？

这就是"德先生"和"赛先生"，即民主(Democracy)与科学(Science)。

"德先生"和"赛先生"是在中国新文化运动时期提出的一大重要口号。在1919年五四运动期间，热血青年高举"民主"和"科学"两大旗帜，向封建礼教以及封建专制思想猛烈开火，现在北大校园里还有"德先生”和“赛先生”的雕塑，就是当时历史背景下的产物。

伍连德接触“德先生”和“赛先生”的时间比中国人要早了十多年，而且是亲历亲为，不是舶来品。他的感受更加直接，也更加深刻。

在英国与欧洲的学业固然重要，但在留学期间形成的价值观才使学成回国的伍连德与众不同，也是他得以脱颖而出的关键。

在世纪之交的欧洲，特别是英国的自由民主之风，在伍连德这个成长于多民族殖民地社会的少年身上，熏陶出广阔的文化包容和无私平等的人生观，培养了他对自由、平等、正直和对科学及现代知识的追求，奠定了他一生最坚实的基础。

在读书期间，接触病人和到病人家中出诊，使他能全面地了解英国社会和英国民众。看到了英国平民的困苦，看到了社会上的贫富悬殊。他发现英国普通民众非常坦诚、友善，对他这个华人没有种族歧视。这与他在家乡看到的殖民者的嘴脸大相径庭。在槟榔屿饱受歧视的殖民地地位使他对此感受更深，平等和博爱深入骨髓，也更加坚定毕生从医的志向，而不像其他女王奖学金获得者那样弃医从商或从政。

第二节　伍连德的亲人

一　父亲伍祺学

伍连德之所以成为独特的伍连德，他的家族氛围、亲人的言传身教对他影响至关重要。

父亲伍祺学是对他产生影响的第一人。这是个跑南洋的广东人，按照当时广东的习俗，家中的长子和女孩子留在家乡，其他男孩子长大后都要出去闯荡。伍祺学是家中老四，二哥和三哥去了美国

伍连德的父亲伍祺学（1832–1916）

加利福尼亚，他来到南洋，五弟去了澳大利亚。最后在加州的两个哥哥只能勉强维持温饱，在澳洲的弟弟穷困潦倒，只有他能够立业并接济父母和兄弟姐妹。

16 岁那年，伍祺学来到槟榔屿，随身除了一张草席和一只枕头，就是勇气和希望。他进了金铺当学徒，几年后学成手艺，自己开了金铺。由于手艺好，样式独特，生意兴隆，雇用了几名助手，专门生产供当地女子佩戴的首饰。

伍祺学对家里的贡献最大，凭着心灵手巧，更凭着勤劳，除了自己的家庭收支有余，还可以接济父母和岳父母，以及兄弟姐妹。

更重要的是虽然家境并不富裕，他非常重视教育，让自己的儿子都念书受教育，伍连德是最大的受益者之一。特别是伍连德获得女王奖学金以后，是否出国留学，伍祺虽然有过犹豫，但最终还是同意体弱多病的儿子去了英国。

伍连德的母亲林彩繁（1844–1908）

二 母亲林彩繁

应该说，影响伍连德最大的不是父亲，而是母亲及林家兄弟。

母亲林彩繁平常平凡，平凡得几乎没有什么值得记录下来的文字。她是第二代南洋人，是家中的长女，她有 7 个弟妹，几乎全靠她照料。她 13 岁嫁入伍家，总共生了 15 个孩子，留存下来 11 个。茹苦含辛，把这么多孩子都养育成人，伍连德在少年时得了一场重病，更是由于母亲悉心调养，最终转危为安。

三 忠勇的舅舅们

母亲林彩繁家中几个弟弟渐渐长大后，在本地发展的空间有限，家里也不需要那么多帮手。这时，正好赶上大清水师在南洋招水手。当年内忧外患不断的清廷，洋务派占了上风，大力发展海军。水师的建设完全按英国的模式，因此急需能讲英文，而且能行走海上的水手，林家兄弟正是这样的人。老大林国祯和老二林国祥这对双胞胎决定去福州投军。

可是林家家境贫寒，根本不可能给他们俩出路费。还是大姐彩繁取得家里的同意后，给他们俩带足了路费和生活费。两人到福州参加了大清水师，老二林国祥勤奋好学，很快脱颖而出，被选拔入福建船政学堂（俗称马尾水师学堂），成为福建船政学堂第一批学员，后来升任管带，成为北洋水师的一代天骄。

林国祯和林国祥在军中站稳脚跟以后，把几个弟弟相继接到福州，加入了大清水师。一家兄弟六人同在水师服役，极为罕见。

几年后，老大林国祯退伍返回槟榔屿，成为槟榔屿最高法院首席通译，娶了一位福建富茶商的女儿。老四林国礼退伍后也回到家乡，继承母亲家族的采矿事业。老五林国湖一直在福建水师服役。老六林六经因在中法战争中表现出色而获得朝廷颁发的表扬奖状，回到槟榔屿后做了二十多年的政府通译，退休后在金宝开矿致富以后，投资建筑成为当地首富。在怡保拥有大批产业，迄今当地还有以他的名字命名的林六经市场。

林家老三林国裕，在甲午海战中被日军弹片击中，和邓世昌等一起成为壮烈殉国的民族英雄。

林家兄弟中最出色的还是林国祥。

1894 年 7 月林国祥担任广乙号管带，与济远号和操江号三舰奉命护送“仁字”军赴朝鲜。1894 年 7 月 25 日晨，日舰吉野号等舰在牙山口外丰岛海面突袭中国舰船。双方激战1小时20分钟。广乙号多处受伤，人员伤亡很重，林国祥下令向东北方向逃避。广乙号驶至朝鲜西海岸搁浅后，林国祥为免军舰被敌人夺去，下令凿坏锅炉，焚烧火药舱，率领剩下的79人登岸，往牙山投叶志超军营。到了军营他们发现叶志超已经溃逃，便搭乘英国军舰回国。途中为日舰拦截，被迫签署永不与闻兵事的声明，才被释放回国。此即为黄海海战前的丰岛海战。

9月17日中日海军在黄海决战，在旗舰中弹，主帅重伤，北洋水师全军混乱之时，致远号管带邓世昌下令对日军旗舰吉野号做自杀式冲击，最终中鱼雷沉没。关键时刻济远号管带方伯谦临阵脱逃。黄海一战，北洋水师退守威海卫，不再出战。战后，方伯谦被斩首于旅顺。朝野上下将林国祥与方伯谦比较，一片赞许之声。10月16日，李鸿章奏以林国祥接替方伯谦任济远号管带。北洋水师全军覆没后，林国祥被革职。不久后又被重新起用。

1908年林国祥病逝，光绪帝派皇叔恂贝勒到广州林家"将军第"吊唁，赐封号"武显将军"。

舅舅林国祥是中国近代史上颇有名气的一个人物。他对伍连德的影响无疑来自两个方面，一个是他的品质，他的爱国情结；另一个就是他的威望，他的人脉，为伍连德回国报效提供了诸多方便。

甲午战争以后，海军元气大伤，像林国祥这样"马尾一期"的学生很是宝贵，所以清廷很快重新起用，奉命前往英国监造订购"海天""海圻"两艘巡洋舰，一共在英国待了三年。

凑巧的是，他在英国监造军舰的时候，伍连德也来到英国留学。

伍连德通过了剑桥大学的入学考试后，知道二舅林国祥正在英国，就决定前去看望。

在阿姆斯特朗造船厂里，卫兵把伍连德带到船坞。工人们正在紧张地忙碌着，人群中有三位身穿清朝海军服装，脑后留着长辫的华人显得与众不同，像监工一样四处走动。

卫兵来到其中一位大约40来岁的军官面前敬礼报告，军官扭头看到伍连德，顿时兴高采烈，大步走来，边走边用广东话喊："连德，连德。"

伍连德认出是二舅林国祥，也激动地喊："二舅，二舅。"

舅甥俩在异国他乡紧紧拥抱在一起。

林国祥仔细端详了半天，拍拍伍连德的肩膀："好呀，长大成人了。在英国还习惯吗？"

伍连德点点头："还习惯。"

林国祥笑了笑："我知道你一个人在外留学，一开始肯定不适应，伦敦这地方寒冷潮湿，不比家乡。坚持住，你一定会有出息的，舅舅对你有信心。来，给你介绍两位老乡。"林国祥边说边走到另外两名军官面前，指着其中的年轻军官说："这位是谭学衡大人，也是咱们新会同乡，你就叫他谭大哥吧。"

伍连德赶紧恭敬地叫："谭大哥，请多关照。"

谭学衡微笑着点点头。

林国祥又指着另外那个中年军官介绍说："这位是程璧光大人，是香山人，叫程叔叔。"

还没等伍连德开口，程璧光已经接过话茬："别别，你也叫我程大哥吧。"

伍连德突然想起来了："程大哥，我听说过，你也是以'一校一级战一国'的。"

林国祥三人闻言一起哈哈大笑，程璧光道："伍兄弟，以'一校一级战一国'说的是刘总兵、邓管带、你舅舅他们这几位师兄，我是马尾五期的，是一校可不是一级的。"

甲午海战时，北洋水师12艘战舰一共14位管带（包括继任）均为俗称马尾水师学堂的福建船政学堂毕业生，其中10人为船政学堂第一期毕业生。这才有以一校（福建船政学堂）、一级（马尾一期）战一国

(日本)之说。这 14 人中,4 人殉国,3 人因战败自杀,1 人被斩首,生还者包括林国祥、程璧光在内仅 6 人,而且林、程二人一曾被俘一曾受重伤,可谓惨烈之至。

提起这段战事,在场几位都有些黯然,林国祥说:“连德,你程大哥、谭大哥和我,还有你殉国的三舅都参加了甲午海战。我们心有不甘呀。”

场面一下子变得非常沉默,三位身经百战的军人眼中隐隐有泪光闪动。过了片刻,林国祥提高声调:“朝廷决定重建海军,这里建造的‘海天’‘海圻’就是我们大清水师重新扬威东海的开端。也许我等不到那一天,请你们记住我这句话,早晚有一天,我们会报甲午之仇,以慰在黄海殉国的北洋水师官兵的在天之灵。”

林国祥对伍连德说:“连德,你虽然是学医的,可是大医医国。你程大哥从小在美国,长大后回国效力。你要向程大哥学习,学成以后如有机会的话,争取能回国报效。”伍连德连连点头,林国祥对程、谭两位下属道:“如果连德将来真的能回国报效,你们可要多多提携。”程、谭两位也频频点头。

后来,在伍连德回国后,每当遇到难处,程璧光、谭学衡,还有许多朋友、师长都伸出了援手,这不光是个人的情谊,更是事业上的提携。

四 妻子黄淑琼

(一)门庭若市的提亲大军

1903 年 10 月 7 日伍连德回到了阔别七年的故乡,尽管到码头已经是晚上 11 点了,可是大批的亲朋好友依旧等候在码头上迎接。

伍连德乘坐马车回到家中,拜见了父母,他明显地感觉到,父亲伍祺学和母亲林彩繁老了,伍连德可谓百感交集。按照规矩,伍连德向二老行了传统的叩拜大礼。两位老人坐在正厅当中神龛两边,面对正门,伍连德跪倒在地,向父亲,母亲各献上一杯刚刚沏好还冒着热气的茶水。这就是当时那个大病一场、让他们夙夜担忧的孩子？他结实了、老成了，从做派、从眼神都能看得出来，两位老人喜极而泣，母亲的眼泪不知不觉掉落到茶水之中，她喝了下去，那清香略带苦味的茶水就是他们此刻的心情。两位老人心中默默地感谢上苍，儿子终于平安回来了，这比一切都好，以后的事，再说吧，肯定错不了。

接下来的两周是无休止的宴请和聚会，在每一个场合都会有人重复地问同样两个问题：是否结婚了？有没有和某个英国姑娘订婚？当伍连德一律回答"没有"以后，对方马上提亲。槟城几乎所有家中有待嫁女儿的富家都希望把女儿嫁给这个剑桥的高材生，对此伍连德一律回绝，理由是自己还有一年的进修计划，现在不是考虑成家的时候。

然而，真正的原因他没有说出来，恰恰在他回家之前，在新加坡逗留的两周内发生了奇遇。

（二）逗留新加坡的奇遇

伍连德在英国学习结束，安排归程时，决定先去吉隆坡落实好在那里的进修事宜，然后再返乡。可是他在吉隆坡无亲无故，便打算在新加坡借宿。他很快联系到 1887 年第一届女皇奖学金的获得者，也是第一个华人子弟获得女王奖学金者，获得爱丁堡大学医科学士和硕士学位的林文庆医生。

曾经在剑桥大学进修、事业有成的林文庆爽快地让这个小师弟住在自己家里。

轮船在新加坡靠岸，甲板上一片混乱，旅客纷纷提着行李下船，伍连德收拾好行李正准备下船。

"是伍博士吗？"有人用广东话问道。

过去七年里，他早已习惯了别人称呼他德先生或者德医生，乍一听有人叫伍博士，愣了一下，才明白是叫自己。沿着熟悉的乡音看过去，一个身材矮小的黑头发、留着小胡子的绅士正微笑地看着他。

"您是？"

"林文庆,欢迎你回来。"

两个人握手致意,一起走下船去。伍连德问:"我记得林博士祖籍是福建,难道记错了？"

林文庆哈哈一笑:"没错,我祖籍是福建。广东话说得不好,让你见笑了,还要请你多指教。"

刚刚回到南洋,伍连德就上了一课。南洋的移民以广东、福建人为主,要为华人看好病,就得像林文庆那样广东话、闽南话都能讲。后来他才知道,林文庆会讲的不止这两种方言。

两个人下船登车前往林家,一位漂亮的少妇出门相迎,林文庆向伍连德介绍,这是他太太黄端琼,黄端琼热情地和他打招呼。

伍连德在家乡时见到的基本上都是土生土长、很少受教育的女孩子,留学期间接触的全是洋姑娘,这是第一次见到受过良好的西方教育同时又受过良好中国传统教育的华人女子。林文庆介绍黄端琼的家世,更让伍连德肃然起敬。

黄端琼的父亲黄乃裳是福建著名侨领,是清末民初的风云人物,早年是传教士,后来参加科举考试中举,曾经创建福建近代第一张报纸《福建》,大力倡议改革,受到变法派的重视,维新派之一王锡蕃特意向光绪皇帝推荐黄乃裳入京参加经济特科考试。到北京后,他六次晋谒李鸿章,八次上书光绪皇帝,倡言变法维新,成为维新派著名人物。

慈禧太后发动政变时,他与康有为、梁启超等人被列入问罪名单,在苦劝六君子之一林旭往美国使馆躲避未果后,冒着性命危险,通知康、梁出走避祸,自己才离京返闽。变法失败后,黄乃裳赴南洋考察,经林文庆介绍,在新加坡和孙中山订交。确定沙捞越州三四务为垦殖之地,召集福建同乡建设新福州。此刻,新福州农场已经初具规模。

寒暄之后,宾主进屋。客厅里一位少女亭亭玉立含笑站在那里,伍连德一见之下,立刻心跳加速,手足无措。什么叫一见钟情,此之谓也。

少女身着白色纱裙,稍显苍白的脸上带着红晕,神情有些慵懒。伍连德恍惚中听到黄端琼介绍说:“这是我二妹淑琼。”

少女用纯正的英文说:“叫我露丝。”

“露丝,你好。”伍连德结结巴巴说不出话来。

“叔叔,你就是新回来的医学博士?”童音打破了尴尬,一个六七岁的小男孩站在伍连德面前。林文庆道:“这是我大儿子可胜。”

林可胜继续问:“叔叔,你用了几年获得医学博士?”

“五年加三个月完成学业,然后一年多的进修和实习,一共七年。”

“我爸爸不是博士,是不是因为他只在爱丁堡待了四年?”

所有人不禁哈哈大笑,伍连德笑着解释:“剑桥大学规定,获得医学学士后要在有关研究机构继续进修,通过博士考试方能拿到医学博士学位,不过必须间隔三年。所以我的博士证书要到两年后才能拿到,现在,应该叫候补博士。”一说起这些,伍连德变得口若悬河,林可胜听得津津有味,不停地打断他,提出新的问题。

林文庆忍不住打断了两个人的对话:“可胜, 伍叔叔一路劳累,先让他休息一下。他要在我们家住上一段时间,你有的是时间请教。”

林可胜点点头,转身离去,走了几步,回过头来,对着大家说:“我将来也要成为医学博士。”

林可胜的出现,让拘谨的气氛松弛下来,伍连德在林家感觉自在多了。落座以后,林文庆夫妇借故离开,留下他和淑琼单独在一起。伍连德又开始局促不安,倒是淑琼落落大方,开口道:“伍博士这次回来时坐哪家公司的轮船?”

“是一家日本公司的, 它的头等舱价钱和其他公司二等舱的价钱差不多,服务很周到。”

“在船上吃的东西还习惯吗?”

“鱼生之类看着很干净,一开始还是很不习惯的,时间长了便习惯了,还是蛮好吃的。”

这个话题一开头，两个人越聊越投机。

“露丝。”客厅门口有人喊，伍连德扭头一看，一个健壮的中年人手持一束鲜花站在那里。中年人走了过来，把鲜花递给淑琼，按英国人的礼仪吻了她的手，然后向伍连德伸出手：“伍博士，我是宋旺相。”

伍连德眼睛一亮：“久仰久仰。”

宋旺相在新加坡华人中，是和林文庆比肩的人物。1887 年考试成绩突出，获得女王奖学金资格，和伍连德一样因为年龄太小，只得将名额让给林文庆。次年再度抡元，是海峡殖民地首位进剑桥大学读书的华人，1893 年获得法律学位后返回新加坡，此时已经是著名律师，后来成为东南亚首位英国华人爵士。

宋旺相看来是林家的常客，坐下以后滔滔不绝，边和伍连德聊在剑桥的往事，边陪黄淑琼解闷，看得出他是黄二小姐狂热的追求者。

当时在南洋，身世比较好的人都会回中国娶妻。在当年，女子受教育的很少，像黄氏姐妹这样同时受过中、西方教育，出身良好，长相不凡的女子，裙下不乏青年才俊。

夜深了，伍连德在林家客房，虽然很疲倦可就是不能入睡，脑子里全是黄淑琼的影子。他看得出黄淑琼对自己有好感，可是和宋旺相相比，他自惭形秽。无论是从家世、事业还是外表上，宋旺相都强过自己。伍连德长叹一声，想起几年前的一段往事。

伍连德在剑桥的几年内结交了不少本校和牛津大学的朋友，和其中一位叫达文波特·雷华德的同学最为要好。家境富裕的雷华德经常邀请他和自己全家一起度假，在第二年的暑假，伍连德和雷华德的妹妹克雷蒂娜一见如故，两人的关系进展很快。可是伍连德意识到对方是一个富家女子，自己是个万里求学的穷学生，彼此的差距太大，他理智地选择了逃避。为了纪念这个在异乡难忘的好友，当他长子出生后，英文名字就叫达文波特。

这一次，伍连德也打算和上次一样理智地退却了。

(三)好事多磨

这时门外有人敲门,伍连德开门一看,是林文庆。

林文庆进来以后,关心地问:“连德,住得习惯吗?”

伍连德点点头:“谢谢,非常舒适。”

林文庆早就看出他的心事。他告诉伍连德,岳父黄乃裳托自己给淑琼找个合适的丈夫,正好借着伍连德在他家做客的机会,把淑琼从福州接来,让他们熟悉一下。至于淑琼要从伍连德和宋旺相中选择哪一个,则要由淑琼自己决定。

林文庆临走时拍拍伍连德的肩膀:“别灰心,你还是有希望的。无论淑琼选择谁,我希望你、我和旺相始终是好朋友。”

伍连德感激地连连点头。送走了如大哥一样的林文庆,伍连德满怀憧憬进入了梦乡。

接下来的两周内,伍连德除了办理在吉隆坡进修事宜外,其余时间都和黄淑琼在一起。这段日子,宋旺相也天天来访,师兄弟像绅士一样地展开竞争。没想到,这时候又出现一位竞争者,新加坡房地产大亨陈武烈,经常邀请黄淑琼到自己的几处豪宅做客。

外人眼里,三人之中伍连德最无希望。宋旺相已经是新加坡名流,前途不可限量。陈伍烈富甲一方,嫁给他一辈子衣食无忧。而伍连德只是一个刚刚毕业的待工作学生,前途还是个未知数。

日子一天天过去,伍连德自己心里也一点把握都没有,或者毫无希望,他和淑琼这个从小在教会学校长大的女孩子差距太大了,直到那个傍晚。

这一天,两个人一边看着天边的落日余晖,一边海阔天空地闲聊。伍连德眉飞色舞地说起七年前刚到英国时和舅舅以及舅舅两位下属见面的事,他按照自己的思路说了半天,才发现淑琼好久没有作声,扭头一看,淑琼美丽的脸庞上全是泪水。

"露丝,你怎么了?"

淑琼擦去脸上的泪水,轻声说:"我想起了我三叔,三叔当年是'致远'舰的二副,就是在那一战殉国的。"

九年前的甲午海战,南洋殉国者的故事在南洋可以说妇孺皆知,伍连德也了解得非常清楚,他想了想问:"你三叔就是钦赠武威将军黄乃模?"

淑琼点点头。

伍连德想起15岁那年三舅殉国的消息传到槟城,母亲那悲痛欲绝的神情。甲午,还是甲午,伍连德心里一阵悲伤,才说道:"我三舅也是那一战殉国的"

不知不觉中才发现自己和淑琼的手已经握在一起,共同的身世让两颗心贴在了一起。

两周很快就要过去了,又是一个晚上,伍连德在客房里读书,有人敲门,是笑容满面的林文庆,进门便说:"连德,恭喜你,淑琼做出了选择。"

伍连德喜出望外,黄淑琼选择了伍连德。但就是这个选择,让黄淑琼走上了一生漂泊和聚少离多的生活。

次日,林家举行了简单的伍连德和黄淑琼的订婚仪式,宋旺相坦然接受了失败,真诚地祝贺伍连德,提出将来担任两人结婚时的男傧相。订婚以后,伍连德回槟城探亲,黄淑琼回福州准备嫁妆。

1905年7月,伍连德和黄淑琼的婚礼照

本来以为可以在几个月后结婚,没想到好事多磨,回到福州后黄淑琼就病倒了,连患两次肺炎,最后只好北上,在京城附近长期疗养。伍连德这才知道,未婚妻从小在教会学校住宿,学校的卫生条件很差,不幸染上了结核病。虽然存活了下来,可是身体一直不好。结核病这个当时的不治之症一直笼罩着黄淑琼的家族,两年后林文庆的妻子黄端琼死于结核病,八岁的林可胜被送到爱丁堡读书。

1905 年初,伍连德开始在槟城珠烈街挂牌行医,一时间门庭若市。在忙忙碌碌中时间过得很快,可是伍连德还觉得度日如年,天天算日子,期待着和淑琼重逢的一天。

(四)新娘子引起的轰动

1905 年 7 月,在好友林文庆、宋旺相等人的陪同下,伍连德和身体复原后重返新加坡的黄淑琼在新加坡的美国教堂里举办了婚礼,然后返回槟城。

外来的新娘在槟城本来就是稀奇事, 伍连德这个本地名人娶妻,吸引了很多人前来凑热闹。这个新娘与当地妇女是那么不同,她兼通中文和英文,又有娴静的性格和柔美的容貌,更增添了几分神秘。当她们亲眼看到新娘并和她交谈后, 非常赏识新娘的文明品位和优雅风度。她的服装也不同于海峡殖民地的华人妇女,那里的人从小已经习惯了当地的马来服装,包括纱笼、围裙和娘惹(是早期华人和马来人通婚的后代,也被称为土生华人的服装),这正是热带服装的特色。但伍夫人身着一件简单的丝质上衣,缀有用同样的衣料制成的规范的小茉莉花形纽扣,长裙下摆则直抵脚踝。她穿着中国出产的长筒丝袜和一双家制的粉色缎面鞋。

总之新娘无论是举止言谈还是穿着打扮都和本地妇女截然不同,在槟城引起很大的轰动。头一个月里,新房内川流不息,全是亲朋好友和前来猎奇的人们,最后发展到整个华人社区的富家女子都按黄淑琼的样子,放弃本地打扮,改为中国传统装束。

黄淑琼与伍长庚

（五）黄淑琼的学识

其实早在伍连德 1903 年去新加坡前，黄淑琼的娴雅美丽，在富家未婚男子中已广为人知。不少人前来求婚，或拜托媒人，或亲自登门拜访。然而，黄淑琼和她的姐姐黄瑞琼，根本不想寻求豪门望族或大财主，在遇见伍连德之前，她们对求婚者都没有做出过任何承诺。黄淑琼选择伍连德并非一见钟情，相互的情感是渐渐培养的。在那个时代，中国人的爱情发展过程，比当今电影里所描写的要缓慢。黄淑琼舍弃宋旺相与陈武烈，而选择伍连德是经过自己慎重考虑的。

1905 年 7 月伍连德和黄淑琼终于在新加坡的美国卫理公会教堂举行了隆重的婚礼。在教堂举行婚礼是因为黄淑琼是虔诚的基督教徒，而伍连德不是。但黄淑琼对此并不计较，令伍连德欣慰的是，在卫理公会教堂举行婚礼不必改变他的信仰，伍连德终身都是一个无神论者。

黄淑琼 1884 年出生于福州，1905 年与伍连德结婚，1937 年辞世，享年 53 岁。尽管一直体弱多病，但她竭力照管家庭，是一位可敬的贤妻良母，又是伍连德在北京官场中的贤内助。

黄淑琼在不满六岁时，遵从家庭的要求缠足，以便将来走起路来像“婀娜多姿的百合花”，并被视为时髦姑娘。幸运的是她的父亲后来信奉基督，而新教徒是不理会那些陋俗的。所以黄淑琼的被紧裹的双脚才得以解放，但是脚已畸形，即使松开，也无法恢复其本来的形状，她走路的步态难以轻松自如。

伍连德把家安在了北京东堂子胡同。即使他长年在哈尔滨工作，也没有把家搬出北京。

有时黄淑琼陪伍连德参加外务部的官方招待会，在这种场合她受到众人的欢迎，这不只是因为她的美貌和淡雅的服饰，还因为她可以用流利的英语谈论中国艺术和文化，并且和人们讨论当前的时事。在外国公使团，特别是英国和美国人中，她也特别受欢迎。英国公使朱尔典爵士夫妇、美国公使芮恩施夫妇和商务参赞安立德夫妇时常邀请她去家中做客。这些给伍连德的工作带来很多方便。

黄淑琼一直阅读着中文和英文书籍，觉得自己应当写书。她曾就此征求过伍连德的意见，最终得到了丈夫的鼓励。也许是出于爱美的原因吧，她专门以中国古代四大美人为对象开始写书。虽然大部分中国男女都知道这四大美人，但在西方却无人知晓。

她便这样开始了写作，这不仅是写作，而且找到了生活的寄托，或许正是这项新的工作，让她多活了许多年。

伍连德觉得，如果要描述中国古代美人，黄淑琼无疑是位最佳人选，正像她许多朋友所说："伍夫人自己不就是中国美人光彩照人的活例子吗?"在各方面鼓励下，她用淑琼为笔名，开始写作，她在第一部著作《杨贵妃》的序言中写道："四大美人的故事自古流传至今。她们是最美丽的西施、最高尚的昭君、最爱国的貂蝉和最狐媚的杨贵妃。"

淑琼的第二部著作是《西施，超凡脱俗的美女》由英国凯利和沃尔什在上海出版，而且比上一部更富于艺术性，1931 年出版时同样畅销。

淑琼的第三部，也是最后一部作品，书名为"昭君，放逐的美人"。这部书于 1934 年出版，和其他两部一样，在中国和海峡殖民地热销。

可惜她没有来得及完成四大美人故事的最后一部《貂蝉》。长期与疾病抗争的她没能坚持到最后一刻。

(六)重大决策的高参

然而伍连德最为敬重的是妻子黄淑琼的见识，在重大问题需要做决策的时候，他首先想到的是与妻子商议。

伍连德与黄淑琼出身于不同的家庭,伍连德出身平民,如果说他是业务上的尖子,那么他在政治上可谓一张白纸。而黄淑琼出身于望族,而且父亲热衷于政治,从清末时就开始参与政治,从戊戌变法到谋划推翻清政府,此后一直是政坛上的风云人物。也许是基因,也许耳濡目染,黄淑琼也非常有政治头脑,在局势错综复杂时,总能做出自己正确的判断。

第一次接到袁世凯的聘书,聘他任陆军军医学堂的帮办时,伍连德不明就里,对陆军军医学堂一无所知,但在北京养病的黄淑琼知道这所学校。她告诉伍连德,洋务运动之初,李鸿章出洋考察,发现西方各国军队非常重视军医,回来以后提出兴建西医学堂、培养军医的建议。1881 年成立总督医院附属医学校,开始为海军培养舰上医生。1893 年医院改称天津总医院,原医学校归天津总医院管辖,1894 年改名北洋医学堂,这是中国第一所官办西医学校。

1902 年袁世凯于天津创办北洋军医学堂,任命北洋候补道徐华清为总办,日本军医平贺精次郎为总教习。学制为 4 年,每班 40 人。附设防疫学堂,由日本人古城梅溪主持,教员以日本人为主,课本也用日文,是一所日本式的医学校。1906 年由陆军军医司接收,改名为陆军军医学堂。入学学员的生活食宿均由校方无偿提供。另外每人月给纹银 15 两,待遇之高,优于全国。所谓帮办,就是副校长。

黄淑琼的介绍,让伍连德做出了接受聘任的决定。

伍连德从赴英国学习起,始终抱着学好医术、造福乡梓的愿望。回到槟城后,他满腔热情地投入于救死扶伤中的同时,希望靠自己的努力改变槟城的社会面貌,但在槟城很难有大的发展。袁世凯的聘书和淑琼的介绍,让他觉得去陆军军医学堂执教,是一个非常好的报效祖国的机会。他想起刚到英国时,舅舅林国祥的叮嘱:“有机会要回国效力。”现在正是良机,而且还是服务于舅舅们曾服役的北洋军中。他对淑琼说:“在那里我们起码不是二等公民。”

黄淑琼听了非常高兴："我也是这么想的，在这里你的才华没有施展的地方，回到祖国，我相信你一定能大展宏图的。华夏儿女，本当为国效力。再说，这里的气候我也不习惯。"

当施肇基把扑灭瘟疫的重任交给伍连德的时候，黄淑琼的第一反应是担心，她知道这个任务的凶险，任务重且不说，连自己的性命安全也不能保证。而伍连德最不放心的是带着三个孩子的妻子。但黄淑琼坚决支持丈夫前往疫区，因为她对丈夫的医术和能力有充分的信心，认为这是真正为祖国效力、一展才华的机会。

1918 年，伍连德与妻子黄淑琼和两个儿子

伍连德不辱使命，66 天扑灭了东三省鼠疫，并在世界鼠疫会议上一举成名。会议最后一项活动是代表们到北京受清政府的接见和款待。代表们乘火车从奉天过山海关入京。途中，列车在天津稍作停留，伍连德被请下车，候车室内，黄淑琼和两个孩子早已等在那里。分别仅仅四个多月，恍如隔世。

黄淑琼用英文对伍连德说："时间不多，有几句话想告诉你。你现在名扬中外，此次进京朝廷肯定重加奖赏，也许要封你高官，我希望你不要接受。"

伍连德有些意外："为什么？"

黄淑琼道："虽然防疫成功，举国上下欢欣鼓舞，朝廷也扬扬自得，以为是中兴的契机。可是如今大清的江山犹如干柴，遇火即燃。你身为学者，何必卷入其中？我以为你不如待在东三省，一则继续防疫，二来可置身事外。东三省虽然是列强相争之处，可是以你现在扬名中外之名气，以及日俄双方对你的尊崇，算得上是世外桃源，你可以在那里安心从事你的研究事业。”

长在海外的伍连德对中国的官场一窍不通，历来听从夫人的意见。对夫人的分析深以为然。他知道林文庆和孙中山有来往，可是不知道林文庆和岳父黄乃裳早就加入了同盟会。这时火车就要启动了，夫妻匆匆道别后，伍连德登车入京。

在北京，伍连德忙于应酬，耳边总是一片颂扬之声。他受到摄政王的接见，朝廷对他封赏，这一切都很自然，肃亲王接见他，决定任命他为卫生部门的最高长官。伍连德对这位亲王素来敬重，觉得他很开明，对这个任命，也是怦然心动。但此时，他想起了夫人的告诫，他不得不佩服妻子的料事如神。因此他婉拒了这项任命，专心于筹建东三省防疫事务总处。

伍连德与夫人黄淑琼及儿子伍长庚在东堂子胡同

果然就在不到半年之后，清廷覆灭。如果伍连德接受了当时的任命，很可能陷于官场之中，而他处理官场上的事情可能就不如防疫那样得心应手了。

然而最让伍连德惴惴不安的是与蒋介石会面。他对蒋介石的深藏不露实在感到不安，甭管你说什么他都说好，不表态，让你摸不着头脑，不知他在想些什么。前几次任命时自己年轻，面对的肃亲王、袁世凯，都与他年龄差距很大，作为一个晚辈对长者，并无心理堤防，敢于直言自己的想法，谢绝他们的任命。但对蒋介石的任命，他确实心存戒心，实在拿不定主意了。于是他想到了黄淑琼，赶紧乘渡轮、乘车回家，问计于妻子。黄淑琼的态度很鲜明，不能接受任命，但不是当面拒绝，而是赶回哈尔滨，再正式辞去这个职务，原因是这样做有一个缓冲时间，理由更充分，不会令当权者心存芥蒂。黄淑琼的见识彰显无遗，不仅仅是决策，而且还有策略。

1937年参加儿子伍长庚婚礼

伍连德与黄淑琼育有三子，长子长庚自幼体质欠佳，因此次子长福出生后，伍连德夫妇很重视他的健康。长福果然非常健壮，可是当他16岁就读南开中学时，在一场体育比赛中得了感冒，因为学校没有校医，送到北京协和医院时已经转为肺炎，很快去世了。三子长明早夭，伍连德和黄淑琼两人的孩子中只有长庚长大成人。

伍连德对长庚期望很大，为他设计了和自己一样从事医学研究的道路。天分很高的长庚也没有辜负他的期望，清华大学毕业以后入美国约翰斯·霍普金斯大学，获得学士学位后入美国耶鲁大学，获理学博士学位，然后入美国罗切斯特大学，获医学博士学位，最后在伦敦热带病和公共卫生学院获得证书，于1937年学成回国服务。

回国以后，伍长庚就职于北京协和医学院的教学区，北平市第一卫生事务所，很快晋升为疾病监测科主管。同年，长庚成家，婚礼在协和医院举行。看到儿子成家立业，伍连德和黄淑琼感到无比欣慰。

没想到，自幼的病躯，长期的劳累，黄淑琼的身体终于支撑不住了。参加完儿子的婚礼不久，黄淑琼便因病在北平去世，终年53岁。

这一年，是伍连德和黄淑琼结婚的第32年。

32年相濡以沫，妻子的去世对伍连德打击很大。从现存的照片看，在此之前，尽管年近六旬，他依然显得很年轻，看上去如若中年。可是自从黄淑琼去世后，他仿佛一下子衰老了。

第三节　伍连德的贵人

伍连德一生中做了那么多事，成就了伟业，有人说，他运气好，遇到了贵人。

什么是贵人？贵人就是在你的人生中对你有重大帮助的人，或者通俗地说，关键时刻，拉你一把的人。

伍连德一生中遇到了多位贵人，这些人或是在逆境中雪中送炭，或是在顺境中锦上添花，或是出乎意料的大力推举，总之是对伍连德人生有过重大的帮助，甚至改变其人生的人。

人生遇贵人说难也难，说容易也容易。说难，是你自己无可救药，任何人也不会出手相助；说容易，是你具有一定潜质后，大半有伯乐出现。然而即使有贵人出手相助，你仍原地踏步，任何人也无可奈何。相反，你如果顺势而为，可能贵人出了一分力，你却做出了十分功。

1914年起，施肇基两度出任国民政府驻英、美大使（公使）、中方驻"国联"代表等职，与顾维钧、王正廷、颜惠庆等人成为了享誉民国政坛的资深外交家

确实，伍连德一生中遇到了许多贵人，否则，伍连德也不会成就这么多伟业。他遇到的贵人是伯乐，他也确实是千里马。

一　施肇基

施肇基（1877—1958），字植之，江苏吴江人。早年就读上海圣约翰书院。清光绪十九年（1893）赴美国，任驻美使馆翻译生。后入美国康奈尔大学学习，获文学硕士、哲学博士学位。

施肇基是康奈尔大学第一位中国留学生，也是第一位在美国获得硕士学位的中国学生。回国后，他在邮传部、哈尔滨关道、吉林省、外务部任职。施肇基是中国第一任驻美国大使。1958 年 1 月 3 日病逝于华盛顿市。

施肇基 1905 年随端方、戴鸿慈率领的清政府出洋考察宪政团来到槟榔屿，伍连德的学术背景引起了他的注意，他特地详细询问了伍连德的情况。后来施肇基向袁世凯推荐伍连德任陆军军医学堂帮办。施肇基与伍连德的交集主要是在 1910 年至 1911 年东北鼠疫大流行期间，作为清廷外务部右丞的施肇基，给予处于防疫第一线的伍连德强大的支持，伍连德功高至伟，但没有施肇基，伍连德的成功无从谈起。伍连德与施肇基都是东三省人民，特别是哈尔滨人民的福星。施肇基敢于豁出官场前程甚至身家性命重用伍连德，主要是因为他看人准确，这是直觉，也是能力，他在医学上纯属外行，但在为官方面，却是绝对的内行。事实无可辩驳地证明，施肇基是正确的。

施肇基一进入官场，才气与潜质便显露无遗。他相貌英俊，那微躬的身姿竟被视为中国学者标准的高雅姿态，众人皆预料其日后必然官运亨通，飞黄腾达。

事实正如人们预料，1912 年 1 月清帝逊位后，总理唐绍仪组阁，施肇基出任北洋政府第一届交通总长，此后又被任命为驻英国和美国公使，是中国晚清、民国著名的外交官。

他在哈尔滨关道道员任上处理伊藤博文被刺杀事件尤其显露出了精干与老到，虽然那时他只有 32 岁。

1909 年 10 月，前日本首相伊藤博文前来中国东北视察。26 日上午 9 时，伊藤博文乘坐的专车抵达哈尔滨。在检阅俄国仪仗队时，朝鲜爱国志士安重根突然冲出连放数枪，刺杀伊藤博文。事发后，施肇基以少有的冷静和果断处置此事："余派人到傅家甸电报局，传令今日电报只许收存，不许发放。同时电告外务部，在此案调查清楚全案报部之前，请勿发表任何文件。若有人问及此事，政府千万不可有‘保护不周’之道歉语句，贻日人以口实。”其后他获得安重根口供，“余查此口供非常确实，乃撰一报告电达外务部，并代撰英文通讯一篇备外务部交《北京日报》英文版发表。该通讯在北京刊出之后，余始解傅家甸电报局‘扣电’之禁令，其所积压之各国通讯电稿，乃纷纷发出。”施肇基手法十分老练，既维护了国家尊严，又杜绝了日本政府节外生枝，使中国政府免除了可能的外交纠纷。

施肇基是中国第一代职业外交家，也是真正意义上的外交家。他身材颀长，身高在 1.75 米，在那个年代已经算很高了。施肇基在美国接受了大学教育，英语十分流利。他出身书香门第，饱读诗书，中文与英文写作俱佳，表达流畅。每天早晨，在早餐之前，他都要用兔毫毛笔书写汉字，所以他对伍连德学习中文欠缺热情多有责备。他们是终生不渝的朋友，时至 1954 年的 8 月，伍连德正在准备写作《伍连德自述》的时候，两位古稀老人，一位 77 岁，一位 75 岁，依然彼此有书信往来。

施肇基与伍连德这样人杰的出现，称得上天佑中华。

袁世凯

二　袁世凯

（一）聘书从天而降

伍连德怎么也不会想到，自己一个微不足道的小人物怎么会和近代历史的大人物袁世凯有所瓜葛。

1907 年南洋槟榔屿的一家小诊所，外面有人叩门，来的是邮差，交给伍连德一封电报。他打开一看，大吃一惊，军机大臣袁世凯聘请他出任陆军军医学堂帮办！

伍连德对鼎鼎大名的袁世凯并不陌生，可是

这位大人物是怎么知道远在南洋小岛上的一个年轻的医生的？他大惑不解。

陆军军医学堂的前身为北洋军医学堂，由袁世凯在1902年在天津创办，1906年由陆军军医司接收并改名。这所学堂和同处天津的北洋医学堂都是洋务运动的产物。

鉴于北洋医学堂主要为海军培养军医，袁世凯决定在天津再办一所陆军军医学校。在他的全力支持下，陆军军医学堂发展很快，其待遇也优于全国其他学堂。伍连德是他从海外聘请的第一位除日本人以外的教员。

那么帮办是什么职务？对应现在的职位就是副校长。

那时，伍连德已经从英国剑桥大学毕业，正在他的出生地，马来亚的槟城开诊所行医。

这封电报来得太突兀，伍连德不得不仔细思量。

他想起刚从英国学成归来时的情景：

整整七年的背井离乡，负笈游学，终归志得意满，学业有成，在同期学生中出类拔萃。

学业有成，尤其是在热带病和微生物学上得到了严格的训练，伍连德认为此时应该实现他的愿望，返回家乡，成为造福一方的医生。他心中充满自信，以自己在剑桥大学出类拔萃的成绩，一定能在家乡找到充分发挥自己长处的职位。

下定了返乡的决心，伍连德信心满满地来到英国政府主管海峡殖民地的殖民地部。接待他的官员听了他的愿望，看了他的简历，又查阅了文件，微笑着说："伍博士，你的学业和进修经历非常出色，完全可以以此进入海峡殖民地的医疗系统。"

伍连德自然高兴："谢谢，能回海峡殖民地报效是我的荣幸。"

那个官员接着说："根据相关条例，你可以出任助理医生，月薪250元坡币，根据工作年限以后还可以增加。"

“助理医生？”伍连德简直不敢相信自己的耳朵，他大感疑惑：“我是剑桥大学的医学博士，据我所知，在海峡殖民地的医生中没有任何人具备医学博士学位。”

官员点点头：“我知道你的资历是很出色的，可是按规定，医生只能由纯英国血统的白种人担任。”

伍连德的心一下子凉了下来，他没有料到殖民地当局还有这种歧视性的政策。他愣了一下又问：“那么我可以申请政府的公职吗？”

官员查阅了几份文件，回答：“伍博士，很抱歉，现在空缺的公职也必须由白种人出任，没有适合你的位置。”

伍连德的满腔热情，顿时化为乌有，他只能默默地离开。他从生下来就是二等公民，原本对这种歧视习以为常。但是到了英国以后，在正直的英国朋友的热情和平等的思想熏陶下，特别是在平等竞争中拔得头筹，他忘却了自己二等公民的屈辱身份。现在他明白了，尽管他和英国人受同等的教育，尽管他以优异的成绩击败了所有同学（其中包括大英帝国未来的医学栋梁），尽管在海峡殖民地行医的英国人没有一个拥有医学博士学位，可是他，剑桥大学的第一个中国医学博士生，依旧和其他华人医学生一样，只能做二等医生。

人在心情压抑的时候，总是容易回想起那些令人压抑的往事：1900年他在圣玛丽医学院学习期间，受中国义和团运动影响，他好几次在伦敦街头被人追打，那些人边追边喊：“快来，这里有个拳匪，用石头砸死他。”他无法解释，只能抱头鼠窜。这件事给他的烙印如此之深，那一刻，他心头涌起了一丝悲凉：祖国，你为什么如此羸弱，让你的子民只能弯着腰讨生活。

他的心情实在不佳，在大英帝国，在大英帝国的殖民地槟榔屿，他永远是下等人。也许他的祖辈们对这种地位早已习以为常，认为是天经地义，而当自己获得了最高的学位，身份明显变化，特别是眼界打开的时候，他才感到原来政策如此不平等、非正义。但身处英属殖民地，他又如之奈何？

但伍连德毕竟在英国学习、工作、生活了七年，他接受了自由和民主思想的熏陶，也许英国国内是民主的中心，这种清新之风刮到海外，刮到偏远的南洋需要一些时日。那么这种种族歧视只是暂时的，他对大英帝国还抱有一线希望，以为经过一段时间，这一切都会改变。

但给英国人当助理是他万万不能接受的，这道心理防线无论如何不能突破。

伍连德终于打定了主意，回到家乡，买下了一个英国女医生的设备，在珠烈街开诊所行医。

槟榔屿当年西医数量不是很多，也没有华人医生，更没有具有医学博士学位的华人西医医生。伍连德不但学位高，而且在两年多的进修中，掌握了最新的医疗知识和技术，尤其对热带地区的常见病和传染病研究颇深，医术很高，加上他对待病人一视同仁，经常不辞辛苦登门看病，因此门庭若市，很快就成了槟城有名的医生，本地名流，收入也很可观。

但是，一个剑桥大学的高材生，绝不甘心在一个小岛的诊所中了此一生，他渴望做一番轰轰烈烈的大业。他虽出生在南洋，但祖籍在中国的广东新会，他血管里流淌的是中华民族的血液。他决定回国，那里更适合自己，施展才华的舞台也更为广阔。

他在寻找机会。

这个聘书可谓从天而降，他欣然接受聘任，并回中国面见袁世凯，只等上任了。

二十世纪初，中国发生了太多事情，就在此期间，皇帝光绪驾崩，第二天慈禧离世，三岁的宣统皇帝继任，由其生父载沣为摄政王主政。

两天之内即发生两起重大事件，但与小人物伍连德有什么关系？

可以肯定地回答，有，而且很直接。

载沣主政，第一个遭整肃的就是死敌袁世凯，载沣恨透了袁世凯，而且恨之入骨。载沣是光绪同父异母的弟弟，袁世凯出卖了光绪，断送了戊戌变法，载沣自然不放过这个死敌，本欲杀之而后快，但由于重臣张之洞的劝阻，只是将其革职。袁世凯下野，失势，袁党也一一遭到清理，正所谓"一朝天子一朝臣"。

正在候任，不上不下的伍连德就被挂起来了。

经过多方疏通，伍连德最终得以上任。

陆军军医学堂的教员主要以日本教员为主，辅以中国教员，因此授课用中文和日文。尽管伍连德努力和日本教员建立友谊，可是很快发现那是不可能的，日本人有自己的圈子，别人很难介入。

经过一段时间的观察，学校的现状让他非常吃惊。学校当局一贯对日本教师的授课计划不予干涉，而这些日本人只是简单地教授一些护理常识。学生经过四年的学习，毕业后根本不能看病，最多是做高级护士，甚至被培养为日本在中国扩张的工具。伍连德终于明白袁世凯万里迢迢聘请自己的原因，就是希望伍连德能够摆脱日本人的影响，将陆军军医学堂办成英美式学校，为中国军队培养出合格的军医。

成长于殖民地，从小受长辈的熏陶，努力保持民族特点的伍连德，对这种情况非常敏感，反应极大，更让人不可理解的是，这些日本人拿着中国政府的高薪，却明目张胆地为日本培养代理人！

除此之外，他发现，日本的医学教育虽然秉承德国，可是他们并没有体会到德国医学教育的精华——重视实验的教学方式。既没有法国医学的临床传统，又没有德国医学的实验基础，日本式的医学教育只是一个劲儿地讲授知识，学生的临床和动手能力非常差。

作为帮办，伍连德决定对这个学堂进行"大手术"，实行重大改革。

在教学上，他一改日本人死啃书本的作风，采用西方国家重视实践的办法，健全实验室和建立临床门诊，让学生多动手、多观摩。抛弃日本的陈旧教材，使用欧洲最新的教材，特别在微生物和传染病方面，努力介绍世界最新成果。教学采用中文和英文，使学生经过几年的学习,能够用英文阅读和交流。此外,聘用合格的教员,增加户外体育活动以提高学生的体质。短短两年内,陆军军医学堂迅速摆脱了日本人的影响,成为现代化的医学院校,开始为中国军队输送合格的军医。伍连德在陆军军医学堂,开始了中国现代化医学改革。

当时医学教育的潮流是重视实践, 利用教学医院培养医学生。可是,陆军军医学堂没有教学医院。这两年中,伍连德无数次进京,向军队大员们建言,建立一座现代化的军队医院,供陆军军医学堂实习使用,可是每一次都被有关人员用各种冠冕堂皇的借口拒绝了。与此同时,军费被花在华丽的军装和喧闹的仪仗上。这种情况让他深感无奈,感到科学在中国举步维艰,也使他对医学教育的设想无法全面落实。

伍连德在天津已经两年多了,生活和工作都按部就班,对国内的环境也应了。来到天津后,妻子相继生下两个儿子,一家四口天天热热闹闹,日子过得很快乐。

可是他总是感到有些失落,医学堂的教书先生和管理人员,这不是他所向往的人生。他所擅长的医学研究,不知什么时候能用得上。

他有失落,但没有后悔,不管怎么样,他已经在用自己的学识为自己的祖国做贡献了。他相信,即使自己就这样度过一生,他的学生们也能够干大事、出成绩,中国的未来就是靠每一个人、每一代人的不懈努力。

(二)袁世凯的接见与任命

1913 年 6 月,伍连德应召回到北京,受大总统袁世凯的召见。

接见安排在大总统府,袁世凯和伍连德终于又见面了。刚刚平定国内各种反叛的袁世凯意气风发,对伍连德非常客气,开口就提及六年前寄向南洋的那份聘书:“伍博士,我还清楚地记得,六年前是施肇基向我推荐你,我当时就把聘书寄往南洋。我们很快在天津见面了,你希望先去欧洲考察各国的军医教育, 没想到等你回天津开始工作时,我已经被逼下野了。”

伍连德也很感慨，这六年，改朝换代，天翻地覆，是英雄借时势的六年，也是时势造英雄的六年。

袁世凯接着说："初次见面时谈过，当时请你回来，原本是想把陆军军医学堂从日本教员手里夺回来，没想到无意中得到一位国士。袁某平生快事，此为其一。伍博士，现在民国局势稳定，我希望你能出任卫生署署长。"

这是伍连德第二次受邀出任国家卫生系统最高领导，他想了一下，婉言谢绝了。这次和政治、局势无关，完全是因为哈尔滨那边防疫事务总处的工作刚刚开始，如果此时离开，总处的建立就可能流产。

袁世凯对此表示理解，改聘他为大总统侍从医官之一，可以不必待在北京。当时大总统侍从医官以中医为主，包括伍连德这个挂名的在内，只有两名西医。伍连德也一直没有机会为袁世凯看病，直到三年以后。

1916 年 5 月，北京大总统府急电，召伍连德火速进京。伍连德风尘仆仆赶到北京，被大总统府的专车直接从火车站接到大总统府，袁世凯的长子袁克定马上迎了出来。伍连德在天津时，和袁克定颇有交情。见面后，心急如焚的袁克定顾不得客套，拉着伍连德的手就往里走，一边走一边简单地介绍袁世凯的病情。

袁世凯的床前围了一堆人，七嘴八舌不知在说什么。袁克定顾不上给大家介绍，扒开人群，把伍连德带到床边。在袁世凯的侍从医官中只有两位西医，伍连德和另一位西医有同样的见解，他们注意到病人的面部、下肢已经浮肿，高血压，心力衰弱，混浊的尿液中呈现红细胞管型，并含有白蛋白，这些症状都表明病人患有慢性肾炎、尿毒症，很快就会昏迷。情况已经很危急，伍连德建议按西医的办法进行保守治疗。袁克定一个"好"字才出口，床边一阵喧哗。十几张嘴吵了起来，而且推推搡搡，伍连德被挤到一边。

伍连德这才发现袁家此时根本没有能主事的人，除了袁克定以外，袁家其他人都不同意伍连德的方案。大总统的侍从医官是根据袁家人的喜好聘用的，袁世凯的每个太太都有自己信任的侍从医官。这些医官都是中医，他们之间毫无会诊的可能，只是一个接一个地诊断，然后互相否定。第一个说内火上升，第二个说阴阳失调，第三个说肾衰。至于治疗方案就更没法统一，连袁家的马夫也要参与意见。这也应了那句西方的俗话："太多的厨师做不出一锅美味羹汤。"

伍连德的治疗方案根本不被采用，对袁世凯的治疗全用中医的办法。各种中药，凉的、热的甚至连寒食散都用上了。伍连德能做的只能是作为一个旁观者，陪着袁世凯度过人生的最后一刻。

在伍连德眼中，袁世凯无疑是个值得尊敬的人，而且对他有知遇之恩。如果不是袁世凯从南洋请自己回国，他也不能施展抱负、扬名寰宇。可是，身为大总统侍从医官，却不能用平生所学救袁世凯的命，这促使他后来强烈主张改革中医，走中医科学化的道路。

袁世凯无疑是伍连德人生中一位重要人物，甚至称为贵人，他们在中国历史风云变幻之际相遇，相别于同样混乱的历史时期。袁世凯自有其人格魅力，出生于河南，个子很矮，甚至比伍连德还要矮，身高最多1米60，头发已经全部灰白，留着长须短发，目光锐利，似乎洞察一切，一看就是一个意志坚强和果断的人。

作为北方人，袁世凯却欣赏广东人，大概看出广东人不像中原人那么循规蹈矩，却又非常务实、可靠、忠诚，完成的任务令他满意、放心。他经常委派广东人去执行一些棘手的任务。他重用的广东人有唐绍仪、梁士诒、蔡廷干和程璧光等。当时他的声望如日中天，被认为是拯救这个国家的不可或缺的干才。袁世凯在此刻已经大权在握，中国民众和外国列强在北京的代表都完全支持他。如果他能够忠诚地为新生的民国服务，有华盛顿的胸襟，可能国家将会逐步繁荣起来，中国的历史也将改写。可惜他不是华盛顿，而是截然相反，他做出了华盛顿最为痛恨，也是中国精英最为切齿的称帝举动，成为历史的罪人，1916

年，他在众叛亲离、一片声讨声中去世，时年57岁。

袁世凯死后，黎元洪继任。黎元洪继续任命伍连德为大总统侍从医官。伍连德先后担任大总统侍从医官十余年，但依旧常驻哈尔滨。

袁世凯(1859—1916)，是重量级的政治家。历史评价他为野心家、阴谋家、卖国贼、窃国大盗，等等，这些都不为过。尤其是在担任大总统，中国实现“共和”之后的称帝是开历史倒车，绝对的不正确。人们对其个人品质更有非议，认为他是“不学有术”的痞子，戊戌变法的告密者、叛变者。但他也有另一面，重权在握，对政治、军事、经济、教育实行了一系列改革，比如军制改革使中国落后的军队产生了质的飞跃，初步具备了现代化军队的主要特征，北洋新军就是他的得意之作，废除中国科举制度，推广新式学校，延续一千多年的科举制度被取消，无疑有其进步意义。

“不学有术”，这种评价非常有意思，从学问来说，他确实差了一大截，但正是这个“不学”，才让他不受禁锢，不受约束，不守陈规戒律，不按常理出牌，当然也没有底线，让“有学”者摸不清套路，常常败下阵来。但那种乱世，按“有学”者治理，未必能“规矩”得怎么样，莫不如让“不学”者砍上三板斧再说。这也是袁世凯能够成为一代枭雄的原因。

对袁世凯的评价一言难尽，至于功过几几开，谁也说不清，还是不说为好，莫不如就事论事。

袁世凯对伍连德有知遇之恩，伍连德心存感激是自然的，否则伍连德根本没有回到中国的机遇。而且在袁世凯失势又得势之后，准备任命伍连德为全国卫生部门最高长官，袁世凯确实礼贤下士，知人善任，看人有独到眼光。特别是一直相信中医的袁世凯，能够重用一个新医，或称为西医，这种抛弃门户之见、与时俱进的思维确实难能可贵。

三　锡良

锡良(1853—1917)，清末蒙古镶蓝旗人，同治十三年中进士。历经同治、光绪、宣统三朝。他为官37年，以正直清廉、勤政务实著称，是晚清时代一位政绩颇佳、贡献较大的历史人物。对锡良的历史评价大体上是正面的。

锡良担任东三省总督之时，正赶上东三省暴发鼠疫，所以与伍连德有了一段时期的交往，他们之间的直接交往并不太多。锡良算不上伍连德的顶头上司，但在关键时刻，在梅尼要夺取防疫指挥大权的时候，他毫不犹豫，旗帜鲜明地站在了伍连德一方。作为东三省最高行政长官，锡良尽职尽责，尽量支持伍连德，功不可没。在世界鼠疫会议之时，他倾尽全力办好这次会议，特别是他的讲话内容，对旧医的反省，对新医和科学的支持，对鼠疫卷土重来的预见，都有别于与他同朝为官的那些同僚，是个不可多得的开明人物。

1910年中俄边境发生鼠疫，很快就蔓延到了东三省，为防止帝国主义以此为借口而入境滋事，锡良坚持拒绝他们插手，支持伍连德

至于锡良的性格，有这样一件小事可以证明。

在世界鼠疫会议期间，他对伍连德谈起个人的健康，他用右手掌挡住口鼻，神秘而且轻声地透露了一个天大的“秘密”：“大夫，你知道吗?在我居住的官邸中，尽管更衣室内卫生洁具一应俱全，但我如实告诉你，每天清晨起床后，我宁愿在官邸的空地上找个僻静角落，把一夜秽物向野地里一泄为快。”

伍连德不禁哈哈大笑。

也许这句话可以有多种解释，守旧，积习难改，或不接受新事务。其实并没有这么复杂，此等不雅之事，能向小辈人说起，足见这位大人的直率和可爱。

肃亲王善耆

四 肃亲王

肃亲王善耆(1866—1922),官声不错,是晚清的一位改革家,对伍连德同样有知遇之恩,他与伍连德只见过两次面,一次是伍连德到北京,捎来好友林文庆给肃亲王的书信,两人见面,虽是礼节性的拜访,但彼此都留下了很好的印象。第二次是肃亲王主动召见伍连德,因其主管民政口,所以想把卫生部门的最高职位委以伍连德,伍连德以东三省防疫为重,婉拒了任命,肃亲王并未怪罪,反而大加赞赏。肃亲王态度和蔼、亲切,不是以一个高官与王公贵族之尊对待下属,而是出于一个长者对于晚辈发自内心的喜爱加以提携。

也许,肃亲王的这种风范是一以贯之的,肃亲王在近代史上的闻名与这样一件事有关:

宣统二年(1910年),热血青年汪精卫秘密潜来北京,图谋刺杀溥仪的父亲、清王朝摄政王载沣。汪精卫行刺不成被捕,朝廷责成善耆负责审理此案。当时的载沣欲杀之而后快,但审案过程中,善耆看了汪精卫的手稿《革命之趋势》《革命之决心》《告别同志书》之后,深受震动,他看其狱中诗:“引刀成一快,不负少年头。”知道汪精卫已下定必死决心,杀这样的人是没有用处的,只能招来舆论界的反感,却成就其美名,遂有了不杀之意。在其力促之下,汪精卫得到从轻发落,仅以“误解朝廷政策”之罪名,被判处永远监禁。不久,清政府被推翻,汪精卫被释放。

有意思的是,汪精卫入狱期间,善耆多次到狱中看望他,想借机做他的思想工作,希望能为己所用。但两人的谈话内容恰似两条平行线,永远不会相交,谁也说服不了谁,但彼此都尊重对方的人格。善耆私下里与人半是玩笑半是认真地说:“如果不是出生在王族,我早就加入革命党反叛朝廷了。”

汪精卫见善耆谈吐文雅,远见卓识,非一般愚钝昏聩官员所能比,也生敬佩之心。后来,人们问起汪精卫对善耆的印象时,汪精卫只评价了一句:“一位了不起的政治家。”

肃亲王确实了不起,翻遍古今中外历史,横着比,竖着比,有肃亲王这样肚量的能有几个? 不过放生汪精卫这件事的本身让人五味杂陈,肃亲王当然不会料到,他放过的“革命志士”成了中国的头号汉奸。怎么解释汪精卫年轻时的从容赴死,是早期投机革命吗? 当然不是,年轻的汪精卫是真诚的。这种解释过于幼稚、武断、难以自圆其说。现在持这种历史观的人已经不多,同样,年轻时的真革命,也未必能够保证一生“将革命进行到底”。

这就是历史。

五　蒋介石

蒋介石(1887—1975),对中国现代历史有很重要的影响。

伍连德与其交往平生只有一次,那时北伐刚刚胜利,蒋介石正处在志得意满之时,召见伍连德,也是委以卫生部最高职务。对于肃亲王与袁世凯,伍连德都是当面谢绝,也不担心有什么后果。但对于此人,伍连德却感到高深莫测,隔阂与戒备之心自然就生成了。对于任命,他没说接受,也没说拒绝,而是说了句活动话:“再考虑一下”。在见过冯玉祥之后,他的决心已下。结果,他在做出拒绝的决定之后,不是当即回电,而是回到哈尔滨,远离南京。这样对他来说理由更充分,当然也更加安全。

六　其他官员

在主持防疫和在东三省防疫总处,乃至海港检疫管理处的多年工作中，伍连德与中央、地方官员有过或长或短的交往，陆军部尚书铁良，曾在伍连德为陆军军医学堂帮办的时候帮助过他；外务部尚书那桐的形象则比较模糊，但在几次关键时刻，他都选择支持了施肇基，也就是支持了伍连德。两任东三省总督锡良与赵尔巽，吉林巡抚陈昭常，哈尔滨后任道台李家鳌，都大力支持伍连德，办事颇有效率。

当然与他交往过的官员并非都如此精明强干，其中不乏平庸之辈，甚至完全不称职，比如第一次防疫与他交往最直接的官员，道台于驷兴，他是通过科举考试上来的官员，饱读经书，但对外交事务一窍不通，既不懂俄语、日语、英语，也不熟悉外交事务，在哈尔滨任上纯属受罪，度日如年。对自己任上碰上大疫不是积极防疫，而是觉得自己倒霉，对防疫根本不下功夫，对情况知之甚少，更无具体措施，延误防疫大事自不必说。更不能容忍的是章绍洙，一个大烟鬼，只能算个混事的，一问三不知，了解情况还不如一个警察，更谈不上防疫。对于这样两个身处防疫第一线的地方官，伍连德感到痛心，更十分担心，但也只能“将就材料”，官员的任免权不在自己，防疫不靠他们，靠谁？但随着防疫工作的进展，这两个官员的积极性终于被调动起来，即使能力有限，他们还是尽力而为，尤其是解剖尸体、隔离和大规模焚烧尸体等重大措施的实施离不开他们的大力协助。

让伍连德感动的是，大疫当前，无论官员的素质多么参差不齐，无论某些官员身上有多少毛病，甚至是劣迹斑斑，有一点是肯定的，就是他们都想把本职工作干好，没有一个主观上就想把工作往坏了干。所以评价这些人需要客观。

七　暗夜中的几点微光

晚清是个黑暗如墨、重压如磐、千疮百孔、大厦将倾的时代，官场贪污腐败，官员尸位素餐、毫无进取之心，这是末代朝廷的总体情况。

但令人惊异的是，还有以施肇基为代表的如此优秀的政治家和官员，其中不乏王公贵族，开明而有担当，他们像茫茫的暗夜之中的几点微光，虽不足以照亮天空，但给人以些许希望，正如许寿裳先生所言："哀民生之憔悴，状心事之浩茫……于悲凉孤寂中，寓熹微之希望焉"，这些话评价这些官员合适，放在伍连德身上同样适用。

这个王朝，这个政府已经烂透了，但并非官场上的所有官员都不可救药了。相反，这些精英不是旧王朝的顽固守卫者，也不是可悲的殉葬品，其中很多成为清政权的掘墓人，成为新时代的拥抱者、探索者，并不遗余力地为建设新生的社会效力，成为新时代的精英，成为民族与国家的希望。

当然其中也有一些历史上有争议的人物，公认的负面人物，但人物具有多面性，比如对伍连德有知遇之恩的袁世凯，这就是历史的复杂性，政治人物的多面性，并不是非此即彼。还有一些得过且过、平庸无能的官员，但在大疫当前，还能够分清是非，大义为先，尽自己的绵薄之力。

在伍连德扑灭鼠疫当年，大清王朝，这艘行驶了 270 多年的破船，终于沉没了。一个朝代灭亡了。但清王朝的灭亡，不是中国的灭亡，更不是中华民族的灭亡，接下来的几十年，中国进入混乱无序的状态，但中国不亡，希望还在，晚清的一些精英人士如施肇基等，成为新时代的风云人物，继续为国尽忠。

第四节　伍连德的朋友圈

一　好友林文庆

林文庆（1869—1957），海峡三杰之一，伍连德的终生朋友，也是连襟，他们的妻子是姐妹。

林文庆是个传奇式的历史人物，一生多姿多彩。他是一代名医，又

林文庆

是勇于开拓的企业家；是雄辩滔滔的立法议员，也是移风易俗的社会改革家和教育家；又是赤诚的民族主义者，始终心系故国，支持中国的戊戌变法并投身孙中山领导的民主革命。他一生的成就是多方面的，在我国辛亥革命史上和新加坡华人史上，都留下了足迹。

伍连德在去吉隆坡时，无亲无故，便打算在新加坡借宿。他很快联系到 1887 年第一届女王奖学金的获得者，也是第一个华人子弟获得女皇奖学金者，获得爱丁堡大学医科学士和硕士学位的林文庆医生。

由于林文庆夫妇的刻意安排，伍连德得以结识黄淑琼，并最终结为秦晋之好。

林文庆和伍连德一样，是出生在南洋的华人后代，不同的是他父母都出生在新加坡，他属于第三代移民。林文庆自幼父母双亡，是由祖父抚养大的，因此有非常浓厚的中华情感，从小马来语、英文和闽南话都讲得很流利。

林文庆自幼出类拔萃，因此在首届女皇奖学金选拔中脱颖而出是众望所归。1891 年毕业后，他的遭遇和伍连德一样，无法进入政府机构，在剑桥大学从事一年的研究后返回新加坡私人开业。因为是新加坡华人弟子中第一位留学海外的医生，所以事业非常成功。林文庆有极高的语言天赋，为了更好地和病人沟通，他又学会了广东话、泰米尔语、中国官话和日语。

海峡殖民地设立的女皇奖学金培养出一批华人精英，作为这批佼佼者的大哥，林文庆的一生绚丽多彩。他除了身为南洋名医外，还热心于新加坡华侨社会和华文教育的改革，并积极参政，曾任新加坡市政局委员、立法院华人议员，是新加坡华人的领袖人物。1896 年他率先从南美引进橡胶，因此被称为“马来亚橡胶之父”。他还曾经担任肃亲王府的英文教师，和清廷权贵关系不错。尽管如此，在孙中山的感召下，1906 年林文庆加入同盟会，是新加坡早期的同盟会员。辛亥革命后他担任临时政府内务部卫生司司长，同时兼任孙中山的保健医生。陈嘉庚创建厦门大学后，聘请林文庆当校长，使厦门大学名扬中外。

鸦片战争以后，一次又一次的战争和灾难，使海外华人中的有识之士，开始质疑长期以来被认为是优越的中华文化。在民族主义驱动下，他们开始审视自己所处的社会，力图从事改革。在海峡殖民地，林文庆正是其中的先锋人物。他们承认英国政治制度的优越性，但反对种族歧视。另一方面，他们对华人社会的自身缺点痛心疾首，比如吸毒、赌博、嫖妓、迷信、婚丧铺张、长辫、小脚，等等，他们认为，只有扫除这些不良习惯，华人社会才能进步。

女皇奖学金设立的初衷，是为了培养本土的效忠大英帝国的人才，岂料这些人留学英国时，正值自由主义和民族运动高涨，基本上都接受了人权的观点，他们回到马来亚后，成为社会改革、反对种族歧视的先锋。

林文庆、宋旺相和伍连德是女皇奖学金获得者中最出色的人物，被并称为“海峡三杰”。他们都是出生在南洋的华人子弟，在英国受到良好教育，回到家乡后事业有成。

宋旺相的情况基本符合女皇奖学金设立者的初衷，他不仅不能讲华语，对华人的身份也不很认同，最后成为东南亚第一个获得英国爵位的亚洲人。但是，受自由主义思想的影响，他能够为殖民地的二等公民包括华人争取权益，并努力推动海峡殖民地的社会改革。

伍连德则是南洋华人另一类典型的代表，就是不多过问政治。伍连德的背景和上述两个人不同，他生于偏僻的槟城，为人质朴踏实，重实干而轻大言，生性就适合从事专业工作而远离政治。

图为程璧光(左一)与美国纽约市长等人合影。

二　程璧光

程璧光(1861—1918),广东香山人,原为清海军管带,曾参加甲午战争。北洋海军覆没后,他成为建造军舰专员,民国成立后,一度任北洋政府的海军总长。同乡老友孙中山发动护法运动后,程璧光率舰队南下支持护法运动,后于广州被暗杀。

程璧光是伍连德一生中最好的朋友之一,他们的友谊起始于舅舅林国祥。伍连德去英国剑桥大学读书时,闻知舅舅林国祥也在英国,在造船厂监制军舰。他去看望舅舅时认识了舅舅的同事程璧光,这是一个非常有血性的军人。

1907 年,接到袁世凯的聘任书,伍连德决定回国任职。在见过袁世凯,并考察了陆军军医学堂之后,伍连德打算去北京见见多年不见的程璧光,没想到因为吃了不洁的东西,患了痢疾,加上水土不服,得了一场大病。

他向袁世凯请示,希望能回家休养一段时间,然后赴英国参加禁毒会议,顺便认真考察一下欧洲的军事医学教育,再返天津就职。获得袁世凯的同意后,伍连德乘船返乡。

在欧洲的六个月内,他先重访巴斯德研究所,了解微生物学研究的最新进展。然后去英国参加禁毒会议,在英国逗留期间,他约见英国政府官员,希望英国政府能够继续努力,控制鸦片交易。这些官员大多是应付了事,只有一个年轻的官员耐心地听了他的陈述,并保证英国政府会逐步努力,直到彻底消灭鸦片交易。当时谁也没有料到,这个年轻的官员丘吉尔日后能名垂青史,领导英国取得第二次世界大战的胜利。

此外,他还专程访问了军事医学院和军队医院,系统地了解了当时最先进的英国军事医学情况。

伍连德从欧洲回到槟榔屿后才知道，就在他离家期间，一封书信从北京寄到槟榔屿，来信的是程璧光。得知袁世凯礼聘老上司的外甥后，程璧光非常高兴，特意来信希望小兄弟身体康复后，即刻北上。程璧光已经再次向袁世凯推荐，为伍连德落实了陆军军医学堂帮办的任命。

看了程璧光的信，伍连德决定尽快北上，他把家眷暂留上海朋友处，自己去天津赴任。

一到天津，伍连德立即赶到陆军军医学堂，受到总办徐华清的热情接待。参观了这所陆军军医学校以后，他又前往附近的北洋医学堂，参观这所为海军提供军医的医学校。

一切进展得很顺利，伍连德准备进京正式接受任命。

然而，风云突变。

24 小时内光绪皇帝和慈禧太后相继离世，宣统皇帝继位，其生父醇亲王载沣任摄政王。载沣早就欲除袁世凯而后快，瞬息之间掌管北洋的袁世凯彻底失势，以足疾为由隐居家乡养寿园。袁世凯的亲信也纷纷去职，而伍连德这个被袁世凯专程从南洋礼聘回来，还没有接到正式任命的"海归"，理所当然地被认为是袁世凯的同党，看来根本无法获得任命。

北洋军上下人心浮动，伍连德的事情无人过问。徐华清等人也没有什么好办法，只能建议伍连德自己上北京活动。

1908 年深秋，伍连德第一次来到古都北京。

火车到达北京前门火车站后，伍连德叫来一辆当时北京的主要交通工具——骡车，把徐华清事先用中文写好的"海军处"字条交给车夫，随车前去。

北京对伍连德来说只有一个字：冷，不仅是因为生长在南洋的他对北方的气候不适应，更是因为前途未卜。他被视为袁世凯的人，别人躲之不及。何况他刚刚来到中国，在陆军中谁也不认识。官场中要疏通，可是伍连德现在坐吃山空，只会全绍清教的几句官话，怎么活动得了？

所谓吉人自有天相，伍连德在清廷官场上认识的几个要人，这时候多在北京，特别是在伦敦求学时通过舅舅林国祥结识的程璧光和谭学衡，此时均在陆军部海军处就职。

北京烟尘弥漫，道路坑洼不平。头一次来北京的伍连德满怀心事，顾不得看风景，心里希望赶快到目的地。骡车到了海军处衙门，伍连德上前递上名片，门房进去通报。不多会儿，里面一阵脚步声，程璧光快步跑了出来，一把抓住他的手："连德，你可来了。"伍连德眼睛一下子湿润了，一肚子的委屈都想向程大哥倾诉。

程璧光拉着伍连德往里走，走到里面就喊："奕章，快出来，看看谁来了。"

谭学衡也出现在院中，拉着伍连德问长问短，伍连德马上忘掉所有忧虑。

故友重逢分外亲切，程璧光吩咐人把伍连德的行李拿到府里，让伍连德今晚就在他家休息。两个人把伍连德请到室内，先谈了谈从伦敦分手后的情况。当伍连德说到舅舅林国祥于今年早些时候去世时，三个人不禁黯然神伤。

程璧光拍拍伍连德的肩膀："你放心，你的事我们俩一定为你办好，不然怎么对得起林管带？"谭学衡也拍胸脯保证，一定全力为他疏通。伍连德知道现在程璧光和谭学衡两人也可谓是自身难保，心里很是过意不去。好客的程璧光当晚在全聚德设宴款待伍连德，看着他满腹心事的样子，程璧光安慰道："你不要担心，国家一定会给你报效的机会。"

第二天一早，程璧光就带着他来到陆军部，面见一些陆军部的要员，这些人都表示愿意帮忙。

几天过去了，一点确切的消息都没有。伍连德心里不免着急起来，程璧光安慰他不要着急，中国官场就是这样办事，可以再想想别的办法。伍连德突然想起一个人来，去年在英国参观军事医学院时，曾被引见给一个正在伦敦林肯法学院学习的中国军官，叫丁士源。

程璧光一听，拊掌大笑："太好了。丁士源是陆军部军法司司长，是现任陆军部尚书铁良的红人。他肯帮忙的话，你的事就有把握了。"

丁士源(1879—1945)

程璧光马上带伍连德找到丁士源。丁士源很爽快地答应下来，没几天伍连德就接到通知，一周后铁良召见。晋见的日期定了下来，可是说不了几句官话的伍连德心里七上八下，烦琐的官场礼仪他除了会磕头外一概不懂，这可如何是好？

程璧光道："死马当成活马医吧，铁大人知道你是从海外回来的，不会难为你的。咱们抓紧时间练习一下，把可能要问你的话，回答的话都背熟了，到时候丁大人再从旁提醒一下，应该能应付过去。"说罢，程璧光把伍连德从头到脚打量了一番，说："我得先给你置办行头。来人，备车，去大栅栏。"

做了一身官服，置办一条假辫子，让伍连德有个官样以后，程璧光和谭学衡开始轮流当老师，给他恶补官话，反复排练如何面见铁良，如何回答问题。

预定的日子到了，伍连德戴好假辫子，穿上官服来到陆军部。丁士源已经在门口等候了，上下仔细打量了一下非常紧张的伍连德，没发现什么不妥，放下心来，说："伍博士，咱们这就进去。"

走了几步，丁士源想起了什么，说："待会见铁大人以前，记得把眼镜摘了。"

没走几步，丁士源又一把把伍连德拉到僻静处，问："请安你练好了吗，做一个我看看。"伍连德练习了一遍，丁士源看看没问题了，才把他带了进去。

来到正厅，丁士源悄悄一拉伍连德的袖子，伍连德赶紧单腿跪下请安。对面的人说了句什么，丁士源又一拉伍连德，伍连德站起身，抬起头来，看到对面坐着一个身材高大、面庞丰圆的人。

丁士源道："铁大人，这位就是我向您呈报过的，从南洋回来报效朝廷的大英帝国剑桥大学医学博士伍连德。"

铁良"噢"了一声，打量着伍连德，伍连德心中默默温习着准备好的答案。铁良开口了："伍博士年齿几何？"

伍连德不明白为什么这个朝廷大员一开口就问自己有几颗牙，犹豫了一下，结结巴巴地说："我的牙有……"

丁士源附耳悄悄用英文说："铁大人问你今年几岁。"

伍连德赶紧回答："29岁！"

铁良哈哈大笑，对这段小小的插曲觉得很有趣。号称大清干员的铁良对留学人员倒是没有什么成见，就是喜欢开些玩笑。既然有很多军中将领为伍连德说好话，加上亲信丁士源也极力举荐这个英国医学博士，看来此人确有真才实学，不是袁世凯的什么故旧，他也没什么意见。于是，铁良开始按官场套话讲道："正是朝廷用人之际，你忠心可嘉，是否能够屈就陆军军医学堂帮办，为国培养军医？"

伍连德牢记程璧光和谭学衡的交代，不管听懂没听懂，一律回答："是……是……是……"

铁良说完以后，站起身来，走入另外一间屋子。

丁士源带着伍连德从大门出来，看着仍糊里糊涂的伍连德，丁士源一拱手："伍大人，恭喜了，铁大人准了。"

伍连德如释重负，这时他暗暗下了决心，一定要学会官话，否则太误事了。

心里七上八下的伍连德等了一个礼拜，一个兵丁送来一个厚厚的信封，打开一看，里面是铁良签署的陆军军医学堂帮办正式委任状以及有关文书。程璧光连忙将文书翻译出来，令他吃惊的是，月薪 300 两，大大超出他的意料，因为他了解过，自己的顶头上司，北洋医学堂毕业、在军中服役 15 年的陆军军医学堂总办兼军医司司长徐华清月薪也不过 350 两。

大喜过望的伍连德马上写信，让滞留在上海的妻儿立即北上。当晚在东兴楼设宴酬谢程璧光、谭学衡、丁士源等朋友，次日一早便赶回天津上任。

经过一番周折，伍连德终于能够为国家服务了。他回到天津，立即找到一处房子，把妻子和儿子从上海迁到天津。稍稍安顿一下，伍连德便开始主持陆军军医学堂的工作。

伍连德才到中国就经历了一场巨变，大起大落，大悲大喜，如同一幕大剧。

程璧光是伍连德最好的朋友，是他的兄长。20 年间，他们交往不断，肝胆相照。

在天津陆军军医学堂时，好客的程璧光经常邀请伍连德来北京赴宴，席间为他介绍了官场中不少朋友，对日后他从事卫生防疫事业帮助极大。

之后的几年，伍连德功成名就，常年在哈尔滨。程璧光统领海军，常驻沿海，两个人见面的次数很少，但只要有机会，都要聚会。直到 1918 年 2 月 26 日，程璧光在广州海珠码头遇刺身亡。

程璧光遇刺身亡，举国震惊，北洋政府追授为海军上将。在程璧光灵位前，伍连德悲痛欲绝。

三　谭学衡

谭学衡（1871—1919），字奕章，广东新会棠下天乡礼村继龙里人。其父谭国恩为清光绪丙戌科进士，曾任工部主事。谭学衡曾任清海军高级将领，中华民国时在广东省任地方官。

谭学衡

1885 年谭学衡入广东水陆师学堂第一期水师班，毕业后留学英国入海军学校。归国后，他服役于北洋海军，参加了中日甲午战争，是甲午战争中为数不多的幸存者之一。

谭学衡、程璧光都是伍连德舅舅林国祥的部下，伍连德在英国看望舅舅的时候，认识了二位将领，后成为终生朋友。

1907 年，伍连德在陆军军医学堂的任命，因袁世凯下野而没有着落，是程璧光和谭学衡两位朋友相帮才终于落实。

1911 年，伍连德正在哈尔滨主持防疫，这时突发梅尼事件，梅尼要求代替伍连德担任防疫总医官，事情闹到外务部。梅尼为北洋医学堂资深教授，外务部右丞施肇基很难处理，便找到了伍连德的好友谭学衡。谭学衡时任海军部副大臣，对自己的好兄弟十分了解，当即下达命令，命梅尼返校，支持伍连德主持防疫。

谭学衡参与了一个重大历史事件：

1912 年 2 月 12 日，隆裕太后以宣统皇帝的名义颁布逊位诏书，在诏书上“副署”(签名)的，有两个广东人：署海军大臣谭学衡、署邮传大臣梁士诒。

作家周作人在南京的江南水师学堂学习了 5 年。1905 年底，周作人随带队老师上北京参加留学考试，主考官正是谭学衡。周作人回忆道：“由军学司长谭学衡来监考，他是广东人，也是水师出身，与黄老师谈得很投机，戴着蓝顶花翎说英语，很是特别的事。”

不过宣统逊位不久，谭学衡即黯然离职，回乡治理河水去了，1919 年在广东新会病逝，享年 48 岁。

四　陈友仁

陈友仁

陈友仁（1878—1944），祖籍广东香山，出生于英属西印度群岛的特立尼达。1912 年回国，任北京英文报纸《京报》主笔。1924 年起任孙中山英文秘书。1926 年任国民党中央执行委员、国民政府外交部长。1931 年任国民政府外交部长。1933 年参加李济深等在福州成立的中华共和国人民革命政府，任外交部长。1938 年后闲居香港，日军侵占香港后被逮捕，强迫移居上海，多次拒绝参加汪伪政府。1944 年在上海病逝。

看着这段介绍，知道陈友仁是个大人物，可是他与伍连德怎么搭上了关系？

1911 年 10 月爆发了武昌起义。

就在这时，伍连德突然接到外务部的电报。朝廷命令他和清华学堂副监督唐国安随团长梁晟组成三人代表团，赴海牙参加万国禁烟会，代表政府签署了国际鸦片公约。

1911 年 12 月，伍连德和唐国安在哈尔滨会合，乘坐东方快车出满洲里，经西伯利亚到莫斯科，然后经华沙到柏林与梁晟会合。伍连德全然没有想到，他竟然是清政府最后一批公派出国人员。

在海牙，伍连德等庄严地代表中国政府在全球禁毒公约上签字，正式开始了中国官方禁毒的近百年历史。

海牙会议结束后，伍连德应邀重返英国，进行巡回演讲。那时的他已是国际知名学者，到处受到热烈欢迎。旧友重逢，使他暂时忘记了中国的局势。利用这个机会，他不失时机地向英国民众介绍中国东三省的实际情况，改变了英国民众被沙俄欺骗而形成的看法，树立了东三省是中国固有领土的观念，也介绍了中国近年来的变化和发展。

在英国期间，他的两位朋友唐绍仪和伍廷芳分别作为南北双方的代表进行和谈，达成了共和的协议。他在新加坡结识的孙中山于 1912 年 1 月 1 日就任临时大总统，他的好友加连襟林文庆追随孙中山左右，任临时政府内务部卫生司司长，同时兼任孙中山的保健医生。2 月 12 日，清帝逊位，中华民国成立，礼聘他回国的袁世凯继任临时大总统。

顷刻之间，天翻地覆。伍连德此时已经结束了在英国的讲演，回到德国柏林，正准备乘东方快车返回哈尔滨。

人在柏林的伍连德不知道国内的情况，恨不得插翅飞回北京。可是他是清政府的公派人员，现在那个政府不存在了，他的各项费用包括回国的旅费全无着落。伍连德一下子处于非常尴尬的境地。

看着伍连德急得团团转，作为欧洲招待方的驻德公使梁晟只好自掏腰包，给伍连德买了一张从柏林到哈尔滨的二等车票，让他得以立即归国。和来欧洲时作为政府代表的条件相比，二等车厢的条件就差多了。伍连德归家心切，只要能走，条件可以将就，他二话不说，登车就走。

二等车是四人一个包厢，而伍连德的包厢位于车厢的一端，只有两个铺位。当长途列车驶出车站时，他发现另一个铺位上已有一个肤色黝黑的陌生人，身高与伍连德相仿，留着中分头，黑色鬈发，蓄有短须，也戴着近视眼镜。此人说英语，嗓音不错，但口齿不清，且发音特别怪，显然他学习英语的地方既不是英国，也不是马来亚。交谈中他告诉伍连德，他们是中国同乡。

伍连德改用北京官话问他贵姓，他一脸茫然，显然听不懂伍连德又改用英语再问。

他说："啊，我叫阿陈，尤金·阿陈。"

伍连德说："阿陈不是中国人的姓，你能用汉字写出来吗？"

"不会。"他想了想说，"我应该把我自己、我父亲和家庭告诉你了，因为我们已经成为朋友了。"

于是在从柏林出发，途经华沙、莫斯科和西伯利亚大草原直到满洲里那 10 天漫长的旅途中，伍连德这个旅伴，这个海外游子，向伍连德尽情地倾诉了他的生平和理想。阿陈说，1875 年他出生在英属西印度群岛的特立尼达，父亲从广东省的一个乡村移民而来，并与在当地最先遇到的一个中国姑娘结婚。他从小在当地学校学习英语，之后被送到了伦敦跟随一个律师学习，几年后他取得了律师资格，回到特立尼达后他便开了家律师事务所。此时他已经与当地一个混血女子成婚，并有了两个男孩儿。但中国发生的剧变吸引着他，他决心离家去中国闯天下，因此才有了他们这趟东方快车上巧遇的机缘。”

阿陈讲完他的故事后，伍连德说：“你的勇气可嘉，但有两点不足：一是没有一个合适的中文名字；二是连一句基本的中国话都不会讲。”

“那怎么办？”

“阿陈这个名字很可能是承继了你父亲的姓，你应该姓陈，我给你取个名字吧。”伍连德想了想说，“陈友仁怎么样？友仁与尤金的音相近，友好仁爱的含义不错。”

而在讲英语的朋友间和用英文写信时，他的签名是 Eugene Chen，而正是这个英文名字，后来逐渐闻名于全世界。

伍连德又教给他这三个字的中文如何写，到达哈尔滨后，这个阿陈就能很熟练地写出自己的名字“陈友仁”了。

列车从满洲里到哈尔滨花费了 30 个小时，伍连德没来得及带陈友仁去参观自己的防疫机构，他们还得继续接下来的旅程，不过经伍连德介绍，陈友仁已经对伍连德的工作相当了解了。

他们一路走一路打听时局，知道时局已发生重大变化，他们在天津下了车，因为当时新的民国政府第一任总理唐绍仪和交通部长施肇基正在天津。

伍连德决定带陈友仁拜访施肇基，请他为陈友仁安排工作。在与陈友仁简短交谈之后，施肇基当即请他担任自己的私人秘书，于是陈友仁便在这个新部长手下服务，新部长对他的英语特长和他那新颖的政治视角颇为满意。办完这件事后，伍连德赶紧返回哈尔滨，处理因为改朝换代的混乱而几乎停滞的防疫总处的组建工作。

唐绍仪内阁很快倒台了，陈友仁随即去职，成了英文报纸《京报》的主笔，专门跟总统府对着干。伍连德每次回京时，都会探望陈友仁。每次都看见他在奋笔疾书，这令伍连德很担心，因为这样随时可能送命。

陈友仁，这个伍连德在旅途中结识的好友，成了民国时期的风云人物，被誉为“革命外交家”。1919 年他是中国代表团参加巴黎和会的成员之一，并为代表团草拟文件，后来南下成了孙中山的英文秘书。1927 年和 1931 年他出任广州国民政府和南京国民政府外交部长。九一八事变以后还担任过宁粤合作后的外交部长，是国民党党内的极左派，联俄联共的中坚。1933 年十九路军发动“福建事变”，他出任中华共和国人民革命政府外交部长。“福建事变”失败后他流亡法国，1938 年回到香港，想回国参加抗战，为蒋介石所不允。香港被日本侵占后他被日本人押回上海软禁，1944 年 5 月 24 日在上海病逝，新中国成立后享受烈士待遇，安葬在八宝山。陈友仁一生的传奇，始于东方快车的那个拥挤而轰轰作响的两人车厢里。

全绍清

五　全绍清

全绍清（1884—1951），字希伯，直隶宛平人，满洲正白旗，中国卫生学家。

光绪三十年（1904 年），全绍清毕业于天津北洋医学堂。次年，全绍清随清廷派往西藏的钦差大臣入藏，任钦差大臣行署医官，驻西藏两年。在西藏期间，他拍摄了许多照片。美国《国家地理》1912 年 10 月发表了全绍清拍摄的 60 张拉萨照片。这 60 张照片是中国人首次拍摄并向世界介绍西藏的照片。后来,全绍清随使者离开西藏出访印度,回国后于 1906 年到 1910 年在天津北洋医学堂任解剖学教授。在天津,全绍清结识了天津陆军军医学堂帮办伍连德,并教他说北京官话。1910 年至 1911 年,东三省暴发大规模鼠疫,奉派前往的伍连德向全国求援。不久，全绍清等医学专家和学生赶到疫区,参与防疫工作,成为伍连德最主要的助手,全绍清负责坐镇长春,他守土有责,圆满地完成了防疫工作。

莫理循 1897 年到北京，开始了他长达 17 年的记者生涯，并在此期间认识了伍连德。图为莫理循在书房

在召开世界鼠疫会议期间,伍连德担任会议主席,在他离开哈尔滨的日子里,指定全绍清医师代理防疫总医官。

1912 年，全绍清留学美国约翰斯·霍普金斯大学,1913 年又到哈佛大学进修公共卫生学。同年,全绍清作为中国政府代表,到伦敦参加了国际红十字会会议。会后,回到天津北洋军医学堂任医学教授。1914 年,全绍清任中国军队军医署长和北洋军医学堂校长。

1918 年,绥远、山西等地发现肺鼠疫疫情,伍连德曾受外务部派遣前去防疫,但由于当时的管理混乱,伍连德只好辞职,鼠疫进一步蔓延。后来北京政府内务部派全绍清前往主持防疫,任第一区检疫委员,此后疫情在 3 个月内得到控制。

全绍清是伍连德非广东籍的朋友,也是其最好的朋友之一。

六 莫里循

北京有 13 个国家的公使馆,这些公使馆几乎都在城内,形成了颇为国际化的社区。官员们可以随时见面办理公务,这里也是归国的中国留学生常去的地方，他们经常能在这里遇上来自留学国家的朋友。于是讲法语的便能找到更多法国人和比利时人；讲英语的会与美国人或英国人在一起交流；曾留学日本的中国人在拜访日本官员时便有宾至如归的感觉。

莫里循博士是伍连德的一个英国朋友，也是伍连德一生中最重要的朋友之一。他出生于澳大利亚的吉朗，毕业于爱丁堡大学医学院，是一个富于冒险精神的旅行家。他最后定居北京，任《泰晤士报》的通讯记者。在1898年到1900年中国的义和团运动期间，他在这份报刊上发表了许多加急新闻，这些新闻比驻北京的英国使馆发出的通报提前好几日，使他成为世界知名的人物。因此他的大名比任何一个大使更为人们熟知，他所住的王府井大街，就曾有一段时间被称为“莫里循大街”。

伍连德尚未在北京安家前，曾在莫里循家小住过两次。第一次伍连德在他家见到了一个漂亮的女秘书罗宾小姐，她几个月前才从英国来到中国。第二次伍连德再去莫里循家时，她已经成了莫里循的夫人。他们的婚姻非常美满，一共育有四个孩子，都是男孩儿，老大伊恩子承父业，也当起了记者，也是服务于《泰晤士报》，并成为大牌记者。1950年伊恩在采访中触雷殉职。

伍连德与莫里循的友谊始于1910—1911年那场鼠疫，在伍连德载誉而归时，一些外国记者纷纷前来采访，其中就有《泰晤士报》的莫里循。莫里循用他手中的笔，让世界详细地了解到中国医生们和鼠疫大流行的较量。同样学医出身的莫里循和伍连德也因此结为好友，从此交往密切。

筹集东三省防疫总处的经费需要与外国使团商谈，伍连德来到北京，借宿在莫里循家中。在交谈中，莫里循告诉他，很久以来，欧洲对东三省的了解都是基于俄国报纸的介绍。但是据他采访得知，俄国对东三省的报道充满谎言，肆意造谣和夸大事实，这些都是为俄国在远东的利益服务。为了改变欧洲公众的固有看法，他发了几篇关于东三省的报道，可是俄国人的谎言由来已久，他的报道不被大众接受。在采访俄国政要时，他被明确地告知，俄国不希望看到强大的中国。东三省鼠疫期间，为了使中国出洋相，俄国尽量夸大这场瘟疫，竭力强调中国的落后，说中国不像文明国家俄国那样有应付这种突发灾难的能力。正是伍连德的努力，彻底改变了欧洲公众的这种印象。伍连德的大名在欧洲众所周知，所以他发出的声音肯定能被大众接受。莫里循希望伍连德能撰写有关东三省真实情况的文章，以改变欧洲公众的看法。伍连德很高兴地接受了这个建议，他觉得莫里循的建议是非常及时的。

伍连德与莫里循见面的机会很少，他们的联系大多通过书信，现在的澳大利亚米歇尔图书馆馆藏着莫里循与伍连德的私人通信。这些通信的内容是多方面的，当时的中国政局混乱，让伍连德忧虑万分，他想像战士一样报国，以一个医生的身份上前线去战斗。于是他想到了莫里循，如果莫里循能帮助筹集基金，装备一支红十字会医疗队，自己负责招募在北方的医学人才，然后再南下的话，就能起到更大的作用。于是，在火车上伍连德提笔给莫里循写信。这些请求，莫里循不一定能办到，但都会尽力而为。也有时，伍连德写信只是为了排遣心中的苦闷，他需要莫里循这样的知音。

那次驻华外交使团突然停止从关税中拨给防疫总处每年六万元的经费，虽然这笔经费本已谈妥。伍连德急匆匆赶到北京，经过一番交涉，他终于弄清了事情的原委。原来是因为俄国的强烈反对，看来是他在欧洲人民面前揭穿俄国的谎言，使俄国人恼羞成怒。伍连德在北京多方活动，还是不能成功，他心急如焚。看到这种情况，莫里循劝他不要着急，对这种外交上的事要有耐心。后来伍连德给莫里循发了一封长信，希望通过莫里循获得英国公众的同情和支持，促使英国政府大力支持防疫总处的建设。

经过伍连德和莫里循等人的努力，驻华外交使团终于拨付了东三省防疫总处的年度预算。

后来莫里循从《泰晤士报》退休，成为袁世凯的高级顾问。袁世凯迷信中医，但受学医出身的莫里循的影响，其当政期间，在处理中西医的关系时能够顺应社会潮流，加速医学现代化的步伐。

莫里循收藏了大量书籍，伍连德称之为举世无双的书库，他收藏了大多数欧洲国家出版的有关中国和东方的书籍。莫里循并不懂中文，但是他随时随地收集有关中国的地图和插图。莫里循对这个书库十争钟爱，经常邀请朋友来参观。1919 年，莫里循将这个书库出让给了一个日本银行家，价钱很低，只有 35000 英镑，令伍连德非常惋惜。好在这个书库现在在日本保存完好。

莫里循 1921 年去世。

七　伍连德的老乡们

伍连德有很多朋友，这些朋友有很大一部分是广东人，是他的老乡，在严寒的北方，听到广东特有的乡音伍连德感到格外亲切。

戴鸿慈

(一)戴鸿慈

戴鸿慈（1853—1910），广东南海大同绿涌村人，清末出国考察五大臣之一，中国近代史上第一位司法部长。

1907 年，伍连德接受袁世凯的礼聘来到中国赴任，但形势突变，袁世凯突然下野，伍连德的任命被“挂”了起来，这让一个来到的陌生之地的南洋人一下子陷入了绝境，这时，他的一些朋友，特别是老乡，伸出了援手。

伍连德想起了在家乡曾见过闽浙总督端方和礼部尚书戴鸿慈率领考察团访问槟榔屿，他还被引荐，并且与他们交谈过。

这时戴鸿慈已经就任法部尚书，戴鸿慈作为在京的广东帮首领，对伍连德十分热情。因为患有慢性肾病和心脏病，他希望得到伍连德的治疗。于是伍连德每天坐四个小时的骡车来回戴府，十分辛苦。不过也正是在戴府，他遇见了许多广东籍官员，与其中不少人建立了友谊，其中一个就是马上赴吉林出任巡抚的陈昭常。此人在伍连德东三省防疫和筹办东三省防疫总处时帮了很多忙。

（二）唐绍仪

唐绍仪

唐绍仪（1862—1938），1862 年 1 月 2 日生于广东香山唐家湾（今属珠海），清末民初著名政治活动家、外交家、清政府总理总办、山东大学第一任校长、中华民国首任内阁总理、国民党政府官员，曾任北洋大学（现天津大学）校长。

他无疑是伍连德的一个重要的朋友，施肇基的夫人是唐绍仪的侄女，因与施肇基的关系，所以唐绍仪让伍连德倍感亲切，唐绍仪曾任奉天巡抚。

在天津有一批回国的留学人士，这些人中的广东籍人士组成了一个有浓郁自由主义思想的小圈子，首领就是第三批中国留学幼童之一的唐绍仪，伍连德这个广东移民的后代自然就被吸收进这个讲英文和广东话的圈子。

伍连德在东三省防疫与唐绍仪交集不多，事实上他们一直没有工作关系，只是朋友。

唐绍仪因相貌周正，1.80 米的大个子，伟岸挺拔，被人们称为“唐僧”。但这并非美誉，因为这个“唐僧”不吃素，中餐西餐、荤素通吃。多次出任高官，多次处于风口浪尖，唐绍仪是近代史上一位颇具争议的人物。

伍廷芳

温秉忠

（三）伍廷芳

伍廷芳（1842 年—1922），广东新会人，清末民初杰出的外交家、法学家，出生于新加坡，3 岁随父回广州定居，早年入香港圣保罗书院，1874 年自费留学英国，入伦敦学院攻读法学，获博士学位及大律师资格，成为中国近代第一个法学博士，后回香港任律师，成为香港立法局第一个华人议员。

同样出生在海峡殖民地的伍廷芳，和伍连德一样，两个人小时候都姓 NG，来华后也都按官话改成 WU。伍连德甚至希望和他连宗，认其做叔父。辛亥革命时，正是伍连德的两位同乡好友，唐绍仪代表北方，伍廷芳代表南方，在上海谈判，促成中华民国临时政府的成立。

（四）温秉忠

温秉忠 1861 年出生，广东新宁人，出生于虔诚的基督教家庭，为第二批留美幼童。归国后在上海办工厂，并在美国驻新疆领事馆服务，后为北京海关总局负责人、苏州海关监督等。在上海逝世。

伍连德在天津留学生的小圈子里认识了温秉忠，并且两人来往频繁，温秉忠当时任总督衙门英文秘书，是一个非常风趣的人。其实他们在 1905 年就认识了，温秉忠作为由端方、戴鸿慈率领的清政府出洋考察宪政团的随员到槟城时,他们曾见过面。温秉忠的妻子叫倪桂妹,其姐姐倪桂珍嫁给了宋耀如,育有近代史著名的宋氏三姐妹。

在温秉忠的家中,伍连德遇见了倪桂妹的两个外甥女,她们非常漂亮,活泼大方,有着良好的教养,她们正准备去美国留学,这两个小姑娘,一个嫁给了孙中山,叫宋庆龄,一个嫁给了蒋介石,叫宋美龄。

(五)其他朋友

除此之外,伍连德与梁启超、辜鸿铭、严复、胡适等人交往甚密,对中国文化的了解和兴趣越来越浓。

为什么要谈伍连德的朋友圈?有一句话说得明白,看一个人,只要看他周围的朋友就够了。这话虽有些绝对,却有几分道理。

仔细梳理一下伍连德的朋友圈,大多是他的广东老乡,或者海外留学生,或者兼而有之。这个很好理解,因为伍连德主要就是这个身份,正如《陋室铭》所说:“谈笑有鸿儒,往来无白丁。”你是这个阶层的,接触的也是这个阶层的人。

民国时期让人想起周灭后的春秋战国时期,可以群雄四起,也可泥沙俱下;可以我自横刀向天笑,也可躲进小楼成一统,全看你身上的定力,伍连德周围这些朋友大多是爱国志士,但伍连德不是官场上的人物,不是政治的热衷者,他关心的还是他的专业。比如,他和陈友仁的差异远大于相似之处,但这不耽误他们成为好朋友。

广东,即使是现在,也是中国最开放的地区之一,其地处沿海,经济发达,对外贸易也发达,而且去海外谋生的人也最多,应该说是最先睁开眼睛看世界的地方。即使现在,在美国华人中流行的汉语,一个是普通话,再一个就是粤语。可见海外广东人之多。清末中国民主思想的发源地在广东,康有为、梁启超都是广东人。民主革命的策源地也在广东,孙中山、廖仲恺等,都是广东人,北伐战争的起点是广东,有人说近代重大历史事件都与广东有关。

海外留学生最早接触了民主思想，也看到西方科学技术的发展，所以中国第一批优秀的人才在这个群体中诞生是必然的。

伍连德接受这种思想的长期熏染，自然站在当时中国思想界的前列。

第五节　伍连德现象

伍连德曾被授予医科进士、东京帝国大学医学博士学位、香港大学荣誉法学博士学位、英国霍普金斯大学公共卫生硕士学位、苏联科学院名誉院士及苏联微生物学会外国会员、上海圣约翰大学名誉科学博士学位等20多个荣誉博士学位、院士称号

伍连德的出身，他的求学经历，他的医学实践，无疑是非常独特的。

他天资聪颖，学习刻苦，凭借自己的实力，在海峡殖民地留学考试中拔得头筹，获得女皇奖学金，进入当时世界最优秀的大学剑桥大学，并成为其中最优秀的毕业生，获得博士学位。

伍连德建立的功业从第一次东三省鼠疫大流行开始，他得到朝中重臣施肇基的鼎力相助，只用四个月时间，扑灭了来势汹汹的大疫，扬名天下，其中最令人难忘的是做了中国第一例人体解剖，确认了疫情为鼠疫；第一个提出了肺鼠疫的概念，以区分腺鼠疫，从而确定了传染途径为呼吸道，而非跳蚤；第一个提出了防疫手段为隔离，从而阻隔了鼠疫的传染渠道；第一个进行了大规模焚烧尸体，加速了扑灭鼠疫的进程。

他的第二次防鼠疫同样精彩，因为

有了第一次防鼠疫的经验，同时有了防疫的实体——东三省防疫事务总处，所以第二次鼠疫在很短时间，以较小的代价被扑灭。

同时他还扑灭了发生在哈尔滨和上海的几次霍乱大流行。

伍连德用二十年心血创建了东三省防疫总处，建立了海港检疫管理处，这些防疫体系成为应对大疫最完整、最坚固、最有效的防线。

在国际、国内一些重要场合，伍连德博士均着剑桥大学博士服

伍连德在防疫的同时，也为其他的医学活动做出了创造性的贡献：创办了中华医学会，使中国医生第一次有了自己的学术团体；写出了第一部英语中国医史，第一次向世界全面介绍了中国医学的发展历史；或亲手或独立创办了多家医院，使新医走进中国千家万户；一生从事禁毒活动，获得“禁毒先锋”称号。

一个人哪怕只取得伍连德众多成绩中的一项，足以史上留名，但伍连德一生却取得了如此多的成绩，确实令人惊叹。

伍连德的成功令人深思，令人钦佩，令人景仰。

应该说，伍连德的天资、学历是他成功的基础，但他的韧性、毅力和坚持不懈，使他的天资和学历锦上添花，并发挥到极致；他的勇于创新、敢于挑战权威，更是一个有成就的科学家必备的素质。他不仅是科学的实践家，更是理论的创新者，他获得诺贝尔奖的提名是实至名归的。

民族、国家利益当先，这是大节，也是他能从南洋回国报效，舍生忘死地从事防疫的根本原因。这些品格来源于他的家庭，主要还是来源于身为北洋海军管带的舅父一家。

抛开医学本身，他的个人品质又是极为出色的，他的不惧生死、勇于担当、淡泊名利和荣辱不惊，使他既承受得住天下扬名，一片颂扬之声的荣耀，又耐得住回归平民百姓，默默无闻的平淡，坦然地接受人生大起大落、大喜大悲的考验。

一个人的精力有限，伍连德之所以成功与他的志趣有直接关系，其最大的特点就是淡漠政治，寄情于学术研究。他三次谢绝了高官厚禄，一次是肃亲王，一次是袁世凯，一次是蒋介石，许以的全国卫生系统最高职位。这不光使他专心于医学的研究，更使他远离混乱的政坛，获得一个相对安静的研究环境。试想，如果他进入政界，不光没有精力从事专业研究，更会深陷政治旋涡当中，以他的性格，以他的政治经验，后果可能会非常糟糕。

伍连德的成功也有客观因素，这就是他一生中遇到了多位贵人。这里特别要提到的就是施肇基，如果没有这样一个替他挡子弹，在京城做他坚强后盾的强势人物，他的功业无从谈起。其他重量级政治人物，有的政声不错，有的不够完美，有的甚至身负骂名，但他们对伍连德这个纯粹的科学家无疑是欣赏的，爱惜的，尊重的，重用的，宽容的，并没有强制其进入自己的派系。因而伍连德有一个宽松的环境，不必为政治所干扰，更不必对时局心存畏惧，能够在乱世之中独善其身，心无旁骛地从事医学研究。

伍连德有一个良好的朋友圈，这些人志同道合，大多有留洋背景，或为广东同乡。这些朋友在他落难的时候，给予实实在在的帮助；在工作中与他配合默契，从好同事上升到好朋友的层次；在他获得成就的时候，为他高兴，给他鼓励；在需要担责时，勇敢地站出来；但更多时候是来自精神层面的陪伴，他们可以无拘无束地评论时政，谈论事业，畅叙友情，也可以一吐心中的苦闷。

多方的因素，成就了一位国士，成就了伍连德的伟业。

尾声：武连德在哈尔滨

1960 年伍连德葬礼

1937 年战火突起，伍连德被迫离开中国，回到南洋，回到槟榔屿，重开诊所，恢复了平静的生活。晚年的伍连德因为年迈而驼背了，他悠闲地在街头踱步，不时用广东话劝告小贩们不要吸烟喝酒，多运动，甚至当街为人们免费开药方。

1960 年 1 月 21 日清晨，伍连德博士在他的槟城新居突发脑中风逝世，享年 81 岁。

哈尔滨两次鼠疫大流行已过去了一个世纪，今天还原当时鼠疫从发生、流行、到最终被扑灭的过程，曲曲折折，大起大落，发生了多个惊心动魄的事件，多少次险象环生，多少次横生枝节，多少次命悬一线，又多少次化险为夷，经历了两次鼠疫大流行的哈尔滨人，宛若做了两场噩梦。是的，街上倒卧着横七竖八的尸体，空气中弥漫着致命的细菌，傅家甸被一片死亡气息笼罩，犹如人间地狱。鼠疫被彻底荡平后，人们拆掉路障，从隔离数月的家中奔涌而出，争相呼吸一口洁净的空气，看一眼蔚蓝的天空，接受早春灿烂阳光的照射，这些在平时并不经意的东西，原来如此珍贵。

伍连德的出现意味着什么？当人们身处茫茫黑暗之中，看不到光明，看不到前途，一个巨人出现了，他高擎火炬，将受苦受难的人带离了黑暗与恐惧。

世界各地对伍连德逝世表示深切哀悼

后来伍连德的名字不再被人们提起，淡出了人们的视野，正像徐志摩的诗："轻轻地我走了，正如我轻轻地来。"这两句诗仿佛为伍连德量身制作。

二十世纪八十年代，电影《卡桑德拉大桥》在中国热映，人们在欣赏影片奇特曲折的情节，以及索菲亚·罗兰、理查德·哈理斯、辛普森等大腕的高超演技的同时，"肺鼠疫"这个听起来非常陌生而又令人胆寒的名字被人们牢牢记住了。但仅此而已，这种瘟疫已于二十世纪中期在世界上销声匿迹，正如天花等恶疾一样，人们只将其当成凭空杜撰的东西，并不会产生其他联想。

历史刚刚进入21世纪，一场恐怖至极，极大地干扰中国人正常生活的大疫——“重症急性呼吸综合征”，或称为“非典”，在中国大地疯狂肆虐，传染力超强，传染速度极快，死亡率很高，前后持续半年之久。这场瘟疫给人们留下了太深的印象，同时勾起了人们对一百年前东三省鼠疫大流行的回忆。人们惊奇地发现，已经发展到互联网时代的21世纪，扑灭非典所采用的主要手段——隔离，仍未脱离伍连德防疫的框架。于是伍连德的名字逐渐被人们提起，也许，历史在某一个特定的时机，特定的环境，又由于一些人孜孜不倦地寻找、钩沉，终于浮出水面，伍连德的形象逐渐清晰、丰满，人们才知道，在哈尔滨曾经出现过这样一位经天纬地的巨人，建立了顶天立地的功业。

伍连德有恩于哈尔滨人，而且恩重如山。

今天，如果提出这样一个假设，假如1910年那次鼠疫暴发时伍连

伍连德纪念馆

德没有出现，那么结局会如何？这个问题不难回答，最直接的答案就是，肯定不会在四个月之内扑灭那么凶猛的大疫，哈尔滨肯定会死去更多的人。那么这个结果对这个城市，特别是对中国人居住的傅家甸的打击将是毁灭性的，哈尔滨也许会变成一座死城，废城，空城。更可怕的结果是鼠疫可能连绵不绝，像欧洲的黑死病一样绵延几个世纪。

面对中国最北重镇哈尔滨的喧闹与繁华，人们很难将其与那次灾难联系起来。也许有人会说，即使冰城没有伍连德，也不会停止北方重镇走向繁荣的脚步，即使瘟疫不会在几个月内被扑灭，即使死去再多的人，又能如何？人类仍然在繁衍，社会照旧在发展。一个巨人、伟人，对历史进程的作用固然巨大，但历史终究还会按照固有的规律运行。在历史的长河中，日、月、年，哪怕是百年、千年，不过是一瞬，再大的事件也只是一朵小小的浪花，作为个体的人更是沧海一粟，地球离了谁还会照样转。

但是，一个民族，之所以能够存在，之所以伟大，就是因为保留了自己的印记。或是口口相传，或是书面记录，这就是历史。一个伟大的民族，是懂得感恩的民族，是不能忘恩负义的民族，正如辛德勒之于犹太人，飞虎队、白求恩、柯棣华之于中国人，只要对本民族有恩的人，这个民族将永志不忘。

哈尔滨人古道热肠，思维更为直接，滴水之恩，涌泉相报，“别人”对自己的好儿，说啥也不能忘。